الباب المفتوح

لطيفة الزيات

الباب المفتوح

الكرمة

الكرمة

لمزيد من المعلومات عن الكرمة للنشر والتوزيع: www.facebook.com/alkarmabooks

الزيات، لطيفة.
الباب المفتوح / لطيفة الزيات – القاهرة: الكرمة للنشر والتوزيع، ٢٠١٥.
٤٦٤ ص؛ ٢٠ سم.
تدمك: 9789776467286
١- القصص العربية.
أ – العنوان.
رقم الإيداع بدار الكتب المصرية: ١١٢٦٠ / ٢٠١٥

٦٨١٠٩٧٥

صورة الغلاف: لقطة من فيلم «الباب المفتوح»، ١٩٦٣

كانت الأمسية، أمسية ٢١ فبراير سنة ١٩٤٦، والساعة السابعة، والهواء ساكن، فيه برودة محببة، والجو نظيف كما لو كانت السماء قد أمطرت وغسلت الأرض، والقاهرة على غير عهدها لا تتلألأ بالأنوار، والناس على غير عهدهم لا يزدحمون في شوارعها الرئيسية، يدخلون دور السينما والمحال العامة ويخرجون منها ويتوقفون عند محطات الأتوبيس والترام.

كانت دور السينما مُضربة، وكذلك المحال العامة والأتوبيس والترام. وسيارات البوليس تمر في الشوارع ببطء محملة بجنود مسلحين بالبنادق، والمارة قلائل، جماعات من اثنين أو ثلاثة أو أربعة يسيرون في الشوارع في بطء أو يقفون عند مفارق الطرق ويتحدثون. يتحدثون بلهجات متباينة، وبمستويات لغوية مختلفة، ولكن الحديث يدور حول نفس الموضوع، حول ما حدث في الصباح في ميدان الإسماعيلية:

ـ يا سيدي التصادم ما جاش صدفة، التحرش كان مقصود، مظاهرة

من ٤٠٠٠٠ شخص، مظاهرة قايمة أساسًا ضد الإنجليز، يقوم الإنجليز يخرجوا لها خمس عربيات مسلحة تمر وسطها!

- فوتك إنت، إحنا برضه بلد الجدعنة، العربية دهست الواد من هنا والتلاميذ رفعوا قميصه بالدم، والخلق تقولش اتجننت، هجمت على عربيات الإنجليز فرتكتها، وبقوا يرموا جتتهم على مدافع الإنجليز، تقولشي مدافع حلاوة!

- أنا شخصيًّا أعتقد إن المظاهرة دي كانت مرحلة جديدة من مراحل كفاحنا الوطني، أول حاجة اصطدام مباشر مع الإنجليز، تاني حاجة الجيش امتنع عن تفريق المظاهرة، ومش بس كده، عربيات الجيش كانت ماشية في البلد وعليها شعارات وطنية.

- ثم اشتراك العمال مع الطلبة والشعب كله.

- باقول لك أنا دي بلد الجدعنة، دا حتى النسوان خرجت من بيوتها.. شفت النسوان في باب الشعرية؟!

- المهم السلاح، الرصاص كان نازل من المعسكرات والشعب أعزل، لو كان الشعب مسلح!

- طيب شفت يا ابني الطوب لما نزل على الإنجليز زي المطر، يا خويا أنا باستعجب الخلق جاب الطوب دا كله منين؟!

- طيب ولما ولعوا النار في الحواجز إللي الإنجليز مستخبية وراها!

- الواد من دول كان يقلع جلابيته ويغرقها في البنزين ويولعها النار تشعلل، حتاكل جتته ولا يهمه، ويزحف والرصاص نازل عليه زي المطر ولا يهمه، ويزحف هاجم على...

- الهجوم النهارده ما كانش موجه ضد الإنجليز بس، الهجوم

كان ضد الإنجليز والملك وعملاء الاستعمار على العموم، ودي مرحلة جديدة من مراحل الوعي الوطني، دا رأيي أنا شخصيًا.

ـ أنا شخصيًا لو عشت ميت سنة مش حانسى المنظر إللي شفته في سليمان باشا.

ـ أعلام.. أعلام من دم، دم إللي ماتوا وانجرحوا عشان مصر.

ـ ٢٣ ماتوا و ١٢٢ انجرحوا.

* * *

وبالنسبة لهؤلاء الناس كانت المعركة قد انتهت والمكاسب والخسائر قد تحددت، ولكن المعركة لم تكن قد انتهت بعد، ولا تحددت الخسائر بالنسبة لعائلة محمد أفندي سليمان الموظف بالمالية والذي يسكن بالمنزل رقم ٣ بشارع يعقوب بالسيدة زينب.

وفي الصالة على كرسي أسيوطي مواجه للباب الخارجي، جلس سليمان أفندي يتمتم بآيات قرآنية، ويتوقف ما بين الحين والحين ليرهف السمع لخطوات على السلم تقترب من باب الشقة، ويركز عينيه الرماديتين على الباب ويجمد وجهه، ولكن الخطوات ما تلبث أن تتجاوز باب الشقة إلى الأدوار العليا، وتتهدل كتفاه ويشتد وجهه الأبيض شحوبًا وتبدو فيه نقط حمراء ثم يعود يتمتم بالآيات القرآنية.

وفي نافذة حجرة الاستقبال المجاورة للصالة وقفت زوجته، سيدة بيضاء مليحة ممتلئة قصيرة، وقد تدلى نصفها الأعلى من النافذة، وتركز كيانها في عينيها الصغيرتين العسليتين.. عينيها اللتين

٧

تدوران في محجريهما إلى اليمين وإلى الشمال، وتمتدان حتى تكادا تخترقان ظلمة الطريق.

وفي وسط حجرة الاستقبال أمام مائدة مستديرة وقفت ليلى، فتاة في الحادية عشرة من عمرها، سمراء، مليئة، ويدها تعبث في حركة آلية بصندوق خشبي للسجائر، وعيناها اللامعتان تنظران بعيدًا.. إلى لا شيء. وطرقت ليلى غطاء صندوق السجائر في عنف، وسارت إلى الصالة في خطوات ثابتة، وجاوزت أباها حيث يجلس، واتجهت إلى باب الشقة ووضعت يدها على المزلاج.

وارتجفت شفتا الأب وشحب وجهه ورفع إليها عينين باهتتين كأنهما عينا ميت، وقال بصوت مختنق:

ـ رايحة فين؟

وقالت هي بصوت فيه نبرة تحدٍّ:

ـ رايحة أفتش على محمود.

ولمعت عينا الأب الرماديتان وهلة، ثم أغمضهما وقال في صوت متهالك:

ـ امشي ادخلي جوّه.

وعزز كلامه بإشارة من يده وكأنما شعر بضعفه.

واقتربت منه ليلى، ووقفت إلى جانبه، وأرادت أن تقول له شيئًا ولكنها لم تستطع، ومدت يدها تريد أن تضعها على كتفه، ولكن يدها وقفت في منتصف الطريق وبقيت وهلة مُعلَّقة في الهواء ثم سقطت إلى جانبها.. وجرت ليلى والدموع تغطي عينيها إلى أمها في حجرة الاستقبال، وأمسكت بذراعها وهمست:

ـ ماما.. ماما.

وارتجفت الأم وكأن تيارًا كهربائيًّا قد مسها، واستدارت وقد
ارتسم الرعب على وجهها تقول في صوت ملهوف:

ـ إيه؟ فيه إيه؟

ـ ما تخافيش يا ماما، ما تخافيش. أنا عارفة إن محمود بخير.
دلوقتي ييجي، ضروري ييجي، ضروري ضروري، الصبح...
وخنقتها الدموع ولم تستطع أن تُكمل.

وتململ أبوها في جلسته...

ـ الصبح، الصبح قلت له: «ما تخرجش يا محمود». وعند
الباب وقف: «ما تخافش يا بابا، دي مظاهرة سلمية». «يعني
المظاهرة مش حتقوم من غيرك؟» وضحك محمود وقال:
«طيب يا بابا لما كل واحد يقول كده، ما هي ما تقومش فعلًا».
«إنت صغير، لما تبقى تروح الجامعة ابقى اعمل إللي إنت
عايز تعمله». «أنا مش عيل، أنا في رابعة ثانوي، وعندي
النهارده ١٧ سنة».

وجز الأب على شفته السفلى بأسنانه، لو ضربه، لو حبسه،
لو رماه في حجرة وأخذ مفتاحها لعرف مكانه الآن على الأقل.
لو بلغ البوليس الآن لقبض عليه، ولو قبض عليه.. إنه صدقي،
صدقي باشا الذي يدفن الناس أحياء! ولكن ماذا يعمل؟ قد يكون
مجروحًا.. قد يكون...

ودمدم الأب وهو يخزي الشيطان.

وبدأت الساعة المُعلَّقة في الصالة تدق، والأم تنصت لدقاتها،

وتنفسها يكاد يتوقف، وأعلنت الساعة السابعة، وجمدت الأم في مكانها لحظة ثم اندفعت إلى الصالة ووقفت أمام زوجها تنظر إليه بعينين زائغتين وتقول:

ـ الولد راح! راح خلاص! راح!

وهي تضرب كفًّا بكف دون أن يسمع للضربة صوتًا.

وفجأة اكتسبت ملامحها اللينة الضعيفة صرامة غريبة وهي تقول:

ـ إن ما كنتش حتنزل...

وماتت الكلمات على شفتي الأم، وقام الأب من مكانه مضطربًا.. على السلم اتضحت خطوات، خطوات أكثر من شخص، خطوات ثقيلة بطيئة، خطوات تزحف.. وجرت ليلى إلى الباب وخلفها الأب واندفعت إلى السلم وصرخت:

ـ محمود!

وفقدت الأم توازنها وكادت تسقط ولكنها استندت إلى حافة المقعد.

وعندما دخل محمود مستندًا إلى كتف عصام سقطت على الأرض مغشيًّا عليها.

* * *

وفي صباح اليوم التالي طلبت ليلى أن ترى أخاها قبل أن تذهب إلى المدرسة، ونظرت إليها أمها بعينين حمراوين منتفختين نظرة غريبة وكأنها تخفي سرًّا، وأخبرتها بصوت هامس أن محمود ما زال نائمًا، وانزعجت ليلى من نظرة أمها وطريقتها في الكلام:

ـ فيه إيه يا ماما؟

ومالت الأم على ليلى وقالت بنفس الصوت الهامس وقد جمدت عيناها وكأنها ترى مسدسًا مصوبًا إليها:

ـ رصاصة، رصاصة دخلت في فخذه!

ـ طيب ما أنا عارفة.

وتدخل الأب في المناقشة والصابون يغطي وجهه، وقال وهو يوجه الكلام إلى الأم:

ـ حاكم إنتِ تحبي تهولي كل حاجة، قلت لك الدكتور قال إنه جرح بسيط.. خدش.

وأشاحت الأم بيدها تستبعد كلام الأب، وسارت تصرف شؤون البيت على أطراف أصابعها والنظرة الغريبة في عينيها وكأنها تخفي سرًّا.

وهزت ليلى كتفها، ووقفت أمام باب الشقة في انتظار ابنة خالتها جميلة التي تسكن في الدور السابع من نفس العمارة، وفتحت ليلى الباب عندما لمحت يد جميلة تمتد من خلف الزجاج لتضرب الجرس، وخرجت وأقفلت الباب خلفها في بطء وحرص شديدين.

وعلى السلم قالت جميلة:

ـ مالك يا ليلى؟

ـ مفيش.

ـ لا والنبي صحيح.

وخرجتا إلى الشارع في طريقهما إلى المدرسة، وقالت ليلى:

ـ أما امبارح كان يوم!

ـ ليه؟ كان فيه إيه؟

وضربت ليلى على صدرها بيدها وهي تقول:

ـ هوَّ عصام ما قالش؟

وقالت جميلة في انزعاج:

ـ قال إيه؟

وشردت عينا ليلى في حركة تمثيلية وهي تقول في صوت هامس:

ـ على إللي حصل لمحمود، محمود أخويا.

وتوقفت جميلة وقد بلغ بها الانزعاج أقصاه، وقالت:

ـ ماله؟ ماله محمود؟

وجمدت عينا ليلى كأنها ترى مسدسًا مصوبًا إليها، ومالت على جميلة وهي تقول بصوت هامس وببطء:

ـ رصاصة.. رصاصة دخلت في فخذه!

وسقطت الحقيبة من يد جميلة، ونظرت إليها ليلى لحظة ثم تابعت المشي، وجرت خلفها جميلة وأنفاسها متقطعة:

ـ رصاصة! والرصاصة دي جت له ازاي؟

ورفعت ليلى رأسها:

ـ الإنجليز ضربوه.. ضربوه عشان وطني، عشان بطل!

ـ ضربوه؟ ضربوه فين؟!

ـ هوَّ إنتِ ما تعرفيش حاجة أبدًا يا جميلة! في المظاهرة بتاعة امبارح في ميدان الإسماعيلية.

ـ والدكتور قال إيه؟ مش يمكن حاجة بسيطة؟

وأرادت ليلى أن تخبر جميلة بما قاله الطبيب وبما أكده أبوها،

ولكنها رأت نظرة الخوف في عينيها والإكبار، وبدلًا من أن تقول الحقيقة قالت وهما تدخلان باب المدرسة:

ـ حيقول إيه؟ رصاصة!

رصاصة.. وطني.. مظاهرة.. وانتشر الخبر في المدرسة، ووجدت ليلى نفسها وهي التلميذة في أولى ثانوي موضعًا للاهتمام والإعجاب طول النهار. البنات الكبيرات يلتففن حولها، والمدرسات يستوقفنها في الممرات يسألنها وتجيب. وانتشت ليلى وانطلقت، انطلق خيالها: «اسمه؟»، «محمود سليمان». «عمره؟»، «١٧ سنة». «وما راحش المستشفى ليه يا ليلى؟»، «يروح المستشفى ازاي، دا يقبضوا عليه». «أمال عمل إيه؟»، «ساعة ما انجرح برضه فضل يضرب في الإنجليز، يضرب والدم ينزل منه، صاحبه يقول له: «كفاية، مفيش فايدة». وبعدين فضل وراه لغاية ما جرجره على بيته في عمارة «أسترا»، وجاب له دكتور قريبه عشان ما حدش يعرف، وفضل مستخبي لما الدنيا تضلم، لو كان خرج في النور وهو مجروح كده.. يا خبر!».

وفي نهاية اليوم الدراسي كان محمود أسطورة في المدرسة، كان هو الذي أشعل النار في العربات الجيب، وفي الحواجز التي اختفى خلفها الإنجليز. وهو... وهو...

* * *

وشعرت ليلى وهي تخرج من باب المدرسة بأسف لانتهاء اليوم الدراسي. وعند الباب استوقفتها عنايات وهي تشد على خصرها النحيل حزامًا من الجلد الأسود وترسل شعرها في خصلات على جبينها.

وتورد وجه ليلى.. كانت كل فتاة في فصلها تتمنى أن تكلمها عنايات.

وقالت عنايات وهي تعبث بطرف حذائها العالي في الرمل:

ـ محمود أخوكي شكله إيه يا ليلى؟

وبدا الارتباك على وجه ليلى، وقالت عنايات:

ـ يعني أسمر، أبيض، طويل، قصير؟

ـ لا هو أسمر ولا أبيض، ولا هو طويل ولا قصير.

وضحكت عنايات ومالت برأسها إلى كتفها:

ـ حلو!

واحمر وجه ليلى ثم رفعت وجهها مبتسمة في تحدٍّ:

ـ زي القمر.

ولتدلل على كلامها أبرزت صورة محمود من الحلية المُعلَّقة في صدرها.

ودرست عنايات الصورة في تمعن ثم ضمت شفتيها وقالت:

ـ مش بطَّال، جذَّاب.

وأخذت ليلى الحلية ولبستها في رقبتها وهي تنظر إلى الأرض، ثم رفعت رأسها فجأة:

ـ حاقول لمحمود، عنايات بتقول عليك جذاب.

ـ وهوَّ محمود يعرفني منين؟

ـ كل طلبة الخديو إسماعيل بيعرفوكِ، وكمان بيقولوا إنك ملكة جمال السَّنية.

وضحكت عنايات في رضا، ثم قرصت خد ليلى:

ـ إوعي يا ليلى.. أحسن أزعل منك.

ودبت ليلى على الأرض بقدمها:

ـ حاقول، حاقول.

وانطلقت تجري إلى البيت واندفعت إلى حجرة محمود:

ـ محمود...

* * *

ولم تكمل، شعرت أن الجو مكهرب، كان محمود نائمًا على جنبه
مواجهًا للحائط وعيناه مسمرتان عليه، وكأنه لم يتحرك منذ الأمس،
لم يغير موضعه. وعصام ابن خالتها يجلس على حافة السرير وهو
يحك ذقنه بيده، وإلى جانبه وقفت أمها وفي يدها كوب من الليمون.

وقالت الأم:

ـ قوم يا ابني، قوم بل ريقك.

ولم يبدُ على محمود ما يدل على أنه قد سمع.

وتقدمت الأم ووضعت الليمون على مائدة قريبة، ومالت على
السرير ومدت يدها تتحسس جبين محمود:

ـ مالك يا ابني؟ طمني؟ فيك إيه؟ حاسس بإيه؟

واربد وجه محمود وقال دون أن يستدير:

ـ مفيش.

ـ مفيش ازاي؟

والتفتت الأم إلى عصام:

ـ عاجبك الحالة دي يا عصام! أهو من ساعة ما جه وهوَّ مكتوم
الكتمة السودة دي!

١٥

وفجأة استدار محمود على السرير وجلس وواجه أمه وهو يصيح بصوت أعلى من صوته، صوت يجد صعوبة في إخراجه من حنجرته:

ـ عشان إيه الدوشة دي؟ عشان إيه؟ قلت لك خدش، لعب عيال، لعب عيال!

وانهار صوته وهو يكرر الكلمتين الأخيرتين وسقط على ظهره منهكًا، ورمقته أمه لحظة.. كان وجهه شاحب البياض وعيناه الخضراوان واسعتين لامعتين كأنه محموم، وحبات العرق تتجمع على جبينه.. وفتحت الأم فمها لتقول شيئًا ثم أطبقته واستدارت خارجة، وعندما وصلت إلى الباب قال محمود بصوت ضعيف:

ـ ماما.

وعادت الأم ووقفت على مبعدة منه، وجلس محمود في السرير وأشار لها أن تقترب، وعندما أصبحت على مقربة منه مال عليها بوجهه وكأنه يسر لها بشيء، وقال بصوت هامس:

ـ عارفة، عارفة لما تدبحي الفرخة، والدم يسيح والفرخة ترفس دقيقة، دقيقة واحدة وتسكت على طول.. تخلص؟

واربدت عينا محمود وانقلب وجهه ونزل بقبضته على المائدة المجاورة للسرير وهو يقول بصوت يختلط به العويل:

ـ ناس كتير ماتوا! ماتوا بالشكل ده!

وقالت أمه:

ـ أحسن لك تنام شوية يا محمود.

ومدت يديها إلى كتفيه تريد أن تساعده على الاسترخاء، ونحى هو يديها عنه في بطء وعيناه تبحثان عن عيني عصام:

ـ ليه؟ ليه يا عصام؟

وهز عصام كتفه وقال بصوت هادئ:

ـ ليه إيه؟

وهز محمود رأسه لحظة وكأنه يفيق من كابوس، وأسند رأسه
إلى ظهر السرير وقال:

ـ مفيش.

وخرجت الأم من الغرفة، وحلت ليلى محلها إلى جانب المائدة
المجاورة للسرير، ووقفت تنظر إلى محمود في جموم.

وساد السكون لحظة ثم قال عصام:

ـ يعني مش عايز تتكلم!

ـ وإيه الفايدة؟ لو قلت لك مش حتفهم، إنت راجل كلك عقل
وحكمة واتزان.. راجل ما يندفعش، ما يضعفش.

ـ بلاش تريقة وحياة أبوك!

وابتسم محمود ابتسامة خفيفة وتسللت الحمرة إلى وجهه وهو يقول:

ـ إنت عارف يا عصام أنا حاسس بإيه؟ أنا حاسس كأني انضربت
علقة، علقة حامية، وما قدرتش أضرب إللي ضربني، ما قدرتش
حتى أصرخ!

وارتجفت شفتا ليلى، وتقلص وجهها تقلصات متتالية كأنها تعاني
ألمًا داخليًا، وقال عصام:

ـ يوم ما حيكون السلاح في إيدنا مش...

وقاطعته ليلى صارخة:

ـ محمود...

واندفعت إلى أخيها، وقالت في صوت باكٍ وهي تهز كتفيه:

ـ محمود.. إنت إللي ضربت الإنجليز مش همَّ إللي ضربوك.. إنت.. إنت يا محمود!

ولم يجب محمود، واستدارت هي برأسها إلى عصام ويداها على كتفي محمود، وقالت في استعطاف:

ـ عصام، محمود هوَّ إللي ضرب الإنجليز، مش كده يا عصام؟

وقال عصام وهو يبتسم باستخفاف:

ـ ودي عايزة كلام!

ولم تقتنع ليلى، استدارت إلى محمود وقالت بصوت مختنق:

ـ إنت، إنت يا محمود إنت.

وحاول محمود أن يتجنب عينيها ولكنهما واجهتاه وفيهما مزيج من الأمل واليأس المميت.. ودفن رأسها في كتفه، وقال وهو ينظر بعيدًا:

ـ أيوه يا ليلى.. إحنا إللي ضربنا الإنجليز.

وضحكت ليلى على كتفه ضحكات متلاحقة مختلطة بالنشيج، ثم رفعت رأسها مبتسمة وقالت والدموع تلمع في عينيها:

ـ أنا عارفة.. عارفة كده، وكمان قلت لهم في المدرسة.

وقال محمود:

ـ قلت لهم إيه؟

ـ كل حاجة.. والمدرسات مبسوطين منك و...

ووضع محمود يده على فمها، ونحت ليلى يده وهي تضحك وتقول في خبث:

ـ وحتى عنايات بتقول عليك حلو!

وحاول محمود أن يكتم ابتسامته.

وقال عصام:

ـ عنايات! عنايات مين؟

والتفتت إليه ليلى ويداها ما زالتا تحيطان بكتفي أخيها:

ـ يعني مش عارف عنايات.. ملكة جمال السَّنية؟!

وقال عصام:

ـ يا ابن الإيه! عنايات حتة واحدة!

وغرق محمود في الضحك. وشعرت ليلى أن مهمتها قد انتهت،
فنزلت من السرير واندفعت تجري، واستوقفها محمود عند الباب:

ـ ليلى.

ـ أفندم.

ـ أولًا إنت كدابة.

ـ كدابة! كدابة ليه؟

ـ يعني، يعني.. عنايات حتشوفني فين عشان تقول عليَّ حلو ولَّا
وحش؟

وأخذ عصام يرقبهما وقد علت شفتيه ابتسامة ماكرة.

وقالت ليلى وهي تشير إلى الحلية في صدرها:

ـ شافت صورتك دي.

وبدا الاهتمام في عيني محمود:

ـ وريني كده.. أنهي صورة دي؟

وتركتها بين يديه، يفحصها باهتمام.

واتسعت ابتسامة عصام، ووضع يده على فخذ محمود وقال:

ـ محمود.

والتفت إليه محمود ويده اليسرى ممسكة بالحلية:

ـ أيوه يا عصام.

ـ إيه أخبار العلقة دلوقت؟

ولكز محمود عصام بقدمه وترك الحلية تسقط من يده على الأرض، وركعت ليلى على ركبتيها وانحنت بجسمها لتلتقط الحلية، والتقطتها ثم رفعت جسمها لتقوم، وحين أصبح رأسها بحذاء رأس محمود توقفت ولمعت عيناها وكأنما خطرت لها فكرة رائعة، وقالت:

ـ أنا كمان لما أكبر حاضرب الإنجليز.. حاضربهم بالسلاح.. لما أكبر.

وقال عصام:

ـ ودي عايزة كلام.

ونهضت ليلى بسرعة، واتجهت خارجة وهي تقفز قفزات رتيبة كما يفعل المتظاهرون، وترفع يدها اليمنى وتخفضها وتقول منغمة:

ـ السلاح السلاح.. نريد السلاح.

وفجأة تسمرت في مكانها وسقطت ذراعها إلى جانبها وماتت الكلمات على شفتيها.. اصطدمت بأبيها وهو يدخل الحجرة.

* * *

وبعد أيام قليلة عادت الحياة تجري مجراها العادي، وتشغل كل فرد بمطالبها اليومية، وبدا الناس كما لو كانوا قد نسوا ما حدث، ورجع محمود إلى مدرسته ولم يعد أحد يسأل ليلى عنه ولا عن

المظاهرة. وأحست ليلى بمرارة في بادئ الأمر ثم بدأت تنشغل بأمورها الخاصة هي الأخرى.

وفي ذلك الصباح استيقظت مبكرة كعادتها لتقرأ الجريدة قبل أن يستيقظ أبوها وأخوها، وجلست على المقعد الأسيوطي في مواجهة باب الصالة وعيناها تنتقلان بين عتبة الباب والساعة، واندفعت الجريدة من تحت العتبة. وحين فرغت ليلى من قراءتها كانت الساعة السادسة والنصف ولم يستيقظ أحد بعد، لا أبوها ولا أخوها محمود.

وقامت وهي تتمطى في ارتياح، وألقت بالجريدة على المقعد، وقبل أن تصل إلى غرفتها رجعت وأعادت طيها ومرت بأصابعها على أطرافها وهي تجز على شفتها السفلى غيظًا لاضطرارها إلى ذلك العمل خوفًا من تعليقات أبيها. وأسرعت إلى غرفتها تسدل على جسمها مريلة المدرسة، وتبحث محمومة عن الشراب والحذاء تحت السرير والدولاب، وتمشط شعرها الأسود القصير وهي تضع قدميها في الحذاء، وتخطف كتابًا من على المائدة وآخر من تحت وسادة السرير وتلقي بهما في حقيبتها الجلدية، ثم تندفع إلى حجرة الطعام وكأن إنسانًا يطاردها، ولا تتوقف حين تصطدم بأخيها محمود ولكنها تبطئ خطاها حين ترى أباها يقف أمام الحوض يحلق. وتضع على شفتيها ابتسامة مؤدبة:

ـ صباح الخير يا بابا.

ويدمدم أبوها بشيء غير مفهوم وهو يلقي برأسه إلى الخلف يزيل بآلة الحلاقة شعرات في رقبته.

وما إن تختفي خلف باب حجرة الطعام حتى تصرخ تطلب الأكل،
وتنظر إليها أمها:

ـ الفول لسه ما جاش.

ولا تثبط من همتها نظرة البرود التي تطالعها بها أمها.

ـ أي حاجة.

ـ ملحوقة على إيه؟ الساعة لسه سبعة والجرس تمانية ونص!

ـ والمشوار؟

ـ عشر دقايق.

ـ أنا عايزة آكل والسلام.

وتنتزع مقعدًا من على المائدة وتغرسه في الأرض بقوة، وتجلس
وتبسط قطعة من الجبن في نصف رغيف من العيش وفوقها طبقة رقيقة
من المربى، وتقضم من الساندويتش قطعًا تجد صعوبة في ابتلاعها
لتخرج مسرعة إلى المدرسة، وتقذف بحقيبتها على العشب وتنضم
إلى زميلاتها، ثم يدق الجرس وتستعيد بعد طول بحث حقيبتها
لتدخل حصة الحساب.

* * *

وتجلس على مقعدها، وتضع ذراعها على الدرج وتسند
إليها وجهها وقد تعلقت عيناها بيد المُدرسة وهي تكتب على
السبورة... ضروري ضروري تفهم كل كلمة وكل عدد، ضروري.
أبلة نوال قالت إنها بقت أحسن في الحساب ولكن لازم تبقى
أحسن وأحسن، أحسن واحدة في الفصل عشان أبلة نوال تحبها،
ضروري تحبها ضروري.

٢٢

وكانت هذه هي الضرورة الوحيدة في حياة ليلى في هذه الفترة، ضرورة التغلب على هذه المُدرسة النحيلة التي تشد شعرها وتجمعه خلف رأسها، وتلبس ملابس شبيهة بملابس الرجال، وتركز عينيها الصغيرتين المستديرتين فيك وكأنها تستطيع أن تنفذ إلى أفكارك، وتختفي شفتاها الرقيقتان وهي تكتم ابتسامتها.

وفي أول السنة وضعت ليلى على شفتيها ابتسامة مؤدبة، وجلست في حصة الحساب وقد ربعت ذراعيها، وتجاهلت همسات عديلة التي تشاركها الدرج، بل ذهبت أكثر من ذلك واكتفت بأن تجز بأسنانها على شفتها السفلى حين لكزتها عديلة بقدمها، كل ذلك وأبلة نوال ولا هيَّ هنا. وفي آخر الحصة انتظرت ليلى حتى فرغت آخر تلميذة من وضع كراستها على مائدة المُدرسة ووضعت كراستها وسوت كومة الكراريس واستعدت لتسير بها إلى حجرة المُدرسات خلف أبلة نوال، ولكن أبلة نوال ضغطت على شفتيها وأخذت منها الكراريس بعد أن شكرتها. وتحيرت ليلى من هذه المُدرسة الغريبة التي ترفض أن تحمل تلميذة كراريسها. ولكنها لم تيأس، فهناك طريقة تنجح دائمًا، فأنت تعطي المُدرسة وردة جميلة، وحين تدخل حجرة المُدرسات بأي حجة تجد المُدرسة وأمامها الوردة في كوب، وتعرف حينئذ أن ارتباطًا ما قد بدأ بينك وبينها. ألم تحتفظ بالوردة، وردتك في الكوب أمامها؟ ولكن أبلة نوال لم تحتفظ بالوردة في الكوب، ولم تخرج بها حتى من الفصل... أخذتها نفيسة، نفيسة ذات الأنف الأفطس والشعر الأكرت. بدأ كل شيء طبيعيًّا ثم تحول، في أول الحصة أعطت ليلى الوردة للمُدرسة، قربت أبلة نوال الوردة من

أنفها وشمتها ثم وضعتها في عناية على كراسة التحضير، ووقفت تكتب مسائل الحساب على السبورة، وقبل أن تكمل كتابة المسألة الأولى استدارت فجأة وواجهت الفصل:

ـ أول واحدة حتحل المسألة دي حتاخد مني الوردة.

وأخذتها نفيسة، وجمد وجه ليلى وقررت أن تخاصم أبلة نوال وخاصمتها فعلًا، ولكن حدث في البيت ما جعلها ترجع عن قرارها، طلبت منها أمها أن تناولها المنبه لتملأه فسقط منها المنبه وتحطم زجاجه، تحطم كما تحطمت الزهرية الخضراء ذات الورد الأبيض، وكما تحطمت العروس التي تفتح عينيها وتقول: «ماما»، وكما يتحطم في البيت كل شيء، كل شيء في يديها. وصرخت أمها صرخة طويلة وكأن حريقًا شب في البيت، واتجهت نحوها وقد احمر وجهها، وضربتها على كفيها ثم مسحت العرق من على جبينها وهي تقول:

ـ لكن أعمل إيه، أعمل إيه في بختي المنيل، ربنا شقيك من كله، ربنا ياخدك أحسن ويريحنا.

وأنهى أبوها الموضوع، وقف على باب حجرته هادئًا وقال بصوت قاطع وبلا غضب:

ـ أنا قلت إن دي مش بنت.. دي فتوة!

ثم دخل غرفته وأقفل وراءه الباب.

* * *

ووقفت ليلى أمام المرآة البيضاوية في حجرتها وأخرجت لسانها ثم أخذت تحركه في حركة دائرية حول شفتيها.

ـ بنت.. بنت.. بنت ظريفة.

أبلة الناظرة قالت في الحوش وقرصتها في خدها، أبلة الناظرة بتحبها وأبلة زينب وأبلة زاهية وأبلة رتيبة وكل المُدرسات.. كل المُدرسات إلا... وسحبت ليلى لسانها وأطبقت فمها.. إلا أبلة نوال، ضروري، ضروري كل واحدة في المدرسة تحبها، ضروري أبلة نوال تحبها، وأغمضت عينيها وأدارت ظهرها إلى المرآة.. رأت نفيسة تقرب إلى أنفها الأفطس وردة حمراء ـ ثم خطرت لها فكرة وأسرعت إلى حقيبة كتبها وأخرجت كراسة الحساب والكشكول وقلم رصاص وانبطحت على الأرض وفتحت الكراسة من أولها.

وبدأت محاولة عنيفة من جانب ليلى للتغلب على الأرقام.. أرقام عارية تقفز أمام عينيها بلا معنى، تتفرق وتتجمع، وتتضاعف وتنقسم ثم تواجهها بالحل يحدق فيها.. أبلة نوال قالت: «استعملي عقلك»، ولكن في الحساب عقلها جامد لا يمشي، في الإنشاء العربي يمشي عقلها، كلمة تجر كلمة وجملة تجر جملة وتسرع يدها تلاحق عقلها، وهي طائر يحلق في السماء عاليًا فوق كل الطيور ويعود إلى العش بالحب لطيوره الصغيرة يحيطها بجناحيه ويدفئها، وهي طفلة تائهة في الطريق بين ناس غرباء ينظرون إليها ولكنهم لا يرون دموعها، وهي «مدام كوري» وبطل يحطم قضبان السجن لينقذ شعبه من الاستعمار، وهي كل هذا وأكثر من هذا، أو هي على الأقل معهم. أما في الحساب فهي مع بقال يبيع سكرًا ويشتري زيتًا، ومع صنبور يقطر في الدقيقة عددًا من قطرات الماء، ومع حوض يمتلئ بهذه القطرات، ومع أرقام تقفز أمام عينيك بلا جمال ولا معنى. معنى أو لا معنى، من الضروري

أن تفهم كل كلمة وكل حرف. وبدأت تتغلب على الأرقام، تجمع خيطًا من هنا وخيطًا من هناك وتلفها وتمسك بها بين قبضتها في فرح. وبدأت تتقدم وأبلة نوال تشجعها خطوة وراء خطوة حتى لم يتبق أمامها إلا نفيسة، فما زالت نفيسة تحل المسائل قبل أن تحلها هي، وما زالت درجات نفيسة في الكراسة أحسن من درجاتها. وتركز كيان ليلى في هذه الفترة في محاولة التغلب على نفيسة.

* * *

وقامت نفيسة ترد على سؤال لأبلة نوال، قامت في بطء، وتكلمت في بطء، وأجابت الإجابة المطلوبة لا أكثر ولا أقل.. هل يمكن أن تسبق نفيسة؟ إن نفيسة قوية في الحساب، طول الدراسة الابتدائية وهي أقوى منها بمراحل، فهل يمكن أن تسبقها في حساب أولى ثانوي وحساب أولى ثانوي صعب، وهي ضعيفة، ضعيفة في الحساب وفي كل شيء؟

ووجهت أبلة نوال لليلى سؤالًا مفاجئًا، وتلعثمت ليلى ثم أجابت. وجلست وانصرف اهتمامها إلى حل مسائل الحساب، وساد السكون الفصل وأبلة نوال تمر بين الصفوف تقرأ الحلول من فوق رؤوس الطالبات.

وحين وقفت أبلة نوال إلى جانب ليلى أطرقت برأسها وبقي القلم مُعلقًا في يديها وكأنها تفكر. وقرأت أبلة نوال الحلول وضمت شفتيها ومالت على ليلى:

ـ بقينا هايلين خالص.

والتقت عينا ليلى بعيني أبلة نوال وهي تميل عليها، وشعرت

بشيء يقف في حلقها وابتلعت ريقها في صعوبة. ومدت أبلة نوال يدها تثير شعر ليلى وكأنها تمشطه من أسفل إلى أعلى ثم مضتَ في طريقها.

ومدت ليلى كفيها إلى رأسها تسوي شعرها ولكنهما جمدتا لحظة في مكانهما وطفرت الدموع إلى عينيها، وأدركت أنها تستطيع أن تسبق نفيسة وعشرًا مثل نفيسة ما دامت أبلة نوال معها.

* * *

وقفت ليلى بعد انتهاء اليوم الدراسي تحت شجرة الجميز في المدرسة، وعلى المقعد الخشبي المواجه لها جلست جميلة وإلى جانبها على العُشب سناء وفي الوسط وقفت عديلة.

كانت عديلة تُقلد مُدرسة اللغة الإنجليزية، تضغط خديها ويتصلب جسمها وتمشي جامدة دون أن تحرك ذراعيها وترفع ساقًا في حركة عمودية إلى أعلى ثم تسقطها لترفع الأخرى، ويخرج صوتها غائرًا وكأنها دمية خشبية. وغطت جميلة وجهها بيديها وهي تضحك، ومالت سناء تسند بطنها بيدها، وتكورت وجنتا ليلى وضاقت عيناها واندفعت الضحكات من فمها في موجات تتابعت ثم تلاحقت وتشابكت حتى كادت تحول بينها وبين التنفس. وأولت ظهرها إلى زميلاتها وهي تستند إلى شجرة الجميز لتستجمع أنفاسها، وأخرجت المنديل من جيبها لتجفف دموعها، ووقفت يدها في الهواء قبل أن تصل إلى عينيها.

أدركت فجأة أن عديلة قد بدأت جملة ولم تكملها، وأن الضحك قد توقف، وأن شيئًا ما قد حدث، شيئًا غير مرغوب فيه.

واستدارت ليلى تواجه زميلاتها.

كانت سناء قد أرخت عينيها إلى الأرض وراحت تقتلع العُشب بسرعة، ما تكاد تفرغ من اقتلاع قبضة حتى تقتلع غيرها وكأنها مكلفة بذلك العمل. وكانت جميلة تنظر ساهمة إلى الأفق البعيد.

وقالت عديلة:

ـ إيه الأحمر إللي في مريلتك يا ليلى؟

وأدارت ليلى رأسها وجذبت ظهر المريلة إلى الأمام، وقالت وقلق بسيط يتسلل إليها:

ـ ضروري حبر.. حيكون إيه يعني؟

وهزت جميلة رأسها تنفي هذا الاحتمال، ونظرت إلى ليلى نظرة طويلة، نظرة حزينة. واندلع خوف غامض في جسد ليلى، وهمت بالاندفاع إلى أحضان جميلة ولكنها لم تندفع، لمحت في عيني عديلة نظرة ساخرة متعالية، وجمدت مكانها.

وقالت عديلة وهي تبتسم في استخفاف:

ـ مبروك يا ست ليلى، بلغتِ.

وسحبت جميلة ليلى برفق، وفي دورة المياه قطعت البقعة الحمراء من مريلتها بموس.

وحين رأت أم ليلى المريلة قالت:

ـ طيب يا بنتي ما غسلتيش البقعة ليه بدل ما تقطعي المريلة؟!

ولكن الأم لم تعنف ليلى هذه المرَّة.

* * *

اعتدلت ليلى في سريرها في بطء وحرص شديدين وكأن جسدها

من زجاج هش سهل التحطيم، ونامت على ظهرها وعيناها تحدقان في الظلام.. غريبة! إنها لم تشعر بذلك الثقل في جسمها قبل أن ترى هذه النظرة في عيني جميلة.. نفس النظرة التي رأتها في عيني أمها.

حدث لها ما حدث قبل أن تكتشف الأمر عديلة، ربما من الصباح، ومع ذلك لم تحس هذا الصباح بتعب في جسمها، بالعكس، شعرت أنها خفيفة، وأنها تريد أن تجري وتضحك وتدفن رأسها في أزهار الحديقة، شعرت أنها قوية وأنها ذكية وأنها تستطيع أن تسبق نفيسة في الحساب.. واكتشفت ليلى فجأة وعيناها تحدقان في الظلام، أن كل شيء قد فقد أهميته.. أبلة نوال ونفيسة والحساب.. كل شيء وكأنما قد حدث لها كل ذلك من زمن بعيد. وأغمضت عينيها وحاولت جاهدة أن تسترجع صورة أبلة نوال وهي تميل عليها، وركزت فكرها حتى شعرت بعرق ينفر في جبينها، ومع ذلك بدت لها الصورة باهتة لحظة واحدة ثم طمست خطوطها صورة شجرة الجميز وجميلة وهي تنظر إليها بعينين تعكسان حنانًا حزينًا.

وقالت ليلى بصوت مسموع:

ـ ليه يا جميلة ليه؟ أنا عايزة أكبر عايزة أكبر.

وعادت تحدق في الظلام.

تكبر وتصبح مثل أمها، لا، مثل... مثل مفتشة التاريخ ذات الجبين الأبيض العريض، والرأس المرفوع إلى أعلى، والشعر الأسود الطويل الملفوف، والمشية الهادئة كمشية الملكات.

وسمعت ليلى الباب الخارجي للشقة يفتح، وتسرب إليها نور الصالة ثم اختفى حين اتجه أبوها إلى غرفته المجاورة لغرفتها.

عندما عادت من المدرسة كان قد خرج، وعلى المائدة قالت أمها إنه مدعو للعشاء.

سيعرف أبوها الآن، سيعرف حتمًا، ستخبره أمها، ترى ماذا يقول؟ سيفرح طبعًا كما فرح عندما بدأ الشعر ينمو في ذقن محمود.

في الصالة استوقف أبوها محمود، وجذبه تحت النافذة في الضوء، ونظر إليه طويلًا نظرة خُيل إلى ليلى معها أن أباها لم يعد يقف على الأرض بل يطير بمحمود عاليًا. ثم تورد وجهه وضحك ضحكًا طويلًا بلا سبب.

وساد السكون طويلًا خافتًا، وعينا ليلى تحدقان في الظلام وكأنهما تنتظران شيئًا، وسمعت أمها تتكلم بصوت منخفض، وتصلب جسمها حين تبينت اسمها يتردد في الحديث، ثم أطبق الصمت مع الظلام على الحجرة من جديد.

وقطع الصمت صوت نحيب، وقفزت ليلى كالملدوغة من السرير ثم وقفت مُسمَّرة في وسط الحجرة حين عرفت في الصوت صوت أبيها، واختلط النحيب بدعاء يقطعه ما بين الحين والحين صوت أمها هادئًا منخفضًا:

ـ يا رب تقدرني يا رب، دي ولية يا رب!

ـ كفاية يا سيدي البنت تسمعنا!

ـ الستر يا رب الستر!

وانخفض الصوت تدريجيًّا، وأعقبته غصة ثم صمت.

وشعرت ليلى بخواء في صدرها، وسرت الرجفة في شفتيها وفي يديها وساقيها، وانسحب مجرى من العرق من أعلى رقبتها إلى أسفل

ظهرها، وتخبطت في الظلام تبحث عن الباب، وهمَّت أن تصرخ
تنادي أمها. قالت أمها ذلك العصر:

ـ ما تخافيش يا بنتي.

ماتت الصرخة على شفتيها، وجرت ساقيها إلى السرير، وتمددت
على ظهرها.

ـ ما تخافيش يا بنتي ما تخافيش، إنت كبرت.. كبرت.

وسحبت ليلى الغطاء على جسمها وعلى وجهها حتى طرف
رأسها.

* * *

ولم تفهم ليلى تلك الليلة لِمَ نظرت إليها جميلة هذه النظرة الحزينة
ولِمَ بكى أبوها، ولكنها فهمت على مر السنين، فهمت أنها ببلوغها
دخلت سجنًا ذا حدود مرسومة، وعلى باب السجن وقف أبوها
وأخوها وأمها، والحياة مؤلمة بالنسبة للسجان والسجينة: السجان
لا ينام الليل خشية أن ينطلق السجين، خشية أن يخرج على الحدود،
والحدود محفورة، حفرها الناس ووعوها وأقاموا من أنفسهم حراسًا
عليها. والسجينة تستشعر قوى لا عهد لها بها، قوى النمو المفاجئ،
قوى جارفة تسعى إلى الانطلاق، قوى في جسمها تطوقها الحدود،
وقوى في عقلها تشلها الحدود، حدود بلهاءَ عمياء صماء.

ورسم أبوها الحدود العامة وهم جلوس على مائدة الغداء، قال
في صوت هادئ قاطع:

ـ إنتِ ضروري تدركي يا ليلى إنك كبرتِ، ومن هنا ورايح خروج
لوحدك مفيش، زيارات مفيش، من المدرسة على البيت!

٣١

واتجه بعينيه إلى محمود وأضاف:

ـ ومش عايز أشوف في البيت روايات ولا مجلات خليعة! فاهم؟

وأطرق محمود ولوى شفته السفلى، وقال الأب في صوت أرق:

ـ إللي إنت عايز تقراه اقراه برَّه ولَّا اخفيه، أنا مش عايز حاجة تسمم أفكار البنت!

والتقت عينا الأب بعيني محمود في نظرة رجل لرجل، وابتسم محمود ابتسامة من يعرف ويفهم، واستأنف الأب كلامه:

ـ وكمان يا محمود أنا مش شايف داعي إن أصحابك يزوروك في البيت، يا أخي مش كفاية القهوة والنادي؟

واتسعت ابتسامة محمود:

ـ كفاية يا بابا! بس المهم عصام، عصام بيذاكر ويايا!

ورفعت الأم عينيها عن الطبق وقد ارتسم فيهما قلق:

ـ عصام! هوَّ عصام غريب؟! عصام ابن خالتك يا ابني، هيَّ ليلى حتتغطى على ابن خالتها؟!

ومسح الأب فمه بالفوطة:

ـ عصام معلهش، عصام منا وعلينا.

ولم تقل ليلى شيئًا ـ لم يكن أحد ينتظر منها أن تقول شيئًا. وبدأ دور الأم. دور لا ينتهي.. حتى أصبحت ليلى تلتفت خلفها كلما سمعت خطوات، تنتظر تعنيف أمها لها عن شيء حدث منها ولا تعرف ما هو، شيء «خارج» أو «ما يصحش» أو «ما يليقش ببنت ناس، بنت محترمة».. الضحكة الطليقة النابعة من القلب خارجة.. «خارجة ليه؟»، «عالية». والكلمة المخلصة الصريحة

خارجة.. «خارجة عن إيه؟»، عن الأصول، «فيه حاجة اسمها الأصول».. والقعدة:

ـ إنت يا تقعدي مجعوصة، يا تحطي رِجل على رِجل؟! الناس تقول إيه؟ «مش متربية»؟

ـ أنا زهقت من الناس! مش عايزة أشوف حد!

ـ لأ، ضروري الناس تشوفك. يقولوا: «مستخبية ليه؟ كتعة ولا عرجة!».

وإذا مانعت في الدخول للضيوف اتهمتها أمها بأنها «براوية ما بتحبش حد»، وإذا دخلت لامتها لأنها لا تسامرهم، وإذا تكلمت لامتها لأنها تتدخل في شؤون الكبار، وإن أطالت جلستها أشارت لها بالخروج، وإن خرجت مسرعة قالت لها: «إنت كنت ملحوقة على إيه؟».

ـ أنا في الحقيقة احترت وياكِ يا ماما، كل حاجة أعملها تطلع غلط في غلط!

ـ إللي يمشي على الأصول ما يغلطش.

ـ وإيه هيَّ الأصول دي؟!

ـ الأصول إن الواحد...

وتضيف الأم حدودًا جديدة، كقطرات الماء تسقط بروي ونظام، يسلب رويها ونظامها النوم من عيني النائم، ساعة بعد ساعة ويومًا بعد يوم وسنة بعد سنة.

وسنة بعد سنة نمت ليلى.

٢

وفي السابعة عشرة أصبحت ليلى فتاة ممتلئة الجسم، متوسطة القامة، خمرية، مستديرة الوجه، دقيقة الملامح في استواء، عريضة الجبهة، عيناها عسليتان عميقتان ضيقتان شديدتا اللمعان، وإذا ما ابتسمت ارتفعت وجنتاها الورديتان إلى أعلى وضاقت عيناها حتى أصبحتا خطًّا رفيعًا من نور يلتمع، وإذا ما اطمأنت ضحكت بكل وجهها.. بشفتيها وبعينيها وبأنفها، وإذا ما أثار الحديث اهتمامها مالت برأسها وأنصتت والكلمات تتدفق من أذنيها إلى قلبها، وإذا أثار الحديث حماسها أو شفقتها التمعت عيناها بالدموع.

كان وجهها يشع بالانطلاق والحيوية والإشراق على عكس جسمها.

كانت تمشي وكأنها مقيدة بسلاسل ثقيلة، تجر جسمها خلفها وكتفاها منحنيتان ورأسها ممدود إلى الأمام وكأنها تريد أن تصل بأقصى سرعة إلى هدفها لتختفي عن الأنظار، وحين تجلس لا تكاد تستقر في مكان بل تتحرك باستمرار، ولا تكاد تعرف أين تضع يديها وكأنهما جسمان غريبان عليها، وفي حركاتها ثقل وخوف وخاصة

٣٤

في البيت، أما في المدرسة فكانت أكثر انطلاقًا، كانت المدرسة جزءًا من عالمها الذي تحبه، هذا الهدير من الأصوات المختلفة، الجرس، الضحكات المجلجلة حينًا والمكتومة حينًا آخر، والخطوات التي تدب في الممر مسرعة إلى الفصل، والعيون التي تبتسم، والمرح في الفصل، والمؤامرات الهامسة التي تدبر ضد المُدرس أو المُدرسة، والولاء الذي يجمع بين الطالبات لا ينال منه تهديد ولا عقاب، والتعليقات المكتوبة التي تمرر حين يستعصي الكلام، وفسحة الظُّهر والشلة، والنكات الهامسة التي تحمر منها الوجوه ثم تنفرج في ضحكة طويلة، والقصص الخافتة في ركن ناءٍ والمستمعة تفتح فمها كالبلهاء، ووقع الملاعق على الأطباق في المطعم، وساندويتش الموز، والتريقة على عباد الله، والفصل المقفول في الفسحة والرقص البلدي، والمناقشة في السياسة، والخلاف حول أم كلثوم وعبد الوهاب، والصداقات التي تنبع فجأة، والخصام والدموع والصُّلح. وهي تستحوذ على اهتمام الفصل بتفننها في الشقاوة، وتُغضب المُدرس وتعود فتسترضيه، وتخطب في المناسبات الوطنية، وتبرز في الجمعيات الأدبية، ويعترف لها مُدرس اللغة العربية بالتفوق، وتفوز ببطولة المدرسة في «البنج بونج»، وتشترك في فريق الكشافة وكرة السلة، وتتزعم شلة تغرقها حبًّا.

وعندما ينتهي اليوم الدراسي تنتظر حتى تنصرف آخر تلميذة ثم تطلع إلى فصلها والمدرسة ساكنة خالية، وتعد كتبها وتنصرف إلى البيت بخطوات متثاقلة.

* * *

وفي البيت تبدأ أمها تعنفها على شيء، فلا بد أن يكون هناك شيء ما، شيء كان ينبغي أن يُعمل ولم يُعمل، أو كان ينبغي ألا يُعمل وعُمل، ثم يظهر أبوها بوجهه الهادئ الصامت الخالي من التعبير ويفرض صمته وهدوءه على كل مَن في البيت. وتبدأ أمها تمشي على أطراف أصابعها وتلتفت حولها بعينين قلقتين تتأكد أن كل شيء مُعد كما ينبغي أن يُعد، ثم يبدأ الغداء.. وعلى المائدة يبدأ الأب يُعنف أمها في هدوء وفي صوت هامس، والأم طبعًا حريصة على ألا ترتكب ما يوجب التعنيف، ولكن هناك إخوتها، وهي طبعًا تتحمل المسؤولية الكاملة عن تصرفات إخوتها، لقد قال أخوها الشيء الفلاني وما كان ينبغي أن يقوله، وفعل كذا وما كان ينبغي أن يفعله، وتبيض شفتا أمها ولكنها لا تُجيب.

ولكن الغداء يكون ألطف من ذلك بكثير عندما لا يتغيب محمود في كلية الطب، عندما يعود إلى البيت في الظُّهر ويشد الكرسي ويجلس على المائدة بوجهه المشرق الحلو، وبعينيه الخضراوين القلقتين، وبشفتيه الرقيقتين الباهتتين، ويصطنع الجد ويبدأ في الحديث:

ـ النهارده...

ويحكي كل شيء، ما حدث في الكلية، وما سمعه في الترام، وما قرأه، وآخر نكتة يتداولها الناس، ويحاكي ويعلق ويبالغ ويدلي بآراء غاية في الغرابة.. آراء تميزه هو عن الآخرين.. وينقلب الجو على المائدة، وكأنه جاء بنسمة من الهواء المنعش من الخارج، وتنفرج ملامح الأم المتوجسة ويصبح وجهها جميلًا كوجه طفل وتضحك

٣٦

ضحكاتها اللطيفة المنخفضة القصيرة. ولكن المنظر الذي يستحق المشاهدة حقًّا هو منظر أبيها، يجلس وقد ثبت عينيه على محمود لا يرخيهما عنه وكأنه معجزة تتحرك على الأرض. وينصت الأب باهتمام ويسقط عن وجهه القناع ويكتسب الوجه الجامد الخالي من التعبير تعبيرًا من حنان، وعندما يصل محمود إلى نقطة من السرد تبرز تفوقه أو شجاعته أو ذكاءه أو خفة دمه تجمد عينا الأب وتكسوهما طبقة خفيفة من دموع.

وعندما يبدأ محمود في السخرية من الأوضاع الاجتماعية السائدة في مجتمعه لا يترك شيئًا تحيطه التقاليد بهالة من التقديس إلا ويحاول هدمه، وتلمع عينا ليلى، وترتجف شفتا الأم، ويتوجس الأب شرًّا، ولكن محمود يخرج من المأزق بلباقة، يخلط سخريته بالفكاهة فيكتم الأب ضحكاته ويختلط الأمر عليه فلا يعرف إن كان ابنه جادًّا أم هازلًا.

وتتشعب موضوعات الحديث ولكنها تنتهي عادة بمناقشة في السياسة وخاصة إذا كان عصام موجودًا على الغداء وغالبًا ما يكون موجودًا، فهو دائمًا مع محمود في كلية الطب وفي المذاكرة. وإذ ذاك تميل ليلى بنصفها الأعلى على المائدة، وتركز عينيها على محمود وتستمع أذناها إلى كلمات عصام وإلى كلمات أبيها ولكنها لا ترخي عينيها عن محمود، وينقبض وجهها بين الحين والحين وكأنها تعد في عقلها ردًّا لاذعًا، ويستدير فمها وكأنها تهم بالكلام ثم ينبسط وجهها عندما يجيب محمود وكأنه قال تمامًا ما أرادت أن تقول.

قالت مرَّة لجميلة:

ـ عارفة يا جميلة بابا بيقول إيه؟ بيقول أنا ومحمود بنفكر بقلبنا مش بعقلنا.

ـ دا بيتريق عليكم يا عبيطة.

ـ ما أنا عارفة، ولكن دي هي الحقيقة.

* * *

ويعتدل محمود إيذانًا ببدء المناقشة، ويُركز عينيه على عصام وكأن عصام مسؤول عن كل تصرفات الحكومة ويقول:

ـ تقدر تقول لي الحكومة الوفدية بتاعتك عملت إيه؟ قعدنا نقول: «الوفد. ما حدش حينقذ البلد غير الوفد»، وبعدين الوفد عمل إيه؟

ويقول عصام:

ـ المسألة مسألة وقت والدنيا ما اتخلقتش في يوم!

ـ ما تجننيش بَقه يا عصام! إنت عارف إن المفاوضات مش حتجيب نتيجة والبلد كلها عارفة كده، مش النهارده بس.. من سنين!

ويمسح الأب فمه ويقول:

ـ على العموم الوفد أحسن من غيره.

ويميل محمود إلى الأمام، وتندفع الكلمات من فمه متتالية كأنه يتشاجر:

ـ الوفد أزفت من غيره، لأن الشعب كان بيثق في الوفد والوفد خان الثقة دي!

ويهرع الأب إلى الحمَّام دون أن يجيب فلا بد له أن يتوضأ ليلحق
صلاة العصر.

ويقول عصام في هدوء:

ـ المسألة مش مسألة حماسة يا سي محمود، تقدر تقول لي
الحكومة تعمل إيه؟ تحارب الملك؟! تحارب الإنجليز؟!

ويستند محمود إلى ظهر مقعده:

ـ أيوه تحاربهم، تحاربهم لو كانت شعبية زي ما بتقول.

ـ تحاربهم بإيه؟

ـ تحاربهم بينا.. بالشعب، بالجيش، الجيش بيغلي، الجيش
فلاحين، مصريين زيي وزيك!

ويخيل إلى ليلى أن شعر رأسها قد وقف، وتسري الرجفة إلى
جسمها، نفس الرجفة التي تصيبها حين تسمع في الراديو حديثًا عن
مجد ماضٍ لمصر، أو تقرأ جانبًا مشرقًا من تاريخها، أو تسمع عن
ظلم وقع بشعبها، رجفة مَن يمتلك شيئًا يفخر به ويخشى عليه.

ويقول عصام:

ـ الشعب.. الشعب المصري يحارب الإمبراطورية البريطانية؟!
يا أخي فكر في الموضوع بتعقل!

وهنا يفقد محمود السيطرة على نفسه ولا يتحرج، يستخدم أول
لفظة تخطر بباله، ويشتم سنسفيل جدود الإمبراطورية البريطانية
والملك والحكومة، ويلعن التعقل والمتعقلين، وينتهي باتهام
عصام بالخيانة وبمهادنة الاستعمار، ويكاد الموقف يتعقد، وتقول
الأم لمحمود:

ـ يا أخي بلا خيبة! حازق نفسك أوي كده على إيه، تقولشي وزير
ولَّا أمير!

ويضحك محمود ويضحك عصام وينتهي الغداء، وتدخل ليلى
إلى غرفتها وتقفل الباب وراءها وتتنهد بارتياح.

* * *

فهنا في هذه الحجرة عالمها الذي تتصرف فيه كما يحلو لها،
عالمها الذي تقف فيه وحيدة بعيدة عن كل مَن في البيت حتى عن
محمود. وفي ذلك العالم عاشت تحلم وتفرح وتتألم وتشتهي أشياء
غامضة لا تدري ما هي.. أشياء تتراقص أحيانًا في كل ذرة من كيانها،
وتجعلها تشعر أن جسمها خفيف فتجري إلى النافذة وتفتحها ويخيل
إليها أنها تستطيع في نشوتها أن تطير مع هذه الطيور التي تحلق في
الفضاء، وترسخ أحيانًا هذه الأشياء على صدرها وتتراكم طبقات
فوق طبقات، طبقات من حزن غامض مضى، ومن حزن غامض آت،
طبقات فوق طبقات حتى تكاد تخنقها، فتجري إلى الدولاب وتدفن
فمها في الملابس وتصرخ بكل ما فيها من قوة، بكل كيانها، وتخرج
من الدولاب ترتجف وترتمي على السرير تبكي.. ولم تكن تريد
إلا أن تُترك وحيدة في حجرتها بعيدة عن الآخرين، ولذلك هادنت
كل مَن حولها حتى لا يطغى صوت خارجي على عالمها الخفي، لو
تمردت أو ثارت لظلت أمها تعنفها بالساعات ولانتزعها أبوها من
سريرها لِيُلقي عليها درسًا في الأخلاق، لا، هي لا تريد أن تنشغل
بحدث خارجي تافه عن عالمها الرائع.

ولم تكن المذاكرة تشغل جانبًا كبيرًا من وقتها، كانت تنتقل من

فرقة إلى فرقة في سهولة، وأهلها لا ينتظرون منها خيرًا من ذلك، وكان وقتها في البيت موزعًا بين القراءة الخارجية وبين أحلام اليقظة، ولكن أمها كانت تنتزعها بين الحين والحين إلى الواقع الذي بدا لها جافًّا ومملًّا للغاية، بلا شِعر.

كان عليها مثلًا أن تقابل ضيفات أمها، وأن تسامرهن. وكانت الآن قد تدربت بما فيه الكفاية. كانت قد تعلمت كيف تبتسم في أدب، وكيف ومتى تضحك، ومتى تجلس ومتى تنسحب، وكيف تنصت باهتمام مهما كان الحديث تافهًا، ومتى تهز رأسها بالموافقة، ومتى تُبدي إعجابها أو عجبها.

ولكنها كانت تكره كل هذا، تكرهه من أعماق قلبها، وتعتبره تقييدًا لحريتها وقتلًا لإنسانيتها، ولذلك كانت تخطئ أحيانًا. كما حدث ليلة زيارة سامية هانم.

* * *

دخلت الأم على ليلى في حجرتها:

ـ يلَّا قومي، البسي هدومك عشان تدخلي لسامية هانم.

وسامية هانم قريبة من قريبات أمها من الفرع الغني من الأسرة.

وأطرقت ليلى:

ـ أنا مش عايزة أدخل لحد!

ـ ليه؟

ـ كده.

ـ كده ليه؟

ورفعت ليلى وجهها وقالت:

ـ مش عايزة أشوفها، ما باحبهاش، ما باحبهاش من يوم فصل
الشربات.

وأغمضت عينيها.. رأت سامية هانم في صالونها تقفز واقفة من
الفوتيل اللاكيه المشغول بـ«الأوبيسون» وكأن كارثة قد وقعت، ويد
أمها ممدودة مُعلَّقة في الهواء والسفرجي قد أدرك أنه خالف الأصول
فتراجع بعد أن اقترب من أمها بصينية الشربات، وبدأ بزينب هانم،
الضيفة المهمة. وهزت ليلى رأسها وهي ما زالت مغمضة العينين..
المصيبة، المصيبة أن أمها لم تغضب. قالت يومها:

ـ كل واحد له مكانه في الدنيا دي، لو عرفه ما يتعبش.

ومسحت ليلى دموعها وقالت في سخرية:

ـ وزينب هانم دي أحسن منك في إيه؟ عشان غنية يعني؟!

وقالت الأم يومها في بساطة:

ـ أيوه عشان غنية.

وفتحت ليلى عينيها لتجد أمها ما زالت واقفة أمامها، ودون أن
تتكلم قامت لترتدي ملابسها.

وجلست صامتة تستمع إلى حديث الضيفة مع أمها، وتَطرق
الحديث إلى مغني مشهور يجاور سامية هانم في السكن، ومدى ما
يملكه من ثروة وعمارات ثم إلى صوته. ولما كان من المفروغ منه أن
الأم لا تفهم في الأغاني العاطفية فقد وجهت سامية هانم المتصابية
الكلام إلى ليلى:

ـ أنا أموت في صوته، صوته جنان، مش كده يا ليلى؟

وقالت ليلى:

ـ بس بيغني زي ما يكون بيعيط، زي ما يكون واحدة ست!

وبعد فترة قصيرة قامت سامية هانم التي اعتادت أن يؤمِّن الجميع على أقوالها ممتعضة، وألقت بالفرو على كتفيها وقالت:

ـ بنتك ملحلحة أوي يا سنية هانم.

وهي تشد على حرفي اللام والحاء وتمد كلمة أوي.

وقفلت الأم باب الشقة وراء الضيفة وواجهت ليلى بوجه حاد:

ـ إنتِ إزاي تقولي الكلام الفارغ ده لسامية هانم؟

ـ أهي الكلمة إللي جت على لساني قلتها والسلام!

ـ الكلمة إللي جت على لسانك؟! لو كان كل واحد يقول الكلمة إللي تيجي على لسانه كانت الدنيا خربت!

ـ ولا يقول إللي يحسه.

ـ إللي يحسه ده لنفسه هوَّ مش للناس!

ـ يعني يكذب؟

ـ دا مش كذب دي مجاملة. الواحد ضروري يلاطف الناس ويجاملهم.

ـ حتى ولو ما كانش بيحبهم؟

ـ حتى ولو ما كانش بيحبهم.

وطفرت الدموع في عيني ليلى وقالت في صوت مختنق:

ـ يعني يكذب؟ يعني يكذب؟

ولان وجه الأم ووضعت يدها على كتف ليلى:

ـ إنت صعبانة عليَّ يا بنتي، إنت جاهلة، الدنيا عايزة كده، وإن ما كانش الواحد يعمل كده هوَّ إللي يتعب.

وأغمضت ليلى جفنيها، ونحت يد أمها برفق عن كتفها، ودخلت إلى حجرتها، وأقفلت وراءها الباب.

* * *

وسارت إلى النافذة واستندت إلى حافتها وودت لو استطاعت أن تخرج من البيت.

وتجمع الغضب في جسمها، واحتبس في حلقها، وجف له فمها ولسانها، غضب بدأ غامضًا ثم لم يلبث أن تركز على أمها، غضب مثل ذلك الذي كانت تشعر به وهي طفلة حين كانت أمها تلقيها على ظهرها وتثبت جسمها في الأرض وتفتح فمها بالقوة وتلقي فيه بشربة زيت الخروع.. ولكنها هذه المرَّة لم تفتح فمها لقد فتحت عينيها بالقوة.

نعم.. فتحت أمها عينيها.. فتحت عينيها! على ماذا؟

على الدنيا.. على الحياة.. «إنت جاهلة بالدنيا» أمها قالت. وكان من الممكن أن تقول «إنت ضروري تتعلمي الكذب والنفاق يا بنتي» وطبعًا لم تقل هذا، ولكنها قالت ما يساويه. ولِمَ؟

الأمر سهل وبسيط وواضح ولم يحرك حتى شعرة من شعر أمها «عشان الدنيا عايزة كده.. عشان الحياة عايزة كده».

وأي حياة هذه؟ إنها حياة لا تستحق أن يحياها الإنسان، هذه الحياة التافهة التي يسيطر عليها رجال تافهون ونساء تافهات مثل سامية هانم وأختها دولت هانم.

هذه المرأة هي الأخرى.. دولت هانم.. وشعرت ليلى ببرودة تتسلل إلى جسمها، وأقفلت النافذة، وأسندت رأسها إلى زجاجها، وقررت ألا تفكر في موضوع دولت هانم. ولكي لا تفكر بدأت تحلم.

أين تقابله؟ في حفلة رقص.. وستكون في ثوب أبيض كثوب «أودري هيبورن» في فيلم «سابرينا».. وعندما يراها.. كلام فارغ إنها لا ترقص وحتى لو كانت تعرف الرقص فمن الأكيد أنها ستعيش وتموت دون أن تذهب إلى حفلة رقص. دعنا إذن نغير الموقف. في الجامعة؟ أبدًا. لقد اعترض أبوها على دخولها ثانوي ولولا محمود لما أكملت دراستها.. فما بالك بالجامعة؟ في زيارة؟ «مش أوي مش رومانتيك»، ولكن ليس هناك فرصة أخرى. إذن في زيارة.. ولكن أين تكون أمها إذ ذاك؟ ستكون في حجرة الاستقبال مع صاحبة البيت وتخرج هي إلى الحديقة.. ولكنها لا تعرف أحدًا يملك حديقة سوى سامية هانم وأخواتها.. لا لا.. لا يمكن أن تتصور الموقف مع صدقي ابن سامية هانم، ولِمَ لا؟ إنه أنيق أسمر طويل ويشبه «جريجوري بك»، ولكنها قطعًا لا تحب صوته ولا نظراته، في صوته نبرة متعالية متكلفة، ونظراته تقول «انظري إليَّ إنني متواضع.. إنني لطيف.. إنني ديمقراطي». وعندما أوصلها وأمها بعربته إلى البيت بعد زيارتهما الأخيرة لسامية هانم، جلست إلى جانبه مشدودة وعيناها موجهتان إلى الأمام لا تجسر على توجيههما إليه. وعندما شكرته أمها وابتسم نصف ابتسامة وقال بصوته المتعالي وعيناه عليها هي: «تعبكم راحة يا طنط»، ودت لو استطاعت أن تصفعه.

لا، إن الرجل الذي تتصوره، الذي سيحبها وتحبه لن يكون كصدقي، ولن يكون كأبيها أيضًا، ولا كأي رجل قابلته إلى الآن، سيكون... إنها لا تعرف كيف سيكون ولكنها على يقين من أنه سيكون مختلفًا عن الآخرين، مختلفًا قطعًا. وشكله؟ أسمر طويل

٤٥

جذاب قوي التقاطيع بعيون سود كبيرة مثل.. مثل صدقي مثلًا ولكن من ناحية الشكل، من ناحية الشكل فقط.

صدقي.. صدقي، لنفرض أن صدقي أحبها.. سيخرجان إلى الحديقة وضوء القمر يلتمع من خلال الأشجار في بقع ذهبية على ممر الحديقة المرصوف ورائحة النرجس تفعم المكان، ويقول بصوت متهدج تختفي منه نغمته المتعالية: «ليلى»، ويحدق في عينيها ويضطرب صوته: «ليلى.. أنا عايز أقول لك حاجة ومش عارف أبتدي إزاي».

وتضحك هي وتجري أمامه وحين يكاد يلحق بها تدير رأسها وتنظر إليه من طرف عينها: «عايز تقول إيه يا صدقي بيه؟». ويقول هو بصوت متوسل: «أرجوك يا ليلى بلاش بيه دي». وتهز هي كتفها وتميل على حوض القرنفل وتقطف قرنفلة حمراء وتقربها من أنفها ثم تبدأ تنثر أوراقها ورقة ورقة في الهواء. ويهمس هو: «أرجوكِ خليك جد شوية، أنا باحبك، باحبك يا ليلى». ويحيطها بذراعيه ويحاول أنْ يُقبلها. وهنا تدفعه هي بعيدًا وتصفعه صفعة قوية يرن صداها في أنحاء الحديقة. ويضع هو يده على خده ويتمتم: «أنا آسف! آسف يا ليلى! ما قدرتش أتحكم في نفسي». وتضحك هي في سخرية. «إنت فاكر يعني عشان ما أنا فقيرة أبقى لقمة سهلة، فاكر الفقرا ما عندهمش شرف يا سي صدقي».

لا.. لا يمكن أن تقولي هذا، أولًا هذا الكلام لا يحدث في الحياة وإنما هو على طريقة يوسف وهبي في الروايات، وثانيًا هذه الفصاحة قد تواتيها في حجرتها ولكنها لا تواتيها في معاملتها مع الناس، فهي جبانة مع الناس. إذن فلنحذف هذا الجزء ولنقف عند الصفعة

والاعتذار. «أنا آسف يا ليلى! آسف ما قدرتش أتحكم في نفسي».
ويمسك بيدها في يديه مستغفرًا، ولكن يده تمتد إلى ذراعها فتمر عليه
وتنتقل منه إلى كتفها ومن كتفها إلى صدرها فخصرها.. تعاينها، تمامًا
كما فعلت يد دولت هانم.. دولت هانم من جديد!

* * *

وابتعدت ليلى عن النافذة، ومشت في الحجرة وقد غطت وجهها
بيديها.. تعاينها من أعلى إلى أسفل كما لو كانت جاموسة معروضة
للبيع! هذه المرأة لم تتغير، حدث لها ما يُفتت الحجر ولم تتغير، هي
هي، بقامتها المديدة، وبشخصيتها القوية، وبقدرتها العجيبة على
امتلاك كل من حولها من الناس وعلى تكييف حياتهم. هي هي،
لم يتغير فيها شيء سوى ملابسها طبعًا فهي سوداء الآن.

عندما كانت طفلة كانت دولت هانم تسحبها حيث يقع الضوء
كلما رأتها، وتدرس ملامحها لحظة، ثم تضربها على فخذها وتقول:

ـ لا لسه برضه حلوة يا مضروبة.

وتلتفت إلى مَن حولها وتقول:

ـ أصل ليلى عندها حاجة جذابة في وشها، وكل ما أشوفها
ضروري أطمئن على إن الحاجة دي لسه موجودة.

ولم تكن تغضب إذ ذاك، بل لم تغضب حين قالت لها دولت
هانم زمان:

ـ لأ يا ليلى، شعرك فظيع يا حبيبتي، طفلة في سنك يبقى شعرها
طويل كده؟

ووقفت الدموع في عينيها حين رأت خصلات شعرها الأسود

الناعم على الأرض، ولكن دموعها اختلطت بضحكاتها حين قالت لها دولت هانم بعد أن انتهت من قص شعرها:

ـ أيوه كده وشك بان.. بقيتي جميلة خالص يا مضروبة.

لا لم تغضب إذ ذاك ـ كانت تحبها ـ وعندما دخلت حجرة الاستقبال في بيتهم، ووجدتها جالسة ارتمت في صدرها، ولم تكن قد رأتها منذ أن حدث ما حدث.

وبدأت ليلى تهز ساقيها وهي جالسة على السرير.. ليتها ما دخلت ولكنها أرادت أن تدخل، لم ترغمها أمها بل اندفعت هي في حماس! وأخذت ليلى تستعيد الصورة جزءًا جزءًا وكأنها تجد لذة في تعذيب نفسها، ورغم أن أسبوعًا قد مر على الحادث فقد كان حيًّا في خيالها بكل تفصيلاته.

قالت دولت هانم:

ـ دِهده.. دا إنتِ بقيتي عروسة في غاية الرقة يا ليلى.

وفرحت هي وسألتها عن ابنتها:

ـ وازي سناء و...

وكادت أن تنطق باسم صفاء إلى جانب سناء بحكم العادة ولكنها تداركت الأمر.

ـ والله سناء في إسكندرية مع جوزها.. النهارده الصبح كانت بتكلمني في التلفون وبتقول...

والتفتت إلى أمها وقالت:

ـ من حق يا سنية، عملتوا إيه في العريس إللي أنا جايباه لبنت أختك جميلة، الراجل كلمني إمبارح في التلفون.

وأطرقت أمها:

ـ نعمل إيه؟ يظهر مفيش قسمة يا دولت هانم.

ـ يعني إيه مفيش قسمة؟ الراجل وراغب، يبقى الرفض منكم إنتم.

وقالت أمها وكأنها تعتذر:

ـ والله ما أنا عارفة أقول إيه يا دولت هانم.. سميرة أختي تعبت مع البنت مفيش فايدة! وقلنا لها ميت مرَّة يا بنتي الراجل ما يعيبوش إلا جيبه!

ـ بلا كلام فارغ، بكرة ياخد ستها.

وأشاحت دولت هانم بوجهها بعيدًا ووقع نظرها عليها:

ـ اسمعي يا سنية.. ما تاخديه لليلى.

وظهرت دهشة على وجه أمها ثم ابتسمت ابتسامة اعتذار:

ـ البنت صغيرة على الجواز يا دولت هانم.. دي عندها سبعتاشر سنة.

ـ صغيرة! ما حدش صغير، قومي يا ليلى.

ومسحت ليلى وجهها بيديها في حركة دائرية. وقالت في صوت مسموع: «كفاية كفاية».. ولكن المنظر انطبع أمام عينيها، والصوت تردد في أذنيها.

هي واقفة وسط الحجرة ودولت هانم أمامها، تفحصها من بعيد بعين نفاذة. دولت هانم تسحبها حتى تصبح قريبة منها، وتمر على جسمها بيدها اليمنى في بطء من أعلى إلى أسفل ومن أسفل إلى أعلى، وتتوقف يدها وهي صاعدة عند خصرها ثم عند صدرها.

وغطت ليلى عينيها وهي ما زالت جالسة على السرير وهمست: «يا رب.. يا رب».

ولكن صوت دولت هانم تردد في أذنيها:

- البنت لازمها فستان كويس يبرز كسمها، ولازمها كورسيه يرفع صدرها ويشد وسطها.. البنت مبهدلة أوي.

ثم قالت لأمها:

- حرام عليكِ.. البنت النهارده ملهاش سعر!

قالت بالكلمة:

- حرام عليكِ البنت النهارده على وش جواز، والبنت إن ما كانتش تلبس ما يبقلهاش سعر في السوق!

وقفزت ليلى من السرير واقفة.. جارية! جارية في سوق الرقيق! تلبس وتتزين ليرتفع سعرها! ولكن لماذا تغضب؟ لماذا تثور؟ أليست هذه هي الحقيقة؟ لا يمكن.. نعم هي الحقيقة. هذه هي الحياة، هذا هو وضع البنت في المجتمع الذي تعيش فيه ويجب أن تتقبل هي هذا الوضع أو تموت.. تموت؟!

وتربعت ليلى على الكرسي الأسيوطي.

عندما تولد البنت يبتسمون ابتسامة تسليم، وعندما تكبر يسجنونها ويدربونها على فن.. فن الحياة! تبتسم وتنحني وتتعطر وتترقق.. وتكذب وتلبس كورسيه يشد خصرها ويرفع صدرها لكي يرتفع سعرها في السوق وتتزوج.. تتزوج مَن؟ أي إنسان «والراجل ما يعيبوش إلا جيبه» وتلبس الطرحة البيضاء، وتنتقل إلى منزل الزوج «والدنيا عايزة كده» وكل شيء سهل وبسيط ومفهوم ولكن.. ولكن يجب أن تكون حريصة، حريصة جدًّا، يجب ألا تحس وألا تشعر وألا تفكر وألا تحب، يجب وإلا.. وإلا قتلوها كما قتلوا صفاء.

وانكمشت ليلى في جلستها.

عندما قالت ذلك في هذه الغرفة نظرت إليها أمها نظرة غريبة وكأنها تراها لأول مرَّة، وفتحت فمها في دهشة، وخرجت تهرول من الحجرة. ولكنها مسرورة مما حدث بعد خروج دولت هانم، من كل كلمة قالتها، ومن كل حركة.

* * *

كانت هذه من المرَّات القليلة التي جرؤت فيها على أن تقول ما ينبغي أن يُقال.. كانت إذ ذاك مستلقية على السرير لا تبكي ولا تفكر، ودخلت أمها عليها وقالت كلامًا دوى في أذنها ولم تفهمه، ثم هزت كتفها هزة عنيفة:

ـ جرى إيه؟ إنت نمت ولَّا إيه؟

ورفعت وجهها إلى أمها.

ـ جرى لك إيه؟ مال وشك مصفر كده؟

وألقت ليلى بوجهها على الوسادة من جديد.

وقالت أمها بصوت رقيق:

ـ ما تاخديش بالك من الكلام إللي قالته دولت.. لسه بدري على حكاية الجواز دي.

وغشت عينيها طبقة من الدموع، وقالت في هدوء دون أن ترفع وجهها:

ـ هيَّ عايزة مني إيه؟!

ـ مين؟

ـ الست دي!

٥١

- حتعوز منك إيه؟

واعتدلت بسرعة، وجلست على السرير، وواجهت أمها:

- عايزة تقتلني زي ما قتلت بنتها؟

- اخرسي قطع لسانك!

وقالت هي بصوت هادئ وكأنها تقرر حقيقة ثابتة:

- هيَّ مش قتلت بنتها؟

- صحيح إنك ما عندكيش إحساس، واحدة منكوبة زي دي، تقولي عليها الكلام ده!

ولم تتأثر هي بهذا الكلام.

- هيَّ مش انتحرت؟

- وإنتِ تعرفي منين؟

- أنا عارفة، وعارفة انتحرت ليه كمان! تحبي أقول لك؟

- هيَّ إللي كانت حطت لها السم في بقها؟

واستلقت هي على سريرها ببطء وهي تبتسم ابتسامة كئيبة وتقول:

- هيَّ إللي سممت حياتها، وقفلت عليها أبواب الرحمة.. ما لقتش قدامها إلا السم!

وفتحت أمها فمها إذ ذاك في دهشة، ونظرت إليها نظرة غريبة وكأنها تراها لأول مرَّة، وخرجت من الغرفة مهرولة.

* * *

ومدت ليلى ساقيها، وأسندت ظهرها إلى المسند الخلفي للكرسي.. ثم خاصمتها أمها ثلاثة أيام.. ثلاثة أيام كاملة وهي غاضبة.. وهي تعرف لِمَ غضبت أمها، غضبت أولًا لأنها عرفت أن

صفاء قد انتحرت، فقد أخبرتها في حينه أنها ماتت، وغضبت أيضًا لأنها قالت: «تحبي أقول لك انتحرت ليه كمان؟».

كانت أمها حريصة على ألا تعرف شيئًا عن هذا الموضوع أو عن مثله من الموضوعات، ولكنها تسمع كلمة من هنا وكلمة من هناك وتجمع الخيوط وتستعمل عقلها.. موضوع صفاء مثلًا، سمعت أولًا أن صفاء انتحرت، ابتلعت أنبوبة الحبوب المنومة التي كانت تعينها على النوم في ظل زوج يعيبه كل شيء إلا جيبه، ولكنها لم تعرف إذ ذاك أنها انتحرت في نفس الليلة، نفس الليلة التي لجأت فيها إلى أمها. وعملت الأم بالأصول ورفضت أن تؤويها، أوصدت في وجهها الباب فرجعت صفاء إلى منزل الزوج وانتحرت.. وبعد مدة أيضًا عرفت قصة الحب وثورة الأم وطلب الطلاق ورفض الزوج، بعد مدة، مدة أحالت الفتاة الحلوة إلى تراب.

ودولت هانم أم هذه الفتاة الحلوة هي هي لم تتغير، حدث لها ما يفتت الحجر ولم تتغير، حزنت على موت ابنتها كما تحزن كل أم، ولكن هل شكت لحظة واحدة في صحة تصرفها؟ أبدًا.. ولا الآخرون شكوا في صحة هذا التصرف. إنها تمضي برأس مرفوع، وبخطوات ثابتة، وتفرض احترامها على الآخرين.. يا رب أي قوة هذه؟! وأي مناعة؟! وأي ثقة بالنفس؟ ومن أين يستمدها الناس؟ من أين؟ ولمَ لا يرى الناس في تصرف هذه المرأة ما تراه هي؟ ولماذا زاد احترامهم لها بعد أن ماتت ابنتها؟ وما السر، ما السر في هذا الاحترام؟

ودقت ليلى يدًا على يد دون أن يسمع لدقة يدها صوت، وقامت واقفة وبدأت تذرع الحجرة.

هل يمكن أن تكون مخطئة؟ هل أخطأت في حكمها على هذه المرأة؟ هل أخطأت هذه المرَّة أيضًا؟ «إللي يعرف الأصول ما يغلطش».. أمها قالت.. ما يغلطش وما...

وتوقفت ليلى في وسط الحجرة فجأة، واتسعت عيناها، وقالت بصوت هامس: «ما يغلطش.. وما يضعفش.. وما يفقدش الثقة في نفسه». وضمت شفتيها، ولمعت عيناها كأنها وصلت بعد مجهود إلى حقيقة طال بحثها عنها.

والمسألة التي تطلبت منها كل هذا التفكير مسألة بسيطة.. مسألة عرفتها أمها دون تفكير.. «إللي يعرف الأصول ما يغلطش».. تمامًا.. كما في لعبة الكونكان، يعرف الواحد قواعد اللعبة، ويلتزمها، ويلعب باطمئنان وهو واثق طول الوقت أنه على حق، أنه على صواب، لا يخطئ أبدًا، ليس المهم أن يكسب أو يخسر ولكن المهم أن يلعب تبعًا للأصول.

ودولت هانم قتلت ابنتها وهي تلعب، ولكنها على حق، على صواب، فقد التزمت أصول اللعبة، والناس يحترمونها لأنها فعلت ذلك.

وانهارت ليلى على حافة السرير.. وضمائرهم، ضمائرهم.. أليست لهم ضمائر؟ لا.. المهم المظهر.. المهم ما يراه الناس.

ـ ماما...

قالت هي يومًا لأمها:

ـ ماما، مش كان كفاية فستانين بدل تلاتة وتشتري لي قميصين تحتانيين، هدومي التحتانية كلها تقطعت؟!

وقالت أمها:

ـ الناس ما بتشوفش هدومك التحتانية، المهم إنك تظهري بمظهر كويس.

* * *

واندفع باب حجرة ليلى ودخل محمود وهو يرتدي ملابسه الخارجية ووقف في وسط الحجرة وقال:

ـ إنتِ قاعدة هنا والبلد بتغلي؟

وابتسمت ليلى التي تعرف ميل أخيها إلى المبالغة، وهزت ساقيها وهي تقول:

ـ بتغلي ليه؟

ـ الحكومة لغت المعاهدة! معاهدة ٣٦!

وقفزت هي من على طرف السرير واقفة وقد احمر وجهها:

ـ مش معقول!

ـ افتحي الراديو واسمعي.

وجرت هي خارجة من الغرفة إلى الصالة لتفتح الراديو، وتوقفت وهي تمر بمحمود، أرادت أن تحتضنه وتُقبله، ثم مالت عنه في خجل وهي تبتسم في ارتباك.

ولم تحلم ليلى هذه الليلة. كان كل جزء من جسمها ينبض بالحياة، وقضت ليلتها ساهرة وهي مستلقية على ظهرها وكأنها تنتظر شيئًا.

٣

وفي الصباح وصلت ليلى المدرسة متأخرة والجرس يدق، ودخلت وقد جمد وجهها وكأنها تنتظر شيئًا، وتلفتت حولها ثم لان وجهها واندفعت تجري.. كان الجرس يدق والطابور لا ينتظم، والطالبات متفرقات جماعات في الحوش. وأخذت تنتقل من جماعة إلى جماعة في سرعة واضطراب دون أن تدري لذلك سببًا، كانت الكلمات تنفذ من أذنيها إلى قلبها، والرجفة تسري في جسمها من أسفل إلى أعلى حتى تتركز في رأسها، في شعرها.

-نزلوا البنات إللي في الفصول.. لأ مفيش شغل ولا بنت حتشتغل.. علية، شوفي بنات سنة أولى، طمنيهم إذا كانوا خايفين.

-بالعكس دول متحمسين خالص.. دول حتى أشجع من البنات الكبار.. إحنا مش أقل من الطلبة.. بنات بنات، البنات برضه عندهم شعور.. ضروري نعبر عن شعورنا!

والجرس يدق، والمشرفات والمُدرسات يصفقن، والبنات متفرقات جماعات، ووصلت ليلى إلى شلتها وقالت عديلة:

ـ تعالي يا ست ليلى شوفي قريبتك، مش عايزة تخرج.

وبدت الدهشة على وجه ليلى:

ـ تخرج؟ تخرج فين؟

ـ في المظاهرة طبعًا.

ـ إنتو حتخرجوا في مظاهرة؟!

ـ طبعًا حنخرج.. البلد كلها قايمة على رِجل وكل المدارس حتخرج وإشمعنى إحنا إللي ما نعبرش عن شعورنا؟!

وانقطعت المناقشة عندما خرجت الناظرة إلى الحوش والجرس ما يزال يدق في إلحاح، وتجمعت الجماعات المتفرقة في كتلة آدمية كبيرة متساندة، وعلا الهتاف:

يسقط الاستعمار

نريد السلاح

السلاح

وتقدمت الناظرة إلى الميكروفون وقالت إن وظيفة المرأة هي الأمومة ومكان المرأة هو البيت.. وإن السلاح والكفاح للرجال.

وساد الصمت برهة، خانقًا ثقيلًا، ثم اخترقت الصفوف فتاة سمراء قصيرة الشعر عريضة المنكبين سوداء العينين لامعتهما، وتقدمت وصعدت السلالم الأربعة التي تفصل الطالبات عن الناظرة، ووقفت أمامها وقالت وصوتها يرتجف في الميكروفون:

ـ إن حضرة الناظرة تقول إن المرأة للبيت والرجل للكفاح، وأنا أريد أن أقول إن الإنجليز حين قتلوا المصريين سنة ١٩١٩ لم يفرقوا بين الرجل والمرأة! وإن الإنجليز حين سلبوا حرية

المصريين لم يفرقوا بين الرجل والمرأة! وإن الإنجليز حين نهبوا
أرزاق المصريين لم يفرقوا بين الرجل والمرأة!

وعلت صرخات متفرقة، وبدأت الطالبات يقفزن ويعانقن بعضهن البعض، ثم ارتفع صوتهن موحدًا كالهدير:

يسقط الاستعمار
السلاح السلاح
نريد السلاح

وتراجعت الناظرة.

وقالت ليلى لسناء:

ـ أما بنت هايلة صحيح!

ـ أهو كده الجدعنة صحيح! تقدري إنت تعملي كده؟

وضحكت ليلى وهي تغمض عينيها وتتصور نفسها في ذلك الموقف، وقالت:

ـ يا ريت!

ثم رجعت إلى الموضوع من جديد:

ـ اسمها إيه؟

ـ سامية زكي في توجيهية علمي.

وانعقدت القيادة لسامية وسارت الطالبات خلفها إلى باب المدرسة الرئيسي، وطرقت سامية الباب وطرقته البنات خلفها، وظل الباب موصدًا، وانقطع الهتاف وانقسمت المتظاهرات إلى جماعات تتشاور وتتصايح، ثم ساد الصمت برهة، كانت الطالبات ينصتن إلى همهمة خافتة تترامى من بعيد، واكتسبت الهمهمة قوة

شيئًا فشيئًا حتى صارت هتافًا يصم الآذان، ونزلت طالبة تجري من على السلم:

ـ طلبة الخديو إسماعيل.

واجتمعت الطالبات كتلة واحدة من جديد، وبدأ الهتاف من جديد يتبادله الطلبة في الخارج والطالبات في الداخل:

لا استعمار بعد اليوم

يسقط أعوان الاستعمار

السلاح السلاح.. نريد السلاح

نموت وتحيا مصر

وازداد طرق البنات على الباب، وصعد أحد الطلبة على سور المدرسة وقال:

ـ ابعدوا عن الباب.

وتراجعت الفتيات إلى الخلف، وبدأ الباب يضعف من الدفعات القوية من الخارج دفعة وراء دفعة.

وقالت عديلة:

ـ يلَّا يا سناء.

وتبعتها سناء دون تردد، دون أن تنظر إلى الخلف، وانفصلت الشلة إلى قسمين، وبقيت ليلى مع جميلة.

وقالت جميلة:

ـ أنا مش خارجة!

وهزت ليلى كتفها وقالت وهي تمشي في اتجاه الباب:

ـ خليكِ. أنا شخصيًّا خارجة.

وقالت جميلة:

ـ ليلى.. إنت المسؤولة عن إللي حيحصل، افرضي أهلك شافوك، أبوكِ ولَّا محمود؟

وابيضت شفتا ليلى وقالت في ضيق:

ـ أهلي، أهلي! هوَّ ما حدش له أهل غيري؟

ولكنها وقفت في مكانها لا تتقدم.. وقفت مترددة.

وقالت جميلة:

ـ ارجعي.. ارجعي أحسن دي حتبقى بهدلة!

وفي هذه اللحظة اندفعت جماعة من الطالبات تجاه ليلى وحاولت ليلى أن تتراجع، أن تشق لنفسها طريقًا لتنفصل عن الكتلة الآدمية المتدفقة، ولكن الكتلة جرفتها في طريقها وفصلتها تدريجيًّا عن جميلة ووجدت ليلى نفسها في الشارع.

* * *

وتراجع الطلبة إلى الخلف وأفسحوا للطالبات طريقًا، وتقدمت الطالبات الموكب يتبعهن الطلبة، وعلى جانبي شارع خيرت تجمع المارة وأصحاب المحلات الصغيرة وصبية الشوارع، وامتلأت النوافذ والشرفات بالناس.

وسارت ليلى تتلفت حولها، يتنازعها الخوف والخجل. الخوف من أن يراها أحد، والخجل من جسمها الممتلئ الذي خيل إليها أن كل العيون تتركز عليه.. وهتاف يعلو كالموج ثم ينحسر، لتلحق الموجة الأولى موجة ثم تمتزج الموجتان.. وتصفيق وزغاريد وأيدٍ تلوح وعيون تلمع وأجسام ترتفع وتنخفض في قفزات مجنونة، وأفواه

مفتوحة، وحبات من العرق تلتمع على جبين عريض، وأقدام تدق، وأعلام تخفق، ودموع تنهمر واندفاع.

واندفع الدم في رأس ليلى، انتشت، وشعرت أنها قوية وخفيفة كالطير، وشقت الصفوف إلى الأمام، وارتفعت على أكتاف الطالبات وهتفت لحظة بصوت غير صوتها، صوت اجتمع فيه كيانها الذي مضى وكيانها الآتي وكيان هذه الآلاف التي امتدت على مرأى بصرها، ثم ضاع صوتها، تلقفته الآلاف ونزلت.

واجتذبتها عينان، عينان راحتا تحدقان فيها في إلحاح صامت، إلحاح يطوقها ويخنق منابع القوة في جسدها وروحها.

وتقدمت إلى الأمام، ولكن العينين ما زالتا تلاحقانها في إلحاح وكأنهما مسلطتان على قفاها. ورأت ليلى نفسها في البيت على مائدة الطعام، وأباها وقد اكفهر وجهه ومد يده مهددًا، وأمها وقد ابيضت شفتاها. وسرت رعدة في جسدها وانهارت ساقاها، وتلفتت خلفها لترى أباها. كان ما زال واقفًا في مكانه على رصيف ميدان لاظوغلي بالقرب من القهوة، وقد كز بأسنانه على شفته السفلى.

والكتل من خلفها تدفعها بلا رحمة إلى الأمام، بعيدًا عن أبيها وقد اسود وجهه، وعن أمها وقد ابيضت شفتاها. وتلاشى أبوها من مرأى بصرها، ولم تعد تراه. لم تعد ترى إلا هذه الآلاف وقد انصهرت في كلٍّ.. كل إلى الأمام يدفعها، كل يحيطها ويحميها، وانطلقت من جديد تهتف بصوت غير صوتها، صوت وحد كيانها وكيان الكل.

* * *

كز أبو ليلى على شفتيه حين فتح لها الباب، فتح لها الباب في

٦١

هدوء، وفي هدوء أغلقه، ثم أظهر الشبشب الذي أخفاه خلف ظهره وحاول أن يطرحها أرضًا، وتدخلت أمها تحول بينه وبينها ودفعها بعيدًا، وبعيدًا وقفت ترتجف شفتاها، وبيديه خلع حذاء ليلى، وعلى قدميها دوت طرقعة الشبشب وعلى ساقيها وظهرها، وضحكة امرأة على السلم وصراخ طفل وليد ونهنهة أمها، وصوت أبيها يصرخ فيها: «اخرسي»، وطرقعة الشبشب مرَّة بعد مرَّة وبين المرَّة والمرَّة توقف، توقف، ونفس محبوس، ثم تدوي الطرقعة من جديد، وحفيف حقيبة الكتب وهي تسحبها على البلاط، وصرير أسنانها في الجلد، وخطوات أبيها تتباعد وطرقه باب غرفته، وخطوات أمها تقترب، ويداها وقد امتدت إليهما برودة البلاط وهي تزحف على قدميها ويديها إلى غرفتها.

وعندما وصلت ليلى إلى غرفتها تحاملت على نفسها ووقفت على قدميها وأقفلت الباب في وجه أمها وأوصدته بالمفتاح، وجرَّت ساقيها إلى المقعد المواجه للسرير وجلست، وشعرت أنها تختنق، ووضعت يدها على رقبتها وقامت واقفة، وراحت تجري في الحجرة وهي تهمس: «أروح فين؟ مش ممكن، مش ممكن أستنى هنا».
وكالعمياء تخبطت في السرير وفي الدولاب وفي المقعد.
وقرعت أمها الباب قرعًا خفيفًا وهمست:

ـ افتحي يا ليلى.

وتوقفت ليلى في وسط الحجرة وغطت وجهها بيديها: «أروح فين؟ لو قفلت ميت باب مش حيبعدوا عني، دايمًا ويايا، دلوقت ويايا حتى والباب مقفول، دايمًا ويايا، أبويا وأمي ويايا، على نفسي،

٦٢

على صدري، ولا دقيقة أنسى ولا دقيقة أحلم ولا دقيقة أفكر في شيء تاني، ولا دقيقة لي، دايمًا أنا وهمَّ والحقيقة، الحقيقة الكئيبة، أنا وهمَّ على جسمي الممدود في الصالة».

ومضت ليلى تذرع الحجرة: «أعمل إيه؟ أعمل إيه يا رب؟ أموت نفسي؟ وساعتها».. وتخيلت ليلى نفسها نائمة على السرير ميتة وعيناها مقفلتان وجسدها متصلب متصلب وأبوها إلى جانب السرير يبكي بحرقة.. «زي.. زي العيل».. والناس الذين يخاف منهم يشيرون إليه ويقولون: «هوَّ ده إللي قتل بنته»، وأمها سيسود وجهها وتصرخ في أبيها وتقول: «إنت.. إنت إللي قتلت بنتي».

أبدًا لن يسود وجه أمها ولن تصرخ في أبيها، ستظل طول عمرها تمشي على أطراف أصابعها ودموعها تسيل بلا صوت.

وانهارت ليلى على طرف السرير ودفنت وجهها في يديها.. لمَ تعيش؟ لمَ؟ إنها ليست إنسانًا، إنها ممسحة ممددة في الصالة، كالممسحة التي يمسح فيها الناس أقدامهم! وليس هناك من يحبها ولا من يعاملها كإنسانة.

وقرعت أمها الباب:

ـ يا بنتي افتحي، كلي لقمة، ولَّا بلي ريقك بشوية ميه!

على المائدة زمان، وهي صغيرة، أبوها قال:

ـ ليلى مش بنتنا.. لقيناها على باب الجامع.. حتى شوف يا محمود أنا أبيض وأنت أبيض وماما بيضة، ليلى بس إللي سودة.

ونظرت هي لأمها وأمها ضحكت وقالت:

ـ لقيناها في اللفة غلبانة ومسكينة قلنا نربيها ينوبنا ثواب.

ووجدت ليلى نفسها تسحب يدها وتخفيها خلف ظهرها، تمامًا كما فعلت وهي طفلة.

وعاودت أمها قرع الباب في خفة وهي تهمس:

ـ افتحي يا بنتي، افتحي يا ليلى، إنت أصلك تبقي بايخة لما تعندي.. تبقي زي...

وهزت ليلى ساقها في انتظام، وقالت لنفسها: «زي الكلب، زي الحشرة، زي الدبة.. بابا قال وهوَّ في السرير عيان وأنا باحضنه: «زي الدبة إللي قعدت تحضن في ابنها لغاية ما مات»».

لمَ؟ لمَ احتضنته بشدة؟ لمَ لا تكون رقيقة كما يريد هو؟

كل شيء تفعله تندفع إليه بقلبها وبكيانها وتحسب أنه صواب فإذا به خطأ. كل ما تفعله خطأ في خطأ، وليس هناك من يحبها.. في المدرسة؟

لو رأتها عديلة ممددة في الصالة لهزت كتفها وقالت: «غلط، غلط منك.. إنت إللي غلطانة، فضلت ساكتة لما ركبوك، إنت أصلك ضعيفة».

وقالت ليلى بصوت هامس باكٍ: «أعمل إيه يا عديلة؟ أقدر أعمل إيه؟».

نعم هي ضعيفة، ضعيفة كأمها، وكأمها ستظل ضعيفة طول عمرها.. تبيض شفتاها وتنزل دموعها بلا صوت.

وارتفع صوت أمها من خلف الباب:

ـ يا بنتي إحنا ضروري صوتنا يجيب لآخر الشارع؟ افتحي يا بنتي، حتموتي من الجوع!

وقال محمود:

ـ افتحي يا ليلى، بابا نزل.

ولحظت لأول مرَّة أن الحجرة قد أظلمت وأنها لم تضئ النور.

وازداد القرع على الباب ولم تجب.

وقال محمود في صوت غاضب:

ـ ليلى.. حنضطر نكسر الباب!

وترددت برهة ثم قامت إلى الباب وأدارت فيه المفتاح.

وعادت إلى المقعد وخلفها وقع أقدام والنور الكهربائي يؤلم عينيها.

❋ ❋ ❋

ورفعت ليلى يديها تحجب النور عن عينيها.

وقالت أمها:

ـ قومي بَقه بلاش عند، قومي يا بنتي.

وأنزلت ليلى يديها ونظرت إلى أمها دون أن تتكلم، وبدت في عيني الأم دهشة أعقبها استنكار وقالت:

ـ كان حد قال لك تعملي العملة السودة إللي عملتيها؟ تفضحينا وتجرسينا في الحتة؟ هيَّ جميلة مش بنت زيك؟ إشمعنى ما عملتش عملتك؟

ودخل محمود وهو يحمل كوبًا من الماء ووقف أمام ليلى، وأخذت ليلى الكوب دون أن ترفع عينيها إليه، وتقلصت أمعاؤها والماء ينزل فيها، وانطوت بنصفها الأعلى على بطنها وأحاطتها أمها بذراعيها من الخلف.

ووقف محمود يواجه النافذة وقد أعطى ليلى ظهره، وحين خرجت

٦٥

الأم استدار في بطء وقال في ارتباك وكأنه يجد صعوبة في طرق الموضوع:

ـ أنا آسف يا ليلى على إللي حصل، وأعدك إنه مش حيتكرر تاني.. أبدًا!

وسالت دموع ليلى، وقلبت شفتها السفلى، وبدت في عينيها نظرة حزينة، وهزت رأسها وهي تقول:

ـ وإيه الفايدة؟ إيه الفايدة يا محمود؟ أنا اتقتلت خلاص! انتهيت! بعد إللي حصل النهارده كل حاجة اتغيرت، ما بقيتش إنسانة، بقيت ممسحة، ممسحة جزم!

وغطت ليلى وجهها وانخرطت في عويل اهتز له جسمها.

واقترب منها محمود ووضع يده على كتفها وقال:

ـ بلاش كده يا ليلى، بلاش عشان خاطري، بلاش المبالغة دي.

ـ دي الحقيقة.

وسكت محمود قليلًا ثم قال في تردد:

ـ عارفة يا ليلى، المهم إنك تدركي إنك كنت غلطانة، لو أدركت كده مش حتتألمي زي ما بتتألمي دلوقت.

وأزاحت ليلى يد محمود بعنف عن كتفها، وقفزت واقفة وشفتاها ترتجفان:

ـ وإنت كمان؟ إنت كمان يا محمود؟ إنت بتقول إني غلطانة؟!

وانهار صوتها وهي تردد:

ـ وإنت كمان يا محمود؟! وإنت كمان؟!

ـ اهدي شوية وخلينا نتناقش بعقل.

ـ عقل! فين هوَّ العقل ده؟ أنا مش فاهمة حاجة، مش فاهمة حاجة خالص.. أنا غلطانة.. غلطانة ليه؟ ما سرقتش حد، ما قتلتش حد.. خرجت في مظاهرة فيها ألف بنت، عبرت عن شعوري!

وتوقفت ليلى عن الكلام برهة وكأنها تفكر، ثم قالت بصوت خافت وكأنها تخاطب نفسها:

ـ غلطانة، فعلًا غلطانة، عبرت عن شعوري زي ما أكون إنسان ونسيت، ونسيت إني مش إنسان، نسيت إني بنت.. ست!

وضحكت ضحكة أشبه بالعويل.

والتفتت إلى محمود وهي تكمل كلامها:

ـ مش ده إللي إنت عايز تقوله يا محمود؟

ـ أنا ما قلتش كلام فارغ زي ده، وإنت عارفة كويس، عارفة إني أحترم المرأة، وأعتقد إنها زي الرجل تمام.

وأكملت ليلى كلامه وهي تشير بيدها إشارة خطابية:

ـ لها كل الحقوق وعليها كل الواجبات.

ثم التفتت إلى محمود وهي تبتسم ابتسامة باكية:

ـ على الورق؟ مش كده يا محمود؟ على الورق؟

ـ ورق إيه؟

ـ كلام حلو على الورق، ولكن لما ندخل في الجد، لما أختك تعبر عن نفسها كإنسان تبقى غلطانة! مش كده؟ تبقى غلطانة والغلط راكبها من راسها لرجليها!

وأدرك محمود أنها تقول الحقيقة، وأثاره هذا الإدراك وصاح في حدة:

ـ دي مش طريقة مناقشة دي، اهدي شوية وأنا أفهمك كل حاجة.

وهزت ليلى رأسها، وقالت وقد اختفت من صوتها نبرة الغضب وحلت محلها نبرة يأس:

ـ أنا مش فاهمة حاجة يا محمود، مش فاهمة حاجة خالص، إيه الصح؟ وإيه الغلط؟ مش عارفة أصدق مين؟ وما أصدقش مين؟ وأعتقد في إيه؟ وما أعتقدش في إيه؟

ولم يحر محمود جوابًا، وقالت ليلى:

ـ قول لي يا محمود، أعمل إيه؟

ونظرت إليه بتوسل وكأن حياتها تتوقف على رده على هذا السؤال. وبدت الحيرة على وجه محمود، وود لو استطاع أن يهون عنها بأي كلمة، أن يكذب عليها كما كان يفعل وهي صغيرة وأن يدفن رأسها في صدره، ولكنه أدرك أنها كبرت، كبرت أكثر مما كان يتوقع، وأراد أن يقول لها إن المشكلة ليست مشكلتها وحدها وإنها مشكلته هو أيضًا ومشكلة جيلهم كله، ولكنه وجد من السخف أن يتفلسف وإنسان يتألم أمامه.

ودخلت أمه تحمل صينية الطعام ومسح محمود وجهه بيده، وبقي السؤال معلقًا بلا جواب.

ووضعت الأم الصينية على مائدة خشبية صغيرة أمام المقعد وقالت:

ـ اقعدي يا بنتي كلي لقمة، والله إنت غلبانة ومسكينة وجاية لروحك النكد!

ولم ترخ ليلى عينيها عن محمود. وضايقه إصرارها على انتظار الجواب وقال بحدة:

ـ ما تسمعي الكلام يا ليلى وتقعدي تاكلي!

وأغمضت ليلى عينيها لحظة ثم فتحتهما وقالت:

ـ اخرجوا الأول.

ونظرت الأم إلى محمود تنتظر قراره. وأشار إليها بالخروج وسار خلفها، وعندما هم بإغلاق الباب خلفه تعمد أن تلتقي عيناه بعيني ليلى.. وفهمت ليلى، فهمت أنه هو بدوره حائر مثلها، مسكين مثلها، إنه يعرف ما الخطأ وما الصواب ولكن على الورق.. على الورق.

ونظرت ليلى إلى الطعام لحظة ثم أشاحت بوجهها عنه، واتجهت إلى مفتاح النور وأطفأته ثم تحسست طريقها إلى المقعد وجلست.

* * *

وسمعت ليلى طرقة خفيفة على بابها، واتصلت الطرقة خفيفة في إلحاح، ولم تجب، ثم انفتح الباب وسطع النور في الحجرة، ووقف عصام على الباب وعلى شفتيه بسمة مرتبكة:

ـ أقدر أدخل؟

ولم تجب هي، واختفت ابتسامة عصام، وبدأ يحك ذقنه بيده، وقالت ليلى:

ـ أرجوك يا عصام سبني دلوقت!

وأشرق وجه عصام، وتقدم إلى داخل الغرفة، وجلس على طرف السرير مواجهًا لليلى، ومال بنصفه الأعلى إلى الأمام وشبك يديه حول ساقيه وقال:

ـ أسيبك إزاي بَقه يا ستي؟ إنت مش أختي الصغيرة؟

وأخذت ليلى تقرع مسند الكرسي بيدها قرعات خفيفة منتظمة.

أخته! أخته الصغيرة! لم تعد هذه الجملة تؤثر فيها، ولكن في يوم من الأيام كانت غارقة وانتشلتها هذه الجملة.. في حوش البيت محمود قفز وقال: «ليلى مش أختي.. مش بنتنا.. مش بنتنا»، وعصام قال: «أختي أنا.. أختي الصغيرة». «خلاص.. أنا أخت عصام، أخت عصام الصغيرة». ومن يومها وهو يدللها بهذا اللقب.

وكان عصام ما زال في جلسته وما زالت عيناه متعلقتين بليلى. ولحظت هي أن يدها تقرع مسند المقعد وسحبتها إلى جانبها وارتخت في جلستها ومالت برأسها إلى الخلف.

وقام عصام من على طرف السرير، وجلس نصف جلسة على مسند المقعد الذي تجلس عليه ليلى، ومال عليها ومر بيده برقة على خدها من أسفل إلى أعلى، وأزاح خصلة من الشعر تهدلت على جبينها. وتوقف تنفس ليلى حتى أكملت يد عصام دورتها، وهوى قلبها إلى أسفل جسمها ودق دقة عنيفة. وقال عصام:

ـ إنت مش عايزة تكلميني ولَّا إيه يا ستي؟

بصوت صغير كمن يكلم طفلة صغيرة، طفلة تافهة حقيرة.

وقامت ليلى كالملدوغة من على المقعد وقد صعد الدم إلى رأسها، وأعطت ظهرها لعصام وتقدمت حتى حاذت النافذة، وخلفها وقف عصام ووضع يديه على كتفيها، واستدارت هي استدارة عنيفة لتواجهه وهي تقول في غضب:

ـ اسمع يا عصام أنا مش عيلة!

ولم تكمل جملتها. تقلص وجه عصام كمن يعاني ألمًا عنيفًا، ولمعت حبات من العرق على جبينه، ولفحت أنفاسه وجهها ساخنة،

وشعرت بجسمه يلاصق جسدها، وتراجعت حتى التصقت بجدار النافذة. ولانت ملامح عصام، ولانت عيناه، وأشرق فيهما نور ثاقب اخترق جسدها واستقر في حناياها.

وقطعت خطوات أمها لحظة السكون التي دامت بينهما، وعيناه في عينيها والنور في حناياها، وهز عصام رأسه كمن يفيق من حلم، واحمر وجهه وأخرج منديله وجفف العرق من على جبينه ثم بدأ يحك ذقنه بيده.

وفتحت أمها الباب نصف فتحة، واستدار عصام دون أن يلتفت إلى ليلى واتجه إلى الباب، وتراجعت أمها تفسح له الطريق، وأقفل عصام الباب خلفه في رقة وحرص، وسمعت ليلى همسًا في الصالة ثم خطوات تبتعد.

وجرت ليلى إلى المرآة، وأسندت خدها إليها، ولكن برودة المرآة لم تطفئ ذلك الشيء الذي يتوهج كالشرار في صدرها بل زادته اشتعالًا. وجرت إلى النافذة وفتحتها على مصراعيها، وانكفأت على حافتها ودلت رأسها ويديها في الهواء.

كم دامت هذه اللحظة؟ دقيقة؟ عُمر؟ لقد عاشتها من قبل، نعم عاشتها بكل تفاصيلها. متى؟ قبل أن تولد؟ بعد أن ولدت؟ في الحقيقة؟ في الحلم؟

وانسحبت غمامة من على القمر، وشعرت ليلى بالنور يغمرها ويتساقط كالأزهار من شعرها ويديها. وعرت جسدها رعشة من برودة الجو فاستقامت وأقفلت النافذة وعادت إلى مقعدها، ولمحت الطعام فشعرت بجوع شديد، والتهمت عشاءها بشهية، واندست في

قميص النوم وأطفأت النور ودخلت السرير وأغمضت عينيها ونامت نومًا عميقًا، ولكنها صحت مبكرة مع الفجر.

* * *

صحت ليلى واسم عصام على لسانها، وأبقت عينيها مغمضتين على صورته وهو يقف تجاهها يركز عينيه في عينيها.

وشعرت وهي مستلقية في سريرها كأنها تعيش اللحظة من جديد، شعرت بنور ثاقب يخترق جسدها ويستقر في حناياها.

وتنهدت ليلى وتمطت وفتحت عينيها وراحت تستعيد ملامح عصام في ذاكرتها، وانطبعت أمامها صورته وهو يقف تجاهها يركز عينيه في عينيها، وحاولت أن تتذكره كما كان منذ سنة، منذ شهر، منذ أسبوع، ولكنها لم تستطع، وكأنها لم تشاهده من قبل، وكأنها لم تشاهده إلا أمس وهو يقف تجاهها ينظر إليها بوجهه الحليق وببذلته الأنيقة في لون البن المحروق، وبربطة عنقه السماوية، وبقميصه الأبيض بياض الثلج.

ووضعت ليلى يديها على الوسادة تحت رأسها وابتسمت.. أليس من المضحك أنه كان دائمًا معها، منذ الطفولة معها، تحت سقف واحد ولم تره إلا بالأمس؟ وهذه الفكرة بدورها مضحكة. كيف؟ كيف لم تره إلا الأمس؟ لقد رأته آلاف المرَّات، ولعب معها وهي طفلة، وكان هو الذي علمها العد من واحد إلى عشرة، وكتابة اسمها بالعربية والإنجليزية، وهو الذي حماها من سيطرة محمود. ثم رأته بعد أن بلغت كل يوم. ومع ذلك لم تره إلا أمس، وكأنه مخلوق جديد، وكأنها رأته من قبل بعين غير العين التي رأته بها أمس، عين.. عين القلب، عين الحب.

وقفزت ليلى جالسة في سريرها وأحاطت فخذيها بذراعيها.. نعم هو الحب.. الحب. وهمست ليلى: «عصام بيحبني وأنا باحب عصام».. واستمعت إلى الكلمات كلمة كلمة، وملأتها الكلمات كأنها السحر بشعور غامر من السعادة، وعادت تردد الجملة كأنها أغنية، تستمع كل مرَّة إلى وقعها في نفسها وهي تهز رأسها منتشية.

وغمرها الشعور بالسعادة حتى لم تعد تتحمله، وأرادت أن تصرخ، أن تغني، أن ترقص، أن تقفز.. وقفزت من السرير إلى وسط الحجرة وجرت إلى النافذة، وفي سرعة واضطراب فتحتها على مصراعيها.

كان نور الفجر يمزق ما تبقى من وحشة الليل، وحشة الظلام. ووقفت ليلى رافعة الرأس مفتوحة الصدر، وقفت تتلقى أشعة النور وكأنها تمتصها في حناياها شعاعًا وراء شعاع.

وأدركت فجأة، وهي واقفة في النافذة، أن مرحلة جديدة من مراحل حياتها قد بدأت. لقد انتهت دنيا أحلامها، انتهت بلا رجعة، حطمها أبوها. وبدلًا من دنيا الأحلام تفتحت أمامها دنيا الحقيقة، لا دنياهم الكئيبة المقيدة، بل دنيا حرة، تستطيع فيها أن تحَب وتحِب، بلا خوف بلا وجل بلا لوم بلا ندم.. دنياها هي وهو.. دنياهما التي لا يستطيع العالم الخارجي أن ينفذ إليها أو أن يتحكم فيها.. دنياها التي تستطيع فيها أن تعبر عن نفسها كالطير الطليق، وهي تعرف طول الوقت أنها محبوبة وأنها مرغوبة وأنها محترمة وأن كل تصرف لها معقول ومقبول.

واستدارت ليلى وأعطت ظهرها للنافذة واستندت على حافتها بذراعيها وأغمضت عينيها، ومضت تمشي في الحجرة وهي تتمايل

كأنها ترقص، ثم توقفت وفتحت عينيها، وعلى مبعدة عكست لها المرآة صورة فتاة متوردة الخدين يشع النور من عينيها ومن شفتيها ومن خديها، وخيل إليها أن الشمس المنعكسة على المرآة تخدعها، وجرت إلى المرآة والتصقت بها.

واكتشفت ليلى لأول مرَّة في حياتها أنها جميلة.. ووجدت نفسها تضحك وحدها كالمجنونة أمام المرآة، وابتعدت قليلًا وأحنت رأسها وسندت صدغيها بيديها وراحت تسكن من موجات الضحك التي اجتاحت جسمها.

٤

ولمدة أربعة أيام لم يظهر عصام. انتظرته ليلى ظهر اليوم الأول ثم في العصر ثم في المساء واليوم التالي والذي يليه ولم يظهر عصام.

وانتحلت له الأعذار في بادئ الأمر، قد يكون مريضًا أو إختلف مع محمود، ولكنه لم يكن مريضًا ولم يكن مختلفًا مع محمود. وشيئًا فشيئًا تمكنت من ليلى الحقيقة التي حاولت أن تهرب منها، أدركت أن عصام يتجنبها، يتجنبها هي بالذات.

وداهمها شعور ممض بالخوف، كما لو كانت تركت وحيدة في صحراء شاسعة مظلمة مخيفة، وما من إنسان معها، ولا حائط تستند إليه، وهي ضعيفة لا تقوى على الوقوف، والأرض تغور تحت قدميها، وهي لا تستطيع أن تنظر إلى الخلف، فقد انقطعت الصلة بينها وبين الخلف، بينها وبين الأحلام، ولا تستطيع أن تنظر حواليها فليس حواليها إلا الصحراء الكئيبة، ولا تستطيع أن تنظر إلى الأمام فليس أمامها إلا الظلام.

هل أخطأت؟ ألم ينظر عصام إليها هذه النظرة؟ وإن لم يكن قد

فعل فلمَ تغيب؟ لمَ إذن يتجنبها؟ هل أملت نفسها عليه؟ هل فرضت نفسها عليه؟ إنها لم تتكلم! لم تنطق! يا رب ماذا فعلت؟ ماذا فعلت ليتملكها هذا الشعور بالهوان، بالضياع؟!

لو استطاعت أن تفهم، لو فهمت حقيقة الوضع لهان عذابها، ولكنها تحاول ولا تستطيع، لا تستطيع أن تفهم لماذا اقتحم عصام حياتها هكذا؟ ولماذا مضى هكذا؟ إنها تستطيع دائمًا أن تصعد إلى شقة خالتها وأن ترى عصام، وأن تستوضحه الأمر، ولكنها لن تفعل، ولو طال هذا الوضع ألف سنة، لن تملي نفسها على أحد، لن تفرض نفسها على أحد، وكفاها ما أصابها من هوان، هوان لم يكن لها يد فيه، فهو الذي جاء وهو الذي ذهب.

ومن حول ليلى مضت الدنيا كما تمضي دائمًا، وليلى تصبح وتمسي وتذهب إلى المدرسة وتأكل وتتكلم وتذاكر وتندهش عندما تجد نفسها تضحك أحيانًا وتتحمس. كانت الجرائد قد بدأت تتكلم عن ضرورة تنظيم كفاح مسلح في منطقة القناة، وباب التطوع قد فُتح للفدائيين، ومحمود قلِق يتقلب كالحمص في المقلاة وهو يمر بمرحلة اتخاذ قرار، وفي قلب كل إنسان تطوف رغبة في أن يكون هناك في القناة وجهًا لوجه أمام العدو في معركة موت أو حياة.

وكانت هذه الرغبة تطوف بقلب ليلى أحيانًا، كما تطوف بكل قلب، وفي كل مرَّة طافت هذه الرغبة بقلبها كانت تجد لذة غامضة في تحقير نفسها، فهي أولًا بنت والبنت ليست إنسانًا. وحتى لو كانت رجلًا لما استطاعت، إنها ضعيفة، وشرف الكفاح من أجل مصر ليس من نصيب الضعفاء!

وفي مرَّة همس لها خاطر حيرها.. في المظاهرة لم تكن ضعيفة، كانت قوية، كانت خفيفة، والجماهير تحميها وتسندها، وحتى أبوها لم يستطع أن يخيفها وهي في المظاهرة!

ولكنها سخرت من نفسها من جديد، إن قوتها، إن كان لديها قوة لا تنبع من داخلها، بل تأتي من الخارج، وهي على كل حال لا تستطيع أن تقضي بقية عمرها في مظاهرة!

* * *

كانت ليلى جالسة مع أمها العصر في الصالة حين أخبرتها أن جميلة قد قررت قبول العريس، وأن الخطبة ستُعقد قريبًا، وقالت ليلى:

ـ يعني جميلة كانت ويايا طول النهار في المدرسة وما قالتش!

وقالت أمها:

ـ يمكن خايفة تجرحك.

وبدت الدهشة في وجه ليلى:

ـ تجرحني؟

ـ يعني عشان من سن واحدة وهي حتتجوز قبل منك.

وأرادت ليلى أن تحتج ولكنها لم تجد في نفسها القدرة حتى على الاحتجاج، وجلست تستمع من أمها إلى القصة كاملة، وبدأت تهتم بالموضوع وتستقصي ما استعصى عليها فهمه.

فالعريس هو المقاول الذي قام ببناء بيت دولت هانم في الدقي، وقد طلب منها أن تخطب له بنت ناس على أن تكون بيضاء، وفكرت دولت هانم في جميلة وعرضت عليه صورتها فوافق وتقدم إليها وعرض أن يدفع مهرًا قدره ٣٠٠ جنيه مقابل تأثيث أربع غرف.

ووجدت خالتها أن العريس «لُقطة» ولا يقع للبنت مثله مرَّتين. ولكن ظروفها المالية لم تكن تسمح بمواجهة نفقات الزواج، فهي تعيش وجميلة وعصام على المعاش الذي تركه المرحوم زوجها، ومصاريف كلية الطب «تقطم الوسط» وكل شيء ارتفع ثمنه «والدنيا بقت نار».

ولم تصرح أم جميلة بهذه الحقيقة في بادئ الأمر «والواحد نفسه عزيزة».

وتعللت بأن البنت ما زالت صغيرة، ولكنها لم تقطع حبل الاتصال بينها وبين العريس خلال وساطة دولت هانم، شدت الحبل باحتراس حتى لا ينقطع، ثم فرغ صبر دولت هانم واضطرت أم جميلة أن تخبرها بالحقيقة من خلال دموعها، وتولت دولت هانم تنظيم المهمة.

أخذت جميلة إلى «شيكوريل» واشترت لها فستان دانتل بمبي، ومن «شيكوريل» إلى الكوافير حيث أشرفت على تصفيف شعرها وتزيين وجهها، ومن هناك إلى بيت دولت هانم حيث كان العريس في الانتظار.

وكانت هذه نقطة التحول، فعندما رأى العريس جميلة أمامه وجهًا لوجه، لحمًا ودمًا «والبني آدم مش زي الصورة» وقع «لشوشته»، كما قالت أم ليلى.

ولكن المؤكد أن جميلة لم تقع «لشوشتها» في العريس في بادئ الأمر، فقد أخبرت ليلى أنه عجوز وبلدي وبكرش، ولكن التحول حدث تدريجيًّا، أوصل العريس جميلة وأمها إلى البيت بعربته «الفورد»، وفي الطريق أراهما فيلته في الهرم وقال إنه سيخليها من السكان لتسكنها العروسة، وبدأ رأس جميلة يلف.

ولكن مشكلة أم جميلة كانت ما زالت قائمة، كيف تؤثث أربع حجرات بثلاثمائة جنيه؟ هذا إلى جانب الأثواب اللازمة لجميلة وقمصان النوم والملابس الداخلية وما إلى ذلك؟

ولكن أم جميلة لم تفكر في المشكلة طويلًا، ففي اليوم التالي زارتها دولت هانم وأخبرتها أن «الرجل حيتجنن على جميلة وما بينامش الليل» وأنه إكرامًا لعيني جميلة يعرض أن يقوم هو بتجهيز البيت بأكمله والمطبخ بكل المعدات بما فيها «الفريجيدير» و«البوتاجاز»، وأن يدفع علاوة على ذلك المهر الذي كان سيدفعه أولًا وقدره ٣٠٠ جنيه.

ولم تسع الدنيا فرحة أم جميلة، وبدأت «تدوي على ودن البنت والدوي على الودان برضه بينفع»..

وأسندت ليلى ظهرها على المقعد، وتصورت خالتها وهي «تدوي على ودان جميلة»، وانطبعت أمامها صورة خالتها بجسدها المليء وسمرتها الرائقة وشعرها المصفف وملامحها السمحة الدقيقة، ورأتها وهي تميل على جميلة تُقبلها وتحتضنها وتدللها وكأنها طفلة صغيرة وتأسرها في نفس الوقت بقبلاتها وبنعومتها وبحنانها.

وابتسمت ليلى ابتسامة خفيفة.. إنها تعرف طريقة خالتها، تعرفها جيدًا، إن خالتها مختلفة تمامًا عن أمها، إنها تشبهها في الشكل فقط، ولكنها أكثر مهارة منها في فن الحياة، إن خالتها تعرف دائمًا ما تريد، وتصل دائمًا إلى ما تريد، بالنعومة وبالقبلات وبالحنان، وأمها قد تعرف ما تريد ولكنها لا تصل دائمًا إليه، إنها تهاجم الإنسان وتصرح بما تريد وتؤنب وتلوم وتقرع، بينما لا تصرح خالتها أبدًا بما تريد،

إنها توحي به بلفتة، بكلمة عابرة، وتلف وتدور فإذا ما وجدت مقاومة تراجعت مؤقتًا لتعاود السعي. إذا قالت جميلة: «لأ يا مامي مش عاجبني، مش عايزة أتجوزه»، قالت هي: «بلاش يا حبيبتي، أنا مش عايزة حاجة إلا إنك تكوني دايمًا مبسوطة».

ثم تشير إشارة عابرة، إلى فلانة الفلانية التي تزوجت عن حب ثم فشلت في زواجها لأن الاستقرار المالي أساس كل زواج سعيد. وتقول لجميلة في مناسبة أخرى: «نفسي يا جيجي يكون عندك أحسن عربية في البلد وأحسن فساتين، إنت جميلة يا جيجي والجمال ده خسارة يتبهدل يا حبيبتي».

وقالت أم ليلى:

ـ شاطرة.

وانتزعت هذه الكلمة ليلى من تفكيرها وقالت:

ـ هيَّ مين؟

ـ أختي سميرة، خالتك، شاطرة، عرفت تطوي البنت تحت جناحها، والبنت كمان عقلها طار لما سمعت حكاية الخاتم «السوليتير» دي.

ـ «سوليتير» إيه؟

ـ العريس عقبال عندك حيجيب لها خاتم «سوليتير» و...

ودق جرس الباب الخارجي، وقامت ليلى لتفتح، ووجدت على الباب سيدة خادمة خالتها. ورفعت سيدة وجهها المكتنز إلى ليلى وانفرجت شفتاها الغليظتان عن ابتسامة:

ـ الست الصغيرة بتقول اتفضلي شوية.

وأعطت سيدة ليلى ورقة مطوية.

وفتحت ليلى الورقة وقرأتها:

سناء وعديلة هنا، أرجو أن تطلعي، وإذا لم تطلعي
فسأنزل لإحضارك، قبلاتي.

وقالت ليلى لسيدة وهي ترد الباب:

ـ انتظري شوية.

وأمسكت ورقة وقلمًا وبدأت تكتب وقد تجهم وجهها.

وقالت أمها:

ـ مش عايزة تطلعي ليه؟

ـ دماغي بتوجعني!

ـ عايزاهم يقولوا إيه؟! غيرانة!

وجزت ليلى على شفتها وهي تكتم سيل اللعنات التي توالت
في ذهنها، وقالت:

ـ أنا؟!! أنا غيرانة؟!

ـ خلاص، اطلعي باركي لخالتك وللبنت.

ووقفت ليلى مترددة في الصالة.. إنها لا تريد أن ترى عصام،
ولكن لا بد أنه ما زال في الخارج مع محمود، ثم إنها لا تستطيع أن
تنقطع عن خالتها نهائيًا، وخاصة أن ذلك الانقطاع سيفسر تفسيرًا
عجيبًا بعد خطبة جميلة، وإن رأته، إن كان موجودًا، ستعامله بطريقة
عادية كما لو كان شيء ما لم يحدث بينهما.

وفتحت ليلى الباب وقالت لسيدة:

ـ طيب يا سيدة قولي للست إني طالعة.

ومضت سيدة في تثاقل وهي تهز ردفيها.

ووقفت ليلى أمام الدولاب وامتدت يدها دون أن تشعر إلى أجمل أثوابها، إلى ثوبها الأحمر حمار البطيخ.. لقد قالت خالتها إنه يبرز جمال بشرتها.. لا لن تلبس هذا الثوب، لن تتزين له، لن تسعى إلى استعادته. ونحت ليلى يدها عن الثوب واختارت بلوزة وردية وجيب أسود بسيطًا، ومشطت شعرها القصير في إهمال وصعدت إلى شقة خالتها وضربت الجرس.

* * *

فتح عصام الباب وكان مرتديًا ملابس الخروج، بذلته الكحلي المقلمة التي يعتز بها، ووقف يسد الباب وكأنه لا يريدها أن تدخل ثم تراجع إلى الخلف.

ونسيت ليلى ما انتوته من معاملته بطريقة عادية، فما إن لمحته حتى تجهم وجهها وأشاحت بنظرها بعيدًا عنه، وتقدمت في اتجاه حجرة الجلوس.

وهمس عصام يناديها:

ـ ليلى.

واستدارت تواجهه. وفي عينيه رأت نظرة عجيبة، نظرة لم ترها من قبل في عيني إنسان، نظرة حيوان حبيس يتألم، نظرة حيوان جريح.

وقفزت الدموع إلى عينيها، وأغمضتهما وجزت على شفتها لتكتم الدموع، واستدارت لتمَضي في طريقها من جديد.

ووضع هو يده على كتفها في رقة متناهية، وكأنها مخلوق رقيق يخشى عليه أن يتحطم من لمسة يده، وعندما استدارت لتواجهه من

جديد كان وجهه قد لان وعيناه قد لانتا وأشرقتا بنور ثاقب يخترق جسمها ويستقر في حناياها.

وسالت من عينيها دمعتان مسحتهما بكُم ثوبها، وهزت رأسها في حيرة وفتحت باب حجرة الجلوس ودخلت.

* * *

ووقف عصام أمام باب حجرة الجلوس الذي أغلق في وجهه.. لا.. لا يمكن أن تتركه هكذا، هكذا، والدموع في عينيها، لا، لا يمكن أن تتركه، إنها معه هنا في جسده، في دمه، في أحضانه، يمسح بقبلاته دموعها وخديها وفمها الدقيق الوردي المنفرج كزهرة متفتحة.. وشعر عصام بالدم يغلي في عروقه ويتركز في مؤخرة رأسه وكأن ليلى في صدره فعلًا، وكأنه يُقبلها فعلًا، يذيب في قبلاته حرمان أربعة أيام وحرقة أربعة أيام، يُقبلها في نهم، في جنون، بلا توقف، بلا انقطاع، في فمها المستدير، في صدرها المستدير، في جسمها المستدير.

وهز عصام رأسه وكأنه يفيق من حلم، واحمر وجهه، وجلس على مقعد في الصالة وعيناه معلقتان بباب حجرة الجلوس.. إنه قذر! كيف يجرؤ على التفكير فيها بهذه الطريقة وكأنها.. وكأنها امرأة رخيصة في الطريق، وهي ابنة خالته وأخت محمود، ووجهها وجه طفل، وجه أم، وجه أخت، وجه يصرف الشيطان نفسه عن الشر، وهو لم ينقطع عن التفكير فيها لحظة خلال الأربعة أيام الماضية، بهذه الطريقة القذرة المخجلة؟!

ذلك اليوم.. عندما التصق جسمه بجسمها بالقرب من النافذة شعر بألم مفاجئ، ألم حاد ممض وكأن سكينًا قد اخترق ظهره بغتة

٨٣

ثم.. ثم نظرت إليه بعينيها و.. وارتد طفلًا، استعاد نفس الشعور اللذيذ الهادئ الهانئ الذي لم يستشعره سنين طوالًا.. شعوره وهو طفل وأمه تميل عليه في سريره بوجهها الحلو. وغزت جسده سكينة تخدره وتهدهده، سكينة لم يعرف مثلها طوال حياته، وأدرك إذ ذاك، أدرك فجأة أن مصيره قد ارتبط بهذه الفتاة الحلوة التي تقف تجاهه، إلى الأبد.. إلى الأبد.

ولم يعرف كيف خرج من الحجرة وكيف استمع إلى هراء محمود وكيف صعد إلى شقته.. هل طار أم مشى؟

وفي فراشه كانت ليلى معه، في قلبه، في دمه، في جسده، وشعور ممض، شعور غارق في أعماقه لا يدرك كنهه، شعور يحول بين سعادته والاكتمال.

ثم بدا وهو مستلقٍ على السرير يفكر في ليلى كجسد، بهذه الطريقة القذرة المخجلة، وكأنها.. وكأنها امرأة في الطريق... وطفا الشعور الممض الذي كان غارقًا في أعماقه ثم تحدد تدريجيًّا واتضحت معالمه.. وأدرك عصام أنه في مأزق مؤلم مضنٍ.. إنه يستطيع أن يتزوج ليلى ولكن متى؟ بعد سنين طويلة، بعد أن يتخرج، بعد أن يمضي سنة الامتياز، وربما بعد ذلك بكثير، بعد أن يستطيع أن يقف على قدميه ماليًّا، وطوال هذه السنين؟ طوال هذه السنين سيظل يشتهيها كما يشتهي الإنسان امرأة في الطريق، سيظل يجرم في حقها وفي حق محمود وخالته وأمه وأخته، في حق كل القيم الأخلاقية.

القيم الأخلاقية التي تعلمها والتي يؤمن بها تقول إن النساء نوعان: امرأة في الطريق تُشتهى، وأم أو أخت أو زوجة، والمرأة التي تُشتهى

شيء رخيص، يحاز وتنتهي قيمته بانتهاء الشهوة، وهي صيد يصطاده الرجل، وينتصر عليه ويسبيه كما تُسبى النساء في الحروب ويتفاخر بانتصاره أمام الآخرين. والإنسان لا يشتهي ابنة خالته ولا يشتهي حتى أخت صديقه إذا كان مهذبًا، لأن الشهوة مرتبطة بالجسد والجسد قذر إلى أبعد حدود القذارة!

وفي تلك الليلة نام عصام نومًا مضطربًا وهو يتقلب في سريره وكأنه بحر مائج مكفهر، وصحا عدة مرَّات على نفس الحلم يضنيه ويعذبه، حلم سخيف، عديم المعنى، حلم مخيف.

فهو يجري في حوارٍ مظلمة، حوارٍ موحشة، يجري وخطر ما يهدده، خطر لا يدرك كنهه، ولكنه يدرك أنه يقترب منه خطوة بعد خطوة.

ويخرج إلى ساحة واسعة ويرى فيها جمعًا من النساء، ويدرك أنه نجا، ويسرع يشق طريقه بين جموع النساء، حتى إذا ما وصل إلى الوسط سقط منهكًا.

ويتلفت عصام حوله فيجد ملابسه غارقة في الدماء، وعيني ميت تلاحقه، تخرق رأسه وصدره، تخرق جسمه وكأنها مسامير محمية.. ثم تستدير جثة الميت وتواجهه وتشير بإصبعها إليه.. الميت محمود والدم دمه.

ويحاول عصام أن يتراجع، ولكن النساء من حوله يطوقنه، ويشرن إليه بوجوه مكفهرة، بوجوه متشابهة، بنفس الوجوه، وجه.. وجه أمه.

وفي صعوبة يشق طريقًا بينهن، ويتراجع بظهره، وهن يلاحقنه خطوة بعد خطوة، وجهًا أمام وجه، وأصابعهن مشرعة في وجهه وفي صدره وفي جسده كالمسامير المحمية.

ويلتفت عصام خلفه ليجد نفسه على حافة هاوية عميقة مظلمة والنساء يتقدمن نحوه خطوة بعد خطوة.

ويصرخ عصام ويستيقظ من النوم.

وفي الصباح قرر عصام أن يتجنب ليلى وأن يدفن عاطفته لها، ولكي يتمكن من ذلك قرر في نفس الوقت أن يقوي من علاقته بعنايات، زميلته في الكلية، إن العلاقة بينهما لا تتعدى دور الاستلطاف ولكن من الممكن أن تتطور، إن عينيها السوداوين الكبيرتين تقولان أشياء وتعدان بأشياء، وقد تخرج معه إذا طلب منها ذلك، وقد تسمح له حتى بتقبيلها. إن عنايات جميلة قطعًا، بشعرها الأسود الذي ترسله في خصلات على جبينها، وبخصرها النحيل، إنها قطعًا من أجمل بنات كلية الطب.. منذ أيام السَّنية وهي جميلة، أجمل بنات السَّنية.

وقد استطاع أن يصمد لقراره أربعة أيام كاملة، ولكن ها هو ذا يجلس في الصالة وعيناه وأذناه وكيانه كله مشدود إلى باب حجرة الجلوس. كان من المفروض أن يخرج، أن يحضر حفلة الشاي في كليته ويقابل عنايات كما اتفقا، ولكنه لم يخرج، ارتدى ملابسه ولم يستطع أن يخرج. وها هو ذا يجلس في مكانه وكأنه مشدود إلى باب حجرة الجلوس بخيوط سحرية. لا يقوى على الحركة ولا يرغب في الحركة. ينتظر في صبر وكأنه خُلق لينتظر، لينتظرها حتى تخرج إليه وتنظر إليه بعينيها العميقتين، وتلفه بحنانها، وتعيد إلى قلبه وجسده السكينة التي لم يعرفها في حياته إلا حين نظرت إليه بعينيها الرائقتين تلك النظرة.

وسمع عصام صوت ليلى وهي تقول:

ـ دقيقة واحدة، حاشوف خالتي وننزل على طول.

وخرجت ليلى من الحجرة تتبعها جميلة، ومرت به دون أن تنظر إليه وقالت جميلة:

ـ دِهده! يعني ما نزلتش؟!

وقال عصام في اختصار وكأنه يريد أن يقفل الموضوع:

ـ عندي شوية صداع!

ـ طيب ما تيجي جوَّه.

ومشى عصام خلف جميلة في الممر المؤدي إلى حجرة نوم أمه، وحين وصل إلى الحجرة كانت أمه تُقبِّل ليلى وتقول:

ـ عقبال عندك يا حبيبتي.

وعندما لمحته أمه التفتت إليه وقالت:

ـ إيه يا حبيبي إنت ما نزلتش ولَّا إيه؟

وقالت جميلة وهي تمد يدها بـ«الأسبرو»:

ـ عنده شوية صداع. «الأسبرو» أهو يا عصام، وحاجيب لك الميه.

وخرجت جميلة من الحجرة.

ووقف عصام إلى جانب مقعد أمه، وليلى تجاهه على السرير. لم يرخِ عينيه عنها، ولكنها تعمدت أن تتحاشى نظرته.

وتناولت أم عصام قطعة من «الأوبيسون» كانت تطرز فيها وعرضتها على ليلى:

ـ إيه رأيك في الرسمة، عشان صالون جميلة؟

وفحصت ليلى الرسم وقالت:

ـ حلوة خالص يا خالتي، والغرزة جميلة، إنت هايلة خالص!

وقامت ليلى من مكانها لتعيد قطعة «الأوبيسون»، وأمسكت بها خالتها وأمالتها إليها وقبّلتها في حنان. ورفعت ليلى رأسها وتقابلت عيناها بعيني عصام لحظة ثم أشاحت بوجهها بعيدًا عنه.

وقالت أم عصام:

ـ عارف يا عصام ليلى بتفكرني بإيه؟ بتفكرني بنفسي لما كنت في سنها، صورة طبق الأصل.

وابتسم عصام وأغمض عينيه لحظة ثم عاد يركزهما على ليلى.

وقالت ليلى وهي تنظر إلى خالتها ثم تتلفت حولها إلى الغرفة الأنيقة الأثاث:

ـ مش معقول يا خالتي. بَقه أنا حلوة زيك كده، ولَّا شيك ولَّا شاطرة؟!

وقالت خالتها:

ـ تمام يا ليلى، دا إنت شبهي أكتر من جميلة، كان حقك تبقي بنتي مش بنت أختي سنية.

واستمعت جميلة إلى جانب من الحديث وهي تدخل حاملة كوبًا من الماء، وأعطت الكوب لعصام وهي تقول:

ـ هيَّ إيه الحكاية؟ نازلين مدح كده يعني في بعض!

وأمسك عصام «الأسبرو» في يد والكوب في اليد الأخرى، ووضع «الأسبرو» في فمه وارتفعت اليد الأخرى بالكوب.

ثم توقفت في منتصف الطريق معلقة في الهواء.. كانت ليلى تنظر إليه نظرة تساؤل حزينة.. نظرة عتاب.. وجرع عصام الماء دفعة واحدة

واستدار ليضع الكوب على مائدة مجاورة، وتعمد أن يبقى مستديرًا مدة حتى يتغلب على تأثره.

وقالت ليلى:

ـ عن إذنك بقه يا خالتي.

ـ مستعجلة ليه يا حبيبتي؟

ـ نازلة مع سناء وعديلة.

واستدار عصام وواجهها مبتسمًا:

ـ طيب سناء وعديلة وراهم مشوار وإنت وراك مشوار إيه؟

وقالت جميلة:

ـ قول لها يا عصام!

ولم تنظر ليلى إلى عصام وهو يتكلم، وقفت عيناها عند ربطة عنقه ولم تتعدها إلى وجهه، وحين تكلمت، لم توجه له الكلام:

ـ معلهش يا جميلة مرة تانية.

* * *

وعندما توقف المصعد أمام شقة ليلى صممت أن تدخل عديلة وسناء معها الشقة، واحتجت عديلة بأن الوقت متأخر وألحت ليلى:

ـ عشر دقايق بس! اخص عليك يا عديلة! والنبي عايزة أسألك في حاجة!

ـ طيب ما تسألي دلوقتي.

ـ لأ جوَّه.

وجلست الصديقات الثلاث في ركن من أركان حجرة الجلوس المذهبة، وبعد أن اطمأنت ليلى إلى أن الباب مقفل قالت:

ـ هيَّ جميلة قالت لكم الصبح على حكاية الخطوبة دي؟

وقالت عديلة:

ـ هوَّ دا السؤال؟ أما إنت بايخة صحيح! طبعًا قالت لنا! أمال إحنا جايين ليه؟ مش عشان نبارك؟!

ـ أنا أصلي عايزة أعرف، إشمعنى أنا إللي تخبي عني؟!

ومدت عديلة رقبتها الطويلة إلى الأمام، ودقت على مسند الكرسي بإصبعها، ونظرت إلى ليلى بعينيها الكبيرتين المغرقتين في السواد:

ـ بس كده؟ أفهمك أنا يا ستي، لو قالت لك حتقعدي تتفلسفي زي عوايدك، والمثل بيقول «الباب إللي يجيلك منه الريح سده واستريح».

وضحكت ليلى وهزت كتفها:

ـ وأنا مالي حاتفلسف ليه؟ ما دام عاجبها خلاص، مبروك عليها.

وقالت سناء:

ـ إيه إللي مش عاجبك فيه يا ليلى؟ إيه والنبي؟

ولم تجب ليلى. وقامت عديلة واقفة ووضعت يديها في وسطها ومالت على ليلى كأنها تستجوبها:

ـ جيبه فاضي؟

وابتسمت ليلى:

ـ مليان.

ـ عنده عربية؟

ـ «فورد».

ـ والفيلا؟

- في الهرم.

وأشارت عديلة بيدها إشارة يأس وقالت:

- يا أختي بلا نيلة، ومش عايزاها تاخده، طول عمرك كده يا ليلى وش فقر!

وابتسمت ليلى وقالت:

- ساكتة ليه يا سناء؟ ما تلحقيني يا أختي!

وقلبت سناء شفتها الرقيقة، وارتفع أنفها الدقيق إلى أعلى، وسألت عديلة:

- بتحبه؟

ووضعت عديلة يدها على رأسها وتظاهرت بأنها داخت من السؤال وقالت:

- اتلهي.

ثم استدارت تواجه سناء وتقول:

- دي جوازة يا خيبة مش رواية.

وضحكت ليلى حتى طفرت الدموع إلى عينيها، وضمت سناء شفتيها الرقيقتين وهي تخفي ابتسامتها، واتسعت عيناها وهي تصطنع الدهشة:

- أمال حتتجوزه إزاي؟

وأدركت عديلة أن سناء تتعابط، وأمسكت بذراعها وقالت:

- قومي، قومي يا مقصوفة الرقبة نروح.

ولم تتحرك سناء.

- والنبي يا عديلة، حتتجوز إزاي؟

وقلبت عديلة كفها:

ـ حتخليني أقل أدبي! زي الناس.. زي أمك ما اتجوزت أبوك.

وقلبت سناء يدها بدورها وهزت كتفها:

ـ من غير حب، من غير شِعر، من غير شوق، من غير...

وقاطعتها عديلة وهي تجلس:

ـ بس، بس، إنت حتلضميهم، ما إحنا حافضينهم.

وقالت ليلى:

ـ المسألة مش هزار يا عديلة، إنت زي أمك؟ أفكارك زي أفكار
أمك؟ أمك اتجوزت من غير حب لأنها ما كانتش تقدر تعمل
غير كده، ما كانتش تقدر تختار، وإن اختارت ما تقدرش تتجوز
إللي اختارته، أمهاتنا كانوا حريم، ملكية للأب بتنتقل للزوج،
ولكن إحنا ملناش عذر.. تعليم واتعلمنا، وكل شيء فهمناه،
وضروري نتحكم في مصيرنا، الحيوان نفسه بيختار.

وتحمست سناء ومدت يدها تخبط بها على كف ليلى وتقول:

ـ يا بت يا جامدة، تعجبيني.

وقالت عديلة ببرود:

ـ ومين قال لك إن جميلة ما اختارتش؟

وقالت ليلى ونظرة حزينة تبدو في عينيها:

ـ لأ يا عديلة. جميلة ما اختارتش، إللي اختار أم جميلة والناس
إللي حواليها، والأفكار القديمة بتاعتهم و...

وأكملت سناء كلام ليلى:

ـ ومواصفات ابن الحلال، إنه يكون ابن ناس وكويس ومريش
ومقطوع من شجرة ولا يسكرش ولا يدخنش.

وقالت عديلة:

ـ أما بواخة صحيح، ضروري تفهموا إن الناس مش زي بعض. جميلة عندها فكرة عن الجواز وبتحاول تحققها، جميلة عايزة العربية وعايزة «الفريجيدير» وعايزة «السوليتير» وعايزة...

وأكملت سناء كلامها:

ـ الشاري إللي يدفع أكتر، مش كده؟

وتدخلت ليلى في الكلام:

ـ جميلة عايزة الحاجات دي كلها، لأن الناس فهموها إن الحاجات دي مهمة، إن قيمة الإنسان في امتلاك الحاجات دي، إن الإنسان ما يكونش محترم إلا إذا كان غني.

وقالت سناء:

ـ لا، وفيه كمان نقطة تانية، هيَّ جميلة مش كانت عايزة تتجوز واحد تاني؟!

وقالت عديلة:

ـ واحد تاني مين؟

وأدركت ليلى أن عديلة لا تعرف قصة جميلة وممدوح، وقالت لكي تستبعد الموضوع من المناقشة:

ـ دا كان مجرد كلام.

وسادت فترة سكون، ثم قالت ليلى في وجوم:

ـ عارفين حكاية صفاء دي، ما بتروحش أبدًا من دماغي، بتخليني دايمًا أعتقد إن البنت النهارده ما تقدرشي تعيش زي أمها ما كانت عايشة.

وقالت سناء:

ـ العقلية قطعًا اتغيرت، بالنسبة لأمهاتنا الجواز كان نصيب مكتوب على الجبين، لا الواحد يقدر يغيره ولا يهرب منه، ضروري يتقبله زي ما هوّ.. وبالنسبة لنا الوضع اتغير لأن عقلية الحريم اتغيرت.. البنت النهارده ما تقبلش الوضع إللي كانت أمها بتقبله.

وقالت عديلة:

ـ طيب قومي يا حضرة المفتي الأعظم، قومي أحسن الساعة قربت على تمانية، وبعدين أمك تضربك.

وقامت سناء وهي تضحك، ووقفت عديلة في وسط الحجرة وقالت في سخرية:

ـ والله إحنا مصيبتنا سودة، على الأقل أمهاتنا كانوا فاهمين وضعهم، أما إحنا، إحنا ضايعين، لا إحنا فاهمين إذا كنا حريم ولَّا مش حريم، إن كان الحب حرام ولَّا حلال، أهلنا بيقولوا حرام وراديو الحكومة طول الليل والنهار بيغني للحب، والكتب بتقول للبنت روحي إنت حرة، وإن صدقت البنت تبقى مصيبة، تبقى سمعتها زفت وهباب.. بالذمة دا وضع؟ بالذمة إحنا مش غلابة؟!

وأغمضت ليلى عينيها وارتجفت شفتها السفلى ورسمت بيدها على حافة المقعد خطوطًا متشابكة متعارضة. وقالت عديلة:

ـ يلَّا بينا، أظن اتفلسفتوا كفاية.

وضحكت سناء وقالت:

ـ يعني إنت إللي ما اتفلسفتيش؟

وهزت عديلة كتفها وهي تبتسم:

ـ يعني مليش نفس؟ أهو أتفلسفت باللي فيه القسمة.

ووقفت ليلى تودعهما حتى اختفتا عن نظرها، وأقفلت الباب ببطء واتجهت إلى غرفتها، وعند باب الغرفة توقفت قليلًا.. لا.. لا.. إنها لا تريد أن تنفرد بنفسها.. واستدارت واتجهت إلى غرفة الجلوس حيث جلست أمها إلى آلة الخياطة تخيط لها قميصًا للنوم. ورفعت أمها عينيها وقالت:

ـ نزلوا؟

ـ أيوه نزلوا!

وظهرت على ملامح الأم علامات الارتياح، وابتسمت ليلى في نفسها، إن أمها لا ترتاح ولا تطمئن حتى ينزل الضيوف.

وجلست ليلى إلى جانب أمها، ومدت يدها إلى كتاب على مائدة مجاورة وقلبت صفحاته حتى وصلت إلى الصفحة التي وقفت عندها، وبدأت تقرأ وصوت آلة الخياطة يصل إلى أذنيها متصلًا حينًا ومتقطعًا حينًا آخر.

٥

دق جرس الباب الخارجي، وجرت نبوية الخادمة لتفتح الباب،
واتضحت خطوات في الممر، ورفعت الأم عينيها في توجس ثم
انفرجت ملامحها، ووقف عصام على عتبة الباب مترددًا وعلى
شفتيه بسمة مرتبكة.

وقالت الأم:

ـ ما تيجي يا عصام.

ـ هوَّ محمود لسه ما جاش؟

ـ زمانه جاي.. ادخل يا ابني.

وجلس عصام على مقعد يواجه ليلى وأمها، وحجبت ليلى وجهها
بالكتاب وتظاهرت باستئناف القراءة، وواصلت أمها العمل بعد أن
قالت لعصام:

ـ مبروك يا ابني عقبال عندك.

وساد الصمت لا يقطعه إلا صوت آلة الخياطة. وعصام يسلط
عينيه على ليلى، وليلى تتظاهر بالقراءة.

وقال عصام:

ـ بتقري إيه؟

وأزاحت ليلى الكتاب عن وجهها، وقالت في جفاف:

ـ كتاب لسلامة موسى.

وابتسم هو، ابتسامته نصف المكتملة:

ـ إشمعنى سلامة موسى؟

ـ لقيته في مكتبة محمود.

ـ إذا كنتِ عايزة تقري كتب قديمة عندك كتب...

وذكر عصام اسم أحد المؤلفين.

ـ قريت له، لكن سلامة موسى أحسن.

ومال هو بنصفه الأعلى إلى الأمام وهو يجادلها عبر الحجرة:

ـ أحسن في إيه؟

ـ سلامة موسى بيقول إللي هوَّ عايز يقوله على طول، ولكن التاني بيلف ويدور وفين وفين على ما يقول إللي هوَّ عايز يقوله.

ونظرت ليلى إلى عصام نظرة مباشرة صريحة، واحمر وجهه وحك ذقنه بيده ثم ابتسم وقال:

ـ إنت أصلك لسه صغيرة يا ليلى، ومش فاهمة إن فيه ظروف تخلي الكاتب ما يقدرش يقول إللي هوَّ عايزه مباشرة.

وتوقفت آلة الخياطة، وقالت الأم:

ـ ونويتوا إمتى إن شاء الله؟

والتفت إليها عصام وفي عينيه نظرة مرتبكة وكأنه ضُبط وهو يرتكب جريمة، وقال:

ـ العريس عايز النهارده قبل بكرة، ولكن أنا باقول كفاية الخطوبة دلوقت، والجواز لما تبقى تاخد التوجيهية.

وقالت الأم:

ـ طبعًا يا ابني، بعد التعب دا كله تخرج من غير شهادة؟!

ودارت آلة الخياطة من جديد.

وقالت ليلى:

ـ يعني جميلة مش حتروح الجامعة؟!

وابتسم عصام:

ـ يعني إنت إللي حتروحي الجامعة؟

ـ وما رحش ليه؟

ـ وفايدتها إيه؟ كل بنت مسيرها الجواز.

وتوقفت الأم عن العمل وضحكت ضحكتها القصيرة اللطيفة:

ـ يسلم فمك يا ابني، طول عمرك عاقل، مش زي الشعنونة دي وأخوها.

وبدأت ليلى ترسم بيدها على ثوبها خطوطًا متوازية لا تتقابل، ورفعت رأسها وقالت في جد ووجوم:

ـ عارف يا عصام، أنا ما كنتش عارفة إنك رجعي كده!

وفلت الخيط من الإبرة وانهمكت الأم في لضمه.

ـ أنا مش رجعي يا ليلى، ولكن أنا عايش في الجامعة وأدرى بظروفها، وما أحبش إن أختي تكون فيها ولا إنت.. وإنت...

وارتجفت شفته السفلى، وغزا عينيه حزن عميق، يعكس رغبة

٩٨

حبيسة ترتجف في أعماقه، رغبة في الاندماج بهذه الفتاة التي تجلس أمامه. ودخل الخيط في الإبرة وانفرج وجه الأم.

وتحركت موجة جياشة في كيان ليلى وكأن عصام نقل إليها بهذه النظرة إحساسه، ولمعت الدموع في عينيها وتناولت الكتاب الملقى إلى جانبها في لهفة وغطت به وجهها.

وقالت أمها:

ـ أطلب لك شاي يا عصام؟

وباغتته كلماتها من جديد وقال مرتبكًا:

ـ بلاش تعب يا خالتي.

ـ مفيش تعب، أنا خارجة برَّه على كل حال.

وأدار عصام رأسه حتى اطمأن إلى أن خالته قد اختفت، وتردد قليلًا وهو يتململ في جلسته، ثم وقف واتجه إلى ليلى وهي ما تزال تغطي وجهها بالكتاب، ووقف على مبعدة منها وقال في صوت مختنق ثقيل:

ـ ليلى.

وسقط الكتاب من بين يدي ليلى ومالت لتستعيده، ورفعت إلى عصام وجهها تدريجيًّا وهي تناديه بدورها، بشفتيها المنفرجتين، بخديها الورديين، بعينيها اللتين تلتمعان في خط من نور. واقترب عصام منها وكأنه مشدود إليها بقوة هائلة، قوة لا تقاوم، وقال:

ـ إنت عارفة؟ مش كده؟ عارفة من غير ما أقول.

ولم تستطع ليلى أن تتكلم، ضمت شفتيها في شبه ابتسامة وأغمضت عينيها وهزت رأسها من أعلى إلى أسفل هزات متكررة

ثم فتحت عينيها على سعتهما بغتة، وكأن فكرة طرأت لها.. فكرة انتقصت من هذه السعادة التي غمرت كل ذرة من جسمها.. وهبت واقفة وقالت في صوت مشروخ:

ـ لكن إنت ما جيتش يا عصام! كل الأيام دي ما جيتش! ليه؟ ليه يا عصام؟

وارتسم على وجهها ألم لا يحتمل، ومد عصام ذراعيه ليحتضنها ليؤكد لها أنه لا يستطيع، حتى لو أراد، أن يبتعد عنها، ثم توقفت ذراعاه في الهواء لحظة وانهارتا ثقيلتين إلى جانبيه، وأشاح بوجهه عنها وهو يقول:

ـ كنت خايف يا ليلى!

وأشارت ليلى بيدها إلى صدرها في دهشة:

ـ خايف مني؟ مني أنا؟

وابتسم وهو ينظر إليها في حنان:

ـ خايف عليكِ.

ـ من إيه؟

وقال عصام بعد تردد:

ـ من نفسي، ومن الناس، ومن الظروف، ومن... في الحقيقة مش عارف أفهمك الموقف إزاي يا ليلى!

ـ والناس مالهم ومالنا يا عصام؟ أنا مش فاهمة حاجة، مش فاهمة حاجة خالص و...

وتوقفت ليلى عن الكلام حين سمعت خطوات أمها تقترب من الحجرة، واتجه عصام إلى آلة الخياطة وتظاهر بفحص القميص.

وقالت الأم لليلى وهي تتجه إلى مكانها:

ـ هوَّ إيه إللي إنت مش فاهماه؟

وقالت ليلى في ارتباك:

ـ حتة من الكتاب، مش قادرة أفهمها.

وجلست الأم أمام آلة الخياطة وهي تقول:

ـ طيب ما تخلي عصام يفهمك.

وزال ارتباك ليلى ومالت برأسها إلى كتفها وهي تبتسم في خبث:

ـ عصام مش عايز يفهمني.

وأخفى عصام ابتسامته ونظر إلى خالته وهو يقف تجاهها وقال:

ـ أنا قلت لأ يا خالتي!

ـ أبدًا يا ابني، طول عمرك ابن حلال وبتفهمها كل حاجة، مش محمود إللي ما عندوش صبر.

ودقت ليلى الأرض بقدمها وعيناها تلمعان في شقاوة:

ـ حتى كمان مش عارف، مش عارف يفهمني.

وانفجرت في الضحك، والتفت إليها عصام وود لو استطاع أن يحتضنها بين ذراعيه، أن يدفن هذا الوجه الضاحك في صدره، ويكتم هذه الضحكات بقبلاته قبلة وراء قبلة. ود لو استطاع أن يحتويها، أن يفنيها فيه فلا تضحك منه ولا تضحك إلا له ولا...

وسمع صوت مفتاح يفتح الباب الخارجي، وتوقفت ليلى عن الضحك واحمر وجه عصام وعاد إلى مكانه الأول وجلس في مقعده.

* * *

ودخل محمود وصافح عصام في حرارة وكأنه لم يره من سنين، ثم قبَّل أمه في فمها وفي جبينها وخديها قبلات صغيرة متناثرة وهي تقاومه وتقول:

ـ ما تتكسف يا محمود!

ووجهها يحمر كفتاة في الرابعة عشرة من عمرها، ويدها تمسح في ارتباك على شعرها الذي تسللت إليه خيوط من فضة، ومحمود يحتج ويقول:

ـ إيه؟ الواحد ما يقدرش يبوس أمه كمان؟! أمال يا إخوانا يبوس مين؟ إيه رأيك في المشكلة دي يا عصام؟

وأدركت ليلى وهي تنظر إلى أخيها أنه قد مر بمرحلة القلق، وأنه قد اتخذ قرارًا.. وجلست على مقعدها وقد ركزت عينيها عليه.

وقال عصام:

ـ لا، دا إنت رايق أوي النهارده!

وقال محمود:

ـ قرارات يا أستاذ، قرارات خطيرة.

وانسحبت رجفة إلى جسم ليلى وتركزت في رأسها.. محمود ذاهب إلى القناة، إلى القناة.. وترددت هذه الكلمات في رأسها وكأنها نشيد، وغزت جسمها موجة من فخر، من حنان، من خوف، وهبت واقفة واندفعت إلى محمود وعيناها تلمعان. أرادت أن تحتضنه وتقبله ولكن عندما حاذته انحرفت عنه في خجل وقالت بصوت مرتجف دون أن تنظر إليه:

ـ أعمل لك شاي يا محمود؟

وأدرك محمود أن ليلى قد فهمت، وليخفي تأثره جذب شعرها مقربًا رأسها إليه وقال:

ـ بعدين، بعدين يا ليلى.

وعادت ليلى إلى مكانها وعصام يقول:

ـ والحفلة كانت كويسة؟

ـ حفلة إيه؟ ودا وقت حفلات! أنا مش فاضي للكلام الفارغ ده.. ولكن على فكرة إنت يعني خرجت من الكلية من غير إحم ولا دستور.

ـ كنت تعبان.

ـ تعبان ولَّا جيت تلبس وتستوجه عشان الحفلة؟

ـ آديني ما رحتهاش يا سيدي!

ـ أمال الوجاهة دي عشان إيه؟

ـ كنت رايح وبعدين غيرت رأيي.

وابتسم محمود في خبث وقال:

ـ ولكن صاحبتنا حتزعل.. حتزعل تمام.

ولمح عصام ليلى تنظر إليه، واحمر وجهه وقال:

ـ إنت حتلبخ!

ورفع محمود كتفيه وذراعيه واصطنع البراءة وقال:

ـ أنا قلت حاجة! حاغير هدومي وأجيلك، عندي أخبار خطيرة.

وخرج محمود.

* * *

جلست ليلى صامتة وقد جمد وجهها، واستأنفت أمها عملها،

وبدأت آلة الخياطة تدور وتطن في أذني ليلى، وارتفع طنينها تدريجيًّا حتى خيل إليها أنها أصبحت معاول تدق في رأسها بعنف.

وهبت ليلى واقفة وهي تنظر إلى عصام، وأشاح عصام بوجهه بعيدًا عنها.

والآلة تدور والمعاول تطرق في رأسها بعنف، وارتفع الدم في جسد ليلى وتركز في رأسها، وتقدمت نحو عصام وقد أعطت ظهرها لأمها وبدأت شفتاها تكون كلمات دون أن يرتفع صوتها وهي تدعم كلماتها بإشارات من يدها:

ـ مين هيَّ؟ مين هيَّ؟

وأغمض عصام عينيه.. «مجنونة.. قد تلتفت أمها.. قد يدخل محمود، ماذا أفعل؟ ماذا أفعل في هذه المجنونة؟».

وتوقفت الآلة وهزت ليلى رأسها وكأنها تستيقظ من النوم.

وقالت أمها:

ـ ما تروحي يا بنتي تشوفي الشاي! هيَّ طبخة ولَّا إيه؟!

ولكن الخادمة دخلت بالشاي في هذه اللحظة ووضعته على مائدة صغيرة أمام عصام.

وعادت ليلى إلى مكانها وقد جمد وجهها. ونظر إليها عصام من طرف عينه ورأى في عينيها نظرة أكدت له أن الخطر لم ينته بعد، وأفرغ فنجانًا من الشاي وسار به إلى آلة الخياطة ووضعه عليها وقال:

ـ ما تتفضلي يا خالتي.

ـ اشرب إنت يا عصام، أنا ما أشربش شاي دلوقت.

١٠٤

وجر عصام مقعدًا من الخيزران وجلس يشرب الشاي في حمى خالته.

وبدأت الآلة تدور من جديد والمطارق تقرع في رأس ليلى والدم يتركز في رأسها. وبيد مرتجفة انتزعت ورقة من كراسة تجاورها وبقلم رصاص كتبت فيها شيئًا وطوتها وقامت واقفة. ووقف الفنجان في يد عصام. وتقدمت منه ليلى وحاذته معطية وجهها لأمها، ومالت على آلة الخياطة وكأنها تبحث عن شيء وقالت أمها:

ـ بتفتشي على إيه؟

ومن تحت الآلة أسقطت الورقة المطوية في يد عصام اليسرى وعادت إلى مكانها بالمقص.

وبقيت الورقة كقطعة الثلج في يد عصام، وظل منحنيًا فترة لا يجرؤ على فضها، ثم مد يديه تحت الآلة وقرأ:

مَن هي؟ ما هي علاقتك بها؟ أجب في الحال وإلا سألتك أمام الجميع.

وتطلع عصام إلى ليلى وقد جلست تقص أظافرها متظاهرة بعدم الاكتراث وفي عينيها نفس النظرة الخطرة.. قد تفعلها، إنه يعرفها، يعرفها مندفعة إلى أقصى حد، تفكر بقلبها لا بعقلها كما يقول أبوها.

وبدأ عصام يشعر بصوت الآلة في أذنيه وفي كيانه بأجمعه.. وهي تدور في رتابة ونظام، تدور وتدق، تدق.. ك... كالساعة.. يجب أن يتصرف قبل أن يرجع محمود، يجب، والآلة يرتفع صوتها تدريجيًّا وتدق والوقت يمضي، ووجهه يكفهر وعيناه تدوران بين الباب وليلى

في سرعة وفي جنون.. كيف؟ كيف يتصرف؟ والآلة تدق، ماذا يقول لهذه المجنونة؟ وكيف؟ والآلة تدق وتدق.

ونهض عصام واقفًا وقد ارتسمت على وجهه علامات الغضب وسار إلى ليلى بخطوات بطيئة ثقيلة وهو يخرج من جيبه قلمًا ويفتحه ويقول:

ـ شفت القلم الجاف دا يا ليلى؟

ويقترب من المائدة التي تجلس بجوارها ويخرج من جيبه مذكرة، ويضعها على المائدة وينحني عليها بالقلم وهو يقول:

ـ شوفي قد إيه خطه لطيف.

ويكتب على صفحة بيضاء كلمة بالإنجليزية ثم يشطبها في ارتباك ويكتب:

إنت مجنونة وأنا أحبك.

وكان هذا ما انتوى كتابته، ولكنه يرى النظرة التي تشرق في عينيها ويود لو قضى بقية عمره يكتب وهي تنظر إليه. ويكتب من جديد: أحبك، أحبك، أحبك.

وفي سرعة، وفي عنف، وفي قوة، يرسم تحت الكلمات خطوطًا ثقيلة، خطوطًا عميقة، خطوطًا تمزق الورقة، والدم يتركز في رأسه، والآلة تطرق في رأسه، ثم يشعر بغصة في حلقه، ويلوي وجهه بعيدًا عنها، وتبدو في عينيه نظرة حزينة.. نظرة حيوان حبيس، حيوان جريح، ويستقيم دون أن ينظر إليها ويطوي المذكرة ويضعها في جيبه ويستدير، وحين يصل إلى مكانه ينهار على الكرسي منهكًا.

ويخرج عصام بيد مرتجفة سيجارة يشعلها، ويمتص الدخان

ويختزنه في صدره، ويظل مطبقًا فمه برهة ثم يفتحه، ويتصاعد الدخان في حلقات، حلقات متشابكة متعارضة، وهو يطيل النظر إليها ثم ينفرج وجهه تدريجيًّا ويغمض عينيه ويستمر في التدخين.

وتجلس ليلى جامدة متوترة لا تعرف ماذا تفعل بهذه الفورة التي اجتاحت جسمها، فورة لا تُطاق، لا تُحتمل، فورة من سعادة، من حنان، من ألم. وتود لو استطاعت أن تقفز، أن ترقص، أن تصرخ، أن تغني، أن تقول للناس أن عصام يحبها، وأنها تحب عصام، والفورة جياشة تعصف بها.

وأمها؟ أمها تجلس إلى جانبها تخيط ذيل القميص بالإبرة في هدوء، هدوء قاتل.

وقفزت ليلى واقفة واندفعت خارجة من الحجرة.

* * *

وقال محمود وهو يدخل بمنامته:

ـ إيه يا ست ماما، مفيش عشا النهارده ولّا إيه؟

وغرزت الأم الإبرة في القميص وقامت واقفة، وعندما وصلت إلى الباب، استدارت وكأن فكرة طرأت عليها وقالت لمحمود:

ـ مش تبارك لعصام، جميلة حتتجوز.

ـ تتجوز؟! تتجوز مين؟

وخرجت الأم من الحجرة وقال عصام في تردد:

ـ العريس، العريس إياه.

وواجه محمود عصام:

ـ إزاي يا عصام؟ إزاي إنت وافقت على حاجة زي دي؟

ـ يا أخي هيَّ عايزة وأمها عايزة، حاعمل إيه أنا؟

وجلس محمود في مقعد مجاور صامتًا ثم قال:

ـ حرام عليكم، الجواز من غير حب مش جواز، دا...

ولم يكمل محمود، واحمر وجه عصام، أدرك الكلمة التي أراد محمود استعمالها والتي استعملها كثيرًا من قبل كلما ناقشا موضوع الزواج كموضوع عام دون تحديد أشخاص.

وقال محمود بارتباك وهو ينوي إنهاء الموضوع:

ـ أنا طبعًا تكلمت كلام عام.

وقال عصام في غضب:

ـ طيب تسمح تنزل الأرض شوية.

ـ أرض! أرض إيه؟

ـ يعني نتكلم في الواقع، ما نحلقش في نظريات وأفكار أكبر مننا.. في حالتي أنا تقترح إيه؟

ـ حالتك؟!

ـ يعني تقترح إيه في موضوع جميلة، أعمل إيه أنا كإنسان مسؤول عنها؟ أطلقها في الشوارع عشان تحب؟!

ـ ما حدش بيقول كده، ولكن البنت صغيرة وقدامها فرص كتيرة، ومفيش داعي للاستعجال.

وقال عصام في احتداد:

ـ كل ده تسويف، هروب من المشكلة، الجواز السليم ضروري يكون أساسه الحب، والراجل عشان يتجوز ضروري يحب وكذلك البنت مش كده؟

- تمام.

ووقف عصام وقد أفقده الغضب السيطرة على نفسه، وواجه محمود وقال بصوت ثقيل:

- طيب، نفرض مثلًا إنك اكتشفت إن ليلى بتحب، تعمل إيه؟

وبدت الدهشة على وجه محمود وقال:

- ليلى! ليلى أختي؟!

- أيوه ليلى، ليلى أختك.

وشحب وجه محمود، وقال عصام:

- افرض!

وتنهد محمود في ارتياح وهز كتفه وقال:

- وأفرض ليه؟ ليلى صغيرة ومش ملتفتة لحاجات زي دي.

وقال عصام في انتصار:

- تمام زي ما أنا قلت، كلام نظري، كلام جميل، كلام مفصول عن الواقع، وإللي على البر عوام.

وضحك في سخرية ثم استأنف كلامه:

- البنت ضروري تحب وتتجوز على حب.. كل بنت، أي بنت، بس مش أختي ولا أختك.. أخوات الناس التانيين! مش كده؟

وسكت محمود.

وقال عصام في قسوة وهو يضيق الحلقة حول محمود:

- أنا سألتك سؤال يا محمود، ما بتجاوبش ليه؟

وأشاح محمود بنظره بعيدًا في اتجاه النافذة وقال وهو يهز كتفيه:

- سؤال إيه؟

وأطلت ليلى بوجهها من الباب ولم يرها أحد منهما.

وقال عصام بهدوء:

ـ لو اكتشفت إن ليلى بتحب، تعمل إيه؟

وضحكت ليلى كأنها وجدت لعبة مسلية وقالت:

ـ صحيح يا محمود، لو اكتشفت إني باحب، تعمل إيه؟

وجاء كلام ليلى مباغتًا لكليهما فاستدارا على عجل يواجهانها، محمود بوجه مذهول وعصام بوجه متوجس.

ورأى محمود البسمة في عينيها وفي شفتيها واطمأن، أدرك أنها لا تعني ما تقوله.

وعادت ليلى تقول وهي تبتسم:

ـ تعمل إيه؟ والنبي تعمل إيه يا محمود؟!

وتقدم محمود نحوها وشد شعرها بإعزاز وقال:

ـ أقتلك، أقتلك قتل.

* * *

على مائدة العشاء جلس محمود إلى جانب عصام وفي مواجهتهما ليلى وأمامهم أطباق من الملوخية باللحمة، والأرز والجبن والحلاوة والزيتون الأسود.

وقال محمود:

ـ يعني أنا رجل نظري، مش كده يا عصام؟

ومد عصام يده بالسكين وقطع قطعة من الجبن نقلها إلى طبقه، وقال وهو يبتسم:

ـ ودي عايزة كلام.

١١٠

وبدأت ليلى تغرف في طبقها جانبًا من الأرز، ولكن محمود لم يبدأ الأكل، كان منفعلًا إلى حد لم يستطع معه البدء في الأكل.

وقالت ليلى وهي ترقبه:

ـ ما تاكل يا محمود.

ـ حالًا.

ومد محمود يده إلى الملعقة وقرب طبقه إلى طبق الملوخية وغمس الملعقة في الطبق ثم سحب يده من جديد.. كان لا بد أن يعلن لهم الخبر ولكن كيف؟ يجب أن يعلنه بطريقة تناسب أهميته، طريقة تهزهما هزًّا.

وقال عصام:

ـ وإيه أخبارك يا محمود؟

وأشرق وجه محمود واتسعت حدقتا عينيه وفرك يديه في ارتياح، وترك ثواني تمر دون أن يجيب.. ثواني مشحونة بالانتظار، بالتوقع. وتوقفت يد ليلى بالملعقة فوق طبق الأرز.

وقال محمود:

ـ أخبار خطيرة.

وتطلع عصام في اهتمام، ومد محمود يدًا مرتجفة إلى جيبه وفي عناية أخرج ورقة بيضاء مطوية بسطها، وفي بطء مد يده بها، ووضعها تحت عيني عصام، ونظر عصام إلى الورقة، وسقطت الملعقة من يد ليلى على طرف الطبق محدثة رنينًا.

وهز عصام رأسه كأنه لا يصدق ما يراه، ثم أمسك بالورقة بكلتا يديه وقربها من عينيه، وبعد برهة قال لمحمود في دهشة:

ـ إيه ده؟!

وابتسم محمود في ارتياح.

ـ تفتكر إيه؟

ـ جدول، جدول تدريب.

ـ تمام.

ـ جدول مين؟

رفع محمود رأسه والتمعت عيناه وأشار بإصبعه إلى صدره وقال:

ـ جدولي، جدولي أنا.

وقال عصام:

ـ إنت تطوعت؟

وهز محمود رأسه:

ـ وابتديت التدريب كمان.

ـ فين؟

ـ في معسكر الجامعة في الهرم.

ـ وحتسافر إمتى؟

ـ بعد خمستاشر يوم.

وشق صدر ليلى خوف حاد كأنه سكين.. لقد تحدد كل شيء، تحدد موعد السفر، وسيذهب محمود وقد.. قد لا يعود، وسحبت ليلى ذراعها الممدودة على المائدة في حرص وفي بطء شديدين كأنها تخشى أن يراها أحد وهي تفعل ذلك.

وبدأ محمود يأكل وهو يقول:

ـ إيه رأيك؟

ـ مش تسرعت شوية؟ مش كان يصح تنتظر شوية لما نشوف إيه تطورات الموقف؟

وتوقف محمود عن الأكل وأمسك بطرف المائدة بكلتا قبضتيه، وقال دون تردد وكأنه قد أعد من قبل الرد على مثل هذا السؤال:

ـ إحنا إللي حنحدد تطورات الموقف يا عصام، أنا وأنت وكل مصري، مش حد تاني!

وعلت جسم ليلى رجفة كالرجفة التي تصيب الإنسان من مس الكهرباء، وتركزت الرجفة في رأسها حتى خيل إليها أن شعر رأسها قد وقف، ومدت يدها في تخبط عبر المائدة تريد أن تلمس يد محمود، وقالت في صوت مخنوق:

ـ مبروك يا محمود، مبروك.

وبدا عصام واجمًا وهو يفرد جانبًا من الجبن على قطعة من العيش، يسويه ويعيد تسويته من جديد.. إن محمود ينتظر منه أن يتكلم. لقد قال إنه سيذهب هو أيضًا إلى القناة، لكنه لم يكن يعرف أن محمود سيندفع هكذا ويبدأ التدريب ويحدد موعد السفر! يجب انتظار تطورات الموقف. إن العملية كما هي عملية انتحارية وقد تجلب على البلد الخراب.

وقال محمود:

ـ والله حتوحشنا ملوخية الست ماما.

وقالت ليلى وهي تبكي وتضحك في نفس الوقت:

ـ حنبقى نبعت لك ملوخية يا محمود، ملوخية في «ترمس».

ووقفت السكين في يد عصام.. إنهما يتكلمان وكأن ليس في

١١٣

الغرفة غيرهما، وكأنه ليس موجودًا، وكأنه لا يجلس على المائدة معهما، وليلى، ليلى عيناها على محمود لا ترفعهما إليه هو، وكأنها لا تراه، وكأنها أخرجته من دائرة بصرها، ومن حياتها.. «إحنا إللي حنحدد تطورات الموقف.. أنا وأنت.. أنا.. أنا».

وقالت ليلى:

ـ يا ريت أنا، يا ريت أقدر أروح معاك يا محمود.

وضحك محمود:

ـ لسه شوية، لما الرجالة يخلصوا، ابقوا اطلعوا إنتم يا ستات.

وغلى الدم في عروق عصام.. إنه ليس أقل رجولة ولا حماسة ولا وطنية من محمود، محمود خاف في مظاهرات ١٩٤٦ وهو لم يخف، والمسألة ليست مسألة وطنية أو رجولة، المسألة مسألة تعقل أو تهور.

ومالت ليلى بنصفها الأعلى على المائدة وقالت في همس وهي تتلفت حولها:

ـ بس المهم إن بابا وماما ما يعرفوش، لو عرفوا...

وقال محمود:

ـ أنا عارف، عارف إنهم حيتعبوني.

وهزت ليلى رأسها في يأس:

ـ مش حيفهموا، مش حيقدروا يفهموا.

ثم تسربت رنة من السخرية إلى صوتها وهي تكمل:

ـ حيقولوا اتعقل، فكر، استنى لما تشوف حيحصل إيه.

وتطلع عصام إلى باب الغرفة وود لو استطاع أن يهرب.. لا،

لا مكان له هنا، وهما بعيدان عنه، وهو وحيد، وحيد وكأنه يقف في صحراء موحشة.

وقال محمود وهو يبتسم ابتسامة واسعة:

ـ همَّ حيقولوا كده بس؟ بُكرة يقولوا الأمثال والحكم الغالية إياها.

وهزت ليلى رأسها وهي تكتم ضحكتها وقالت:

ـ الباب إللي ييجي لك منه الريح...

ـ سده واستريح.

وبدأت هي ومحمود يتناوبان الأمثال وهما يتصنعان الجد وكأنهما يلعبان لعبة مسلية:

ـ وفي التأني السلامة...

ـ وفي العجلة الندامة.

ـ ونومة وتمطيطة...

ـ أحسن من فرح طيطة.

ـ وإن كان لك عند الكلب حاجة...

ـ قل له يا سيدي.

ـ والطير إللي تقصقص ريشه...

ـ ما يعرفش يطير.

وانفجرا ضاحكين كطفلين يلهوان. ومدت ليلى منديلها تمسح دمعة سقطت على خدها، والتقت عيناها بعيني عصام ونظرت إليه في دهشة وكأنها نسيت أنه معها على المائدة، ثم أشاحت بوجهها عنه.. لا.. لن تنظر إليه، لن تستجدي منه شيئًا، إن الحب لا يُستجدى، حب مصر لا يُستجدى، إن لم ينبع من القلب فلا فائدة، لا فائدة.

ومسحت ليلى عينيها وقالت تخاطب محمود:

ـ طيب وبابا؟

ـ بابا حيكشر ويشاور ويقول...

وأكملت ليلى كلام محمود وهي تضخم مخارج ألفاظها وتشير بيدها إشارات مسرحية مبالغًا فيها:

ـ أنا عارف، الحركة دي مش حتجيب إلا الخراب.. الخراب.. الخراب!

ووجد عصام نفسه يغرق في الضحك، وتتابعت عليه الضحكات متتالية متلاحقة، وانحنى على المائدة.

وحين استقام اكتشف أن سكينة حلوة قد انسابت إلى نفسه، سكينة ويقين.

وركز عصام عينيه على محمود وقال في صوت هادئ:

ـ يا ترى ألحق أسافر في الدفعة بتاعتك؟

وفي هذه المرَّة تعمد عصام أن يتحاشى نظرات ليلى التي انصبت عليه.. لا.. إن قراره هو قراره الخاص، لم يكن لها يد فيه، ويجب أن تدرك ذلك تمامًا.

* * *

وعندما خرج عصام أسرعت ليلى وراءه، وقال محمود:

ـ على فين؟

وردت ليلى في اضطراب:

ـ عصام نسي قلمه.

وجرت خلف عصام على السلم، وصاحت:

١١٦

ـ عصام.

واستدار عصام يواجهها وهو على بُعد درجات منها، وقالت ليلى بصوت مرتفع وهي تشير بيدها إشارات مبهمة:

ـ القلم، قلمك، نسيته.

وتحسس عصام قلمه ووجده في مكانه، وقالت ليلى هامسة:

ـ الورقة.

وقلب عصام يده متسائلًا، وهمست ليلى من جديد وقد فرغ صبرها:

ـ الورقة إللي في المذكرة.

وفهم عصام، وهز رأسه وهو يبتسم متعجبًا من اندفاعها.. ونزل خطوات السلم في بطء وهو ينظر في عينيها.. وأعطاها المذكرة بأكملها.

وبدأ يطلع درجات السلم وهو يبتعد عنها درجة بعد درجة، وهي تنتظر حيث هي.

واستدار عصام فجأة وجرى إلى ليلى ومد يدًا متخبطة تمسح على وجهها ثم تمتد إلى شعرها فتثيره.

وصعد درجات السلم قفزًا وهو يجري مقطوع الأنفاس إلى بيته.

٦

وتدفق نبع صاف يجري، واعترضت المستنقعات مجرى النبع في الطريق، تريد أن تمتصه، أن تفنيه فيها، أن تحيله بركودها إلى ركود. والنبع فتيٌّ فوار جياش عميق، والمستنقعات عتيقة ترسبت على مر السنين، تجثم على أرض مصر في اطمئنان وهدوء، وصفحتها تلتمع تحت أشعة الشمس.

ولكن تحت الصفحة اللامعة طين، طين يسد مجرى النبع، والنبع الجياش الفوار يشق مجراه في صعوبة بين الطين، ويخلف وراءه جانبًا من مياهه الصافية ـ التهمها الطين ـ ثم يندفع جياشًا فوارًا إلى آخر الطريق.

وفي آخر الطريق سد، سد من صخور.

والمستنقعات تجثم في اطمئنان وفي هدوء.. لا جدوى من الانطلاق.. لا جدوى من الاندفاع.. الركود قرين الحكمة.

وصفحة المستنقعات تلتمع تحت أشعة الشمس.

* * *

أعلن محمود وعصام قرارهما للعائلتين ليلة السفر، وكان على كل منهما أن يواجه عائلته قبل أن يواجه العدو. واختلفت الأساليب، وفقًا لاختلاف العائلتين، ولكن الاختلاف كان اختلافًا مظهريًّا، وكانت الأساليب في جوهرها واحدة متكررة، دعوة للتعقل والتأني وعدم التهور والاندفاع، ثم محاولة للحد من هذا الاندفاع والانطلاق بالتهديد حينًا وبإثارة الناحية العاطفية حينًا آخر.

وفي بيت محمد أفندي سليمان تكتلت العائلتان لمواجهة الموقف، وعلى الأريكة جلست الأختان سنية هانم وسميرة هانم وقد شحب لونهما، وعلى يمينهما على المقعد المجاور جلس سليمان أفندي، وعلى يسارهما جلست جميلة، وعلى الأريكة المقابلة عصام ومحمود، وخلفهما في الفراغ بين الأريكة والنافذة وقفت ليلى.

كانت الأخبار قد هزت الأختين، وشل كيان كل منهما خوف من فقد وحيدها، وإلى جانب الخوف كانت سميرة هانم تعاني ألمًا ممضًّا ينخر في رأسها كالحمى، كيف؟ كيف استطاع عصام أن يخدعها؟ إنه لم يخف عنها أبدًا شيئًا، فكيف أخفى عنها هذه الأخبار طوال هذه الأيام؟! وشعرت سميرة هانم بشعور الزوجة المحبة المحبوبة التي تكتشف فجأة خيانة زوجها لها، وشلتها الصدمة، جردتها من مهارتها ومن أسلحتها المتعددة، فلجأت إلى أختها، وألقت أختها العبء على زوجها سليمان أفندي فهو أعقل وأحكم وأقدر على حل مثل هذا الموقف الذي لم يسبق له مثيل في عائلتها.

ووضع سليمان أفندي رِجلًا على رِجل، وقال لمحمود وعصام إنه لا يحاول إجبارهما على العدول عن قرارهما، فالرأي الأول

والأخير لهما، وهو رجل يود أن يناقش الموضوع مع رجال مثله في هدوء وتروٍّ وتعقل وحكمة، وهو ليس أقل وطنية منهما ولكنه أكبر سنًّا وأكثر حكمة وفهمًا لحقائق الأمور، وهو لا يندفع وراء عاطفته مثلهما بل يفكر بعقله، وعقله يقول إن الحكومة غير جادة في موقفها، فالجيش مثلًا لم يشترك في المعركة، وعناصر الخيانة متوفرة في السراي والأحزاب وفي الحكومة نفسها، والجواسيس من المصريين يملأون منطقة القنال، والمواد الغذائية تهرب إلى القوات البريطانية على مرأى من الحكومة وعلى مسمع منها.. وماذا تستطيع الشجاعة والبطولة أن تفعلا تجاه هذه العوامل؟ وماذا يستطيع حفنة من الفدائيين أن يفعلوا وهم يواجهون الجيش الإنجليزي المزود بأحدث الأسلحة؟

لا.. إن المسألة ميؤوس منها ولن تجلب على البلاد إلا الخراب! ولو كان هناك جدوى لكان هو أول المشجعين لهما على السفر بل لانضم إليهما شخصيًّا، لو قُبل في صفوف الفدائيين، ولكن لا جدوى من الانطلاق، لا جدوى من الاندفاع.

وانخدع محمود وعصام بالصوت الهادئ، بالملامح الهادئة الساكنة.. بمنطق سليمان أفندي الحكيم. واندفعا يتناقشان مناقشة رجل لرجل، وأخذا يتناوبان الحديث، يفندان حجج سليمان أفندي.. فالموجة الشعبية كفيلة بأن ترغم الحكومة على اتخاذ إجراءات حازمة وإلا تعرضت للسقوط، وكفيلة بأن تخرس الملك وتسحق عناصر الخيانة، والكفاح لن يبقى محصورًا على حفنة من الفدائيين، بل سيمتد تدريجيًّا حتى يشمل الجيش والشعب بأكمله، وقد هدد

ضباط الجيش فعلًا بالاستقالة والانضمام إلى الفدائيين إن لم يشترك الجيش بأكمله في المعركة.

وبدأ صوت سليمان أفندي يتغير، واختفت النغمة المعسولة من كلامه، وتجمعت معالم الغضب في وجهه.

واكتشف محمود وعصام أنهما قد خُدعا، وأن المناقشة لم تكن بريئة كما ادعى، وإنما هي محاولة مستترة لمنعهما من السفر.

واضطر سليمان أفندي إلى السفور، وخرج بالمناقشة إلى نطاقها الشخصي البحت وصوته يحتد تدريجيًّا، وانفرد محمود هذه المرَّة بالإجابة.

ـ ليه إنتم؟!

ـ وليه مش إحنا؟!

ـ ليه ابني أنا، مش أولاد الناس التانيين؟

ـ إن كان كل واحد حيمنع أولاده، ما حدش حيسافر!

ـ والدراسة؟

ـ تستنى.

ـ طبعًا إنت يهمك إيه؟ أبوك بيشقى ويعرق ويدوب عشان حضرتك تبقى بني آدم!

ـ فيه حاجات كتير أهم من التعليم.

ـ إللي هيَّ إيه يا حضرة؟

ـ إيه فايدة إن الواحد يبقى متعلم وعبد؟!

ـ أبوك أهو عايش كده، وجدك من قبله، يبقوا عبيد؟

واحتد محمود وفقد سيطرته على نفسه:

ـ طبعًا عبيد! كل واحد ما يكافحش عشان يتحرر من الاستعمار
يبقى عبد!

واحتقن وجه الأب، وقام واقفًا، ونعت محمود بأنه ابن عاق ووقح
وقليل التربية، ثم قال في سخرية:

ـ حضرتك فاهم نفسك بطل! مش كده؟

ـ أنا مش بطل، أنا راجل، راجل بيدافع عن حريته!

ـ إنت مش راجل، إنت عيل، عيل ضحكوا عليه!

ـ ما حدش ضحك عليَّ!

ـ إنت فدية، خروف بتدبحه الحكومة عشان تقنع الناس إنها وطنية!

ـ أنا ما يهمنيش إيه غرض الحكومة، إللي يهمني هو غرضي أنا
وغرض الشعب!

ـ الشعب! الشعب حتخدمه لما تقع هناك من أول يوم؟ لما تقع ميت؟!

وكتم الأب دموعه بصعوبة، وارتفع عويل كل من سنية هانم
وسميرة هانم، وأشاح محمود بوجهه بعيدًا ليخفي تأثره، وقال وهو
ينظر إلى الأفق البعيد:

ـ أنا عارف، عارف ومستعد للاحتمال ده!

واستدارت ليلى وواجهت النافذة.

وصرخ الأب وقد بلغ به الغضب منتهاه:

ـ طبعًا ما يهمكش! يهمك إيه؟ حضرتك تموت بطل، وتنحرق
أمك، وينحرق أبوك، وتنحرق أختك.

وشحب وجه محمود، وغشت عينيه طبقة من الدموع، وقال في
توسل:

ـ أرجوك تفهم! أرجوك يا بابا حاول إنك تفهم! أنا ضروري أسافر! ما أقدرش ما أسافرش!

وهز الأب رأسه في يأس، ومشى في اتجاه الباب، وعندما وصله استدار وقال وقد جمد وجهه:

ـ لو سافرت، لا إنت ابني ولا أعرفك، وعتبة البيت ما تعتبهاش!

وتوقف الأب عن الكلام ثم ارتجفت شفتاه وهو يقول:

ـ إن رجعت!

وخرج يهرول إلى حجرته.

* * *

واتجهت أم محمود إلى حيث يجلس، ووقفت تستند بيديها على مائدة مستديرة تفصل بينها وبينه وتقول:

ـ اعقل يا ابني، عشان خاطري! عشان خاطر أمك الغلبانة!

وجمد وجه محمود وهو يتجه بنظره بعيدًا عنها.

والتفتت إلى عصام تستنجد به:

ـ إنت طول عمرك عاقل يا عصام، عقَّله يا ابني.

ومسح عصام وجهه بيده.

وركزت أمه عينيها عليه، كان وجهها شاحبًا شحوب الموت، وعقلها يدور.. لا يمكن، لا يمكن أن يسافر عصام.. كل إنسان إلا عصام، ابنها، حبيبها، رجلها.. لا يمكن أن تعيش من غيره، ولا يوم ولا ساعة.. ماذا تعمل؟ ماذا تعمل لتوقفه؟!

وعادت أم محمود تلح على عصام:

ـ ما بتردش ليه يا عصام؟ اتكلم يا ابني!

وقال عصام دون أن ينظر إليها:

ـ حاتكلم أقول إيه يا خالتي؟!

وارتخت ذراعاها إلى جانبها وقد جمدت فيهما الحياة، وقالت في يأس وكأنها لا تأمل في شيء، وكأنها تقول الجملة لمجرد أنها تكون في عقلها:

ـ عقَّل المجنون ده!

وضحكت سميرة هانم في سخرية مُرة:

ـ هوَّ عصام فاضل فيه عقل، ما طيره محمود! البركة في محمود!

واحتقن الدم في وجه أم محمود والتفتت إلى أختها:

ـ أنا عارفة، إنت دايمًا تجيبي الذنب على محمود!

ـ عصام طول عمره عاقل، وابنك إللي طول عمره شعنون!

والتفت محمود إلى ليلى وهي تقف وراءه، وابتسم.

وقام عصام واقفًا، وتقدم بخطوات بطيئة إلى حيث تجلس أمه، ووقف أمامها وقد انفرجت ساقاه وارتجف صوته بالغضب وهو يقول:

ـ أنا مش عيل عشان محمود يطير عقلي! فاهمة؟

وتحكم عصام في صوته وهو يستأنف كلامه:

ـ ويجب تفهمي كمان، إني مسافر بكرة، مهما عملت!

ورفعت إليه أمه وجهها، واحتد من جديد، وكاد يصرخ وهو يقول:

ـ مسافر.. مسافر.. فاهمة؟

وقفزت أمه واقفة، وألقت بنفسها عليه واحتضنته وهي تتشبث به في جنون، والتوى لسانها، وكأنها فقدت القدرة على النطق السليم وهي تقول:

- ما أقدرش! عصام ما أقدرش ما...

وأشاح عصام بوجهه بعيدًا عنها، وفي رقة حاول أن يتملص من ذراعيها، ولكنهما تشبثتا به وكأنهما طوقان من حديد. وفي عنف خلص نفسه من ذراعيها، وتراجع بظهره إلى الوراء بعيدًا عنها.

وأحنت أم عصام رأسها، وأخفت وجهها بيديها.

وجرت إليها جميلة واحتضنتها من الخلف وهي تبكي وتقول:

- حرام عليك يا عصام! حرام عليك!

ومرت لحظة سكون لا يقطعها سوى عويل جميلة.

ورفعت أم عصام رأسها ووجهها ما زال مغطى بيديها، وحين استكمل الرأس ارتفاعه، أزاحت يديها عن وجهها وقد تغير تغيرًا كليًّا.

كانت ملامح الوجه الناعم قد اكتسبت صرامة، والعينان القلقتان قد استقرتا في محجريهما، والفم المتدلي من جانبيه قد استقام.

ونظرت لحظة إلى عصام وكأنها تقيسه ثم قالت:

- خلاص يا عصام.. دا قرارك النهائي؟

وهز عصام رأسه دون أن يتكلم.

وخلصت أم عصام نفسها من بين ذراعي جميلة في عنف، واندفعت تجري إلى النافذة...

وشل الرعب الموجودين في الحجرة، وصرخت جميلة صرخة مدوية، ولحقت ليلى بخالتها وهي تتسلق قاعدة النافذة وتعلقت بكتفيها.

وصاحت أم عصام:

- سيبوني! سيبوني أموِّت نفسي! مش عايزة أعيش!

ونحى عصام ليلى، وجذب أمه من كتفيها بعنف إلى أسفل، وفي

عنف أدارها إليه، ووقف أمامها وجهًا لوجه ويداه ما زالتا على كتفيها، والتقت عيناه بعينيها في نظرة طويلة.

وأغمضت أم عصام عينيها لحظة، والدم يعود إلى التدفق في عروقها، ولان وجهها، وعادت إلى وسط الحجرة، خفيفة الخطوة، رافعة الرأس، وعلى وجهها راحة وسكينة.

وأمسكت جميلة بذراع أمها وقالت لعصام:

ـ يلَّا بينا على بيتنا.

وسار عصام خلف أمه وجميلة.

* * *

وفي الساعة الحادية عشرة مساء وبينما كان محمود يحزم حاجياته، أرسل إليه عصام ورقة مطوية مع الخادمة.

وقرأ محمود الورقة وألقاها إلى ليلى وهي تجلس على طرف السرير:

ـ تفضلي يا ستي.

وفي الورقة قرأت ليلى:

> أمي مغمى عليها منذ ثلاث ساعات، أرسلت في طلب الطبيب ولم يحضر بعد. محمود ماذا أستطيع أن أفعل؟ إنني لا أستطيع أن أتخلى عن أمي وهي في هذه الحال، وبعد ما فعلته من أجلي ومن أجل جميلة، لا.. لا يمكن يا محمود! أنت تفهم أليس كذلك؟ وعندما تتحسن سأحاول اللحاق بك، مع السلامة وقلبي معك ومعكم جميعًا.
>
> **عصام حمدي**

وقال محمود وهو يرمي بفانلة صوف في الحقيبة:

ـ وحنعمل إيه بقلبه؟! حينفعنا في إيه؟!

ولم تكن ليلى تنصت إليه، كانت تنظر بعيدًا وهي تفكر، وفجأة ركزت عينيها على محمود وهو يجلس إلى جانب الحقيبة وقالت:

ـ تفتكر يا محمود، خالتي عيانة صحيح؟

وتطلع إليها محمود في بلاهة لحظة ثم قفز واقفًا وقد اتسعت حدقتا عينيه:

ـ لأ مش معقول! مش معقول!

وكتمت ليلى ابتسامتها وهزت رأسها وقد ضاقت عيناها في خبث.. واقترب منها محمود:

ـ عايزة تقولي إنها بتمثل؟!

وهزت ليلى كتفيها وقالت وهي تضحك في مرارة:

ـ ما تمثلش ليه؟ هوَّ دور الانتحار كان وحش؟!

وتوقف محمود مصعوقًا وضحكت ليلى ضحكة خالصة:

ـ عارف يا محمود.. ساعة ما رمت نفسها على الشباك وجيت أشدها عملت إيه؟

ـ إيه؟ إيه يا ليلى؟

ورفعت ليلى رأسها وغامت عيناها وهي تتمثل ما حدث، وقالت في صوت خافت وكأنها تحادث نفسها:

ـ غمزت لي بعينها وقرصتني في إيدي.

وبدت على وجه محمود علامات عدم الفهم، وضحكت ليلى.

ـ يعني كأنها بتقول لي: «ما تخافيش دا كده وكده».

وخبط محمود كفًّا على كف، وارتسمت في ذهن ليلى صورة أمها

١٢٧

وهي تجلس في الصالة وتقول: «أختي سميرة شاطرة، عرفت تطوي ولادها تحت جناحها».

* * *

وفي الفجر جلست الأم في الصالة على المقعد المواجه للباب صامتة شاحبة متصلبة كالجثة الهامدة، وأمامها جلست ليلى.

وانحنى محمود على الحقيبة يحاول إقفالها.

وطُرق الباب طرقة خفيفة، وقام محمود وفتح الباب، ودخل عصام بردائه المنزلي، وبدت على وجه محمود علامات الارتياح.

إن وجود عصام، وجود أي غريب، يجعل عملية الوداع أسهل وأبسط.

وزاغت نظرات الأم وقالت في صوت ميت:

ـ هوَّ عصام مش مسافر؟

وقال عصام وكأنه يعتذر:

ـ أعمل إيه يا خالتي؟ ماما عيانة خالص!

وانخرطت الأم تبكي وهي تكتم نشيجها حتى لا يصل صداه إلى الأب الذي اعتكف في غرفته.

وقامت ليلى واقفة واتجهت إلى أمها وربتت على كتفها وقالت:

ـ بس يا ماما، هوَّ عصام كان حيحرسه؟

وقالت الأم بصوت واهن:

ـ وإشمعنى هوَّ، إشمعنى هوَّ إللي يروح لوحده!

وتنهد محمود في ضيق، وقالت ليلى دون أن تنظر إلى عصام:

ـ عصام كمان حيسافر لما خالتي تتحسن.

وأشاحت الأم بيدها مبدية عدم تصديقها لكلام ليلى، وغرقت في صمتها من جديد وهي تهز رأسها ما بين الحين والحين.

ونظر إليها عصام في دهشة، وخطر بباله أنها لم تسأل عن أمه ـ أختها ـ بالرغم من أنه قال إنها مريضة للغاية.

ونجح محمود في قفل الحقيبة بمساعدة عصام، وقام واقفًا وقد أمسك بالحقيبة.

وخيل لليلى أن الشحوب يلائم وجه محمود، وأنه يبدو أكثر وسامة في بذلته العسكرية.

وبدا الارتباك على وجه محمود، وأسقط حقيبته على الأرض، وتقدم إلى أمه بخطوات مضطربة وقبَّلها في جبينها، واستدار ليذهب ثم عاد إليها وأمسك بيديها وقربهما من فمه وقبلهما بلهفة. وسالت دموع الأم. واستقام محمود واتجه إلى ليلى ولف يده حول كتفها وقبَّلها، وهرول بحقيبته إلى الباب.

وجرت ليلى خلفه على السلم، واستدار يواجهها وهز رأسه وقال:

ـ لأ يا ليلى، أنا مش عايزك إنت بالذات تعيطي!

وقالت ليلى وهي تمسح الدموع بكفها:

ـ أنا ما باعيطش يا محمود، ما باعيطش!

ـ إنت فاهمة يا ليلى؟ مش كده؟ فاهمة أنا رايح ليه؟

وهزت ليلى رأسها بالموافقة وقد أشرق وجهها والتمعت عيناها، وقال محمود:

ـ وإدراكي إن فيه حد فاهم، حد عزيز عليَّ، حيخليني مستريح.

وابتسمت ليلى وقالت:

ـ أنا فاهمة يا محمود، وكلهم بكرة يفهموا، مع السلامة وحاسب على نفسك.

ووضع محمود الحقيبة واحتضن ليلى وقبّلها ونزل السلم من جديد.

وصاحت ليلى:

ـ إحنا منتظرينك، منتظرينك يا محمود.

وسمعت صوت عصام من خلفها يقول:

ـ مع السلامة، مع السلامة يا محمود.

ورفع محمود يده ملوحًا لكليهما دون أن ينظر إلى الخلف.

وأفسح عصام الطريق لليلى لتمر، ومضى خلفها في اتجاه الشقة، ودخلت ليلى ثم استدارت وواجهت عصام وهو ما يزال في الخارج، ووضعت يدها على الباب تهم بإغلاقه وكأنها تمنعه من الدخول.

وقال عصام:

ـ حادخل أشوف خالتي.

وهزت ليلى رأسها علامة عدم الموافقة دون أن تتكلم، ورأت وجه عصام ينقلب، وقالت:

ـ مش دلوقت يا عصام، مش دلوقت، اطلع فوق، اطلع لخالتي.

وأقفلت الباب وعصام ما زال متسمرًا في مكانه.

ووقفت ليلى برهة تستند بوجهها إلى الباب وهي تستمع إلى خطوات عصام تبتعد متباطئة على السلم.. لقد خذلها، خذلها؟ كيف؟ لقد خذلها والسلام.

وعويل أمها يرتفع تدريجيًا حتى يصبح كمعاول تدق في رأسها وتهد كيانها وتحول بينها وبين التفكير.

٧

وبدأت ليلى ترقب صندوق البريد وهي ذاهبة إلى المدرسة وهي عائدة من المدرسة وفي أوقات توزيع البريد وفي غير أوقات توزيع البريد، وكأن حياتها تركزت في ذلك الصندوق الخشبي الصغير. وتتالت خطابات محمود ترسل الرجفة إلى جسمها، رجفة فخر وحنان.

وكان يكتب لها مرَّتين في الأسبوع، وأحيانًا ثلاث مرَّات. وكانت تشعر وهي تقرأ خطاباته أنه يجلس تجاهها في حجرته، يحكي لها وقد اتسعت عيناه، وكأنهما قد تفتحتا على عالم جديد... وكل شيء في هذا العالم جميل ومثير: الناس والأحداث والتجارب الجديدة والأفكار الجديدة والأصدقاء الجدد.

ولكن صديقًا واحدًا من بين هؤلاء الأصدقاء يسحر محمود فيكتب عنه في كل خطاب، وكأن حسين عامر هو الزمار الذي يقود محمود بمزماره إلى العالم المسحور. ومحمود يمضي في ذلك العالم ينفعل بكل تجربة جديدة وبكل فكرة جديدة.

كتب إليها يقول:

فجرت اليوم لأول مرَّة، أول قنبلة حارقة في معسكر بريطاني، ووقفت بعيدًا أرقب نتيجة عملي، وعندما اندلعت النار في المعسكر خيل إليَّ أن قبسًا من النور قد ملأ قلبي وكياني.

وفي خطاب آخر:

لقد كبرت يا ليلى.. كبرت وأشعر كأني لم أبلغ إلا بعد أن أتيت إلى القناة.

وكتب يقول:

أنا أحيا يا ليلى.. أحيا.. أتفهمين يا عزيزتي؟ أحيا منفعلًا كل ساعة وكل دقيقة من عمري. كنت أحسب وأنا في القاهرة أني أحيا، ولكنني أدركت بعد تجربتي الأخيرة أنني كنت مخطئًا. إن الركود موت لا حياة. أنت تسألينني: ألا أخاف؟ طبعًا خفت أول الأمر، والخوف هو الذي يجعل للكفاح لذة، فالإنسان يتقدم وهو خائف ولكن قوة أكبر منه، أكبر من خوفه، تدفع به إلى الأمام وتجعله يعمل ما ينبغي أن يعمله بكل ثبات وبكل دقة. وعندما ينتهي كل شيء ينتشي الإنسان، إذ يدرك أنه تغلب على نفسه، على ضعفه وعلى فرديته، ومرَّة بعد مرَّة يتحرر الإنسان من الأنانية التي تسيطر على كل شيء في حياتنا، ويشعر أنه فرد في مجموع، وأن حياته مهمة طالما هو في خدمة هذا المجموع، وأنه لو فقد حياته لن تكف الأرض عن الدوران، بل سيواصل الآخرون العمل الذي بدأه، العمل الذي فقد حياته من أجله، وإذ ذاك يتحرر الإنسان من الخوف، يتحرر من «الأنا».

* * *

ـ أنا حاتجنن يا ليلى، ومش لاقي فرصة أتفاهم معاكِ! فيه إيه؟ مش تفهميني!

قالها عصام لليلى وهما يقفان في محل «شيكوريل» بين الباب والمصعد ينتظران عودة جميلة وأمها من «الكيس». وكان اليوم أول أيام «الأوكازيون» والباب الزجاجي لا يكف عن الحركة.

ولم تجب ليلى، وقال عصام في صوت هامس:

ـ إيه يا ليلى إنت مش بتحبيني؟

ومرقت سيدة عجوز مصبوغة الوجه إلى المحل، وركزت ليلى نظرها على الباب الزجاجي وهو يتأرجح خلفها وأشعة نور النيون تنكسر عليه، وقالت:

ـ أظن إنت عارف يا عصام!

ـ أنا مش عارف حاجة، وبصراحة حاتجنن! إنت زعلانة عشان ما سافرتش مع محمود؟

ونظرت ليلى إلى عصام وهو محمل بالمشتريات وقالت:

ـ وحازعل منك ليه؟ هوَّ السفر بالقوة؟!

ـ أمال متغيرة من ناحيتي ليه؟

وانفتح باب المصعد على مصراعيه وخرج منه حشد من الناس تقدم في اتجاه باب الخروج.

وقالت ليلى وهي تنظر إلى الخارجين من المصعد:

ـ أنا مش متغيرة ولا حاجة.

ـ لأ، مش عوايدك.

وأدارت ليلى رأسها إلى عصام وقالت في قسوة:

ـ عايزني أعمل إيه؟ أغني؟ أرقص وأخويا بيحارب؟

وهمس عصام في يأس:

ـ إنت ما بتحبنيش، ما بتحبنيش خالص!

وفتحت ليلى فمها لتتكلم، ولكن الناس فصلوا بينها وبين عصام، واضطر عصام إلى التراجع أمام الضغط وهو يحاول أن يحفظ توازنه بالمشتريات التي تثقله.

وقال رجل يلبس بدلة رمادية لزوجته التي تضع قبعة بريشة على رأسها:

ـ ضحكوا علينا.. دا مش القماش الأصلي، دا تقليد.

وأزاحته من الطريق امرأتان تحتضنان مشترياتهما، وعلى وجهيهما علامات الانتصار.

وقال الرجل ذو البدلة الرمادية من جديد:

ـ دا تقليد.

ولكن صوته غرق في زحمة الأصوات الأخرى.

ـ أما شروة! أهي دي الفرص ولا بلاش!

قالت سيدة في ثياب سوداء. وردت عليها أخرى:

ـ ولَّا الست أم بمبي إللي كانت عايزة تخطفها منك.

وضحكت السيدة ذات الملابس السوداء:

ـ والله كنت قتلتها قتل.

وعاد الرجل ذو البدلة الرمادية يقول:

ـ دا مش الأصلي، دا تقليد.

وقالت زوجته وهي تسوي ريشة قبعتها:

ـ هس! بلاش دوشة، أنا شايفة الماركة بعيني، قماش إنجليزي أصلي.

وتأففت فتاة طويلة الرقبة بحاجبين مقوسين وقالت لزميلتها:

ـ أف! أنا كنت حاتخنق! دا مش «أوكازيون» ده يا حبيبتي، دا حرب، والله إحنا فدائيين صحيح.

وضحكت زميلتها.

وارتجفت ليلى حين باغتتها خالتها من الخلف، ووضعت يدها على كتفها وقالت:

ـ بشرفك يا ليلى، مش كسبنا الشروة دي؟

* * *

ولم يرخ عصام نظره عن ليلى، وأمه وجميلة تكملان بقية مشترياتهما، ركز عينيه عليها وكأنهما مشدودتان إليها.

ورأت ليلى النظرة العاتبة في عينيه، نظرة حيوان جريح يتألم.. ماذا جرى لعصام؟ هل جُن؟ أين ذهب تعقله واحتراسه؟ ألا يدرك أن أمه معنا وأن جميلة معنا؟

وفي الطريق إلى البيت أشارت سميرة هانم إلى تاكسي وركبت في المقعد الخلفي مع جميلة وبينهما أكوام من المشتريات، وفي المقعد الأمامي جلست ليلى وعصام.

وقرب عصام جسده من ليلى حتى أصبح فخذه لصق فخذها، ولفحت أنفاسه خدها ثقيلة متلاحقة، ومد يده يمسك بيدها في رقة، وحاولت هي أن تخلص يدها من يده وعنفت قبضته، وجذبت يدها وازدادت القبضة عنفًا. وكتمت ليلى صرخة ألم، ولمعت الدموع في

عيني عصام وارتخت قبضته، وأخرج من جيبه قلمًا وورقة وكتب في
الورقة كلمات ثم أسقطها في جيب معطف ليلى.

ووقف عصام يدفع حساب التاكسي، وحيت ليلى خالتها واندفعت
مرتبكة إلى شقتها، وفي الصالة قرأت ما كتبه عصام:

أرجوك.. أرجوك يا حبيبتي لا تهجريني.. لا تهجريني.

وارتجفت يد ليلى وهي تعيد الورقة إلى جيبها، وكانت يدها
ما تزال ترتجف وهي تضرب جرس شقة عصام.

* * *

فتحت جميلة الباب وقالت:

ـ أيوه، أهي ليلى جت، تعالي يا ستي لما نشوف المشكلة دي.

واتجهت ليلى مع جميلة إلى حجرة أمها.

وعلى السرير جلست سميرة هانم وأمامها قطع القماش مفرودة
منثورة بألوانها الصارخة المتنافرة، لا يكاد نظر الإنسان يستقر على
لون منها حتى ينتقل إلى الآخر ثم يكمل الدورة ليعاود النظر من
جديد. وغشي نظر ليلى وقالت خالتها:

ـ كويس إللي جيتي يا حبيبتي.

وتقدمت ليلى من خالتها، وأشارت سميرة هانم إلى «موديلات»
لأثواب مرصوصة بمحاذاة حافة السرير، وقالت:

ـ آدي القماش وآدي «الموديلات».. نقي بَقه.

وقالت جميلة:

ـ أنا باقول الدانتل الأحمر للفستان «الدرابيه» ده.. إيه رأيك
يا ليلى؟

ولم تترك سميرة هانم فرصة لليلى لتتكلم:

ـ لأ يا جميلة.. الدانتل الأحمر ضروري يتفصل «سامبل» خالص. «درابيه» في دانتل! «الدرابيه» عايز «شيفون». آه. إيه رأيك نعمل «الموديل الدرابيه» ده في «الشيفون»؟

ـ أنهي «شيفون»؟

ـ الشيفون إللي لون قلب الفسدقة.

وجرت إليها جميلة تُقبلها.

ـ إنت هايلة يا ماما! يبقى جنان، جنان خالص!

وتطلعت ليلى إلى الباب في قلق، وانقبض وجه جميلة وقالت وهي تقف في مواجهة أمها وتشير بإصبعها:

ـ بس على شرط يا ماما، مش عشان الخطوبة.

ـ دا يبقى جميل أوي يا روحي.. «شيفون» طبيعي جنان!

وهزت جميلة كتفيها وطفرت الدموع إلى عينيها.

ـ لأ يا ستي وأنا مالي، أنا قلت لك أنا عايزة دانتل «جيبير» عشان الخطوبة.

ـ «الجيبير» أنا حاجيبهولك يا حبيبتي.. بس عشان كتب الكِتاب مش الخطوبة.

وسالت دموع جميلة على خديها وقالت بصوت يخنقه النشيج:

ـ طيب خلاص.. خلاص يا ماما.. مش عايزة أتجوز، مش عايزة أتجوز خالص.

وسارت في اتجاه الباب.

وقامت أمها خلفها تجري، واحتضنتها وقالت:

ـ يا حبيبتي! وتزعلي نفسك كده؟! طيب خلاص أنا حاجيب كل
إللي إنت عايزاه، عايزة الدانتل لونه إيه؟
وقالت جميلة وهي ما زالت تبكي:
ـ «سومون».
ـ والجزمة؟
ومسحت جميلة دموعها بكفها:
ـ «ستان» لون الفستان.
ـ بس كده، بكرة الصبح حانزل أجيب الدانتل وأوصي على
الجزمة.. بس تعالي دلوقت اديني رأيك في الموضوع ده خلينا
نخلص.. الوقت بيجري وما عادش على الخطوبة إلا أسبوع.
وسحبت سميرة هانم جميلة من يدها وقالت وهي تنظر بعيدًا
وكأنها تحلم:
ـ وبعد الخطوبة حتحتاجي لكل الفساتين دي، يوم في «الأوبرج»
ويوم في «مينا هاوس» ويوم في «الحلمية بالاس».
وضحكت جميلة:
ـ بس يا ماما مش عايزة الرمادي ده! ده ميت خالص!
وقالت ليلى وهي تجلس على الفوتيل وعيناها مشدودتان إلى الباب:
ـ بالعكس يا جميلة دا حلو أوي، دا حتى لون هادي وجميل.
وجلست خالتها على حافة السرير وقالت:
ـ دا مش هادي بس يا ليلى، دا اللون الرمادي ده يبرز جسم
الست، الراجل مش حيبص للون.. اللون مش حيلفت نظره،
إللي حيلفت نظره الجسم، العود.

وكتمت ليلى ابتسامتها، وضحكت جميلة.

ـ إنت واعية يا ماما، واعية تمام!

وضحكت سميرة هانم وضربت ابنتها على فخذها، وهي تجلس قبالتها وقالت:

ـ أمال فين عصام؟ عصام ذوقه حلو أوي في الفساتين.. روحي ناديه يا جميلة، ولا أقول لك، طبقي معايا القماش أحسن يتمرمط وليلى تناديه.

وقامت ليلى واقفة، وقالت خالتها:

ـ تلاقيه في المكتب يا ليلى.

* * *

فتحت ليلى باب الغرفة وقفلته خلفها ولفتها موجة من حنان وألم. كان عصام يجلس وقد دفن رأسه بين ذراعيه على المكتب، ووقفت ليلى ترقبه لحظة ثم تقدمت منه على أطراف أصابعها، وعندما حاذته مست كتفه بيدها ولكنه لم يتحرك وكأنه مستغرق في النوم، ومالت عليه بنصفها الأعلى وقالت في همس:

ـ عصام.

وباغت الصوت عصام وأزاح ذراعيه ورفع رأسه إليها.

واستقامت ليلى في خوف، ولكنه أمسك ذراعيها بقبضتيه قبل أن تتراجع إلى الخلف.

كان وجهه متغيرًا، وكأن ملامحه قد فقدت حدودها: الأنف مفرطح، والوجنتان قد تهدلتا، والذقن قد تدلى، والفم ارتخى من الجانبين، وفي العينين نظرة زائغة وكأنه غائب عن الوعي.

ورفع عصام جسده إليها في بطء وقبضتاه تثبتانها في الأرض، وملامح وجهه تتحدد وتكتسب قوة وعنفًا، والنظرة الزائغة تستقر وتتركز تدريجيًّا، والوجه ينقلب ويربد، وفي العينين نظرة تهديد وإصرار وكأنه سيضربها.. وقبضتاه تعنفان على ذراعيها، وجسمه يطاول جسمها، ووجهه يلامس وجهها، وشفتاه تسقطان على شفتيها.

وألقت ليلى برأسها إلى الخلف وصاحت بصوت مخنوق:

ـ عصام.

ولم يبد عليه أنه سمعها. لم يلن الوجه، ولم تتغير النظرة.

وتراجعت ليلى إلى الخلف خطوة وراء خطوة، وتابعها عصام خطوة بعد خطوة. وتطلعت إلى الخلف، وحاولت أن تغير اتجاه تراجعها، ولكن عصام شد على ذراعيها، واتجه بها إلى الفراغ بين المقعد والحائط. والتصقت ليلى بالحائط.

ـ سيبني! سيبني يا عصام!

ولم يبد عليه أنه سمعها، أنزل يديه ببطء وهما تحيطان بذراعيها، وأمسك بيديها، وقرب جسده من جسدها. ورفعت ليلى رأسها وألقت به إلى الخلف، إلى الحائط، وسرت البرودة في أطرافها، وقالت وفمها يرتجف:

ـ حاصرخ.. حاصرخ يا عصام!

وسحق عصام جسدها بجسده، ونزل فمه مفتوحًا على عينيها، ومسح خدها في بطء، ثم انسحب فجأة إلى فمها.

وتثلج فم ليلى وجمد، ثم بللت دموع عصام خديها.

وانهار على المقعد المجاور، ووضع مرفقيه على فخذيه، وأسند وجهه إلى يديه، وانفجر باكيًا.

وارتفع نشيجه تدريجيًا، ووقفت ليلى متسمرة في مكانها، وفي جسمها خواء وفي عقلها خواء، وكأنها قد استيقظت من حلم لتوها.

وسمعت عصام يبكي، واستولى عليها مزيج من الرهبة والخجل وكأنها ارتكبت شيئًا مشينًا، وكأنها دخلت مكانًا مقدسًا لا حق لها في دخوله، ورأت شيئًا مقدسًا لا حق لها في رؤيته، وودت لو استطاعت أن تهرب بعيدًا.. وعويل عصام يملأ أذنيها.

ومدت ليلى يدًا مرتجفة ترددت وهي معلقة في الهواء ثم استقرت في رفق على كتف عصام.

وقال عصام في صوت يقطعه النشيج:

ـ إنت بتحتقريني.. مش كده؟

وقالت ليلى في همس:

ـ بس يا عصام، بس أرجوك!

وأزاح عصام يدها عن كتفه، ونظر إليها في كراهية، وقال وقد استقام صوته:

ـ ابعدي.. ابعدي عني، مش عايز أشوفك، مش عايز أشوفك خالص!

وضمت ليلى شفتيها وخرجت من الغرفة تجري.

* * *

كانت ليلى تجلس في حجرتها تنسج «جاكيت» من «التريكو»،

وكان أبوها في الخارج وأمها في زيارة أختها عندما دخلت عليها الخادمة وقالت:

ـ سي عصام برَّه يا ستي.

وجمد وجه ليلى، وقامت واقفة، وسارت في اتجاه النافذة مولية ظهرها للخادمة وهي تقول:

ـ قولي لعصام إن ماما برَّه.

ـ قلت له يا ستي، بيقول عايز يشوف حضرتك.

ـ قولي له نايمة يا فاطمة.

ـ إوعي إنت يا فاطمة.

قال عصام، وأزاح الخادمة الصغيرة برفق من مدخل الباب، ودخل الغرفة، ولم تتحرك ليلى. استقام رأسها وبقيت مكانها معطية ظهرها لعصام، وساد الصمت لحظة، ثم قالت ليلى في صوت جامد دون أن تستدير:

ـ عايز إيه يا عصام؟

ـ أنا...

واقترب منها:

ـ أنا آسف يا ليلى على كل إللي حصل!

واستدارت ليلى ببطء وواجهته.. كان بياض وجهه قد اختلط بالاصفرار، وتحت عينيه هالة سوداء عميقة، وكأنه مريض من زمن. وقالت ليلى في صوت ميت بلا تعبير:

ـ خلاص يا عصام، اعتبر المسألة منتهية.

وارتجفت فتحة أنف عصام وقال:

ـ مسألة إيه؟

ولم تجب ليلى. جلست على طرف السرير ومدت يدًا مرتجفة إلى قطعة «التريكو» وبدأت تعمل، تدخل الإبرة في غرزة وتلف حولها الخيط ثم تجذبه بإحكام وتمرر الغرزة الجديدة من الغرزة القديمة ثم تفلت الأخيرة من الإبرة وتبدأ من جديد.

واقترب منها عصام وقال بصوت أرق:

ـ قصدك إيه يا ليلى؟

وجذبت ليلى الخيط بشدة فانقطع، وألقت بقطعة «التريكو» في ضيق على السرير إلى جانبها وقالت:

ـ العلاقة إللي بينا، اعتبرها منتهية!

وركز عصام نظره على قطعة «التريكو»، وانحنى وأمسكها بكلتا يديه ثم أرخى قبضتيه عنها وتركها تسقط من بينهما على السرير، واستدار معطيًا ظهره لليلى، وسار إلى مائدة تواجهها في خطى بطيئة وقد تهدلت كتفاه، وارتكز بيديه على المائدة، وقال بصوت خافت كأنه يحدث نفسه:

ـ أنا كنت عارف إنك مش حتغفري لي إني ما سافرتش مع محمود!

وسحبت ليلى قطعة «التريكو» وأفلتتها بعصبية من الإبرة، ولكي تصل الخيط المقطوع بدأت تحل جزءًا من الذي نسجته، ويدها اليمنى تتحرك من الشمال إلى اليمين في حركة عنيفة متكررة ثم.. ثم اكتشفت أنها قد حلت جزءًا أكبر من الجزء الذي أرادت أن تحله، واستقرت يداها في حجرها وقد أطبقتها على قطعة «التريكو» وقالت في مرارة:

ـ مش دا إللي إنت عايزه؟

ولم يجب عصام. استمر في وقفته وقد أولاها ظهره.

ـ يعني ما بتتكلمش!

واستدار عصام يواجهها ووجهه أشد شحوبًا:

ـ لو تتصوري.. لو تتصوري أنا باحبك قد إيه!

وانخفض صوته حتى كاد يتلاشى في المقطع الأخير من الجملة.

ولمعت الدموع في عيني ليلى وجمد وجهها وأشاحت بنظرها بعيدًا، وقالت بصوت مخنوق:

ـ إنت ما بتحبنيش، لو كنت بتحبني ما كنتش عملت إللي عملته فوق!

وقامت ليلى واقفة وسقطت قطعة «التريكو» من حجرها على الأرض، وقالت في احتداد وهي تواجه عصام:

ـ ليه؟ ليه عملت كده؟

ـ عشان باحبك!

وضحكت ليلى ضحكة أشبه بالعويل، وسارت في اتجاه النافذة، وأسندت جبينها إلى الزجاج وقالت:

ـ عارف يا عصام أنا كنت طول الوقت حاسة بإيه؟ كنت حاسة إنك عايز تضربني!

واستدارت وهي ما زالت قريبة من النافذة وواجهته:

ـ لأ يا عصام، دا مش حب، سميه أي حاجة تانية، بس مش حب!

وجلس عصام على الكرسي الأسيوطي المواجه للسرير وقال:

ـ إنت صغيرة ومش فاهمة حاجة.

واقتربت منه ليلى وقالت:

ـ أنا مش صغيرة، وفاهمة كل حاجة، وبرضه باقول إن ده مش حب!

ورفع عصام رأسه إليها وهو جالس، وقال في مرارة:

ـ فاهمة إيه؟! فاهمة إن الحب هو إللي بتقري عنه في الروايات؟ فاهمة إني مش قادر أنام، مش قادر أذاكر، مش قادر أعيش؟ فاهمة العذاب إللي أنا عايش فيه لما تبقي جنبي ومش قادر أبص لك، مش قادر ألمسك؟

وانخفض صوت عصام تدريجيًّا، وانحنى ظهره وهو يركز نظراته على الأرض:

ـ ولما أبعد عنك، أقول ليلى كانت ويايا وما شفتهاش كفاية، وأبقى حاتجنن زي المحبوس في زنزانة، وأرجع تاني وإللي حصل الأول يحصل تاني!

ورفع عصام إلى ليلى عينين مغرورقتين بالدموع:

ـ عارفة يا ليلى زي إيه؟ زي واحد في الصحرا بيحفر الأرض عشان يوصل لنقطة ميه، ويفضل يحفر ويقول دلوقت حاوصل، كمان شوية حاوصل، المرَّة الجاية، وفي كل مرَّة بينزل لتحت.. في كل مرَّة بيتحبس أكتر في الحفرة إللي بيحفرها، ولا بيوصلش، والميه ما بتظهرش، ما بتظهرش.

وضرب عصام مسند المقعد بقبضته وهو ينطق الكلمتين الأخيرتين، وهب واقفًا وواجه ليلى وهو يقول في غضب وسخرية:

ـ تقدري تفهمي الشعور ده؟!

وركزت ليلى عينيها على الأرض، ولمحت قطعة «التريكو» مرمية،

واتجهت إليها وانحنت والتقطتها واعتدلت في بطء ووضعتها على السرير، وقالت في هدوء:

ـ عصام.. إنت بوستني مرَّة قبل كده.. مش كده؟ تقدر تقول لي ليه يومها أنا ما خفتش؟

وقال عصام:

ـ عشان يومها كنت بتحبيني والنهارده ما بتحبنيش!

وأشارت ليلى بيدها تستبعد كلامه:

ـ كلام فارغ.. شعوري من ناحيتك ما اتغيرش! تحب تعرف ليه ما خفتش يومها يا عصام؟

وأطبق عصام شفتيه وجلس على المقعد من جديد، وقالت ليلى وهي تذرع الحجرة:

ـ كان يومها فيه حاجة.. حاجة في إيديك.. حاجة في وشك وفي عينيك وفي حركاتك.. حاجة تخلي أي شيء تعمله معقول، ومش معقول بس.. معقول وجميل.

وتوقفت ليلى أمام عصام وقالت:

ـ كان يومها فيه حب، أما النهارده، النهارده كنت بتبص لي زي ما أكون عدوتك، زي ما تكون عايز تنتصر عليَّ! ليه؟ ليه يا عصام؟

وغطى عصام وجهه بيديه ولم يُجب.

وقالت ليلى بصوت مرتجف:

ـ ليه تعاملني بالشكل ده؟

وقام عصام وسار في اتجاه النافذة.

وأنهك الصياح ليلى، وانهارت على طرف السرير وهي تكرر بصوت خافت:

ـ عشان إيه؟ عشان إيه؟

واستدار عصام وسار إليها وانحنى عليها ومس كتفها بيده مسة رقيقة وقال بصوت هامس:

ـ أنا خايف يا ليلى، خايف، من يوم ما سافر محمود وأنا خايف، من ساعة ما قفلت الباب في وشي وأنا خايف لتضيعي مني، خايف لأفقدك، والخوف ده بيجنني وبيخليني مش عارف أنا باعمل إيه!

وأشاحت ليلى بوجهها بعيدًا وقال عصام:

ـ تأكدي إني لو كنت في وعيي ما كانش ممكن أقرب منك.. إنت ما تقدريش تتصوري أنا متألم قد إيه من إللي حصل.

وتوقف عصام قليلًا ثم أكمل كلامه:

ـ يمكن لو عرفتِ، إننا من يوم ما ابتدينا نحب بعض، وأنا ضميري بيعذبني، وطول الوقت شاعر إني باعمل حاجة غلط، إني باخون الثقة إللي الناس وضعوها فيَّ، يمكن لو عرفتِ كده تقدري تتصوري قد إيه أنا متألم النهارده.

وفجأة فهمت ليلى تصرفاته السابقة التي احتارت من قبل في فهمها. فهمت لماذا يحمر وجهه عندما يدخل أبوها أو محمود أو أمها، إنه يعتبرها ملكًا لهم، إنه يشعر بالخجل وبالعار وبالجرم لأنه يحبها، والعاطفة التي تملؤها هي بالفخر وبالاعتداد وبالرغبة في الحياة وبالإيمان بها تملؤه هو بالشعور بالإثم.

وأظلم وجه ليلى وقالت في قسوة:

ـ إذا كنت حاسس إنك غلطان عشان ما سافرتش القنال، ليه ما بتسافرش يا عصام؟

وفوجئ عصام بسؤالها، ورفع يديه عن كتفها واستقام وقد تجمع الغضب في وجهه:

ـ أنا مش غلطان! وإنت عارفة الظروف إللي منعتني!

وقاطعته ليلى في برود:

ـ محمود كمان كان عنده ظروف وسافر!

ـ دا إللي إنت عايزة تقوليه من الصبح.. مش كده؟

وقالت ليلى:

ـ أنا؟

وقاطعها عصام:

ـ قولي، اتكلمي، قولي إنك بطلت تحبيني عشان مش بطل زي أخوكِ!

وقالت ليلى:

ـ أنا ما قلتش كلام فارغ زي ده!

ولكن عصام كان قد وصل إلى حد من الغضب لم يعد يسمع معه سوى صوته:

ـ إنت مين إنت عشان تهينيني؟ مين إنت عشان تحتقريني؟ أنا مش عبد لكِ ولا لأخوكِ! أنا حر، فاهمة؟ وإذا كان عشان باحبك.. عشان كنت باحبك اعتبري المسألة منتهية، منتهية خالص!

وتوقف عصام وهو يستجمع أنفاسه ثم قال:

ـ أنا زهقت خلاص! أنا عايز أحب بنت طبيعية بتفكر زي البنات

١٤٨

ما بيفكروا، وبتحس زي البنات ما بيحسوا، أنا زهقت منك، ومن فلسفتك ومن أطوارك!

وانحنت ليلى وأخفت وجهها بين يديها وقالت:

ـ خلاص يا عصام.. انتهينا.. تقدر تخرج!

ـ طبعًا حاخرج.. فاهمة إيه؟ إني ما أقدرش أعيش من غيرك؟

وأزاحت ليلى يديها عن وجهها وقامت واقفة وقد شحب لونها:

ـ اخرج!

ونظر إليها عصام وتردد لحظة ثم سار إلى الباب وخرج وطرقه خلفه.

* * *

جمد وجه ليلى، وجلست على طرف السرير وأمسكت بقطعة «التريكو» وحاولت أن تدخل الإبرة في الغرز المحلولة، وكانت يدها ترتجف بالإبرة والغرز تفلت منها، ولكنها تعيد المحاولة في إصرار وفي استماتة وكأن كيانها كله قد تركز في هذه المحاولة.

وفتح عصام الباب ودخل الغرفة من جديد، ووقف يحك ذقنه بيده لحظة، ثم قال في صوت خافت:

ـ فيه حاجة واحدة عايز أعرفها وأظن من حقي إني أعرفها، من حقي إني أعرف أنا واقف فين بالضبط!

ولم تجب ليلى وبقي نظرها مصوبًا على قطعة «التريكو» وهي تُدخل الغرز في الإبرة وكأنها لا تراه، وكأنها لا تسمعه.

وتقدم عصام إلى داخل الغرفة وقال:

ـ فيه سؤال واحد عايزك تجاوبيني عليه، وأؤكد لك إن لو كانت الإجابة لأ، مش حتشوفي وشي بعد كده خالص!

١٤٩

ولم تجب ليلى واستمر عصام يتقدم حتى واجهها:

ـ ليلى، إنت بتحبيني ولَّا لأً؟

وغص حلقه بالكلمات، وأشاح بوجهه بعيدًا عنها.

وأطبقت ليلى فمها، وغصت عيناها بالدموع ولم تعد تر شيئًا، وأنزلت قطعة «التريكو» ووضعتها على حجرها.

وانحنى عصام عليها ووضع يده على كتفها وقال:

ـ أنا آسف يا ليلى! آسف على كل حاجة! وأنا فعلًا ما أقدرش أستغنى عنك، ما أقدرش أعيش من غيرك! بس أرجوك! أرجوك تريحيني!

وأغمضت ليلى عينيها وطفرت الدموع منهما.

وقال عصام:

ـ كلمة واحدة يا ليلى، مش عايز إلا كلمة واحدة، إنت عاطفتك اتغيرت من ناحيتي عشان ما سافرتش؟

وضمت ليلى شفتيها، وهزت رأسها علامة النفي وهي ما تزال تغمض عينيها.

وقال عصام في توجس:

ـ زي زمان؟ زي زمان تمام يا ليلى؟

وهزت ليلى رأسها بالموافقة دون أن تتكلم، وتهلل وجه عصام ومال عليها حتى قارب وجهه وجهها وقال في صوت هامس:

ـ أوي أد ما أنا باحبك يا حبيبتي؟

وابتسمت ليلى وفتحت عينيها، ونظر عصام إليها لحظة والحنان يشرق في عينيه، ثم مس شعرها بشفتيه.

٨

ولمدة خمسة عشر يومًا عاشت ليلى في توتر عصبي شديد، كما
لو كانت تعيش في دوامة، كما لو كانت تعيش في حلم ثقيل، ولكن
انتهى كل شيء، انتهى والحمد لله.

وطيلة هذه الأيام بعث عصام في قلبها الخوف والبرودة، قبل حفلة
خطوبة جميلة كانت تصرفاته تصرفات مجنون، وفي ليلة الخطوبة
بلغ جنونه أقصاه، ثم انقطع عنها خمسة أيام كاملة.

وفي البداية ظنت أنها تستطيع أن تفهمه.. إنه يخاف أن يفقدها
وسيزول خوفه إذا ما أكدت له حبها، وفعلت ذلك في كل فرصة،
ولكنها أدركت بعد مدة أن الكلمات لا تجدي. كان يجلس صامتًا
لا يتكلم ولا يتحرك وفي عينيه هذا الإصرار والتهديد وكأنه سيضربها،
وأمها تلاحظ، وخالتها بدأت تلاحظ، وجميلة بدأت تلاحظ، وهو
لا يشعر بهن، وكأنه غائب عن الوعي، والنظرة الغريبة في عينيه
لا تبارحهما، وإذا ما انفرد بها لحظة قال في يأس وكأنه غريق:

ـ ضروري نجد حل.

١٥١

وبدا عصام أكثر تماسكًا عندما ظن أنه وجد الحل، اقترح أن يتزوجا في الحال، قال إنه فكر في الموضوع طويلًا ووجد أنه ممكن، فهو يستطيع أن يقوم بعمل إضافي إلى جانب دراسته والأجر الذي يتقاضاه بالإضافة إلى دخله الحالي يمكن أن يكفيهما، ومن الناحية العملية لن يتغير شيء وكل ما سيحدث أنها ستنتقل لتعيش معهم، والشقة تتسع لهم جميعًا وخاصة وجميلة ستتزوج وتنتقل إلى بيت زوجها والمسألة طبيعية وبسيطة ومفهومة.

ووافقت ليلى على أن المسألة طبيعية وبسيطة ومفهومة، ولكنها تساءلت هل هي كذلك بالنسبة لأمها وأمه. إن أمها تريد لها أن تتزوج بأسرع ما يمكن، ولكن بمهر مثل مهر جميلة، ومن رجل لا يقل غنى عن زوج جميلة. وأمه؟ أمه لا تريد له أن يتزوج الآن، أمه تريد له أن يتخرج وأن يفتح عيادة وأن يغتني وأن يتزوج بابنة باشا أو بيه على الأقل. إن مستقبله مرسوم بمنتهى الوضوح والدقة وكذلك مستقبلها. لا، إن أمها لن توافق وكذلك أمه، وستعملان على تفريقهما بكل السبل المعقولة وغير المعقولة. فلماذا يواجهان هذا الاحتمال دون ضرورة؟ لماذا يُعرِّضان نفسيهما لهذه الخطورة؟ نعم هي تعرف أن أمه تحبها، وتحبها جدًّا، ولكن على شرط، على شرط ألا تفسد لها خططها، وألا تتعلق بعصام وهو يطلع السلم، وتقف به عند شقة محمد أفندي سليمان قبل أن يصل إلى بيت الباشا أو البيه.

لا، لم يكن من السهل إقناع عصام. لم يستطع أن يفهم أن كل عائلة تضع لابنها أو لابنتها خطة مرسومة من يوم أن يولد أو تولد، وعلى الإنسان أن ينفذ هذه الخطة، فإذا فعل فاز بحب عائلته وبرضائها

عنه، وإن لم يفعل ـ إن خرج على الخطة المرسومة وعلى الأصول ـ
ضربوه كما ضربها أبوها حين خرجت في المظاهرة، وحرموه من
حبهم كما حرم أبوها محمود من حبه حين سافر إلى جبهة القتال،
أو حتى قتلوه كما قتلوا صفاء.

واحتج عصام، واتهمها أنها تردد كلام محمود، وقال إنه سيثبت
لها أن هذا الكلام كلام فارغ، فهو متأكد من حب أمه له، ومتأكد من
أنها لا تريد له سوى ما يريده لنفسه.

وهل أمه تحب جميلة أيضًا أم أن هذا الحب مقصور عليه؟ طبعًا
تحبها. فلماذا إذن أرادت لجميلة غير ما أرادت جميلة لنفسها؟ لقد
أرادت جميلة أن تتزوج شخصًا معينًا وزوجتها أمها بشخص آخر..
وصعق عصام.. ومَن هو هذا الشخص المعين؟ جارهم ممدوح، وكان
يحب جميلة، وجميلة تميل إليه وطلب يدها من أمها.. لا لم يكن
يعرف، لم تكن لديه أدنى فكرة. ولماذا رفضت أمه؟ إن ممدوح
شاب ممتاز، ومحاسب في شركة محترمة، والمستقبل أمامه مفتوح.

نعم ممدوح شاب ممتاز، والمستقبل أمامه مفتوح، ولكنه
لن يمتلك أبدًا فيلا في الهرم، ولا سيارة «فورد»، ولن يستطيع أبدًا
أن يشتري لزوجته خاتم «سوليتير»، ولا أن يدفع مهرًا مثل الذي دفعه
عريس جميلة الذي لا يستطيع فك الخط!

ولكن كيف؟ كيف لم يعرف؟ ولمَ أخفت أمه هذه الحقائق؟
كان من الطبيعي ألا يعرف، ومن الطبيعي أن تخفي عنه أمه كل شيء
فربما تدخَّل وأفسد الخطة المرسومة لجميلة.

لا، لم يكن من السهل إقناع عصام بضرورة الانتظار حتى يتخرج

حتى يستطيع أن يستقل عن أمه لو اقتضى الأمر هذا الاستقلال. لم يكن يرغب في الاقتناع. كان الاقتناع يتضمن استبعاد الحل الوحيد الذي وجده للخروج من الأزمة التي كان يجتازها.

ولكن الدلائل التي تشير إلى استحالة هذا الحل كانت كثيرة وواضحة، وكان لا بد له من أن يقتنع واقتنع.

وعادت نظرة التهديد والإصرار تطل من عينيه، وفي عينيه رأتها ليلى، وفي نظرات أمها المرتبكة الخجول، وفي المرآة.. في المرآة في حجرتها وهي تجرب ثوبها الأبيض وخالتها تُجري فيه التعديلات الأخيرة، وفي المرآة عند الحلاق وهي تصفف شعرها انعكست نظرة الإصرار والتهديد.

وفي المرآة في حجرة أم عصام رأت ليلى النظرة من جديد، رأتها تلك الليلة، ليلة خطوبة جميلة.

* * *

تلك الليلة كانت سعيدة في ثوبها الأبيض بياض القمر الذي يطل من جوانب السرادق الذي أقيم فوق السطح بمناسبة إعلان الخطوبة. كانت تعبث في طيات ثوبها الرقيقة المتراكمة والخدم يرفعون الطعام عن الموائد، وفرقة موسيقية تجلس على منصة عالية تعزف الموسيقى حين قالت سناء:

ـ فستانك جميل يا ليلى، عارفة عاملة فيه زي إيه؟ زي الملاك.

ومسحت عديلة فمها بالفوطة، وقالت وهي ترسم بيدها أنصاف دوائر في الهواء، تشير إلى البروز في جسم ليلى:

ـ كل ده ملاك! دا ملاك مبطرخ أوي.

١٥٤

وضحكت ليلى واحتجت سناء:

ـ لكن وشها، بشرفك، وشها مش زي وش البيبي؟

ولمحت ليلى أباها وهو يغادر المكان بعد أن انتهى العشاء.

لقد قال لخالتها إنه سيحضر إكرامًا لخاطرها، ولكنه لا يستطيع بأي حال أن ينتظر إلى نهاية الحفلة، لا يستطيع أن يرى المنكر الذي حرمه الله.

وتنقلت جميلة بين الموائد تحيي الضيوف، وخلفها خطيبها في بدلة سوداء، وساعته الذهبية الكبيرة معلقة على كرشه بسلسلة ذهبية ضخمة كالسلاسل التي تقيد المساجين. ولكن جميلة كانت رائعة بثوبها الدانتل الكثيف من وحدات من ورق الشجر، وقد شغلت أطرافها بلؤلؤ أبيض رفيع يلتمع تحت الأنوار التي تتألق في السرادق، وبعنقها الأبيض الطويل، وشعرها الأسود السخي الذي يستدير حول صدغيها ثم يرتفع ليبرز أذنيها الصغيرتين، وبعينيها الرائقتين كنبع صاف، كعيني عصام.

ـ الجدع ده ضروري بيحبك يا ليلى.

قالت عديلة وهي تميل بنصفها الأعلى على المائدة.

واستدارت إليها ليلى، كانت تتأمل أمها وقد جلست منكمشة إلى جانب دولت هانم، نصف ميتة كما هو شأنها منذ أن سافر محمود.

ـ مين؟

ـ عصام أخو جميلة، ما بيرخيش عينه عنك خالص.

وقالت ليلى وهي تكتم ابتسامتها:

ـ إنت مصيبة.

١٥٥

ومالت عليها عديلة برقبتها الطويلة وبعينيها السوداوين الكبيرتين:

ـ أمال فِكرك إيه! أنا أفهمها وهيَّ طايرة.

وقالت سناء وهي تتصيد كعادتها قصة حب:

ـ والنبي صحيح بيحبك يا ليلى؟

ولم ترد ليلى، رفعت يدها تحيي صدقي ابن سامية هانم.

وقالت عديلة:

ـ حتعملي حِدقة علينا يا بت إنتِ، دا مش بيحبك بس، دا حياكلك
أكل!

وقامت ليلى واقفة وهي تضحك:

ـ دقيقة بس، حاكلم ماما أحسن بتشاور من الصبح.

وسارت في الممر بين الموائد متجهة إلى مائدة أمها. وابتسم لها
بعض المدعوين وابتسمت لهم، ورأت نظرات الإعجاب تطوقها،
وجذبتها سيدة لا تعرفها من يدها واحتضنتها وقالت لها:

ـ يا روحي عليك يا أختي بنت مين إنت يا حبيبتي؟

واستأنفت سيرها في خطى خفيفة وكأنها تطير، وطيات الفستان
الأبيض الشفاف كجناحي طائر أبيض كبير، تنفرج ثم تنطبق، لتعود
فتنفرج من جديد.

وقالت دولت هانم:

ـ تعالي يا حبوبة، تعالي وريني، إللي لابس فستان جميل كده
مش يوريه للناس؟!

وضحكت ليلى ضحكات متتابعة متلاحقة. كانت تريد أن تضحك
بلا انقطاع.. بلا سبب.. بلا سبب.

وقالت أمها:

ـ حتقعدي لازقة مطرحك طول الليل! اتحركي! سلمي على
الناس أهم كلهم قرايبك!

وأدركت ليلى على الفور أن دولت هانم وأمها تريدان عرضها على
الناس فربما كان بينهم عريس لائق. ولكنها لم تغضب. ضحكت من
جديد ضحكاتها القصيرة الفوارة المتتابعة، وابتدأت بمائدة سامية
هانم وانتوت أن تتبعها ببقية الموائد، ولكنها شعرت فجأة برغبة شبيهة
برغبة القطة الصغيرة التي تبحث عن الدفء. أرادت أن يدللها أحد،
وأن يربت على كتفها، وأن يمسح شعرها، وأن يقول لها من جديد
إنها جميلة. وانحرفت إلى حيث يقف عصام.

كان يقف على باب السرادق المؤدي إلى سلم السطح يكلم أحد
الخدم، ومدت ليلى يدها ووضعتها على كتفه واستدار يواجهها.. كانت
عيناها تلمعان في خفة وفي رعونة، وشفتاها منفرجتين في ابتسامة
مكتومة، وبريق يشع منهما.. من أين؟ من وجهها ومن جسمها، بريق
يلف وجهها ويلف جسمها، وسرى البريق إلى عصام، سرى في نظرات
بينهما لم تكتمل، وفي بسمات لم تكتمل، وفي كلمات لم تكتمل. ولف
البريق ليلى وعصام وضمهما في وحدة منفصلة عن بقية الموجودين.

وتمتم عصام بصوت ثقيل:

ـ تعالي نخرج برَّه شوية.

واستدار إلى الخارج، وهمت أن تتبعه وانكسرت الوحدة.

اصطدم عصام بأمه وهي تدخل السرادق بعد أن فرغت من غرف
الطعام للخدم وسائقي العربات.

ـ عصام.. البنت الرقاصة مصممة على ستاشر جنيه، مع إن علي
بك متفق معاها على عشرة. انزل شوف إيه حكايتها.

وقال عصام في غيظ مكتوم:

ـ ما ينزل هوَّ يا ستي.

ـ معلهش يا حبيبي عشان خاطري، قول لها على اتناشر. أحسن
أنا قلت ولا مليم زيادة، وما أحبش أرجع في كلمتي.

وسارت أم عصام إلى داخل السرادق بعد أن ربتت على كتف ليلى.

وتطلع عصام إلى وجه ليلى وقال:

ـ تعالي ويايا.

ولكنه كان يعرف أنها لن تفعل هذه المرَّة، كان البريق قد اختفى
من وجهها ومن جسمها. وهزت ليلى كتفها في دلال دون أن تتكلم
وبقية من رعونة في عينيها. ووقف عصام وكتفه إلى جانب كتفها،
وقال في صوت هامس دون أن ينظر إليها:

ـ عارفة إن ما جتيش حاعمل إيه؟

وقالت وهي تنظر بعيدًا:

ـ إيه؟

ـ حابوسك قدام كلّ الناس دول.

ونظرت إليه من طرف عينها:

ـ إذا كنت شاطر.

واستدار عصام يواجهها وقد تركزت نظراته على الخط العميق
الذي يفصل بين نهديها، والذي تكشف عنه فتحة ثوبها.

وقالت ليلى وقد احمر وجهها:

ـ لأ يا عصام ما تبصش كده، كل الناس شايفانا!

وهز عصام رأسه وقال بصوت ثقيل خافت متقطع:

ـ إنتِ حلوة النهارده، حلوة أوي يا حبيبتي.

واستدار خارجًا من السرادق وهو يكاد يهرول.

* * *

وسارت ليلى في اتجاه عديلة وسناء، واستوقفها صدقي في الطريق:

ـ إيه مفيش بونسوار ولا حاجة؟ خلاص ما نعرفش بعض ولَّا إيه؟

وصافحته ليلى وهي تبتسم في خجل، ولمعت في عيني صدقي نظرة إعجاب عابثة وقال:

ـ تسمحي لي أقول لك حاجة؟

ـ اتفضل.

ـ إنت النهارده ساحقة!

وضحكت ليلى وتورد وجهها، وقالت وهي تميل برأسها جانبًا:

ـ ساحقة! يعني إيه ساحقة؟

ـ يعني قاتلة، ودا حرام كمان!

ونظرت إليه ليلى من طرف عينها، وهي تكتم ابتسامتها، واستأنفت سيرها.

وقالت عديلة:

ـ ودا يطلع مين كمان؟

ـ دا صدقي، صدقي المغربي ابن سامية هانم.

وقالت سناء:

ـ أما جذاب بشكل، دا شبه «جريجوري بك» تمام، ما تتجوزيه
يا ليلى.

وقالت عديلة في لهجة حاسمة:

ـ ما يتجوزهاش.

واحتجت ليلى:

ـ يعني أنا إللي عايزة أتجوزه؟

وقالت سناء:

ـ وهيَّ ليلى وحشة، دا حتى باين عليه واقع فيها.

وضحكت ليلى وقالت:

ـ أهو إنت كده يا سناء، تحبِّلي البغلة.

وقالت عديلة:

ـ حتى لو كان واقع فيها، يمشي معاها معلهش، لكن يتجوزها لأ.
فيه نظام طبقات يا حضرة.

ونظرت إليها ليلى في إعجاب:

ـ كلك حكم يا عديلة.. دا مرَّة بيقول....

وقالت سناء:

ـ هس!

وشعرت ليلى بيدي رجل تستقران على كتفيها العاريتين، وتوقفت
عن الكلام وقد تصلب جسمها، وأدارت رأسها إلى الخلف ورأت
صدقي وعيناه تطلان في عينيها في جرأة وفي ثقة:

ـ مش تعرفيني بزميلاتك، ولَّا الطرابيزة دي عايزة تحتكر الحلاوة
إللي في الحفلة كلها؟

١٦٠

وقدمته ليلى إلى سناء وعديلة، ومدت سناء يدها بحركة آلية تصلح من شعرها، وتصلبت يد عديلة على المائدة وهي تحني رأسها.

وشعرت ليلى بالحرج ويدا صدقي ما زالتا مستقرتين على كتفيها، وأحست أن كل العيون مركزة عليها، ورأت عصام يقف عند مدخل السرادق وفي عينيه نظرة خطيرة، نظرة قاتلة.

وقالت في اضطراب:

ـ ما تقعد يا صدقي بك.

وكان صدقي يسحب مقعدًا خاليًا عندما وقف عصام تجاه ليلى وقال في صوت غاضب دون أن ينظر إلى صديقاتها:

ـ خالتي عايزاكِ.

وغمزت عديلة سناء، وتقدمت ليلى عصام، وقال صدقي شيئًا وضحكت عديلة وسناء.

وسارت ليلى في اتجاه مائدة أمها، وارتفعت أنغام الموسيقى مزغردة صاخبة، واندفعت الراقصة من باب السرادق تجري وغطاء من «الشيفون» الأحمر يهفهف على جسدها.

ووقف الجالسون حول الموائد عند دخول الراقصة، وانتهز عصام الفرصة وسحب ليلى من يدها سحبًا إلى خارج السرادق.

* * *

وقالت ليلى وهي تستند على سور السطح وقد تقطعت أنفاسها:

ـ جرى إيه يا عصام؟

ـ فيه إيه بينك وبين الولد ده؟

ـ ولد مين؟

وهز عصام رأسه في قسوة:

ـ الولد إللي بيقرص في كتافك! أنا ما كنتش أفتكر إنك رخيصة بالشكل ده!

وأقفلت ليلى عينيها، وتقلص وجهها، وكأنها قد تلقت صفعة. وقال عصام في وحشية:

ـ ما تتكلمي، ما تنطقي، ساكتة ليه؟

وفتحت ليلى عينيها وقالت:

ـ إنت وقح وقليل الأدب كمان.

واستدارت متجهة إلى مدخل السرادق، وجذبها عصام من يدها:

ـ أنا إللي قليل الأدب ولّا إنت؟ ضروري شجعتيه، لا بد، لا بد إنك شجعتيه.

واستدارت ليلى إليه ويدها ما زالت في قبضته وقالت في هدوء:

ـ أيوه شجعته، وباحبه كمان، عايز إيه؟

ووجم عصام، وارتخت قبضة يده على يدها. وانتهزت هي الفرصة وانتزعت يدها في عنف وجرت إلى داخل السرادق.

* * *

كانت الراقصة ترقص أمام علي بك خطيب جميلة وقد ألقت بنصفها الأسفل على حجره وهو يحاول عبثًا أن يبتعد بجسمه إلى الخلف حتى لا يلمس جسدها جسده، وجميلة تبتسم وتشد على يد أمها التي تقف إلى جانبها، والضحكات تعلو من جوانب السرادق.

وأشارت عديلة ولكن ليلى تجاهلت إشارتها، وسارت إلى حيث

تجلس أمها منكمشة وحيدة، وجلست تجاهها تدق المائدة بيدها في حركة متكررة ميكانيكية.

وقالت الأم:

ـ مالك؟

ـ مفيش.

ـ مفيش إزاي؟ دا إنت لونك مخطوف خالص!

واستمرت ليلى تقرع المائدة دون أن تشعر بحركة يدها وقالت:

ـ دماغي بتوجعني!

ودخل عصام السرادق، وسحبت ليلى يدها إلى جانبها وقامت واقفة وسارت في طريق أفقي إلى حيث يجلس صدقي وعديلة وسناء، وأسرع عصام في خطاه حتى التقى بها في منتصف الطريق وهمس في أذنها بصوت خافت:

ـ ارجعي أحسن لك.

وأظلم وجه ليلى، وألقت برأسها إلى الخلف وتابعت سيرها.

وقالت عديلة:

ـ جرى إيه يا ست ليلى؟ عمالين نشاور لك من الصبح، عايزين نروَّح.

وقال صدقي في خبث:

ـ سيبوا ليلى في حالها، ليلى يظهر مشغولة خالص.

وودت ليلى لو استطاعت أن تصفعه على وجهه، وجلست بين عديلة وسناء وهي تقول:

ـ ما بدري.

وقالت عديلة:

- لأ يا ستي مش بدري، يا دوب كده، بس نسلم على طنط سميرة وجميلة ونروَّح على طول.

وقالت سناء:

- فعلًا إحنا اتأخرنا خالص.

وقال صدقي:

- تسمحوا أوصلكم، والله دا يبقى شرف كبير خالص.

وابتسمت سناء، وقالت عديلة:

- كتر خيرك يا صدقي بيه، مفيش لزوم، إحنا ساكنين قريب خالص.

وقامت واقفة وتبعتها سناء وصافحتا صدقي وسبقتهما ليلى إلى حيث تقف خالتها بجانب جميلة.

وقبلت كل من سناء وعديلة جميلة ثم صافحتا خطيبها.

وقالت سميرة هانم:

- إيه رأيكم بَقه في العروسة؟

وقالت سناء:

- جنان يا طنط جنان! الفستان.

وأكملت عديلة:

- وإللي جوا الفستان، والحفلة كلها حاجة حلوة خالص، عقبال الفرح إن شاء الله.

- عقبال عندكم يا حبيبتي.

وتطلعت سناء إلى خطيب جميلة لحظة، وقد ارتفع أنفها الصغير الأرستقراطي إلى أعلى، ثم قالت له في جفاف، وكأنها تلومه على شيء:

- جميلة عروسة تستاهل إن الواحد يحطها في عينيه.

وضحكت جميلة ضحكة عالية، واحتضنت سميرة هانم سناء، وقال علي بك:

- يا ست هانم إحنا قلنا حاجة؟! على العين والراس يا ست هانم على العين والراس.

وقالت عديلة لليلى في همس:

- البلاطي.

وقالت سميرة هانم وهي تعطي ليلى سلسلة مفاتيح الشقة:

- وبالمرَّة يا حبيبتي هاتي لخالتك الجاكيت «الفورير» من الدولاب أحسن بردت خالص، يظهر خالتك عجزت، ما عادتش بتستحمل البرد.

وبرم علي بك شاربه وقال وهو يبتسم ابتسامة واسعة:

- العفو يا ست هانم.. يا ست هانم العفو.

* * *

وقالت عديلة وهي تلبس معطفها:

- أما حتة نطع.

وقالت سناء:

- نطع ميري صحيح.

وقالت ليلى وهي تبرم شاربًا وهميًّا وترقص:

- عقبال عندكم يا ست هانم.. يا ست هانم عقبال عندكم.

ولوحت لسناء وعديلة وضحكاتهما ترتفع من المصعد، وعادت إلى الشقة لتأتي بجاكيت خالتها.

وخلعت ليلى الجاكيت من على الشماعة ووضعته على كتفيها وأقفلت باب الدولاب، ووقفت تتطلع إلى نفسها في المرآة، وتراجعت إلى الخلف وهي تضم الفورير إلى صدرها بيديها، وجمدت يداها على صدرها.. في المرآة رأت عصام يقف على الباب وفي عينيه نظرة سوداء قاتلة، وأدرك عصام أن ليلى قد رأته، ودخل الغرفة وأقفل الباب خلفه، وربع يديه على صدره.

واستدارت ليلى له ببطء وقالت وهي تصطنع الهدوء:

ـ خالتي بردانة وعايزة الجاكيت.

ولم يجب عصام، لم يتحرك من مكانه، وفي وجهه هدوء مريب.. هدوء قاتل.

وتسلل الخوف إلى صوت ليلى:

ـ عايز إيه يا عصام؟

ـ حاقتلك!

ـ إنت مجنون!

وقال عصام دون أن يفقد صوته الهدوء:

ـ أنا عارف إني مجنون، لكن قلت لك ما تروحيش عنده!

وتقدم منها ببطء ورأسه ممدود إلى الأمام، كالقط حين يتربص بفريسته خطوة فخطوة.

وتراجعت هي حتى التصقت بالسرير وهي تقول في صوت باكٍ:

ـ كنت باغيظك، كنت باغيظك يا عصام!

واقترب منها حتى كاد يلمسها، وفلتت من بين يديه ووقفت تواجهه والسرير يفصل بينهما.

وقال عصام بنفس الهدوء المخيف:

ـ ما تتعبيش نفسك يا ليلى.. مش حتفلتي مني.

ـ أرجوك يا عصام! أرجوك تسيبني!

ومسح عصام وجهه بيده في عنف، وقال في حدة:

ـ وإنت ما سيبتنيش في حالي ليه ما دام بتحبي واحد تاني؟

ـ كنت باضحك عليك يا عصام! كنت باضحك عليك!

وحاولت أن تشق لنفسها طريقًا إلى الباب ولكنه لحق بها وأمسك بكتفيها وأدارها إليه بعنف وأسندها إلى الباب.

ـ أنا عارف إنك كنت بتضحكي عليَّ ولكن مش حتضحكي عليَّ تاني!

ومسحت يداه على كتفيها العاريتين، واستقرتا مفرودتين على كتفيها بالقرب من عظمتي رقبتها.

ـ أبدًا!

وألقت ليلى برأسها إلى الخلف وأغمضت عينيها وقال عصام في وحشية:

ـ ومن إمتى وإنت بتضحكي عليَّ؟ من إمتى وإنت ماشية مع الجحش ده؟

واستقام رأس ليلى وقالت في صوت هادئ:

ـ اقتل يا عصام! اقتل وريحني!

وتحرك إصبع يده اليمنى الكبير يمسح على صدرها ويداه ما زالتا مستقرتين في مكانهما، وقالت ليلى:

ـ ما دام إنت بتعتقد فيَّ كده، يبقى أحسن تموتني!

ـ ليه؟ أنا غلطان؟

ولم تجب ليلى.. سالت الدموع من عينيها المغمضتين.

وتحرك إصبع يده اليمنى الكبير على عنقها من جديد ومال وجهه عليها وهو يكرر:

ـ أنا غلطان؟

وقالت دون أن تفتح عينيها:

ـ إنت عارف، عارف إنك غلطان!

وسقطت شفتاه على شفتيها واستقرتا عليهما منهكتين تعبتين. ثم جمدت شفتاه على شفتيها، وتقلصت يداه على رقبتها، وابتعد بوجهه عن وجهها، وقال بصوت مختنق:

ـ أنا قلت لك ما ترجعيش ورجعت.. رجعت!

وارتجف جسم عصام وارتجف صوته وزاغت عيناه وهو يصرخ كالمجنون ويقول:

ـ إنت بتاعتي.. بتاعتي أنا.. ملكي أنا.. فاهمة؟

وضاقت قبضتاه على عنقها، وصرخت ليلى بصوت متحشرج:

ـ سيبني!

ومدت يديها وبقوة لا عهد لها بها انتزعت يدي عصام عن رقبتها، وجرت في اتجاه الأريكة ووقفت كالقطة المتنمرة:

ـ أحسن لك تبعد عني خالص.. فاهم؟

وأطرق عصام برأسه وازدادت ليلى عنفًا:

ـ أنا مش ملكك ولا ملك أي إنسان! أنا حرة! فاهم؟

وانقض عليها عصام وقد اربد وجهه، وبدأت بينهما معركة عنيفة

صامتة، ثم تمكن عصام منها وألقاها ممدة فوق الأريكة.. وجسم عصام كالصخرة فوق جسمها، ويداه تطوقان ذراعيها كطوقين من الحديد، وفمه اللزج فوق عينيها، فوق فمها، فوق رقبتها، فوق صدرها.. ودقات أقدام تدب في السطح، وزغاريد، وموسيقى، وحرارة تلهب وجهها وجسمها، وأنفاس عصام المتقطعة وقدماه.. قدماه تسحقان قدميها، والزغاريد تعلو والموسيقى.. ووقع أقدام في الممر، وطرقة على الباب، وصوت ممطوط ينادي:

ـ سي عصام.. سي عصام.

والقرع يشتد والنداء يتكرر وعصام لا يسمع.. وصرير أسنانها في خد عصام وصرخته، وعصام يصحو على القرع والنداء وقبضتاه ترتخيان على ذراعيها وتنهالان على كتفيها ضربة بعد ضربة، وعويله المكتوم وخطواته وهو يبتعد، وصرير الباب وهو يفتح ويقفل، وصياحه المجنون في الممر:

ـ خلاص، غوري من وشي، غوري، أحسن أقتلك!

وصوت الخادمة الممطوط وهي تقول:

ـ يوه يا سيدي!

وخطوات الخادمة تبتعد، وخطوات عصام تتردد في الممر تروح وتجيء ثم تبتعد في بطء، وطرقة الباب الخارجي تهز البيت، وصوت تنفسها العريض وهي تدرك أنها نجت بالكاد من خطر محقق، وبرودة الظلام تلسع قدميها وهي تتسلل من الشقة وتنزل السلم في الظلام عارية القدمين كما لو كانت تحلم.

* * *

١٦٩

نعم كان حلمًا ثقيلًا وانتهى والحمد لله، لم ينته تلك الليلة ولكنه انتهى بعدها بخمسة أيام، خمسة أيام جاء بعدها عصام، عصام الذي تعرفه وتحبه، لا ذلك الغريب الذي بعث الخوف والبرودة إلى قلبها وجسمها.. جاءها مشرقًا هادئًا متماسكًا عطوفًا حانيًا وكأنه قد بُعث من جديد:

ـ خلاص يا ليلى خلاص.

قال عصام:

ـ خلاص يا ليلى لقيت حل.. مش حالمسك أبدًا، ولا أضايقك أبدًا، حابص لوشك الحلو بس، وأسمعك تتكلمي، وأحبك وبس وأنتظر لغاية ما نتجوز.

ولانت ملامح عصام ولانت عيناه وأشرق فيهما نور ثاقب اخترق جسد ليلى واستقر في حناياها.

ولم يخطر لليلى في غمرة سعادتها أن تسأل عصام عن الحل الذي وجده للخروج من الأزمة التي كان يعانيها.

* * *

«الحل؟».

كتب محمود لليلى:

ليس هناك سوى حل واحد، أن يحدث شيء هائل، شيء يهز هؤلاء الناس المحترمين المستقرين المطمئنين، معجزة تجبرهم على تمزيق أكفانهم، وإلا فلن يتغير الأمر.. لن تتمزق الأكفان، لأنهم يتمسكون بها ويستترون خلفها.. يحسبون أنها تحميهم وتقويهم

بينما هي في الواقع تشل خيالهم وعقولهم وقدراتهم. وخلف هذه الأكفان يعيشون. كل واحد منهم يقول: «لا لن أغامر، لن أخاطر، لن أخرج على الدائرة المرسومة لي. قد أضر نفسي، قد أضر مصالحي، قد أضر مستقبلي، قد أضر أولادي. لا لن أفكر إلا في الأفكار التي يتقبلها مجتمعي، ولن أرغب إلا في الأشياء التي يرغب فيها من حولي، ولن أفعل إلا الأشياء التي يفعلونها، ولن أشعر إلا بالمشاعر التي يستشعرونها، ولن أنفعل، إن الانفعال قرين الألم وسأجنب نفسي الألم، ولن أفعل سوى ما فيه صالحي أنا». وتحت أكفانهم يعيشون، لا يحبون حبًّا كبيرًا، ولا يضحون تضحية كبيرة، ولا يحلقون في عالم الفكر والخيال والحس، ويتزوجون ويلدون قوالب، قوالب متشابهة، تفكر بنفس الطريقة، وتتأثر وتؤثر بنفس الطريقة، قوالب متكررة، أوساط من الناس بلا عبقرية، بلا نبوغ، بلا تفنن، بلا ابتكار، بلا قدرة على الحب الحقيقي.

وفي مدة الثلاثة شهور التي قضاها محمود في القناة لم ينقطع عن الكتابة، ولكن خطاباته التي كانت في بادئ الأمر طويلة ومليئة بإحساساته وبانفعالاته، أصبحت أقصر وأكثر رسمية أسبوعًا بعد أسبوع حتى اقتصرت على سطور يسأل فيها عن صحة العائلة.

وأدركت ليلى أنه يخفي عنها شيئًا، وأرسلت تسأله عن السبب أكثر من مرَّة. وفي كل مرَّة كان يتحاشى الرد على سؤالها. وعندما ألحت بعث يقول إنه مشغول، وإن قلة عدد الفدائيين تعني مزيدًا من

العمل، تعني أن يركز الإنسان تفكيره وكيانه كله في هذا العمل، وإنه يكتب لمجرد أن تطمئن عليه العائلة.

وأدركت ليلى من هذه الإشارة أنه وزملاءه يشعرون بالوحدة وبالانعزال، وأرسلت إليه تسأله هل هذه هي الحقيقة التي يخفيها عنها. وفي آخر خطاب أرسله لها قبل أن يعود من القناة كتب يقول:

نعم، نحن معزولون، وليس هذا شعوري أنا فقط بل شعور جميع زملائي هنا، وإن كان هذا لا يؤثر فينا ولن يمنعنا من تأدية المهمة التي جئنا من أجلها. لا، إن الخيانة لا تهم، والجاسوسية لا تهم. إن الخونة والجواسيس قلائل شواذ يمكن استئصالهم. إن الذين عزلونا ليسوا الخونة ولا الجواسيس، إنهم الملايين من الناس الطيبين الذين يحبون مصر، يحبونها طالما لم يتعارض هذا الحب مع مصالحهم النفعية. إن الخيانة الحقيقية هي خيانة هؤلاء الناس الذين يحبون مصر بقلوبهم وأفواههم، لا بسواعدهم ودمائهم.

كان الخطاب يحوي أخبارًا مؤلمة عن الحالة في القناة، فإلى جانب الشعور بالعزلة، كان هناك نقص في الأسلحة وفي التنظيم وفي الملابس وفي الغذاء. والجانب الأكبر من الفدائيين من العمال والكادحين الذين تركوا خلفهم أعمالهم وأطفالًا وأسرًا بأكملها كانوا يعولونها. والحكومة تماطل في مد الفدائيين بالأسلحة وبالنفقات الضرورية.

وفي ذلك الخطاب أخبر محمود ليلى أنه قادم إلى القاهرة مع زميله حسين في مهمة سرية، وأن إقامتهما في القاهرة لن تتجاوز ٢٤ ساعة يعودان بعدها إلى منطقة القنال.

وكانت لهجة الخطاب غاضبة وكأنه... وكأنه يشركها في اللوم على هذا الوضع! وما ذنبها هي؟ ولكن أليست هذه هي الحقيقة؟ أليست هي واحدة من الناس الطيبين الذين يحبون مصر ولكن لا يحبونها بما فيه الكفاية ليمزقوا أكفانهم ويهبوا لنجدتها؟

وشعرت ليلى بالحرج وكأنها ارتكبت ذنبًا، ولم يفارقها هذا الحرج وهي تمد يدها لتصافح محمود.

٩

وكان محمود متغيرًا للغاية، ولحظ أبوه هذا التغير وهم جلوس على مائدة الغداء، ونظر إليه في رهبة لحظة ولم يقل شيئًا، واستمرت أمه تملأ طبقه بالطعام رغم احتجاجه وكأنه كان صائمًا طيلة الفترة التي قضاها في القناة.

وحاول هو أن يتكلم وسأل الأسئلة المعتادة عن الصحة وعن خالته وعصام وجميلة وموعد زواجها، وعرف أن جميلة ستتزوج في خلال أسبوع. ولكن فترات الصمت كانت تطول بين الجملة والأخرى، صمت وحرج وكأنه غريب.. ولم يحاول أحد أن يفتح موضوعًا للحديث، أرادت أمه أن تسأله هل يأكل هناك جيدًا، وهل الغطاء كافٍ، وهل يتعرض للخطر، ولكنها كانت تعرف أن زوجها لا يريد أن يسمع كلمة واحدة عن هذا الموضوع، واكتفت بأن تطيل النظر إلى ابنها وعيناها تدمعان بين الحين والحين.

وأراد أبوه أن يقول شيئًا واحدًا، شيئًا معينًا يلح عليه ولا يحس بسواه، ولا يرغب في أن يقول سواه، وكلما هم بالكلام نظر إلى

١٧٤

ملامح محمود التي اكتسبت صرامة وقوة، وإلى الخطوط الخفيفة التي انتشرت في جبهته، وإلى عينيه اللتين فقدتا لمعانهما، وكأن شيئًا قد مات فيهما، وسكت، لا فائدة، لن ينصت له هذا الشخص، لن يسمع كلامه، لن يرجع أبدًا عما بدأ، لقد تغير، خرج عن طاعته نهائيًّا، ويشيح الأب بعينيه بعيدًا قبل أن تلتقيا بعيني ابنه.

وسارقت ليلى محمود النظر وارتجف في أعماقها خوف مبهم، كان يجلس وقد انتصب جسمه، وانقبضت يده اليسرى على طرف المائدة، وجمد وجهه، وكيانه كله مشدود، مشدود أكثر من اللازم في تحفز وفي توتر، وكأن من الضروري له أن يبقى هكذا مشدودًا لا يرتخي أبدًا.

وبدأت ليلى تأكل باحتراس، ووقع الملاعق على الأطباق يقع على أعصابها وكأنها تخشى أن يُحدث شيئًا ما، شيئًا يزعج محمود، كلمة أو ضجة تجعله يرتخي، تجعله يضع رأسه على المائدة وينفجر باكيًا.

وأزعج ذلك الخاطر ليلى، وحاولت جاهدة إبعاده من خيالها. أليس خوفها هذا مضحكًا؟ ألأنها ضعيفة تحسب الناس كلهم ضعفاء مثلها؟ محمود لا يمكن أن يحدث له مثل هذا الشيء، محمود قوي، محمود حارب الإنجليز ثلاثة أشهر، وهو عائد في الغد إلى القناة ليحاربهم من جديد، محمود لن ينهار، لن ينهار أبدًا، من المستحيل أن يحدث له ذلك، ومن الطبيعي أن يكون المحارب متحفزًا، إنه يحارب ولا يلهو مثلها ومثل الذين بقوا بعيدًا عن القناة واكتفوا بترقب نتيجة المعركة.

وانتظرت ليلى في صبر انتهاء وجبة الغداء، نعم لقد تغير محمود، ولكن كل شيء سيعود بينهما كما كان عليه حين ينتهي الغداء، حين تنفرد به في حجرتها أو حجرته، حين يحكي لها وتحكي له كما كانا يفعلان من قبل، وانتظرت ليلى انتهاء وجبة الغداء في فروغ صبر.

وانفردت ليلى بمحمود في غرفته، وحكى لها وحكت له، ولكن شيئًا ما وقف بينهما.

وحاولت ليلى جاهدة أن تصل إلى محمود، وأن تقتحم ذلك السد الذي أقامه بينه وبينها، وفشلت في محاولتها، ماذا حدث؟ هل يخفي شيئًا؟ لا، إنه لا يخفي شيئًا عنها، لقد أخبرها بكل شيء، كل شيء يمكن أن ينقله إنسان إلى إنسان آخر في كلمات، ومع ذلك ما زال ذلك السد المنيع يقف بينها وبينه وكأن.. كأن شيئًا قد حدث له، أشياء انفرد بها عنها، وكبر بها عنها، وأصبح بها إنسانًا غير محمود الذي عرفته، إنسانًا لا تستطيع أن تحسه وأن تسبر أغواره.

ولكن هل يمكن أن يحدث كل ذلك في ثلاثة أشهر، مستحيل! لا بد أن شيئًا ما يؤلمه وهي لا تستطيع أن تسري عنه، ربما يستطيع عصام أن يفعل شيئًا؟ نعم عصام صديقه وحبيبه وأسراره دائمًا معه، ثم إنه رجل والرجال أقدر في هذه المواقف، نعم، في الحال، ستدعوه في الحال.

* * *

أوقفت ليلى المصعد، وفتحت بابه، واندفعت إلى داخله، ثم وقفت تبتسم في ارتباك، اصطدمت بشاب أسمر طويل وهو يخرج، وتراجع الشاب إلى داخل المصعد وقال:

ـ أنا آسف!

وابتسم في وجهها، ولحظت ليلى التغير الذي طرأ على وجهه إثر هذه الابتسامة. ذابت ملامحه الكبيرة القوية المحددة في ابتسامته فصار وجهه الأسمر كوجه طفل رضيع. ولم تستطع ليلى أن تقاوم ابتسامته فابتسمت وهي تقول:

ـ طالع ولَّا نازل؟

ومد الشاب يده يتحسس شعره الأسود الناعم، وقال:

ـ لا طالع ولا نازل، خارج هنا في الدور ده.

وتراجعت ليلى لتفسح مكانًا يمر منه، ثم دخلت المصعد بعد أن مر وأقفلت بابه الحديدي.

ولم يتجه هو إلى إحدى الشقتين، وقف يتطلع إليها وفي عينيه نظرة آمرة آسرة.. وكأنه يأمرها أن تبقى حيث هي، وقالت ليلى وهي توشك على إقفال باب المصعد الزجاجي:

ـ فيه حاجة؟

ـ دقيقة واحدة من فضلك.

ولم يكن صوته يأمر كنظرته، كان على العكس من نظرته هادئًا، وكأن صاحبه يتحكم تحكمًا تامًّا في كل نبرة من نبراته.

ـ فين شقة الأستاذ محمود سليمان من فضلك؟

ـ محمود؟ هنا!

وأشارت ليلى إلى شقتها، ثم أدركت أن ذلك الشاب الذي يقف أمامها هو حسين عامر، زميل أخيها في القناة، وملأها ذلك الإدراك براحة نفسية عميقة وكأن متاعبها ومتاعب أخيها قد ذابت في هذه

الابتسامة الواسعة المكتملة التي تواجهها. وشعرت ليلى كأن الله قد استجاب لدعائها، كأن الله قد أرسل حسين خصيصًا في هذه اللحظة بالذات ليسري عن محمود، وليقف إلى جانبه كما وقف إلى جانبه دائمًا في القناة، وتألق وجهها بفرحة غامرة وقالت:

ـ أهلًا وسهلًا.

وفتحت الباب الحديدي على مصراعيه، وانطلقت تقود حسين إلى شقتها، وقبل أن تمد يدها إلى الجرس قال حسين:

ـ ليلى.

لم يكن يسأل، كان يناديها، واستدارت وواجهته وقالت:

ـ حسين.

ـ عرفت إزاي؟

ـ وإنت عرفت إزاي؟

والتقت عيونهما وضحكا معًا.

واستدارت ليلى، وقرعت الجرس، وقال حسين:

ـ محمود كلمني كتير عنك.

وقالت ليلى دون أن تستدير:

ـ وكتب لي كتير عنك.

ـ على كده إحنا نعرف بعض كويس.. يعني أصدقاء.

واستدارت ليلى وواجهته وفي عينيها نظرة حادة:

ـ إنت صاحب محمود.. مش كده؟

وهز حسين رأسه يؤكد هذه الحقيقة وهو يبتسم، واستطردت ليلى في كلامها:

١٧٨

ـ والصديق يساعد صديقه إذا كان محتاج لمساعدة.. مش كده؟

وقال حسين وهو يتأمل وجهها بعينيه السوداوين الواسعتين العميقتين:

ـ كده.

وأدركت ليلى أنها تستطيع أن تعتمد عليه، وأن محمود يستطيع أن يعتمد عليه، وانفرج وجهها في ابتسامة واسعة وقالت:

ـ يبقى خلاص.. عن إذنك بَقه.

وتركته خلفها ودخلت المصعد وتحرك بها، وأشارت له بيدها ملوحة ثم اختفت. وعندما اختفت تذكر حسين فجأة الأنباء السيئة التي جاء يحملها إلى محمود، وشعر أنه هو بدوره في حاجة إلى مساعدة، وأنهم جميعًا في حاجة إلى مساعدة، والبناء يتخلخل أمام أعينهم، البناء الذي بنوه طوبة فوق طوبة بعرقهم وأعصابهم ودمائهم.

* * *

وفتحت جميلة الباب، كان وجهها متوردًا وعيناها تلتمعان، وما إن رأت ليلى حتى ارتمت في أحضانها ثم سحبتها من يدها وهي تقول وأنفاسها مبهورة:

ـ فستان الفرح جه.. أما فستان يا ليلى! أما فستان!

وقالت ليلى وهي تخلص يدها من يد جميلة:

ـ دقيقة واحدة يا جميلة، أصل محمود جه وعايزة أقول لعصام ينزل له.

وقالت جميلة وقد زايلها حماسها:

ـ إخص عليكِ! مش حتشوفي الفستان الأول؟

ثم ابتسمت وقالت:

ـ وإزي محمود؟

ـ كويس.. هوَّ عصام فين؟

ـ في أودة المكتب.. أحسن كده برضه، حالبس أنا الفستان على

ما تيجي عشان تشوفيه عليَّ.

وكان عصام يجلس إلى المكتب وأمامه كتاب مفتوح، وكانت

سيدة الخادمة تركع على الأرض تمسح بخرقة مبتلة آثار قهوة على

السجادة وقدح القهوة ما زال مقلوبًا على جانبه على طرف المكتب.

ونهض عصام واقفًا وعلى فمه ابتسامة مرتبكة:

ـ أهلًا ليلى.

وقالت ليلى وهي ما زالت تقف بالقرب من الباب:

ـ محمود جه.

وقال عصام بلا حماس:

ـ صحيح؟

وتقدمت ليلى إلى داخل الغرفة:

ـ مش حتنزل له يا عصام؟

ـ دلوقت؟

ووقفت ليلى تجاهه:

ـ أيوه دلوقت.. إلا إذا كنت مشغول!

وهز عصام كتفه وهو يبتسم:

ـ لا.. ولا مشغول ولا حاجة.

واستدار ليأخذ الجاكيت من على مسند الفوتيل المجاور للمقعد،

ومر في طريقه بسيدة. ورفعت إليه سيدة عينيها الكبيرتين كعيون البقر وهي تضرب السجادة بطرف القطعة المبتلة.

وقالت ليلى:

ـ عايزة أقول لك حاجة قبل ما تنزل يا عصام.

ولبس عصام الجاكيت وهو يقول:

ـ فيه إيه يا ليلى؟

وأطبقت ليلى شفتيها وأشارت بوجهها في اتجاه سيدة إشارة يفهم منها أنها لا تستطيع أن تتكلم أمامها، ووقفا ينتظران انتهاء سيدة من عملها، وزالت آثار القهوة من السجادة تمامًا وسيدة ما زالت تركع مكانها تضرب الأرض بطرف الخرقة المبتلة.

وقالت ليلى في رقة:

ـ مش خلاص يا سيدة.

ورفعت سيدة وجهها المنتفخ إلى ليلى وضمت شفتيها المكتنزتين ولم تقل شيئًا، واستمرت تضرب السجادة بطرف القطعة المبتلة.

وضايقت الحركة المتكررة عصام وصاح في حدة:

ـ يلّا، خلصينا!

ورفعت إليه سيدة عينيها الكبيرتين السوداوين الجريئتين وهي ما زالت في جلستها، وقامت في تكاسل وهي تقول:

ـ يوه يا سي عصام، يعني أسيب السجادة وسخة ولّا إيه؟

وتنفست ليلى في ارتياح وسيدة تكاد تخرج من الباب، ولكنها عادت بقامتها المديدة المليئة إلى داخل الحجرة وأخذت القدح في بطء من على المكتب وخرجت من الحجرة تهز ردفيها في تثاقل،

وعلى فمها نصف ابتسامة عائمة لا توجهها إلى أحد وكأنها تبتسم من شيء خطر ببالها.. شيء سري وخاص وهام، شيء يعطيها الشعور بالأهمية.

وقالت ليلى:

ـ عصام.

واقترب منها عصام في خطوات سريعة وأمسك بيدها وانحنى يُقبلها في رقة متناهية قبلات قصيرة سريعة لا تكاد تمسها وكأنه يرضيها وكأنه يصالحها بعد أن أساء إليها.

وقالت ليلى:

ـ عصام، عشان خاطري خليك لطيف مع محمود، لطيف خالص.

وأشاحت بنظرها بعيدًا وهي تقول:

ـ محمود متغير.. متغير خالص يا عصام!

وقال عصام:

ـ أنا عارف هوَّ حسَّاس، حسَّاس زيادة عن اللزوم.

ووضعت ليلى يدها على كتفه:

ـ تمام يا عصام.

ـ فاكرة قد إيه كان متألم أيام مظاهرة ٤٦؟ لكن إنت كنت صغيرة خالص يا حبيبتي.

وقالت ليلى في صوت هامس وهي تستعيد في ذاكرتها تلك الأيام:

ـ برضه فاكرة يا عصام.. فاكرة كل حاجة زي ما تكون حصلت النهارده.

وأمسكت بيده ومشيا معًا في اتجاه الباب الخارجي وقالت:

ـ بلاش أنزل وياك أحسن.. حادخل أنا لجميلة، أنا مش عايزة محمود يفهم إني أنا إللي خليتك تنزل له.

وشدت ليلى على يد عصام وهي تبتسم وانحرفت إلى غرفة جميلة، وفتحت الباب.

∗ ∗ ∗

كانت جميلة تولي ظهرها للباب وهي في ثوب أبيض.

ووقفت ليلى لحظة مبهوتة، خيل إليها أن الثوب هو ثوبها الأبيض الجميل، نفس القماش من «الشيفون» الأبيض، ونفس الطيات المتراكمة كجناحي طائر أبيض.. ثم استقامت جميلة واستدارت وواجهتها.

وهزت ليلى رأسها متعجبة من سخف الفكرة التي خطرت لها.. كان ثوب جميلة يختلف تمام الاختلاف عن ثوبها، فـ«الشيفون» الأبيض من الخلف ليس بظهر الثوب كما ظنت، إنه مجرد وشاح فضفاض يحيط بالثوب الأصلي من الخلف والثوب الأصلي من الستان الأبيض المطرز باللؤلؤ الصناعي وبالترتر وبالخرز.

وقالت جميلة في انتصار:

ـ إيه رأيك؟

ـ جنان! حاجة حلوة خالص! ولا الأميرات!

ولكن كان في نفسها بعض الضيق وكأن جميلة قد أخذت منها شيئًا يخصها هي.. ثوبها الأبيض الجميل.

وقالت جميلة وهي تتقدم نحو المرآة:

ـ ولسه كمان.. لسه كاسمه مش باين خالص، السوستة مفتوحة.

وجلست ليلى على المقعد المواجه للمرآة وقالت:

١٨٣

ـ البت سيدة بتاعتك دي رذلة أوي، أنا عايزة أكلم عصام على
محمود، وهيَّ واقفة ملطوعة، نقول لها اخرجي ما تخرجش!
وقالت جميلة وهي تمد يدها تقفل السوستة:
ـ أصلها واخدة على عصام، صاحبته يا ستي!
وانقفلت السوستة في صوت عنيف قاطع.
وقالت ليلى:
ـ صاحبته؟! صاحبته إزاي؟!
ونظرت جميلة إلى ليلى نظرة جانبية، ومدت يدها تسوي فتحة
الصدر ثم شدت قامتها في استعلاء وقالت:
ـ هوَّ إنت كده يا ليلى ما تفهميش حاجة أبدًا؟ كل شاب في السن
دي، ومش متجوز ضروري يعمل كده، وإلا ما يبقاش راجل!
ومدت جميلة يديها وجمعت شعرها من أسفل وكومته إلى أعلى..
ومالت بوجهها إلى جانب تدرس أثر ذلك في صورتها العامة، ثم
استدارت لليلى وهي تقول:
ـ إيه رأيك في التسريحة دي يا ليلى؟
وعندما رأت ليلى وجه ليلى الذاهل وفمها المفتوح في بلاهة انفجرت
ضاحكة:

ـ عارفة يا ليلى؟ عارفة إنت بتفكريني بإيه؟ بتفكريني بنفس ليلة
ما شفتهم في المطبخ.. ليلة الخطوبة.. قمت بالليل بمغص
فظيع، رحت المطبخ أعمل قربة سخنة ونورت النور وطفيته
على طول.. وبلمت زيك كده. وفضلت مبلمة يومين، لغاية
ماما ما فهمتني كل حاجة.

وجلست جميلة إلى جانب ليلى وغزا عينيها تعبير حزين ثم مسحت وجهها بيدها وقامت واقفة.

وقالت جميلة:

ـ على فين؟

وبلا تعبير قالت ليلى:

ـ نازلة.

وقامت جميلة واقفة وقالت في استنكار:

ـ إخص عليك يا ليلى! يظهر الفستان مش عاجبك! ليه يا ليلى؟ دا جميل خالص، دا الجونلة لوحدها أخدت سبع أمتار.. شوفي.

وسارت جميلة إلى وسط الحجرة ورمت برأسها إلى الخلف في كبرياء، وثبتت كعب الحذاء في الأرض، ودارت حول نفسها دورات متواصلة متعددة والثوب يتطاير حولها في دائرة تتسع أكثر وأكثر.

ودارت الحجرة أمام عيني ليلى وخيل إليها أن السقف قد حل محل الأرض وأن الحوائط تتمايل بعضها على بعض.

وتوقفت جميلة وقالت وأنفاسها متقطعة:

ـ إيه رأيك؟ بشرفك عمرك شفتي فستان زي ده؟! ولا حتى في السينما؟

وتمتمت ليلى دون أن تنظر إلى الثوب:

ـ عريان! عريان!

ـ الصدر يعني؟

ـ كله.. كله عريان!

ومدت جميلة يدها إلى «بوليرو» مكمل للفستان ولبسته،
واستدارت وهي تبتسم ابتسامة خفيفة:

ـ كده يعجبك يا ستي الشيخة؟

وهزت ليلى رأسها في يأس وقالت وهي تكاد تهمس:

ـ مفيش فايدة، عريان من جوَّه، عريان يا جميلة، عريان!

ونظرت جميلة إلى ليلى في دهشة لحظة ثم صرخت.. كان وجه
ليلى شاحبًا، وكانت شفتاها مرتجفتين وعيناها تائهتين بعيدًا وكأنها
غائبة عن الوعي، ويداها لا تكفان عن الحركة، تضمان دون جدوى
فتحة الصدر في ثوبها، ثم تنزلان إلى طرف الثوب تشدانه، وكأنها
تريد أن تصل به إلى أطراف أصابعها، ثم ترتفع اليدان إلى فتحة
الصدر من جديد.

ـ مالك يا ليلى؟

وهزت ليلى رأسها وكأنها تفيق من حلم، وانهارت جالسة في
المقعد المجاور.

ـ مالك يا ليلى؟ فيه إيه؟ طمنيني!

ـ مفيش.

ـ أنا حانادي ماما.

وقالت ليلى بصوت هامس:

ـ لأ ما تناديش حد، أصل.. أصل عندي مغص!

ـ أعملك شاي؟

وهزت ليلى رأسها علامة على الموافقة.

وخرجت جميلة، وسمعتها ليلى تأمر سيدة الخادمة بإعداد الشاي ثم تتجه إلى حجرة أمها.

* * *

وهبت ليلى واقفة، وبدت النظرة التائهة في عينيها من جديد، ومشت في احتراس شديد على أطراف أصابعها حتى باب الغرفة، وأرهفت السمع ثم تقدمت وعبرت الصالة وفتحت الباب الخارجي، وخرجت ووضعت يدها على سور السلم وهمت بالنزول ولكنها وقفت متسمرة.. كان أزيز المصعد يطن في أذنيها وفي رأسها وكأن جسمها بأكمله يردده، ومر بها المصعد وهو ينزل من أعلى إلى أسفل، ثم رأت حباله تنجذب إلى أسفل تدريجيًّا.. ومالت برأسها على السور، وتعلقت عيناها بالحبال وهي تنجذب إلى أسفل، وتدلت بنصفها الأعلى في الفراغ الذي تركه المصعد والحبال تجذبها إلى أسفل، وركزت يديها ورفعت جزءًا آخر من جسمها في الفراغ حتى أصبح جسمها أفقيًّا على السور والحبال تجذبها إلى أسفل.. وإلى أسفل.. وارتخت قبضتها والحبال تجذبها إلى أسفل.

وصرخت جميلة:

ـ ليلى!

وامتدت يد تمسك بظهرها وتشدها إلى أسفل، والتفتت ليلى ووجدت نفسها على السلم وجهًا لوجه أمام جميلة.

ـ ليلى! بتعملي إيه؟ إنت مجنونة؟

ووقفت ليلى مكانها والنظرة التائهة في عينيها، ثم اجتاح جسمها

١٨٧

خوف بارد كالثلج وأدركت فجأة أنها نجت بالكاد من الموت، وقالت في صوت مختنق:

ـ جميلة.. انزلي معايا.

وبدأت ليلى تنزل السلم ولحقت بها جميلة، واستمرت ليلى تنزل إلى أسفل، وتجاوزت باب شقتهم دون أن تدري، ونبهتها جميلة فاستدارت وصعدت بخطوات متثاقلة.. حجرتها؟ ولا حجرتها.. إنها تريد أن تنزل إلى أسفل.. إلى أسفل حيث لا تشعر ولا تفكر.

* * *

ودخلت ليلى البيت، ولمحت حجرة الجلوس مفتوحة، وسرت رجفة إلى جسمها.. عصام.. عصام مع محمود، وجرت إلى غرفتها وكأن إنسانًا يطاردها، وعند باب الحجرة وقفت مسمرة، كان محمود يناديها بإلحاح وجميلة تشدها.. وسحبتها جميلة إلى حجرة الاستقبال وكأنها مسلوبة الإرادة.

كان محمود يجلس في أول مقعد على اليمين بالقرب من الباب، وتوقفت ليلى تجاهه وكأنها لا ترى في الغرفة سواه، ونهض عصام من مكانه وسار في اتجاه جميلة، وقال وهو يشير إلى ثوبها مستنكرًا:

ـ إيه ده إللي انت لابساه؟

وقال محمود لليلى:

ـ البلد بتتحرق.

وقالت ليلى دون أن يبدو على وجهها أي تغيير وكأنها تقرر حقيقة ثابتة:

ـ أيوه بتتحرق.. بتتحرق.

١٨٨

ولكن كان هناك وجه ينظر في وجهها ويبتسم ابتسامة واسعة.. ابتسامة كاملة.. ابتسامة بلا حدود، وجه غريب، وجه لغريب.

وصرخت ليلى وكأنها أدركت إذ ذاك فقط ما يعنيه محمود، وكأنها عادت لوعيها إذ ذاك فقط:

ـ بتتحرق؟! بتتحرق إزاي؟

ورأى محمود ابتسامة حسين وهو يقف منتظرًا وقال:

ـ أختي ليلى و...

ونظر إلى جميلة في دهشة وهي في ثوبها الأبيض ثم أكمل كلامه:

ـ وبنت خالتي جميلة.

وبقيت يد حسين معلقة في الهواء لحظة، ثم تلقفتها يد جميلة. وهمست جميلة في أذن عصام بشيء عاد على أثره واجمًا إلى الأريكة التي تواجه محمود وتبعته جميلة.

ولم ترخ ليلى عينيها عن محمود، وتمتمت وشفتاها ترتجفان:

ـ إزاي يا محمود؟ إزاي...

وبدا وجه محمود جامدًا وهو ينظر بعيدًا، وينتزع صوته انتزاعًا وكأنه يجد صعوبة في الكلام:

ـ الناس، الناس حرقوا السينمات وشارع فؤاد، والبلد كلها نار ودخان!

وقالت ليلى بصوت باكٍ:

ـ الناس يحرقوا البلد؟! ليه؟ ليه نحرق بلدنا؟

ولم يجب محمود، كز على شفته السفلى وأغلق عينيه وتركها غريبة وحيدة، وتلفتت ليلى تنظر حولها، كانت جميلة تجلس على

طرف الأريكة في احتراس حتى لا يتكسر ثوبها، وكان عصام منكمشًا في الطرف الثاني من الأريكة، وتوقفت عيناها عند حسين، وابتسم حسين في وجهها ابتسامته الواسعة:

ـ الواقع إن الناس مظلومين، الناس خرجت عشان تحتج على المذبحة بتاعة الإسماعيلية، والسراي والعناصر الرجعية انتهزوا الفرصة عشان يطعنوا الحركة الوطنية.

وأخرج محمود سيجارة بيد مرتعشة وقال:

ـ الخيانة ما ابتدتش النهارده بس.. الخيانة ابتدت من أول يوم، وآدي النهاية، الحريق دا هو النهاية، نهاية معركة القنال.

وانهارت ليلى على مقعد مقابل للمرآة الكبيرة التي تزين حجرة الجلوس، وغامت عيناها بالدموع. وعلى صفحة المرآة تكسرت أشعة الشمس الغاربة تاركة شعلة من الاحمرار، وركزت ليلى عينيها على المرآة ونار.. ألسنة من النار تندلع في المرآة أمام عينيها الغائمتين وتربط بينها وبين المرآة وكأنها مشدودة إليها بقوة سحرية.. وأصوات تطن في أذنيها، تطن كمواقد الغاز.

وقال حسين:

ـ البلد إللي فيها أبطال زي العساكر بتوع الإسماعيلية مش ممكن تكون دي نهايتها.. كانوا معزولين، وكانوا عارفين إن البلد تخلت عنهم، وكانوا يقدروا يسلموا.. يرفعوا منديل أبيض أو قميص.. ومع كده ما سلموش، ماتوا على رجليهم.

ومسح محمود وجهه بيده وقال:

ـ وإيه الفايدة؟ إيه الفايدة؟ دم وراح هدر!

١٩٠

ومدت ليلى يدها تشد ياقة ثوبها بعيدًا عن عنقها وعيناها مشدودتان إلى المرآة.. دم ونار وهي تتطوح بين الدم والنار، تتخبط وتسعى إلى الخلاص، والدم يحيطها من كل جانب والنار.. وجميلة هادئة كالتمثال بثوبها الأبيض.. وكلمة الخيانة تطن في أذنيها، ونار تطوق البلد وتخنقها.. تخنقها.

وانتفضت ليلى واقفة، واندفعت تجري من الحجرة.. ومن البيت إلى السلم.. إلى أعلى.. إلى النار.. يجب أن ترى النار.. النار التي تطوق البلد، التي تخنق البلد، يجب أن ترى النار.

وقامت جميلة واقفة بدورها وهي تصرخ صرخات هستيرية وتقول:

ـ السلم.. السلم.. السلم.

وتطلب الأمر بعض الوقت حتى تتمالك جميلة نفسها وتخبرهم بالخطورة التي تتهدد ليلى، واندفع محمود يجري على السلم وتبعه عصام وخلفهما جميلة.

ووقف حسين على العتبة ثم لمح المصعد صاعدًا فأوقفه ودخل وأوصد خلفه الباب.

* * *

وظلت ليلى تقفز السلم وقد دبت فيها قوة عجيبة، قوة تدفع بها وتشدها إلى النار، ولم تَرَ حسين وهي تدخل السطح، اندفعت تجري حتى انهارت إلى جانب السور.. كانت النار قد بدأت تخبو ولم تعد تظهر إلا في جهات متفرقة ضعيفة مائلة إلى البهتان والزوال، ولكن الدخان كان يجثم في كتل ضخمة، كتل بشعة كريهة على السماء، وعلى الأرض، وعلى الصدر تكاد تسحقه.

١٩١

ولمس حسين ذراع ليلى في رقة، وانتفضت تنظر إليه في خوف. كان يقف إلى جانبها يعطي ظهره إلى السور ويستند بيديه عليه. وابتسم في وجهها ابتسامته الكاملة الواسعة، ولانت ملامحها وعادت تنظر إلى كتل الدخان.

وقال حسين في صوت رقيق:

ـ مالك؟

ورفعت إليه ليلى عينين ميتتين، وعادت تنظر من جديد إلى الدخان الأسود الكثيف.

وقال حسين بصوت أرق:

ـ مالك يا ليلى؟

وتنهدت ليلى وقالت وهي تنظر إلى كتل الدخان البشعة الكريهة:

ـ ليه كل حاجة كويسة تنتهي نهاية وحشة؟!

وجلس حسين على السور، وقال وقد أحنى رأسه تجاهها:

ـ دي مش النهاية.. النهاية إحنا إللي نعملها، أنا وإنت ومحمود وكل الناس إللي بيحبوا مصر.

وضحكت ليلى ضحكة قصيرة حادة أشبه بالصرخة، وأشارت إلى صدرها وقالت:

ـ أنا؟

وانقلب وجهها واصطبغ بالكراهية والاحتقار، وكأنها تتحدث عن عدو لدود، وقامت واقفة وسارت في تثاقل في اتجاه باب السطح، ولحق بها حسين ومد يده يلمس كتفها، وقال وصوته يرتجف بالانفعال:

ـ دي مش النهاية، ما تصدقيش محمود، صدقيني أنا.

وأدارها نحوه، ورفع إليها وجهه مليئًا بالرجاء وبالحنان وهو يقول:

ـ صدقيني أنا.

وكأن كيانه بأكمله يتوقف على تصديقها له.

والتقت عيونهما لحظة، وفي عينيه رأت نظرة واثقة، نظرة مباشرة صريحة طيبة نفاذة، نظرة تعدها بغد أجمل، ولانت ملامحها، ثم مالت برأسها تتسمع إلى خطى وأصوات تقترب من السطح، وتبينت صوت عصام يناديها، ونظرت إلى حسين لحظة ثم قالت بصوت ميت:

ـ أنا ما باصدقش حد!

واستدارت من جديد تسير في اتجاه باب السطح، وتوقفت متسمرة في مكانها عندما اندفع من الباب عصام يتبعه محمود وجميلة.

وجرى عصام إليها وامتدت يداه تتحسسانها، وتنتقلان في سرعة وفي يأس وفي جنون من وجهها إلى كتفيها وهو لا يكف عن الهمس باسمها. وشعرت ليلى أن شيئًا ما قد مات فيها، ومدت يديها في هدوء وأزاحت يدي عصام عنها، وتركته خلفها، وسارت في اتجاه محمود الذي وقف متسمرًا متعجبًا من سلوك عصام، وتوقفت أمامه وقالت في صوت ميت:

ـ يلَّا بينا.

وتقدمت إلى الباب في خطوات متثاقلة، ومرت بجميلة وهي تقف مولية ظهرها إلى السماء، مسمرة كالتمثال في ثوبها الأبيض، وكتل الدخان الكثيفة الكريهة تحيط بها كالإطار.

* * *

وفي مساء ذلك اليوم اعتُقل محمود فيمن اعتُقل من الفدائيين، وبقي في المعتقل ستة شهور.

وطيلة الستة الشهور كان أبو ليلى يردد نفس الكلمات، كلمات لا تتغير: «أنا كنت عارف، كنت عارف إن دي النهاية».

* * *

وتركز كيان ليلى في هذه الفترة في محاولة لإخفاء ما يعتمل في نفسها عن الآخرين، واستمرت تتكلم وتضحك وتتصرف كما اعتادت أن تتصرف، وتعود إلى حجرتها آخر النهار مرهقة، وكأنها ممثلة أطالت الوقوف على خشبة المسرح، وعندما تتمدد على السرير تشعر بألم في جسمها بأكمله، ألم لا تستطيع أن تحدد موضعه وكأنها قد ضُربت علقة.. لا ليس هذا تمامًا، إن أمها تصف مثل هذا التعب الذي لا يمكن تحديد موضعه وصفًا أدق حين تقول: «جسمي مهزوم» نعم هو هذا، جسمها مهزوم، وليس جسمها فقط، كل شيء فيها مهزوم، كما لو كانت قد رفعت حملًا ثقيلًا أكبر مما تتحمله طاقتها فانكسر عمودها الفقري.

ألم يكن هذا ما فعلته؟ لقد تحدت أباها، وتحدت أمها، وتحدت تقاليدهم وأصولهم وأحبت، أرادت أن تخرج على دنياهم الضيقة إلى دنيا حية عريضة مليئة، أرادت أن تبني وعصام دنيا من نور، كل ما فيها شفاف.. كل ما فيها أصيل، دنيا غير الدنيا.. دنيا الحب.. دنيا الحق، دنيا الجمال.. وماذا كانت النتيجة؟ قهوة مسكوبة على البساط، ومطبخ مظلم، وجسم مهزوم وطين، طين الدنيا التي هربت منها.

ومحمود؟ محمود هو الآخر تحداهم وخرج، انطلق محلقًا

ضاحكًا مزهوًّا إلى دنيا.. دنيا الحب والحق والجمال، وعاد منكمشًا مطويًّا مكسور الجناح والقذى ملء عينيه والطين، الطين الذي هرب منه، ونار تطوق البلد، ودخان أسود كريه، وسجن مظلم، ودنيا أضيق من الدنيا التي انطلق منها محلقًا ضاحكًا مزهوًّا.. لا.. إن الزهو ليس من نصيب أخيها ولا من نصيبها.. الزهو موقوف على جميلة.

* * *

في زهو نظرت جميلة حولها وقالت:

ـ صحيح أودة السفرة عاجباكِ يا ليلى؟

ولم تنتظر جميلة الإجابة، كانت تعرف أن ليلى لم ترَ مثل هذه الحجرة في حياتها، وإن خالتها تنظر حولها في تعجب كالريفية التي تزور القاهرة لأول مرَّة، وأن زوج خالتها يخفي بالصمت شعوره بالحرج والارتباك.

ومن النافذة الزجاجية الواسعة تدفقت أشعة الشمس تشعل احمرار السجاد، وتتألق على البوفيه الماهوجني المرسوم بالماركتري، والخضرة تنبثق من الحديقة من وراء الزجاج تكسر من حدة احمرار السجاد.

وأشارت جميلة وهي تجلس على رأس المائدة إلى السفرجي بيدها إشارة خفيفة في بساطة وبشكل طبيعي، وكأنها تعودت أن تفعل ذلك طيلة حياتها، وتقدم السفرجي يدور حول المائدة وجميلة تتحدث مسترخية مبتسمة منطلقة ويدها تعبث بحلية ماسية في عنقها، وانحنى السفرجي إلى جانب ليلى بطبق من الكاساتا على شكل هرم

١٩٥

مغطى بالفواكه المحفوظة، ونظر إليها عصام بعينيه الرائقتين وابتسم في وجهها وقال:

ـ خدي حتة كمان يا ليلى، إنت طول عمرك بتحبي الجيلاتي.

وجلس يأكل الكاساتا في تلذذ وقد استرخى في المقعد.. لم يعد يشعر بالحرج تجاهها، في أول الأمر عندما قطعت علاقتها به، وقبل أن يفهم السبب كان يشعر بالحرج، وعندما عرف أنها عرفت زال الحرج، وما الداعي إلى الحرج؟ إن ضميره نقي، نظيف، شفاف.. كأكواب الكريستال التي تتألق على المائدة. لقد فعل ما اعتقد أنه الواجب عليه تجاهها، لقد أنقذها من شيء أهون منه الموت، ولم يكن هناك طريق آخر، ولو لم يفعل ما فعل لتسبب في ضررها، وأهون عليه أن يموت من أن يضرها وهو يحبها وسيظل دائمًا يحبها.

والمؤلم أنه كان يتصرف كما لو كان ما يزال يحبها حقًّا! ولم تستطع هي أبدًا أن تفهم كيف يتأتى له أن يحبها؟ كيف يستطيع أن يحب امرأة بروحه، وأخرى بجسده؟! والأخرى؟ ألم يخطر في باله أبدًا أنها إنسانة بدورها، وأنه قد أضرها في جسدها وفي عواطفها وفي إنسانيتها؟ أبدًا.. إنه مطمئن مرتاح وعلى وجهه تبدو نظرة جديدة حزينة، نظرة الشهيد، شهيد الواجب.

نعم عصام مطمئن مرتاح، وجميلة أكثر من مطمئنة، إنها مزهوة منتصرة، لقد تقبلت الحياة كما هي ببساطة، بلا تعقيد وبلا فلسفة، وسمعت كلام أمها ومشت على الأصول، وأنعمت عليها الحياة بالرضا وبالاطمئنان.

وهي كانت في يوم من الأيام تنظر إلى جميلة في تعالٍ، كانت

تحسب نفسها أقوى من جميلة ومن خالتها ومن أبيها ومن أصولهم وتقاليدهم، وكانت تضحك من أمها حين تقول: «إللي يعرف الأصول ما يتعبش».

نعم، عاشت فترة من الزمن في ظل هذا الوهم السخيف، وهي في الحقيقة تافهة ومغرورة وحقيرة، ممسحة كالممسحة التي يمسح فيها الناس أقدامهم.

١٠

وفي صباح ٢٣ يوليو قامت ثورة الجيش المصري وهزت الأعماق فرحة معتدة مزهوة، ارتجفت على الشفاه والتمعت في الدموع وغصت بها الحلوق، وخرج الناس من بيوتهم يضعون أيديهم في أيدي الضباط وعلى أيديهم قلوبهم.

وجلس محمد أفندي سليمان في بيته إلى جانب الراديو يستمع المرَّة بعد المرَّة إلى البيان الذي أصدرته قيادة الثورة، وقد شله الخوف من أن يحدث شيء يفسد الثورة ويحول دون خروج محمود من المعتقل، لم يصدق أذنيه في بادئ الأمر، لم يصدق أن رجالًا مثله، مصريين مثله، استطاعوا أن يتحدوا كل السلطات وأن يقلبوا الحكومة، وحينما أدرك أن الأمر حقيقة حرفته موجة من الاعتزاز بنفسه وبمصريته.

ثم ارتجف في جسده خوف ممض، تزايد حين سمع عن اتجاه الثورة إلى خلع الملك.. الأرض تدور، لم تتوقف يومًا عن الدوران، والملك يحكم، والمصريون يخضعون، فكيف يتأتى لهؤلاء الرجال أن يغيروا الأوضاع؟

واستمع محمد أفندي سليمان إلى خبر طرد الملك من مصر وهو يجلس إلى جانب الراديو، وتحجرت الدموع في عينيه في رهبة واعتزاز وهو يرى الصنم الأول يتحطم أمام عينيه.

* * *

وفي نفس اللحظة لم تكن ليلى في البيت، كانت تمشي في شارع القصر العيني ولمحت عاملًا يرتدي بذلته الزرقاء، يركب دراجة ويتقدم في اتجاهها من بعيد وهو يلوح بيديه، ويلتفت يمنة ويسرة يقول للناس شيئًا والناس تتجمع في كتل صغيرة تتحدث، والعامل يتقدم ويترك خلفه كتلًا تتجمع، وعندما أصبح العامل على مبعدة أمتار من ليلى توقف ونظر إليها ووجهه الأسمر يضحك وقال وهو يلوح بيده:

ـ الملك خرج!

ثم استدار يبلغ الخبر لصبي حافٍ يجري في اتجاهه، وسرت الرجفة في جسم ليلى، واندفعت تجري في اتجاه العامل، وخرج الناس من حوانيتهم.. وتجمعوا حوله يستوضحونه، والعامل يكرر ووجهه يضحك:

ـ الملك خرج!

ومدت ليلى يدها إليه، وشد العامل على يدها في بساطة وقوة وقال:

ـ مبروك.

ـ مبروك.. مبروك.. مبروك.

وأخذ الناس يرددون كلمة «مبروك» وكأنهم لا يستطيعون النطق

بغيرها، ثم زالت الفواصل التي تفصل بينهم، وأخذوا يربتون على أكتاف بعضهم البعض وهم يضحكون ويتندرون، ووقفت ليلى لحظة بينهم وهي تشعر أنها منهم وأنهم منها، وأنهم جميعًا ساهموا بطريقة ما في طرد الملك، وغزاها شعور بالارتياح وبالانتماء وبالاعتداد، وودت لو طالت وقفتها بين الناس ولكن وقفتها لم تطل، اعتدل العامل في جلسته على الدراجة إيذانًا بالتقدم، وأراد الناس أن يستوقفوه ولكنه لم يتوقف، تقدم وهو يلوح بيديه ويضحك، يتصل بمزيد من الناس ويخبر مزيدًا من الناس أن الملك قد طُرد، ويتقدم، يتصل ويتصل، وكأن هذا الاتصال يشبع في نفسه رغبة جامحة.. رغبة في أن يتصل بأكبر عدد من الناس في هذه اللحظة بالذات.

* * *

اهتزت أبواب سجن الأجانب حيث اعتُقل جانب من الفدائيين تحت الطرقات القوية، وكأنها طرقة رجل واحد، والطرق يختلط بالهتاف:

تحيا مصر

تحيا الثورة

يسقط الاستعمار

وكان من الممكن أن يكسر الشبان الأبواب في هذه اللحظة، ولكن لم يكن هناك ما يدعو لذلك، كانوا يدركون أن أبواب السجن في حكم المفتوحة، وأنهم في حكم الأحرار، وأن المسألة مسألة أيام.

ولكن لم يطق الشبان أن تفصلهم الأبواب في هذه اللحظة، في هذه اللحظة بالذات التي انتظروها عمرهم، وعاشوا لها عمرهم،

٢٠٠

أرادوا أن يتصلوا ببعضهم البعض، وأن يتحسسوا بعضهم البعض، واهتز السجن بالطرق والهتاف.

ولم يكن الوقت وقت طابور، ولكن مأمور السجن أصدر أمره بفتح الأبواب، وتعانق المساجين والسجانون، واختلطت الضحكات بالدموع، وتمنطق معتقل بحزام سجان ورقص، والتفت حوله مجموعة تصفق على الوحدة، وتفرق المعتقلون في مجموعات تتحدث وتضحك، ثم ارتفع صوت يغني:

بلادي بلادي

فداك دمي

وهبت حياتي

فدا فاسلمي

وساد الصمت لحظة، ثم انضمت إلى الصوت أصوات، وإلى الأصوات أصوات، واعتدل الشبان في وقفتهم، واتسعت الحلقة حتى استوعبت الجميع، واتصلت الأصوات كأنها صوت رجل واحد.. صوت قوي مزغرد يصل بين الناس في طول مصر وعرضها.

* * *

وقال حسين لمحمود وهما يتمشيان في الحديقة الخلفية لسجن الأجانب:

ـ أنا مش قلت لك؟ عشان تبقى تصدقني.

وابتسم محمود وهو يهز رأسه في تعجب:

ـ لكن مين كان يتصور؟! مين كان يتصور إن الأمور حتتطور بالشكل ده؟ وبالسرعة دي؟

واقترب الصديقان من أريكة خشبية، وانهار محمود جالسًا وهو يتمطى، وشعر إذ ذاك براحة عميقة تدب إلى جسمه، وكأن مسؤولية ضخمة قد انزاحت فجأة من على كتفيه، وكأنه قد أسلمها لغيره ونفض يده منها وآن له أن يتمطى في ارتياح.

وقال حسين:

ـ بتفكر في إيه يا محمود؟

ومد محمود يدًا متراخية تحك ذقنه الطويلة وقال:

ـ في حلقة كويسة وحمَّام سُخن وفرش نضيف.

وضحك حسين ضحكة قصيرة:

ـ يا بختك يا عم، حتلاقي بيت متوضب مستنيك، وأمك وأختك.. على فكرة أختك لطيفة جدًّا.

ونظر إليه محمود وقال:

ـ إنت ما بتتجوزش ليه يا حسين، بدل ما أنت عايش وحدك كده؟

واستغرق حسين في الضحك، ثم رفع رأسه وقال:

ـ أنا مفلس يا أستاذ.

ـ سنتين مهندس في شركة محترمة ومفلس! مش معقول.. كنت بتاخد كام؟

ـ ٣٥ جنيه.

ـ وما حوشتش حاجة؟

ـ حوشت.

ـ وبعدين؟

وابتسم حسين وهو يهز كتفه:

- جوزت أختي وخلصت منها.

ومال محمود على حسين ووضع يده على فخذه وقال:

- لكن إنت مين زيك يا عم! مش يمكن تاخد البعثة إللي أختك قدمت لك فيها؟

وقال حسين:

- أنا مش عايز أسافر دلوقت.

واعتدل محمود في جلسته وقال:

- وبعدين معاك يا حسين، البعثة الأولانية اعتذرت عنها وكان اعتذارك مفهوم، كان فيه ظروف، وما كانش الواحد يقدر يسيب البلد في الظروف دي، ودلوقت الحالة مفيش أحسن من كده، يبقى إيه؟

- شهر ولَّا شهرين بس لما الحالة تستقر، مش يمكن يحتاجوا لنا؟

- همَّ مين؟

- الثورة.

وقال محمود في سخرية:

- ليه؟ حيعينوك وزير أشغال ولَّا إيه؟

وبدأ حسين يضحك، ثم توقف قبل أن يكمل ضحكته، ومال في اتجاه محمود وقال في صوت جاد:

- إحنا ضروري نكون صاحيين يا محمود، الإنجليز مش حيسكتوا! مش ممكن حيشوفوا البلد بتفلت من إيدهم بالشكل ده ويسكتوا!

وقال محمود في استرخاء وهو يحك ذقنه الطويلة بيده:

- على العموم يا عم إحنا مسؤوليتنا انتهت لغاية هنا، الجيش النهارده هوَّ إللي مسؤول.

وسكت حسين قليلًا وهو ينظر إلى الأفق، ثم قال في صوت خافت وكأنه يفكر:

ـ كلنا مسؤولين، طول الواحد ما هو عايش، مسؤوليته تجاه بلده ما بتنتهيش.

وقام محمود واقفًا وهو يقول في غضب:

ـ طيب خليك راقد بَقه، إللي زيك ما يستحقش السفر.

واحمر وجه حسين للإهانة المفاجئة، وأوشك أن يقول كلامًا لاذعًا لمحمود، ولكنه كز على شفته ولم يتكلم، كان يحب محمود، وكان يدرك مدى التغير الذي طرأ عليه في فترة الاعتقال، لقد رسم محمود صورة وردية للحياة وحين واجهته بوجهها العاري انهار، واجه الموت بشجاعة ولم يستطع أن يواجه الخيانة، رأى الخيانة في القناة وفي حريق القاهرة وفي حركة الاعتقالات، وانكمش، أخافته الدنيا.

واستدار محمود وقال:

ـ أنا آسف يا حسين!

وتطلع حسين في وجه محمود الذي شابه النحول، وفي عينيه اللتين احتلتهما نظرة حيرى، نظرة طفل خدع خديعة كبيرة، وابتسم ونهض واقفًا وأحاطه بذراعه وهما يسيران في اتجاه البهو الداخلي.

وأراد حسين أن يقول شيئًا يسري به عن محمود، لقد أدرك أنه قد طعنه في الموضع الحساس في وقت غير مناسب، لقد ذكره بالمسؤولية في وقت ظن فيه أنه تخلص نهائيًا من المسؤولية.

فقد جاءت الثورة كنجدة من السماء لمحمود، نجدة رفعت عن

كاهله مسؤولية مواجهة الحياة بقسوتها وواقعيتها، نجدة جعلته يؤمن أنه يستطيع أخيرًا أن يقف على الشاطئ يتفرج، بلا أدنى شعور بالتقصير.

وقال حسين وهو يميل على محمود ويبتسم:

ـ أنا وش نكد، مش كده؟

وخلص محمود نفسه من ذراع حسين وانفجر ضاحكًا، وقبل أن يكمل ضحكته أمسك حسين بذراعه وقال:

ـ محمود، فيه حاجة عايز أكلمك فيها، حاجة خاصة بي.

وتوقف محمود عن الضحك ورفع عينيه إلى حسين وقد لمع فيهما الاهتمام:

ـ فيه إيه يا حسين؟

وتردد حسين لحظة، ثم اختفت الابتسامة من وجهه وسقطت يده عن ذراع محمود وتقدم إلى الأمام.

وقال محمود:

ـ فيه إيه يا حسين؟ ما تتكلم يا أخي!

وقال حسين دون أن ينظر إليه:

ـ بعدين يا محمود.. بعدين.

وانخفض صوته وهو يقول:

ـ دي مشكلتي أنا، وأنا إللي ضروري أحلها.

* * *

تقلب حسين على الحشية المصنوعة من القش ثم استلقى على ظهره وهو يفكر، لماذا استعمل كلمة «مشكلة»؟ لماذا لم يستعمل

مثلًا كلمة «موضوع»، أو «مسألة» بدلًا من «مشكلة»؟ ولكن أليس الحب من طرف واحد مشكلة؟ وأنت لا تعرف حتى إذا كانت البنت التي تحبها مرتبطة بشخص آخر أو غير مرتبطة؟ لا، ليست مرتبطة، كانت مرتبطة فعلًا، ولكن انتهى كل شيء. كان هذا واضحًا جدًّا من الطريقة التي أبعدت بها يدي عصام عن جسدها وكأنهما تحتويان على قدر من القذارة لا تحتمله بحال من الأحوال، لا.. لا يمكن أن يكون هذا خصامًا عاديًّا.. إنها نهاية علاقتهما، النهاية التي يستحقها ذلك الوغد.

وابتسم حسين ابتسامة خفيفة في الظلام.. بأي حق يشتم إنسانًا لا يعرف إلا شكله، ولا يعرف عنه إلا القليل؟ أليس هذا جنونًا؟ ولكن أليس الموضوع كله جنونًا في جنون؟ ماذا يعرف عن البنت التي ملأت كل دقيقة من حياته في هذا السجن؟ البنت التي نام على صورتها وأصبح على صورتها، والتي ملأت قلبه بالإشراق وبحب الحياة؟ لا شيء.. لا شيء على الإطلاق، ومع ذلك يخيل إليه دائمًا أنه عرفها طوال حياته، وأنه لن يعرفها أبدًا أكثر مما يعرفها اليوم، وأنه يستطيع أن يتمم الجملة التي تبدأها، وأن يسبقها في الاتجاه الذي ترغب في الالتفات إليه، وهو لم يرها أكثر من نصف ساعة! أهو السجن؟ أهي الوحدة التي خلقت من هذه المقابلة العابرة أسطورة استوعبت كل كيانه، أسطورة تتلاشى عندما يقع عليها ضوء النهار، عندما يخرج من السجن؟ لا أبدًا لن يحدث هذا، لقد أدرك مدى ارتباطه بها حتى قبل أن يدخل السجن، في نفس اللحظة التي رآها فيها. إن ما حدث لا يمكن أن يصدقه أحد، لا يمكن أن يخضع لمنطق

ولا تفسير علمي. ولكنه حدث، وحدث له هو الذي لا يقتنع إلا بكل
ما هو علمي وكل ما هو منطقي.. عندما اندفعت تجاهه في المصعد
كاد يصرخ، ووقفت تعتذر وفي عقله تكونت جملة.. جملة واحدة:
«إنتِ كنت فين من زمان؟ أنا طول عمري باستناكِ». ولسانه يقول
كلامًا فارغًا لا صلة له بما كان يعتمل في نفسه في تلك اللحظة..
وتركها وخرج، وعندما أقفلت الباب الحديدي بينها وبينه أدرك أنه
لا يستطيع أن يتركها تذهب، إنها نصيبه وهو لا يستطيع أن يتخلى
عن نصيبه، وعندما اكتشف أنها أخت محمود عرف أنه سيراها كثيرًا،
ومع ذلك عندما ارتفع المصعد شعر أن جزءًا منه يرتفع معها، وعندما
التقت عيناه بعينيها وضحكا معًا خيل إليه أنها الأخرى قد أدركت
أنه نصيبها ولكنه كان مخطئًا، كانت هي في وادٍ وهو في وادٍ آخر.

ومد حسين ظهر يده يمسح حبات من العرق تجمعت على جبينه..
ماذا حدث لها في هذه المدة القصيرة؟ ما الذي جعلها تكره الحياة
وتهم بالانتحار ثم تستسلم وتستدير لتواجه الناس بجسم جامد وبوجه
جامد نضبت منه الحياة؟! وحتى في هذه المدة القصيرة لم يكن عصام
معها، لم يكد يجلس هو مع محمود حتى ظهر عصام، بعد عشر دقائق،
بعد ربع ساعة على أكثر تقدير، وجلس هادئًا مطمئنًا.. لا.. لا يمكن
أن يكون قد حدث بينهما شيء. حقًّا إن عصام من النوع المتحجر من
الناس، النوع الذي يتكلم بحساب ويحس بحساب وينفعل بحساب
ويتألم بحساب. نسخة مكررة من آلاف النسخ التي يراها الإنسان،
لقد أدرك هو ذلك بمجرد أن رآه، ومع ذلك فهو إنسان، ولا يمكن أن
يكون قد حدث بينه وبين ليلى شيء حطمها هذا التحطيم، وتركه هو

هادئًا هذا الهدوء، لا، لا بد أن الأمر كما تصوره، لا بد أن ليلى سمعت شيئًا عن عصام، ربما من جميلة، شيئًا جعل الدنيا تنهار أمام عينيها.

وتقلب حسين في سريره، ثم ثنى الوسادة حتى غطت وجهه، كيف عرف؟ كيف استطاع أن يحدد الموقف بهذه الدقة وبهذه السرعة؟ لقد فهم بمجرد أن رأى وجهها المذهول حين دخلت الحجرة، فهم حتى قبل أن يراها على السطح تبعد يدي عصام عن جسمها في تقزز، فهم الموقف تمامًا وكأنها أسرت إليه بالتفاصيل، وكأنها أخبرته بأنها كانت تحب عصام، وأن عصام فعل شيئًا مريعًا أسقطه من حبها ومن احترامها، فهم كل ذلك بسرعة وبدقة، وهي لم تنظر إليه، بل لم تشعر حتى بوجوده، وتركت يده الممتدة إليها معلقة في الهواء.

يا رب كيف استطاع أن يفهم الموقف وهم في الحجرة وليلى لم تلتفت حتى لعصام؟! استنتج؟! لو كانت هناك مقدمات لكان من المعقول أن يستنتج ولكن لم تكن هناك مقدمات، ومع ذلك فهم وكأن الحجاب قد زال بينه وبين هذه الفتاة، وكأنه استطاع أن يقرأ أفكارها، وهي حتى لم تلتفت إليه، لم تشعر بوجوده! لا .. لا يمكن.. لا بد أنها قد شعرت به.. لا يمكن أن يشعر هو بها هذا الشعور الذي يحطم كل منطق وحَد، ويتغلغل من الجسد إلى الروح دون أن تبادله ولو جزءًا منه، ولو واحدًا على ألف.

وسوى حسين الوسادة وتوسد كفيه.. عندما لوحت له من المصعد وابتسمت، خيل إليه أن التيار قد سرى منه إليها، وعندما همس في أذنها في السطح: «صدقيني» وأدارت إليه وجهها والتقت عيناها بعينيه.. قال لها كل ما أراد أن يقول في نظرة واحدة، وفهمت هي

كل ما قال، ثم انقطع التيار، سمعت ليلى صوت عصام وهو يناديها، وعاد وجهها جامدًا متحجرًا وكأن الحياة قد نضبت منه.

وأغمض حسين عينيه وهو يحاول استبعاد صورة ليلى وهي تقف على السطح، إنه لا يريد أن يتذكرها كما كانت إذ ذاك، إنه يريد أن يراها كما رآها لأول مرَّة، وهما يقفان على عتبة السلم، وفرحة الحياة تتراقص في عينيها وفي وجهها، لقد مضى على الحادث ستة شهور، ولا بد أنها تغلبت على الصدمة، وعندما يراها...

وقفز حسين جالسًا في سريره.. نعم سيراها بعد أيام على الأكثر، وستدخل عليه الحجرة والفرحة تتراقص في عينيها وفي وجهها وفي جسدها، وستلفه هذه الإشراقة العجيبة التي كادت تجعله يصرخ في المصعد.

١١

جلس حسين في حجرة الصالون في بيت محمد أفندي سليمان
ينصت إلى أم محمود، وشعور من المرارة يتجمع في صدره. كانت
هذه هي المرَّة الأولى التي يزور فيها بيت محمود بعد الإفراج عنهما
وقد مضى عليه في البيت حوالي الساعة ولم تظهر ليلى، ومحمود
يرتدي ملابسه استعدادًا لخروجهما معًا، ولم يعد هناك أمل في أن
يراها اليوم بل ربما لن يراها أبدًا.

وتخايلت على فم أم محمود ابتسامة خجول أشرق لها وجهها
الطيب، والتفت حسين فجأة إلى باب الغرفة كأنه ينتظر شيئًا ثم أشاح
بوجهه بعيدًا وغامت عيناه.

ورأى صورة امرأة سمحة بيضاء ممتلئة تخبز أمام فرن ووجهها
يتألق في ضوء اللهب وطفلة صغيرة سمراء تتعلق بذيلها.. أمه في
البيت.. في السنبلاوين. وأخته سميحة في ذيلها. ولأول مرَّة منذ
سنين طويلة يرى حسين في وضوح صورة أمه التي فقدها وهو في
التاسعة من عمره، كانت الصورة تبدو دائمًا مهزوزة ولكنه يراها الآن

في وضوح. والبيت الصغير، والباب ذو المزلاج الخشبي الكبير، وشجرة النخيل الوحيدة التي تهتز في مهب الريح، والمشلتت الساخن بلهبه من الفرن، والقشدة، والعسل الأسود، وابتسامة خجول على وجه أمه، ويد طرية تمسح على جبهته، وتسوي شعره، وقبلات خفيفة في عينيه.. قبلات سريعة خجول.

وقالت أم محمود والابتسامة الخجول تتخايل على وجهها:

ـ وإنت عايش لوحدك كده يا ابني؟

وتمتم حسين بشيء غير مسموع.. ونساء يلبسن السواد يزحمن البيت، وعينا أخته الطفلة واسعتان حائرتان تنتقلان من وجه إلى وجه تبحثان بلا جدوى عن وجه أمها، وهو وقد دفن نفسه في تل من الدريس على مبعدة من البيت، وصراخ النساء يصل إليه كنباح كلاب القرية في ليلة عاصفة، وأبوه بعد انصراف النساء يسحبه في قسوة غير عادية ثم ينهار باكيًا عندما يصلان إلى عتبة البيت الخاوي، وامرأة غريبة أمام الفرن تقدم له المشلتت والقشدة والعسل، وإخوة جدد غرباء، وأب غريب، ورحلة طويلة بين غرباء، غرباء في المنصورة في الدراسة الثانوية، وغرباء في القاهرة في كلية الهندسة، حتى أخته سميحة أصبحت هي الأخرى غريبة، وحياتهما معًا في القاهرة بعد موت أبيهما، وكفاحهما معًا لكي يكمل دراسته، ولكي يوفر لها مصاريف الجهاز بعد أن تخرج، أصبح مجرد ذكرى. والكلمات أصبحت تتوقف على لسانيهما وهما يبحثان عن موضوع يطرقانه، موضوع يهمهما معًا، كل انفصل وسار في طريق، وأصبح غريبًا عن الآخر، ولمعة الحب في عينيها التي كانت من نصيبه أصبحت من نصيب رجل آخر.. رجل غريب.

وهز حسين رأسه وهو ينتزع نفسه من أفكاره، ضايقه هذا الاتجاه في تفكيره، واعتقد أنه إشفاق رخيص على نفسه، لقد حرم حقًّا حب الأم ولكنه وجد الحب في كل مكان ذهب إليه، وجده في صداقات عميقة أغنت حياته، وفي لفتات عابرة بينه وبين غرباء أصبحوا إثرها غير غرباء.. ربتة خجلى لصبي أجعد الشعر في مدرسة المنصورة، وجملة على لسانه لم يستطع أن يكملها، ونظرة بينه وبين رجل عجوز أبيض الشعر في ترام ١٢، وبسمة في منطقة القناة بينه وبين عامل صارم الوجه وهو يمده بالطلقات بعد أن فرغ مدفعه الرشاش من طلقاته، وبسمة خجلى على وجه هذه السيدة التي جلست أمامه، بسمة أصبحت بعدها غير غريبة عليه.. إن الغرباء لم يكونوا قط غرباء عليه، لقد عاش إلى سن الرابعة والعشرين دون أن يشعر بهذا الإشفاق الرخيص على نفسه، وهو يعرف تمامًا لماذا شابت تفكيره هذه المرارة.. أمس أمضى طول الليل يحلم باللحظة التي ستدخل فيها ليلى عليه وترفع إليه وجهها المشرق وتمد يدها وعيناها تضحكان وتقول بصوتها القوي العميق الذي يشبه صوت الناي: «أهلًا وسهلًا».

ـ يلَّا بينا.

قال محمود وهو يقف على باب الغرفة في بدلة كحلية أنيقة.

وحاول حسين أن يخفي ضيقه بابتسامة وقال وهو يقف:

ـ دِهده، دا إنت رسمي أوي، ولا عريس في الزفة.

وتطلع محمود إليه بعينين قلقتين وهو يبعد ياقة القميص الأبيض عن رقبته:

ـ ما كانش حقي ألبسها في الحر ده، مش كده؟

كانت البدلة جديدة، فصلها محمود قبل بدء المعركة ولم يلبسها،
وسافر إلى القناة وبعد القناة المعتقل، وفي المعتقل كان يتصور نفسه
وهو يرتديها، حتى أصبحت مرتبطة في ذهنه بالحرية، وبحركة لا إرادية
لبسها اليوم دون أن يفكر في أنها لا تناسب جو أغسطس الحار.

وربت حسين على كتفه وقال:

ـ ولا يهمك، على العموم الدنيا بتبرد بالليل.

ووقفت أم محمود تودع حسين، وابتسم حسين في وجهها ابتسامته
الواسعة المكتملة، ومدت الأم يدًا مرتبكة، وربتت على كتفه ربتة
خفيفة وقالت:

ـ مع السلامة يا ابني.

وعبر حسين الصالة وخلفه محمود، وارتفع صوت ينادي محمود
من خلف باب حجرة جانبية، ثم انفتح الباب وظهرت ليلى.

* * *

واستدار حسين بسرعة ليواجه ليلى، واحمر وجهها لحظة، ثم
تمالكت نفسها، وأحنت رأسها في اتجاهه انحناءة قصيرة وقالت:

ـ محمود، فيه واحد اسمه حمدي سأل عليك الضهر وإنت نايم
وبيقول حيستناك في قهوة «ركس» الساعة تمانية.

ونظر محمود إلى حسين وهو يهز رأسه في تعجب:

ـ شايف يا سيدي سي حمدي ومواعيده إللي من طرف واحد دي؟!

ولم يجب حسين، كان ينظر إلى ليلى بوجه مذهول وكأنه
لا يعرفها، وقال محمود:

ـ إنت طبعًا تعرف ليلى أختي يا حسين؟

ولم يجب حسين، تقدم في اتجاه ليلى بخطوات مترددة، ومد يده إليها وعيناه تنظران إلى عينيها وكأنه يبحث عن شيء، وقال وكأنه يسأل، وكأنه غير متأكد من الإجابة:

ـ إحنا اتقابلنا قبل كده؟

واهتزت حدقتا ليلى لحظة واحدة، ثم مدت إلى حسين يدها ورفعت إليه وجهها باردًا جامدًا خاليًا من التعبير وعلى فمها ابتسامة متحفظة مصنوعة:

ـ أيوه اتقابلنا.

ولاحظ حسين أن نبرة الصوت قد تغيرت بدورها، لم يعد صوتها يصدر من الأعماق عميقًا منطلقًا كصوت الناي بل أصبح يصدر من طرف اللسان مكتومًا محبوسًا.

واحتفظ حسين بيدها في يده وهو لا يزال ينظر إليها، يبحث في رجاء يائس عن ذلك الشيء الذي ضاع منها، الذي مات فيها.. ذلك الشيء الجميل الذي كان يشع من كل جزء من وجهها وجسمها.

وأسقط يدها في غضب وكأنها سلبته شيئًا يملكه، وغامت عيناه.

ورأى أخته سميحة وهي طفلة في الخامسة تبكي وتقول:

ـ خليها تطير يا حسين، خليها تطير.

وهو في جلبابه الأبيض ينقل بصره في حيرة بين أخته وبين الفراشة الجميلة المحنطة في الكراسة، وسميحة تبكي في حرقة:

ـ خليها تطير يا حسين، بتبقى حلوة لما تطير.

وهو يضم سميحة إلى صدره ويُقبلها في شعرها ويقول:

ـ ما تقدرش يا سميحة، ما تقدرش تطير.

ونظر حسين إلى ليلى نظرة أخيرة، ودون أن يلفظ بكلمة استدار نحو الباب الخارجي وهو يكاد يهرول.

* * *

ولكنه عاد من جديد، وافتقد من جديد في ليلى الشيء الذي جذبه إليها بادئ الأمر، وخرج وحلقه يغص بالمرارة ليعود، ولم يكن يدري لمَ يعود، ربما لأنه كان يذكرها دائمًا وهو بعيد عنها كما رآها أول مرَّة، وربما لأنه كان يؤمن أنه يستطيع بقوة حبه لها أن يعيدها كما كانت، أو لعله كان مدفوعًا إليها بذلك الشعور العجيب الذي لا يسنده منطق ولا قبس من دليل، الشعور بأنها له وأنه لها وإن طال الانتظار.

وكان عليه أن يكون حريصًا، وأن يغير أسلوبه الذي تعود عليه. كان دائمًا يعرف ما يريد ويصل إليه بأقصر الطرق المباشرة. كان يكره التسلل ويحب الاقتحام. ولو كان الموقف طبيعيًّا لأعلن لها حبه في أول فرصة ولطلب إليها أن تتزوجه، ثم انتظر بعد ذلك أن تبادله حبًّا بحب. لو كان الموقف طبيعيًّا لما اهتم كثيرًا لحقيقة أنه عاطل وأنه مفلس، ولما انتظر منها إذا أحبته أن تهتم بهذه الاعتبارات، فهو مهندس وسيجد قطعًا عملًا وسيبدأ معها جنبًا إلى جنب من أول السلم.

ولكن الموقف لم يكن طبيعيًّا، وعليه أن يخطو بمنتهى الاحتراس، أن يتسلل من خلال ذلك السياج الذي فرضته على نفسها، أن يصل إلى أعماقها.

وحاول حسين جاهدًا أن يجرها إلى الحديث، أن ينتزع ضحكاتها

ويثير تحمسها وغضبها. وكانت تتكلم في تحفظ، وتضحك في
تحفظ، ولا تغضب ولا تتحمس وكأنها فقدت القدرة على الغضب
والتحمس، وعندما تقابل نظرتها نظرته الفاحصة اليائسة تبتسم في
اعتذار، وكأنها تعتذر عن وجودها، وإذ ذاك يتسرب الشك إلى
حسين، ويتساءل: هل وراء السياج أعماق؟ أم أن عصام قد نزل
بليلى إلى الأرض وربطها بها، وجعلها مثله، نسخة من آلاف الناس
الذين يتكلمون بحساب، ويشعرون بحساب وينفعلون بحساب؟
هل هذا السياج قناع تخفي خلفه قدرتها على الحب والانطلاق
والانفعال خوفًا من أن تجرح مرَّة أخرى، أم أنه المظهر الطبيعي
لإنسانية متحجرة؟

وهل هذه الكراهية لنفسها التي تتبدى في تصرفاتها وأقوالها كراهية
طارئة عابرة، أم كراهية وطيدة «ليفت» قلبها وقتلت فيه كل منابع
الحب لنفسها وبالتالي للآخرين؟ وهل تمسكها بالأصول والتقاليد
البالية العتيقة، إيمانًا منها بهذه الأصول أو التقاليد، أم أنها تحتمي بها
وتستند إليها بعد الهزة العنيفة التي مرت بها؟ وهل هي تؤمن بالآراء
التي ترددها؟ هل هي تؤمن حقًّا أن الحب كلام فارغ، وأن كل الرجال
سواء، وأن المهم أن يتمتع الإنسان بمركز اجتماعي محترم؟ وهل
هي تعجب بجميلة وبزيجتها وتعتبرها مثلًا أعلى للزيجات؟

أخوها يقول إنها تغيرت وكذلك سناء، عندما رأت نظرته الفاحصة
اليائسة مركزة في وجه ليلى فهمت.

❊ ❊ ❊

لمست سناء ذراع حسين حين انفردت به في الحجرة وقالت:

٢١٦

ـ ليلى ما كانتش كده، ليلى اتغيرت!

ورفع حسين إليها عينيه وقال في تساؤل:

ـ عصام؟

واحمر وجه سناء كما لو كان الموضوع يمسها هي شخصيًّا وقالت:

ـ إنت عارف؟!

وهز حسين رأسه ثم قال:

ـ بس مش عايز ليلى تعرف إني عارف.

وقالت سناء:

ـ إنت بتحبها؟

وأطرق حسين، وابتسم ابتسامة واهنة وفهمت سناء.

ثم رفع حسين رأسه وقال فجأة:

ـ إيه إللي حصل؟

وحسب أن سناء ستتردد، ولكنها لم تتردد، أخبرته في اختصار وفي كلمات كالسوط وكأنها لا تجلد بها عصام وحده بل كل الرجال، وعادت إلى مقعدها واعتدلت في جلستها وقالت في غضب:

ـ إنت الوحيد إللي تقدر تساعدها.

ـ إشمعنى؟

وقالت سناء في اختصار:

ـ ليلى مبسوطة منك.

وأشرق وجه حسين بابتسامته الواسعة:

ـ مش باين!

وأطرق برهة ثم رفع رأسه وقال:

ـ هيَّ قالت لك؟

وهزت سناء كتفها وضحكت في سخرية:

ـ طبعًا لأ.

ورفع حسين إليها عينين متسائلتين دون أن يتكلم، وقالت:

ـ ليلى مش ممكن تعترف ـ حتى بينها وبين نفسها ـ إنها بتميل لأي إنسان.

وقامت سناء واقفة وهي تكمل كلامها:

ـ ليلى اتعذبت كفاية، ومش عايزة تتعذب تاني، مش عايزة تحب.

وقال حسين وصوته يختنق بعاطفته:

ـ ولكن الوضع مختلف، أنا باحبها.

وقالت سناء في سخرية وهي تقف تجاهه:

ـ وعصام كان بيحبها، ولسه لغاية دلوقت بيقول إنه بيحبها.

وسارت في اتجاه باب الغرفة، ووقف حسين وهو يقول:

ـ أرجوك، الموضوع مختلف.. عصام...

ـ عارف؟ ساعات بيتهيألي إنكم ما بتقدروش تحبوا، إن القدرة على الحب والتضحية مش موجودة عند الرجالة.

ـ بلاش التعميم ده وحياة أبوك.. إنت أولًا، بتثقي فيَّ أنا ولَّا لأ؟!

ونظرت سناء إلى ذلك الرجل الطويل العريض الذي يقف أمامها وقد توقف إصبعه على صدره وهو ينتظر إجابتها، وكأنه طفل ينتظر من أمه أن تؤكد له أنه ولد طيب.

وانفرج وجهها في ابتسامة واسعة:

ـ المهم إن ليلى هيَّ إللي تثق فيك، مش أنا.

ـ إزاي؟ إزاي أخلي ليلى تثق فيَّ؟

ـ لو كنت بتحبها كفاية، كنت عرفت إزاي.

وتجهم وجه حسين وأراد أن يقول لسناء إنها غبية، وإنها لو عاشت مائة سنة لن تحب إنسانًا بمقدار ما يحب هو ليلى، ولكن سناء ابتسمت في وجهه ابتسامة رقيقة وقالت في حنان:

ـ ما تزهقش.. وما تيأسش.. اصبر.

وعمل حسين بنصيحة سناء، وانتظر في صبر، وخيل إليه أن محاولاته كادت أن تنجح وأنه كاد أن يصل، كانت ليلى تضحك من نكتة قالها والتقت عيناه بعينيها وفجأة توهج اللمعان القديم في عينيها لحظة واحدة ثم أشاحت بوجهها عنه وانطفأ.

ولكنه أدرك إذ ذاك أنه سينتظر ـ العمر كله لو تطلب الأمر ـ ليرى ذلك اللمعان يتوهج في عينيها من جديد.

* * *

ولكن الأمور خرجت من يد حسين فجأة وبسرعة مذهلة.

كان يمر على إدارة البعثات ليسأل عما حدث بشأن البعثة التي تقدم إليها، وطالعه الموظف المختص من خلف أكوام من الأوراق ومنظاره يتدلى على أنفه وسأله عما يريد بصوت هامس. واستغرق الرجل العجوز مدة طويلة وهو يبحث في بطء عن «دوسيه» البعثة، ووجد الدوسيه وفتحه بنفس البطء، وبدأ يقلب صفحاته صفحة وراء صفحة حتى وصل إلى قرار لجنة البعثات العليا، وتطلع إلى حسين صامتًا لحظة وهو يفحصه بإمعان، وتأكد لحسين أن الحظ قد خانه

هذه المرَّة وأنه لم ينل البعثة، ودهش عندما وجد نفسه يتنهد في ارتياح وكأنه قد فر من مأزق كان يواجهه. ولكن الموظف المختص سوى منظاره على عينيه بعد فترة صمت وأخبر حسين أنه قد اختير كعضو أصلي للبعثة التي تقدم إليها، ونبه عليه بأهمية السرعة في استكمال أوراقه لكي يلحق بالفصل الدراسي الأول. وسكت الموظف وكأن الكلام قد أرهقه، وعاد يصوب نظرته إلى حسين من خلف منظاره المتدلي على أنفه، وحاول حسين جاهدًا أن يتحاشى تلك النظرة، غزاه شعور عجيب بأن ذلك الرجل العجوز الذي يجلس منكمشًا كالقط، يطوقه، ويحكم المصيدة عليه.

وعندما وصل حسين إلى الشارع تذكر ليلى فجأة، وشعر بقلبه يهبط من صدره في عنف ويترك خلفه خواء، واندفع في اتجاه بيتها. يجب أن يراها، يجب أن يثبت لنفسه أنها ليست سرابًا في حياته بل حقيقة ملموسة، حقيقة قائمة يستطيع أن يمد يده إليها وأن يحتويها ولا يفلتها أبدًا.

وبعد ذلك فقط يستطيع أن ينظم ذلك البحر من الأفكار التي تتوالى على رأسه، ويستطيع أن يقرر الخطوات العملية التي سيتخذها لمواجهة هذا الموقف الجديد.

* * *

أسرع حسين الخطى وهو يكاد يجري، وعندما وصل إلى باب العمارة الخارجي اندفع باب المصعد ووجد ليلى تقف تجاهه في ملابس الخروج، ووقفت هي أمام المصعد لا تتحرك، وتقدم حسين إليها ومد يده وأخذ يدها واحتفظ بها دون أن يتكلم، واحمر وجه ليلى

ورفعت عينيها إليه لحظة وتشبثت نظرته بها في يأس، وأسدلت هي جفنيها على عينيها وأدركت أن شيئًا ما قد حدث، شيئًا خطيرًا. كان حسين يبدو أمامها لأول مرَّة مجهدًا متعبًا منهارًا.

وقال حسين في جمل لا تكتمل:

ـ جات لي بعثة تلات سنين لألمانيا.

ورفعت ليلى وجهها إليه، ورأى حسين في عينيها حزنًا عميقًا، كما لو كانت قد أدركت إذ ذاك فقط مدى تعاستها ووحدتها وشعورها بالوحشة والانعزال.

وأدرك أنها في حاجة إليه، ربما بقدر ما هو في حاجة إليها، رغم كل الحواجز العالية التي ترفعها في وجهه. وضغط في حنان على يدها التي ما زال يحتفظ بها في يده.

وأدركت ليلى أنها كشفت عن نفسها وسحبت يدها في عنف وقالت:

ـ محمود فوق.

وتقدمت في اتجاه الباب الخارجي للمبنى.

وقال حسين:

ـ رايحة فين؟ استني هنا!

ودهشت ليلى من التغير المفاجئ في صوته، كانت نبرة اليأس قد زايلته وحلت محلها ـ لا نبرته العادية ـ بل نبرة آمرة، كأنه يأمرها أن تنتظر. وحين استدارت وواجهته كانت ملامحه قد لانت في ابتسامة آسرة، ابتسامة لا تقاوم، ومع ذلك لم تبتسم في وجهه، نبع في قلبها خوف من تلك الثقة، من تلك الابتسامة التي تملأ وجهه.

ـ تعالي هنا! أنا عايز أكلمك في موضوع!

وتحدد الخوف الغامض الذي ملأ قلب ليلى، خشيت أن يقول حسين شيئًا يقلب نظام حياتها، شيئًا يسلبها الراحة التي وصلت بعد مجهود إليها، الراحة التي تنبع من إدراكها أنها مكتفية بذاتها، وأن إنسانًا ما، لا يستطيع أن يؤذيها أو يؤلمها.

وكان عقل ليلى يعمل في بطء وصعوبة.. يجب أن تهرب.. في الشارع؟ سيتبعها حسين.. في حجرتها؟ ستوصد الباب وتحكم إغلاقه وإذ ذاك لن يستطيع أحد أن يصل إليها.. لن يستطيع أحد أن يؤذيها. ولكي تكسب الوقت، لكي تحول بين حسين وبين أن يتكلم قالت وعيناها مصوبتان على السلم:

ـ فين؟

وقال حسين في بساطة ووجهه ما زال يبتسم:

ـ فوق، أو نخرج في أي حتة.

وقالت ليلى في اضطراب:

ـ مش ممكن! مش ممكن يا حسين!

وجرت تقفز درجات السلم، وتبعها حسين وأوقفها في مواجهته وقد أحاط كتفيها بيديه:

ـ كلمتين بس يا ليلى! كلمتين بس!

ورأى إذ ذاك وجهها وقد ارتسم عليه الخوف، وحز خوفها في قلبه وقال:

ـ ما تخافيش يا ليلى، أنا عايزك تثقي فيَّ، أرجوك!

وقالت ليلى في صوت رفيع يكاد يصل إلى مرتبة البكاء:

ـ سيبني يا حسين أرجوك! سيبني! سيبني في حالي!

وقال حسين بصوت هادئ وبلا انفعال:

ـ وإن ما كنتش أقدر أسيبك؟ إذا كنت باحبك؟

وأفلتت ليلى، وفي قفزات وصلت إلى باب شقتها، ومدت يدها إلى الجرس، ولكن يد حسين أمسكت بيدها قبل أن تصل إلى الجرس.

وقال في صوت عميق هامس وهو يضغط على يدها:

ـ أنا باحبك يا ليلى.

وأطرقت ليلى برأسها وكأنها تلقت الصفعة التي كانت تخشاها، ثم تمالكت نفسها. أدركت أن حسين قد وضعها أمام الأمر الواقع، وأن عليها أن تستجمع قواها لتواجه الموقف. ورفعت إليه وجهًا باردًا متحجرًا خاليًا من التعبير.

وأسقط حسين يدها من يده وقال في مرارة:

ـ لسه مرتبطة بعصام؟

والتقت عيناه بعينيها ثم أشاح بوجهه بعيدًا، وشعر كأن طعنة سكين قد اخترقت قلبه، رآها تقف أمامه عارية كحيوان جريح ينزف وعلى عينيها تتابعت الدهشة فالخوف فالشعور بالضعة والضياع.

وود حسين لو استطاع أن يسترجع السؤال الذي سأله.

واستندت ليلى على مقبض الباب وكأنها تخشى السقوط، واقترب منها حسين ووضع يده على كتفها وكيانه يختلج برغبة جامحة في أن يحتويها بين ذراعيه، وأن يُقبل عينيها. وشعرت ليلى بلمسته، واستقامت في الحال وقد تصلب جسمها، ومدت يدها في عنف

وأزاحت يده عن كتفها، واستدارت تواجهه وفي عينيها نظرة كراهية عميقة جعلته يتراجع إلى الخلف حتى التصق بالحائط.

وقالت ليلى في هدوء:

ـ أنا مش مرتبطة بحد! ومش حارتبط بحد!

وقال حسين في قسوة:

ـ عارفة إنت محتاجة لإيه؟ محتاجة لحد يقعد يهزك لغاية ما تفوقي.. لغاية ما تدركي إن الدنيا ما انتهتش.. وإن إللي حصل ده كان ضروري يحصل لأنك إنت إللي أسأت الاختيار!

وانهالت ليلى على الباب تدقه بقبضتها، وتطلع حسين إليها قليلًا ثم هز كتفه ومد يده يدق الجرس ويقول:

ـ لكن للأسف ما عنديش وقت عشان أفوقك، لأني مسافر!

واستدار وتركها خلفه، وأدرك وهو ينزل السلم أنه قد اتخذ قرارًا نهائيًّا في موضوع البعثة.

* * *

ولم يكن حسين مرتاحًا في أعماقه لهذا القرار لأنه يتضمن إسقاط ليلى من حسابه. ولكن الأحداث تحالفت على إقناعه بصحة قراره. تحاشت ليلى مقابلته خلال تردده على البيت، وفكر في الاستعانة بسناء وسأل محمود عنها فأخبره أنها سافرت مع عائلتها إلى رأس البر لقضاء جانب من الصيف، وأنه هو وأفراد عائلته سينتقلون بدورهم إلى رأس البر بعد أيام.

واندفع حسين يستكمل أوراقه، ويختار الكتب التي سيأخذها معه، ويدرس برامج الدراسة في الجامعة التي سيلتحق بها. وتوطدت

صلته بأخته سميحة في هذه الأيام كما لم تتوطد منذ زواجها. كان يسهر معها في بيتها إلى ساعة متأخرة من الليل يتحدثان.. كان قد أخبرها بموضوع ليلى، وكانت تدرك أنه يتألم وإن كان يرفض أن يعترف حتى بينه وبين نفسه أنه يتألم، وقالت له مرَّة وهي تعدل من وضع غطاء المائدة لتخفي ارتباكها:

ـ تحب أروح أشوف ليلى يا حسين؟

وهز حسين رأسه بالنفي دون أن يتكلم، وتطلعت إليه سميحة متسائلة، فقال:

ـ ليلى عايزة كده يا سميحة! مفيش داعي إننا نحاول نضطرها لحاجة هيَّ مش عايزاها.

وقالت سميحة:

ـ عارف يا حسين؟ أنا قلبي حاسس إن لك نصيب فيها ومسيرها لك برضه بعد ما ترجع من ألمانيا.

وضحك حسين ساخرًا:

ـ حضرتك بتفتحي البخت ولَّا إيه؟

ولكن كلام أخته الذي بدا ساذجًا غير منطقي أدخل السكينة إلى نفسه وتجاوب مع شعور في أعماقه لم يتأت له من قبل أن يتبلور.. شعور بأن شيئًا ما يربطه بليلى، شيئًا أقوى منه وأقوى منها، شيئًا سيجمعهما معًا في يوم من الأيام. وأعانه هذا الشعور على التسليم بالأمر الواقع.

ولكنه عاد إلى بيته مثقلًا بشعور من الجرم، بعد أن ودع ليلى ليلة سفرها إلى رأس البر.

تحاشته تلك الليلة كعادتها منذ أن فاتحها بحبه، وجلس طول الوقت مع محمود في حجرته، ولكن عندما خرج إلى الصالة كانت تقف هناك وسط كومة من الحقائب بعضها مفتوح وبعضها مغلق وهي تتحدث إلى أمها.

وصافح حسين الأم مودعًا ثم استدار إلى ليلى وتشبثت نظرته بوجهها وهو يحتضن يدها بين يديه، واهتزت حدقتاها ثم سحبت يدها من يده وابتسمت ابتسامتها المعتذرة وقالت:

ـ مع السلامة.

واستدارت تخاطب أمها:

ـ ماما.. على فكرة، الجاكتات الصوف، نسينا الجاكتات الصوف.

ووقف حسين في مكانه لا يتحرك ونظرته مركزة على ظهر ليلى. وشعرت ليلى بنظرته تحرق ظهرها، واستدارت في بطء، وواجهته، وقالت بصوت هامس مضطرب وكأنها تفضي إليه بسر:

ـ أصل الدنيا بتبقى برد هناك، برد وضلمة بالليل!

وارتجفت شفتها السفلى، وكست عينيها طبقة من دموع جمدت على حدقتيها.

١٢

ولمدة خمسة عشر يومًا طاردت حسين عينا ليلى، وقد تحجرت
فيهما الدموع. وكل يوم يمضي يقربه من موعد سفره إلى ألمانيا الذي
تحدد موعده، ويزيده شعورًا بأنه تخلى عن ليلى في وقت هي أحوج
ما تكون فيه إلى المساعدة.

وظلت عينا ليلى تدعوانه وتتشبثان به حتى وجد نفسه يجلس في
القطار الذاهب إلى رأس البر.

وأسند حسين رأسه إلى ظهر المقعد، وشعر براحة نفسية عميقة،
وكأنه فرغ لتوه من صراع طويل.. لقد عرض عليها حبه، وحين رفضته
انصرف غاضبًا كطفل كبير، رغم أنها في حالة لا تسمح لها أن تحبه
هو، أو أن تحب أي إنسان، ربما لو كانت في حالة طبيعية لأحبته،
ربما تحبه بعد مدة حين تستطيع أن تقف على قدميها وتستعيد ثقتها
في نفسها وفي الحياة، ربما لن تحبه أبدًا، ربما ستحب إنسانًا آخر،
ولكن كل هذا لا ينفي أنه يحبها، ولا يعفيه من واجبه تجاهها.. يجب
أن يستنفد كل الوسائل الممكنة لمساعدتها.

لقد توهم أنه لا يستطيع أن يساعدها إلا كزوج أو كحبيب، ولكن ربما يستطيع أيضًا أن يساعدها كصديق، كمجرد صديق. يجب أن يستنفد كل الوسائل الممكنة وإلا.. ستظل عيناها معه تدعوانه وتتشبثان به في يأس، وتوقظانه من نومه، ولن يهرب منهما أبدًا ولو قطع آلاف الأميال.. آلاف الأميال.. آلاف.... آلاف....

وأخذ القطار يطن في أذنه بكلمة آلاف، وقام حسين إلى النافذة وفتحها، وأخذ يستوعب الحقول الممتدة أمام مرأى بصره، وكأنه يريد أن يحفرها بكل تفاصيلها في ذاكرته. لقد نشأ هنا كطفل وكصبي في قرية مثل هذه القرية، فيها حقول مثل هذه الحقول، وساقية وترعة وناس مثل هؤلاء الناس.. ناس يكدحون ويعرقون، ويخفي مظهرهم الخشن الصلب قدرة جبارة على الحب وعلى العطاء وعلى التضحية.

وشعر حسين بحنين جارف، وود لو استطاع أن يتوقف، أن يمشي والنسيم يلفح وجهه بين الحقول الخضر، أن يشم عبير الأرض، أن يصافح الأكف الخشنة الصلبة.

ولكن القطار مضى ينهب الأرض وهو يطن، وطنينه يردد في أذنه كلمة آلاف.. آلاف. نعم. سيذهب آلاف الأميال بعيدًا عن هذه الحقول، بعيدًا عن الوطن، وفي الغربة سيعيش وحيدًا، ويعمل وحيدًا، يأكل وحيدًا، وينام وحيدًا، وفي نهاره وحشة، وفي ليله وحشة للوطن. لو كانت معه.. لو كانت معه.

واضطرم صدر حسين بموجة غضب.. لماذا لا تستطيع أن تقف على قدميها مثل بقية الناس؟ لماذا لا تلطم من يلطمها وتستأنف المسير؟ ولماذا يسهل تحطيمها وكأنها مصنوعة من... من...

وجلس حسين على المقعد وهو يحاول أن يجد شيئًا يشبه به ليلى.. من الزجاج، من الكريستال، نعم من الكريستال، جميل ومن السهل تحطيمه، والكريستال سلبي أيضًا مثلها، يعكس الضوء ولا يشعه، تضعه في النور فيتألق، وتضعه في الظلام فلا يشع نورًا. نعم النور ليس في قلبها ولكنه في الخارج. الثقة في النفس لا تنبعث من داخلها بل لقد استمدتها دائمًا من الآخرين. ولذلك استطاع عصام أن يسحقها، أن يجعلها تكره نفسها وتكره بالتالي الآخرين.

وهي جميلة، وهي ذكية، وهي ممتازة من كل الوجوه، ومع ذلك لم تستطع أبدًا أن تقف على قدميها. كان لا بد لها دائمًا أن تستند إلى شخص أو إلى شيء. استندت أولًا إلى أخيها، إلى بطل طفولتها، ورأت الدنيا من خلال عينيه واسعة جميلة طليقة مليئة بالحب، بالتضحية، بالإخلاص، بالحق، بالصدق، بالجمال.

وأراها عصام جانبًا آخر من الحياة لا تعرفه، جانبًا عاريًا قبيحًا، وخارت الأرض تحت قدميها، استحالت إلى رمال طرية.

وتطلعت إلى أخيها في يأس تحاول أن ترى في عينيه الحياة التي رسمها لها، ولكنه أغمض عينيه خشية أن ترى فيهما ما رآه.. وكأن محمود لم يرَ سوى الخيانة، وكأنه لم يرَ...

ورأى حسين أشجار النخيل تنبئ باقتراب القطار من محطة دمياط، وبدت له متراصة متكاثفة، صفوفًا وراء صفوف، شامخة مزهوة منتصرة مثقلة بثمارها، بعراجين من البلح الأحمر الذي يلتمع في أشعة الشمس.

... لم يرَ الجمال. وكأن محمود لم يرَ الجمال، لم يرَ الأبطال

الذين وقفوا للأعداء شامخين منتصرين، وماتوا شامخين منتصرين، لم يرَ الفرحة الغامرة التي تألقت في عيني ذلك الصبي حين رفع رأسه لآخر مرَّة ليشاهد النار وهي تتأجج في معسكر من معسكرات الإنجليز، لم يرَ الأسطى مدبولي يزحف وهو جريح إلى داخل معسكر بريطاني ويحرق مخزن البترول بقنبلة يدوية ويحترق معه، ولم يسمع هتافه بسقوط الاستعمار يدوي في سكون الليل، يهز الأعماق، ويهز الأرض، ويفجر فيها منابع الثورة.

واهتز القطار وهو يتوقف في محطة دمياط، وسحق حسين عقب السيجارة بحذائه، وحمل حقيبته ونزل.

وتركت السيارة الطريق الزراعي، وتوغلت في طريق رأس البر، وبدأ الهواء المشبع ببخار الماء يلفح وجه حسين ويسكن من توتره.. وشعر بحنين جارف إلى ليلى.

مَن هو حتى يلوم الآخرين على ضعفهم؟ مَن هو حتى يُصدر الأحكام على تصرفاتهم وأفعالهم؟ لقد كاد يبكي كالطفل وهو يرى القاهرة تحترق، وكاد يبكي وهو يرى نهاية معركة القناة، ولم ينقذه إلا الإيمان.. الإيمان بالشعب. لقد أحس بالشعب دائمًا ولم ينعزل أبدًا، وبالتالي لم يضعف.

ومحمود انعزل، وليلى انعزلت، انعزلت حبيسة وراء «الأنا» تنكأ جراحها، وكأن الدنيا كلها قد تركزت في هذه «الأنا». ولم يعد لليلى هم إلا أن تحميها من عدوان العالم الخارجي. لقد استندت إلى أمها، إلى أصولها، إلى تقاليد الناس من حولها، ورأت الحياة من خلال عيني أمها ضيقة لا تتجاوز الجدران الأربعة التي تعيش

بينها، مخيفة يتحصن ضدها الإنسان، وينصرف جهده ليتحاشاها لا ليحياها، ويتسلح في ذلك بالأصول، يتكلم بحساب، ويتصرف بحساب، وينفعل بحساب لكي لا يتعب، ولكي لا يتألم.

وقد لا يعرف سعادة كبيرة ولكنه أيضًا لن يعرف ألمًا كبيرًا، فالجدران هناك تحيطه وتحميه ضد الوحش الذي يتربص به في الخارج.. ضد الحياة!

وامتدت الكثبان الرملية تحت بصر حسين، أرض خراب قاحلة جافة بلا ماء ولا شجر، ومن خلف الكثبان طالعته عينا ليلى وقد تحجرت فيهما الدموع.

* * *

كانت ليلى مستلقية على مقعد طويل تحت الشمسية تقرأ كتابًا حين شعرت بيد تلمس كتفها.

ـ ليلى.. حسين جه.

قال محمود.

ولان وجه ليلى في ابتسامة لم تكتمل، أدركت أن جسمها ممدد تحت نظر حسين، وقامت تحييه في ارتباك:

ـ أهلًا وسهلًا.

وقال محمود وهو يزيح المنشفة من على كتفه، ويضعها على ظهر مقعد خالٍ:

ـ حسين مسافر ألمانيا بعد أسبوعين.

واهتزت حدقتا ليلى ولم تقل شيئًا، مدت يدها وأخذت المنشفة من يد حسين ووضعتها على ظهر المقعد، وأخذت تسويها بيديها، وقال محمود:

ـ مش تهني ليلى يا حسين.

وانقبض وجه حسين، وأكمل محمود كلامه:

ـ أخذت التوجيهية وحتدخل الجامعة.

وتهلل وجه حسين وهو يحتضن ليلى بنظراته، وقال:

ـ مبروك!

وسار محمود إلى البحر وخلفه حسين، بعد أن ألقى نظرة تساؤل
إلى ليلى.

وجلست هي من جديد، ولكنها لم تجلس على المقعد الطويل،
جلست متصلبة على مقعد من الخيزران، وحاولت أن تستغرق في
القراءة من جديد، ولكنها لم تستطع. بدأت أصوات الباعة تحول
بينها وبين التركيز، وأمواج البحر تتدافع وتمتد حتى تصل إلى
قدميها.

وقال محمود لحسين وهما يديران ظهريهما لموجة عالية:

ـ البحر مش حاجة النهارده.

ـ مش حاجة بس.. دا فظيع يا أخ.

وقال محمود:

ـ لقدام يبقى كويس.

ـ قدام؟! قدام مين يا عم.. دا أنا ما أعرفش أعوم!

وانفجر محمود ضاحكًا، وقد سره أن يكتشف في نفسه نقطة
تفوق على حسين:

ـ طويل وعريض كده ولا تعرفش تعوم؟

وكادت موجة عالية أن تقلب حسين، وتماسك وهو يضحك.

ـ كفاية كده، يلَّا بينا نخرج.

واندفع محمود إلى الداخل يشق الأمواج، وهو يشير لحسين أن يتبعه، وهز حسين رأسه واستدار في اتجاه الشاطئ.

* * *

واقترب حسين من ليلى وقطرات الماء تتساقط من شعره ووجهه، وأعطته ليلى المنشفة دون أن تتكلم، وجلس على الرمل إلى جانبها، وقال وهو يجفف شعره ويبتسم في وجهها:

ـ لسه مخاصماني؟

وأقفلت ليلى عينيها وهي تبتسم.

وقال حسين مداعبًا:

ـ ما هو حاجة من اتنين، إما مخصماني أو خايفة مني.

ـ وحاخاف منك ليه؟

وقال حسين في خفة:

ـ دا سؤال وجيه، الواحد بيخاف من شخص تاني ليه؟ إما إن الشخص التاني دا مؤذي أو...

وتطلعت إليه ليلى في توجس، وركز حسين عينيه في عينيها وقال بصوت عميق:

ـ أو خايف يحبه.

وأشاحت ليلى بوجهها بعيدًا عنه وتطلعت ساهمة إلى البحر، والموج يعلو شامخًا متوجًا بالبياض، ثم يتلاطم ويستكين ليرتد من الشاطئ ذليلًا إلى البحر، وقالت في صوت هامس:

ـ أنا عمري ما حاحب حد!

وطرح حسين رأسه على مقعد خالٍ، ومد قدميه وارتخى في جلسته، وقال وفي صوته رنة عدم التصديق:

ـ متأكدة؟!

ـ طبعًا متأكدة.

ـ أنا شخصيًّا مش متأكد.

وقالت ليلى في عنف:

ـ قصدك إيه؟

واعتدل حسين في جلسته وهو يبتسم ويشير بإصبعه في توكيد إلى صدره:

ـ قصدي إنك حتحبيني، حتحبيني أنا، حتصبحي في يوم الصبح وتكتشفي إنك بتحبيني.

ونظرت إليه ليلى في دهشة لحظة، ثم انفجرت ضاحكة.

ـ بتضحكي على إيه؟

وهزت ليلى رأسها في تعجب وهي مستغرقة في الضحك، وقالت:

ـ يا ريت يكون عندي ثقة في نفسي زيك كده يا حسين.

وقال حسين ووجهه كوجه طفل غاضب:

ـ مش فاهم حاجة.

وابتسمت ليلى وقالت:

ـ إيه إللي بيخليك متأكد بالشكل ده، زي ما أكون أنا شخصيًّا قلت لك.. إني باحبك؟

وارتجف صوت ليلى وهي تنطق بالكلمتين الأخيرتين.

وقال حسين، وكأنه يقرر حقيقة واقعة:

ـ إنت فعلًا قلت لي.

وفتحت ليلى فمها في بلاهة، وابتسم حسين:

ـ إنت فعلًا قلت لي، قلت لي أكتر من مرَّة.

وأشارت بيدها في يأس وهي تبتسم.

ـ لا.. دا إنت مجنون خالص!

وزحف حسين في اتجاهها:

ـ تفتكري الحاجات دي الواحد بيقولها بلسانه بس، بالعكس
دا بيقولها أكتر بعينيه.

وقالت ليلى في سخرية:

ـ وعينيَّ قالت إيه بَقه يا سيدي؟!

ـ عينيك إللي فقدت لمعانها بتلمع لي أنا بس، ووشك إللي راح
منه الإشراق بيشرق لي أنا بس.

ـ إنت بتتخيل حاجات وهمية، حاجات ما حصلتش خالص.

واقترب حسين منها حتى كاد رأسه يلمس فخذها، وقال في
صوت تناهى في رقته:

ـ خديني على قد عقلي يا ليلى.

ولمعت الدموع في عينيها وقالت:

ـ أنا آسفة يا حسين!

ـ لأ.. أرجوك، أنا عايز أشوفك النهارده مشرقة تمام زي ما شفتك
أول مرَّة.

ورفع إليها وجهه وقد ذاب في ابتسامته الآسرة وقال:

ـ عايزة تبسطيني قبل ما أسافر؟

وهزت ليلى رأسها بالموافقة.

ـ طيب، خلينا نتخيل، نتخيل مع بعض.

ومسحت ليلى عينيها وابتسمت، وقال حسين:

ـ نفرض إنك صحيت الصبح واكتشفت إنك بتحبيني.

وقالت ليلى وكأنها تلعب لعبة مسلية:

ـ وبعدين؟

ـ وبعدين حتروحي مكتب التلغراف، وتكتبي تلغراف على عنواني في ألمانيا.

ـ أقول فيه إيه؟

وأمسك حسين بحصاة، وأخذ يكتب بها على الرمال، وهو ينطق ببطء وكأنه يملي، وتاهت عيناه، وغار صوته، وكأنه يحلم:

ـ قم بالترتيبات اللازمة لعقد زواجنا، سأخبرك في البرقية التالية بموعد وصولي، التفصيلات بالبريد.

ورفع حسين رأسه إلى ليلى ويده ما زالت ممسكة بالحصاة ونظر إليها نظرة فاحصة، وكأنه يختبر مدى قوتها، مدى قدرتها على القيام بهذا الدور الذي يريد لها أن تقوم به.

وتململت ليلى تحت نظرته الفاحصة، وأدركت أن المحادثة ستخرج من النطاق الخفيف الذي كانت تدور فيه إلى نطاق جاد خطير، وتشبثت باللعبة المسلية، وقالت في صوت تسرب إليه بعض الخوف:

ـ وبعدين؟

ـ تركبي الباخرة وتيجي.

وبدا من صوت حسين أنه لم يعد مهتمًّا بالمحادثة، كان اهتمامه منصبًّا على محاولة الوصول إلى أعماق هذه الفتاة، إلى معرفة إلى أي مدى يستطيع الاعتماد عليها، ومصيره هكذا معلق بمصيرها.

وقالت ليلى بصوت ضعيف وهي تشير بذراعها إلى مسافة وهمية:

ـ كل السكة دي لوحدي؟

واعتدل حسين في جلسته، وقال في بطء، وبطريقة يحمل بها كلماته أكثر من معنى:

ـ دي السكة إللي ضروري تمشيها لوحدك يا ليلى.

وشعرت ليلى بنظرته الفاحصة تضيق عليها الخناق، وكأنها تكشف عن مدى ضعفها ووهنها، وأشاحت بوجهها بعيدًا وهي تتطلع إلى البحر، ثم ارتجفت شفتاها وهي تقول:

ـ طيب افرض إن البحر هايج والموج عالي.

وقال حسين، وهو يحمل كلماته من جديد أكثر من معنى:

ـ عشان نوصل للبر، ضروري نواجه الموج والبحر.

ونظرت إليه ليلى طويلًا، وقد ضاقت عيناها، ثم ضحكت ضحكة أشبه بالعويل وقالت:

ـ وعلى البر ألاقي إيه؟ ألاقي إيه يا حسين؟ قهوة مدلوقة؟

ونظر إليها حسين في دهشة لحظة، ثم أدرك أنها تشير إلى تفصيل من تفصيلات علاقتها بعصام، وانقبض وجهه ولم يقل شيئًا.

وغطت ليلى وجهها بكفيها، وقالت وهي تهز رأسها في يأس:

ـ ما أقدرش! ما أقدرش يا حسين!

وكشفت عن وجهها، وقامت واقفة، وقام بدوره واقفًا يواجهها.

وقالت ليلى بصوت هادئ:

ـ ما تضيعش وقتك يا حسين، مفيش فايدة مني!

* * *

ومضت ليلى في خطى متباطئة إلى العشة، ولحق بها حسين، وسمعته خلفها يناديها:

ـ ليلى.

ولم يكن في صوته غضب ولا يأس ولا رجاء، كان الصوت يستوقفها، يأمرها في رجولة وحنان أن تقف، ووقفت.

وقال حسين:

ـ عارفة يا ليلى حتلاقي على البر إيه؟

ونظرت إليه ليلى ولم تتكلم.

ـ حتلاقي حاجة أهم مني، وأهم من أي إنسان تاني.. عارفة إيه هيَّ يا ليلى؟

ورفعت إليه ليلى عينين متسائلتين.

وقال حسين في بطء:

ـ حتلاقي الحاجة إللي ضاعت منك، حتلاقي نفسك، حتلاقي ليلى الحقيقية!

ولم تفهم ليلى مقصده في بادئ الأمر، ثم احمر وجهها وأدركت لأول مرَّة أنها تغيرت، وأنها أصبحت أشبه بالجثة الهامدة، وأن حسين أدرك هذه الحقيقة. وفرت إلى العشة في خطى مذعورة.

* * *

٢٣٨

وعلى مائدة الغداء جلست ليلى في مواجهة حسين وإلى يمينها أمها وإلى يسارها محمود، وكان أبوها غائبًا في القاهرة.

وأحنت ليلى رأسها على الطبق لتتحاشى نظرات حسين، كانت تخاف نظرته الفاحصة، التي تنفذ إلى أعماقها وتكشف عما في هذه الأعماق، وتخاف أن ترى اليأس في عينيه، اليأس منها.

ولكن حين التقت عيناها بعينيه مصادفة تبدد خوفها، لم تجد في نظرة حسين يأسًا ولا خوفًا، ولا كانت تفحصها ولا تمتحنها، كانت تربت عليها في حنان، وتضمها في شوق واعتزاز، وتتألق فرحًا.

كان حسين يستوعب كل تفصيل من ملامح ليلى وكأنه يريد أن يحفره في ذاكرته، ويدخره في قلبه، وكان هذا الاستيعاب يملأه بالنشوة. إنه يحب هذا الجانب من وجه ليلى الذي ينحدر في نعومة من الأذن الدقيقة إلى الخد، ويحب الشفة العليا التي ينفرج احمرارها من الوسط عن مثلث صغير يعلو عن الشفة السفلى، وكأنها تبتسم وهي لا تبتسم، ويحب العينين العسليتين الذكيتين الحساستين المعبرتين وكأنهما شاشة عدسة رقيقة الحساسية، والجبين العريض الممتد في استواء وكبرياء، والشعر القصير الناعم الفاحم السواد، والبشرة العاجية المشربة باحمرار خفيف في الخدين، البشرة الناعمة نعومة بشرة الطفل، و...

إنه يحب كل ملامحها، كلًّا على حدة، ولكنه يحب الوجه في مجموعه أكثر، في الوجه في مجموعه جمال خارق، جمال لا ينبع من جمال الملامح وحدها، ولا من انسجامها كل مع الآخر، إنه ينبع من... من أين؟ من التناقض بين البراءة الناعمة التي تشبه براءة

الأطفال، وبين الجبين العريض، والعينين اللتين تتأججان ذكاء، ذكاء امرأة واعية حساسة ناضجة، أم من التناقض بين الوجه الطفل والجسم الممتلئ الناضج، أم من شعوره هو تجاهها، من حبه لها؟

ما من مرَّة رأى وجهها إلا وأشرقت في كيانه سكينة حلوة تهدهده، وتسلمه إلى اطمئنان حلو، وتدفعه في حنو إلى الأمام، وكأنه فهم فجأة كل الأسرار التي استعصى عليه من قبل فهمها، وكأنه وجد فجأة الحل لكل مشاكله، وكأن أحلامه قد تجسمت فجأة فأصبحت حقائق، وما عليه إلا أن يمد يده ويمسك بها.. فأي شيء يستحيل عليه لو أصبح كل يوم على وجهها؟

ولكنه لن يصبح كل يوم على وجهها، في الغد يرحل، وهو لا يملك من الأمر شيئًا ولا يستطيع له تغييرًا، لا يملك سوى أن ينظر إليها ويدخر صورتها في عقله وكيانه، ويعيش على الذكرى سنوات في الغربة. يجب أن يكون وجهها آخر ما يراه حين تباعد الباخرة بينه وبين أرض الوطن، آخر ما يراه في أرض الوطن.. رمزًا لكل ما يحبه في الوطن.

ولمعت فكرة في عقل حسنين، في الغد حين يرحل، يجب أن تودعه ليلى، يعبر النيل في طريقه إلى دمياط ويقف في المركب، وتقف هي أمامه على الشاطئ يملأ كيانه من وجهها ويتخيل.. يتخيل أنه راحل عن الوطن ليعود إليها، للوطن.

ولكن كيف يقنعها بتوديعه؟ ومتى؟ وهل تستطيع أن تخرج بمفردها لتوديعه؟ هل تستطيع أن تتغلب على خوفها من نفسها ومنه ومن الناس؟

وسيطرت الفكرة على حسين، وتضخمت أهميتها في نظره لحظة بعد لحظة.

لو خرجت لتوديعه لكان معنى ذلك أنها خطت الخطوة الأولى تجاهه، ولن يتركها قبل أن تخطو الخطوة الأولى.

وتركز كيان حسين في محاولة الانفراد بليلى، ولم تسنح له الفرصة إلا عند غروب الشمس.

٭ ٭ ٭

كان يتمشى مع محمود على شاطئ البحر حين لمحا ليلى وسناء تقفان أمام الشاطئ ترقبان الغروب، ليلى بوجه حزين، وكأن الشمس لن تشرق في الغد، وسناء بوجه يتوهج، وكأنها خزنت في كيانها ما تبقى من أشعة الشمس الآفلة للغروب.

وانضم محمود وحسين إلى ليلى وسناء، ومضوا يمشون في خطوات بطيئة على الشاطئ، وجو أرجواني يلفهم، ونسيم رطب يبعث بالخدر إلى أجسامهم.

وكانت ليلى تمشي بحذاء الشاطئ وإلى يسارها سناء فمحمود فحسين، وانهمك محمود في حديث جانبي مع سناء، وليلى وحسين صامتان، ليلى تصوب نظرها إلى الأمام وحسين يتململ في مشيته، ثم استدار حسين وغير مكانه بحيث أصبح يمشي بمحاذاة البحر إلى يمين ليلى.

واحمر وجه ليلى، وسارت إلى جانب حسين وذراعه تلمس كتفها عفوًا بين الحين والحين، فترسل في كيانها رجفة كرجفة الكهرباء، رجفة ما تكاد تفيق منها حتى تنتظر بحلق جاف وقلب واجف أن

تتجدد من جديد، وبطرف عينها رأت وجه حسين مشدودًا، وكأن شيئًا ما يثقل عليه.

ولمحها حسين تنظر إليه بطرف عينها واحتكت ذراعه بكتفها ـ عن قصد هذه المرَّة ـ وعيناه تذوبان في نظرة حنان، وشفته السفلى تبرز بروزًا خفيفًا وكأنه يُقبلها، واحمرت أذنا ليلى، وتطلعت إلى الأمام، وابتسم حسين لنفسه ولانت ملامحه المشدودة.

وانخفضت نغمة الحديث الدائر بين محمود وسناء حتى أصبح حديثًا هامسًا، واتسعت خطواتهما وكأنهما يسعيان بلا وعي إلى الانفراد. ولاحظ حسين هذا التطور وتباطأت خطواته، إن الفرصة تواتيه ولن يدعها تفلت منه، وليلى تأبى إلا أن توسع خطواتها لتلحق بسناء ومحمود.

ومد حسين ذراعه وجذب ليلى إلى الخلف في اتجاهه، ووجهه يضحك وهو يقول هامسًا:

ـ تعالي هنا، إنت رايحة فين؟

ووقفت ليلى تجاهه مسمرة، في دهشة من جرأته المتناهية، ثم سعت إلى تخليص يدها من قبضته، وشلها الخوف حين وجدت حسين يرفع يدها إلى فمه، ويقبل باطنها، ومحمود وسناء على مبعدة خطوات منهما.

وأطلق حسين يد ليلى حين اطمأن إلى ابتعاد سناء ومحمود.

وقالت ليلى وشفتاها ترتجفان:

ـ إنت مجنون! افرض محمود...

ولم تستطع أن تكمل.

وقال حسين وهو يضحك:

ـ افرضي، أنا باحبك، وفخور إني باحبك، ونفسي محمود يعرف، والدنيا كلها تعرف إني باحبك.

ثم غام وجهه، وكاد يلتصق بها، وهو يقول بصوت عميق هامس مرتجف:

ـ بس مستنيك، مستنيك إنت يا حبيبتي.

وأجرى حسين إصبعه على ذراع ليلى في لمسة خفيفة، ورق صوته حتى أصبح كصوت الأطفال:

ـ وعارف إنك حتحبيني، ومسيرك ليَّ زي ما أنا لك.

وغص حلق ليلى، وغامت عيناها تحت سحابة من الدموع.

وأخبرها حسين باقتراحه، وحاول أن يزيل مخاوفها، فهما يستطيعان أن يتقابلا بعيدًا، عند المحافظة، أمام النيل. وهي تستطيع أن تسبقه، ويواتيها هو هناك بعد أن يتخلص من محمود. ولكنها كانت ما تزال تنظر إليه بعينين واسعتين خائفتين، وكأنه يطلب إليها أن تقتل إنسانًا.

وقال حسين وقد تسرب اليأس إلى صوته:

ـ مش حتيجي؟

ولم ترد ليلى.

واندفع حسين في مشيته وهو ينظر إلى الأمام.

واتسعت خطوات ليلى لتلحق به، ومدت يدًا متخبطة كالعمياء ومست بإصبعها يد حسين، وقالت بصوت مرتجف:

ـ الساعة كام؟

وأمسك حسين بيدها في يده، ووجهه يتوهج، واحتضنتها نظرته في إعزاز.

وسحبت ليلى يدها من يده. لمحت سناء ومحمود من بعيد وهما يستديران في طريقهما إلى حيث تقف هي وحسين.

* * *

تمددت ليلى في السرير وهي تفكر.. شاب مثله ممتاز من كل الوجوه يريد أن يتزوجها هي، وهو يعلم بكل تفصيل من تفصيلات علاقتها بعصام.

وشعرت بموجة من الارتياح تسري إلى جسمها كالارتياح الذي تشعر به عندما ينتهي الطبيب من خلع ضرس مصاب، أو عندما تغطي جرحًا ملتهبًا في جسمها بطبقة من المرهم المرطب. شعرت وكأن حسين قد رد إليها اعتبارها حين طلب إليها أن تتزوجه.

وتقلبت ليلى في فراشها.. لا.. إنه لا يريد أن يتزوجها، إنه يريد حبها أولًا كشرط أساسي للزواج، ويعلق الزواج على هذا الحب. كان يستطيع أن يعرض عليها الزواج الآن في الحال، ولكنه لم يفعل، إنه لا يريد جثة هامدة، وهي جثة هامدة.

هو يريد حبها، وهي لا تستطيع أن تحب، تخاف من الحب، وليس في قلبها إلا الكراهية، الكراهية للدنيا ولعصام.. عصام الذي خدعها.. عصام الذي حطمها.. عصام الذي...

وحاولت ليلى أن تنساق كعادتها في التفكير الذي يتتالى عليها عادة طيعًا، متسلسلًا، صورة بعد صورة، يحمل إلى عينيها الدموع، وإلى قلبها موجة من الرثاء لحالها، والإشفاق على نفسها، ولكنها لم تستطع

أن تستطرد في هذا الاتجاه. كان مجرد تذكر اسم عصام يجعلها تغلي وتغص بالكراهية وتود لو استطاعت أن تحطم شيئًا، أما الآن فهو بعيد، بعيد وكأنه لم يكن، كأنها لم تعرفه كما عرفته، كأن لم يكن بينهما علاقة.

واكتشفت ليلى فجأة أن غضبها قد انفثأ، وأنها لم تعد تكره عصام. ولاحظت أن جسمها لا يؤلمها على غير العادة، وأن عضلاتها مرتخية غير مشدودة، وكأنما خرجت لتوها من حمَّام بخار امتص السموم التي كانت تسري في جسمها.

واستغرقت في نوم هادئ متصل لا تقطعه الأفكار السود، ولا الأحلام، ولكنها حرصت على أن تستيقظ مبكرة لتودع حسين.

* * *

وعندما خرجت من دورة المياه لم يكن أحد قد استيقظ في العشة بعد، وحتى لو استيقظ أحد، لم يكن فيما تفعله شيء غريب، فهي تستيقظ عادة كل يوم قبل أن يستيقظ أحد وتخرج مبكرة لتتمشى.

وخلعت ليلى قميص نومها، ووقفت بملابسها الداخلية أمام المرآة تمشط شعرها القصير، ولحظت أن بشرتها قد جفت من تأثير الشمس وفتحت علبة الكريم التي لم تمس من قبل، ومالت في اتجاه المرآة ويدها تدلك وجهها.

وتوقفت يدها بغتة على خدها، وازدادت اقترابًا من المرآة، وتأملت الوجه الذي يطالعها، إلى العينين اللتين تلمعان كعيني قطة متوحشة في الليل، وإلى الشفتين اللتين تبرزان في استدارة، وقد دب إليهما الاحمرار، وإلى الوجه الذي يتوهج بالدم، وإلى الصدر الذي يرتفع وينخفض في سرعة وفي عنف، وكأن نبضها قد ارتفع فجأة.

٢٤٥

وتراجعت ليلى عن المرآة.. إلى أين تذهب؟ إلى أي مصير تندفع بهاتين العينين المتوحشتين، وهذا الصدر المتهدج؟ «إلى الخراب».. قال أبوها.. «إلى الخراب».

ومدت ليلى يدها تمسح حبات من العرق تجمعت على جبينها، وسارت بخطوات متلصصة إلى السرير وكأنها تخشى أن يهاجمها أحد، وعلى طرف السرير انهارت.

وكأنها لم تجرب، وكأنها لم تتعلم، وكأنها لم تقاسِ من الاندفاع، من خلف ظهر أبيها تخرج، ومن خلف ظهر محمود وأمها، تخرج على الأصول لتقابل حسين، تخرج بقدميها وبمحض إرادتها لتسعى إلى الألم وإلى الشعور بالضياع وبالهوان.

تمشي اليوم مع حسين، ومن قبل حسين عصام، وفي الغد مع أي رجل، أي رجل يهمس في أذنيها بكلمات معسولة، وكأنها كلبة تتبع كل من يشير إليها.

ولكن حسين؟! حسين مختلف، حسين يحبها.. وعصام ألم يكن يحبها أيضًا؟!

الحب! ألم تعانِ من هذه الخرافة ما فيه الكفاية؟ ألم تكن سعيدة وهي مكتفية بذاتها، لا يستطيع أحد أن يؤلمها أو يؤذيها؟ ومع ذلك فهي تسعى اليوم إلى النار بقدميها وكأنها لم تجرب، وكأنها لم تتعلم وكأنها لم تقاسِ.

ومالت ليلى برأسها إلى جانب تتسمع خطوات تدب في العشة.. لقد استيقظ محمود، وحسين يستعد للخروج.

وأحنت ليلى رأسها على رقبتها، وكزت على شفتها.. فليذهب من حيث جاء، ويتركها في حالها. لن تفني نفسها في أحد، لن تذل

نفسها لأحد، لن تضع رقبتها بين يدي أحد.. ستظل كما هي سيدة نفسها، مكتفية بذاتها، لا يستطيع أحد أن يؤلمها أو يعذبها.

* * *

ووصلت أصوات إلى ليلى، وبدأت تتسمع من جديد.

كان محمود يصمم على اصطحاب حسين، وحسين يحاول أن يتخلص.

ودوى صوت حسين منتصرًا مزغردًا وهو يفصل في المناقشة التي دارت بينهما:

ـ أنا عايز كده يا محمود، عايز أطلع في الصبحية الجميلة دي لوحدي.

وضاقت عينا ليلى، إنه منتصر، متأكد أنها هناك تنتظره، لقد أشار إليها وهو متأكد أنها ستتبعه.. ولكنها لن تكون هناك، لن تتبعه، لن...

وسرت رجفة في جسد ليلى، جاءها صوت حسين عميقًا خفيضًا.. دافئًا.. وهو يقول:

ـ حتوحشني يا محمود.

وقال محمود:

ـ إنت طبعًا حتكتب لي بانتظام.

ـ طبعًا.

ودارت ملعقة محمود في قدح الشاي، والصمت يسود الصديقين، وقال محمود بصوت مرتجف:

ـ إنت بالنسبة لي يا حسين أكثر من صديق، إنت إللي خلتني أطمئن، وأفهم إن الدنيا بخير.

٢٤٧

وصعد الدم إلى رأس ليلى، وقفزت من مكانها واقفة.. يجب، يجب أن تشكر حسين، يجب أن تقول له «مع السلامة».

وقال حسين وهو يقف:

ـ أشوف وشك بخير يا محمود.

وجرت ليلى إلى باب حجرتها، ومدت يدها إلى مقبض الباب المغلق تفتحه.

واكتشفت أنها لا تستطيع أن تخرج لحسين، لا تستطيع أن تمد يدها إليه وتصافحه، لأنها غير مستعدة، لأنها عارية بملابسها الداخلية.

وسمعت ليلى محمود يصيح في الفراندة، وكأنه يضع كل كيانه في كلماته:

ـ مع السلامة، مع السلامة يا حسين.

وانقبضت يد ليلى على مقبض الباب المغلق.

١٣

وفي الأيام التي تلت سفر حسين لم تشعر ليلى بشيء، وكأن
حواسها قد تخدرت، وكأنها فقدت القدرة على الحس. وكلما ذكرته
هزت كتفها بلامبالاة، وانصرفت إلى شأن من شؤون البيت، أو إلى
كتاب تطالعه. واستمرت على هذه الحال أسبوعين، إلى أن جاء
يوم كانت فيه متمددة على مقعد طويل في الفراندة، تطالع الجريدة
الصباحية، وكان أخوها يقف إلى جانب السور يتطلع إلى البحر
الممتد تحت مرمى البصر.

وتمطى محمود واستدار يواجهها وهو يقول:

ـ يا بخت حسين، زمانه دلوقت في البحر.

ولم تقل ليلى شيئًا، استقامت في جلستها، وأسقطت الجريدة من
يدها، وقامت واقفة، وفقدت القدرة على الاستقرار في مكان واحد
أو على شيء واحد.

وصرخت فيها أمها:

ـ جرى لك إيه؟

٢٤٩

كانت تتحرك على المقعد كما لو كانت محمومة، تعتدل في جلستها بمعدل مرتين في الدقيقة، وتقوم لتجلس لتقوم من جديد، وتفتح الكتاب لتطويه في ملل بعد دقائق، وتأكل في غير مواعيد الأكل، وتشرب دون ظمأ، لتجد شيئًا تفعله، وتخرج لتتمشى، وما تكاد تخرج حتى تعود من جديد، وتنزل إلى البحر لتخرج منه بعد دقائق.

ووجدت دائمًا سببًا تبرر به مسلكها، هذا المقعد غير مريح، وهذا الكتاب سخيف، والشمس حارة، والبحر قذر.

وقالت سناء:

ـ إذا كان البحر مش عاجبك نروح بكرة الصبح الجربي.

وحبذ محمود الفكرة، ووافقت ليلى.

* * *

وشق الشراع الهواء، واندفعت المركب إلى الأمام في اتجاه الجربي.

وبدأ محمود يتكلم، وسناء تنصت إليه باهتمام، وقد أسندت رأسها إلى يدها، ورفعت إليه عينيها.

ولم تحاول ليلى أن تنصت إلى كلامهما، كانت تتطلع إلى ذلك الجانب من شارع النيل الذي تمر به المركب: السينما وعلى واجهتها لوحة كبيرة فيها امرأة عارية الصدر تبتسم في بلاهة، وصالات لفنادق متشابهة متكررة لا يجلس حول موائدها أحد، وأحذية وصنادل وشباشب متراكمة، وفترينات تلمع في أشعة الشمس وهي تزخر بالحلويات الدمياطية: الهريسة، والبسبوسة، والمشبك. وأكشاك لبائعي الكوكاكولا والفول والطعمية وإعلان يقول: «قف.. هنا ساندويتش بطارخ».

كل شيء معد بعناية، وكل شيء ينتظر، ولا أحد يقف، ولا أحد يشتري، والمرأة في اللوحة تبتسم في بلاهة، والسوق في هذه الساعة من الصباح قد خلت من الناس، بل حتى من الباعة، وبدت خاوية كمدينة مهجورة.

وقامت سناء إلى مقدمة المركب، وخلعت البرنس، وتمددت على ظهرها وقد كشفت عن جسمها، وغطت وجهها.

وتطلعت إليها ليلى.. لقد تمددت بنفس العناية المدروسة التي تتصف بها كل حركاتها، وكأنها قد درست الزوايا التي تبرز جمال جسمها الصغير الأبيض المتناسق الملفوف. إنها تدرك أن جسمها جميل وتحبه وتعتني به وتدهنه بالزيت قبل أن تتعرض للشمس وبالكريم بعد أن تستحم، وتقيس وسطها كل يوم وتنزعج إذا زاد عن معدله، وتنصرف إلى الألعاب الرياضية، وتحرم نفسها من الطعام حتى يعود كما كان، وهي لا تخفي حقيقة اهتمامها بجسمها، وعندما تسخر منها عديلة تبتسم في اطمئنان وتقول:

ـ إنت ليه عايزاني أنكسف من جسمي يا عديلة؟

كما لو كان من الطبيعي ألا يخجل الإنسان من جسمه!

وتمطت سناء وقالت دون أن تكشف عن وجهها:

ـ الجو جميل بشكل النهارده.

وتطلعت ليلى إلى محمود، وهي تتوقع أن ترى عينيه مركزتين على جسم سناء، ولكنه كان يلعب بيديه في الماء وينظر وفي عينيه نظرة حالمة إلى مجموعة من سفن الصيد المتراصة فوق الرمال.

واستدارت ليلى بدورها تتطلع إلى السفن.. حطام سفن لا تستطيع

أن تنزل إلى الماء، وفي الصحراء تقف وحيدة عاطلة مشلولة معزولة عن الماء.

وتنهد محمود في ارتياح وهو يستوعب منظر السفن في ذاكرته، وبدت له وطلاؤها الأبيض يلتمع في أشعة الشمس كطيور بيضاء ضخمة جميلة، استرخت على الشاطئ تستريح، لتعاود طيرانها من جديد.

وقال محمود لسناء:

ـ شفت المراكب دي؟

وكشفت سناء وجهها، وجلست ترقب المراكب في حنان وكأنها تربت عليها بنظرتها.

وامتد شط الجربي تحت أنظارهم، وقد ازدحم بالناس، يسبح بعضهم في النيل ويجلس البعض الآخر حول الموائد المتفرقة تحت مظلات واسعة.

وقالت سناء والفرحة تتراقص في عينيها:

ـ وصلنا.

* * *

واختار «الريس» بقعة هادئة نسبيًّا، وشد المركب إلى وتد وأرسى السقالة. ولكن سناء قامت واقفة وقفزت من المركب إلى الماء مباشرة.

وقال محمود لليلى:

ـ يلَّا بينا.

ودون أن ينتظر جوابها قفز إلى الماء.

وتحاشت ليلى رشاش الماء بيدها، وبرزت سناء من الماء، واستندت على طرف المركب بيديها:

ـ يلّا يا ليلى.. دي المية جميلة جدًّا.

ـ مش دلوقت، بردانه، بعدين.

وانضم محمود إلى سناء يتشبث بالمركب بدوره، ومالت المركب في اتجاههما، وصرخت ليلى في غيظ:

ـ حاسب يا محمود! جرى إيه؟!

وهز محمود كتفه واستدار وبدأ يعوم، ولحقت به سناء.

كانا يعومان في رقة متناهية، وكأنما يخشيان أن يلطما الماء الذي يلفهما معًا في راحة لذيذة، أشبه بالاسترخاء.

وقال محمود:

ـ أنا أقدر أعوم كده لبُكرة.

وضحكت سناء:

ـ عرفت إزاي؟ أنا كنت بافكر نفس الفكرة.

كان شيءٌ ما قد بدأ يسري بينهما، حين أتيحت لهما الفرصة ليتعرفا على بعضهما معرفة وطيدة في رأس البر. شيء هادئ لذيذ، يتسلل ببطء شديد، وينمو مع الأيام. شعور بالارتياح وبالانتماء وبالحاجة المتبادلة. شيء أشبه بالظل لفهما معًا، ليس فيه حرقة ولا لوعة ولا أرق ولا حنين جارف مضن.

كان محمود ينظر إلى وجه سناء الصغير، إلى شفتيها الرقيقتين اللتين تطبقهما في إصرار، وإلى أنفها الصغير الذي يرتفع طرفه إلى أعلى في كبرياء، وإلى عينيها الصغيرتين المستقرتين في اطمئنان،

وإلى شعرها العسلي الناعم المنسدل في خطوط مستقيمة، ويشعر كما لو كان قد وصل بعد كفاح إلى بر الأمان.

وكانت سناء ترى اللمعة في عينيه الخضراوين الحائرتين، والبسمة المرتبكة على شفتيه الرقيقتين، والكبرياء في لفة وجهه الخمري الوسيم، وتود لو استطاعت أن تأخذه بين ذراعيها، وتربت على شعره وتهننه وتدلله حتى تطمئن العينان الحائرتان، وحتى تتسع البسمة المرتبكة فتصبح ضحكة كبيرة منطلقة.

* * *

وراقبتهما ليلى وهما يبتعدان، وشعرت أن شيئًا ما يلفهما معًا وينأى بها عنهما، ويعزلها وحيدة ضائعة تائهة. وحاولت أن تناديهما وجمد النداء على فمها، وأطبقت جفنيها على عينيها، وجلست منكمشة كما لو كانت تنتظر شيئًا تخشاه.. وطفا على السطح الشعور بالوحدة الذي كبتته طيلة الأسابيع الماضية، جبارًا عاتيًا.

وأبقت ليلى عينيها مطبقتين كما لو كانت تخشى أن تفتحهما على صحراء جافة شاسعة، وأصاب وجهها رشاش ماء، وفتحت عينيها على وجه يرقص بفرحة الحياة، وجه طفل يداعبها.

وأمسكت ليلى في غضب بالمجداف وانهالت به على الطفل، ولكن الطفل غاص تحت الماء وأفلت منها، وهو يلوح لها بيده، ويضحك ضحكة طليقة مجلجلة، عمقت من شعورها بالوحدة والعزلة. وكذلك الناس الذين يعج بهم الشاطئ، كانوا بدورهم يعمقون من شعورها بالوحدة، هؤلاء الأطفال الذين يتسابقون في

٢٥٤

السباحة، وفي أعينهم نظرة خطيرة ظامئة وكأن مصيرهم معلق على هذا السباق، وهذه المرأة التي لا تستحي، والتي أسندت رأسها إلى حجر رجلها، واسترخت في نومتها، في اطمئنان وكأنها تنام في مخدعها، وكأن عيون المارة لا تأكلها، وهذا الفتاة التي تضحك ضحكات قصيرة بلهاء بلا توقف، وكأنها فقدت السيطرة على نفسها، أو كأن رفاقها الشبان يدغدغونها.

وأفاقت ليلى على جسم مرن يرتطم برأسها، ورأت كرة من المطاط تتطاير مرتدة إلى الماء، والصبي الشقي الذي عاكسها يستعيدها وحوله زفة من الأطفال يهمسون ويضحكون عليها، وكأنهم أدركوا بحاستهم أن شيئًا ما يفصلها عن بقية الآدميين الذين يعج بهم الشاطئ.

وغلى دم ليلى بالغضب وقالت:

- يا ريس!

ولم يلتفت إليها المراكبي، كان يجلس منصرفًا عنها وفي عينيه فرحة ساذجة وكأنه يشارك المصيفين لهوهم.

وعادت ليلى تقول في لهجة أشد عنفًا:

- إنت!

والتفت إليها الريس مندهشًا.

وقالت:

- حط السقالة وانزل.

- والمركب؟

- حاطلع بيها.

- لوحدك؟

وقالت ليلى في حدة:

ـ أيوه لوحدي!

* * *

وجلست ليلى في وسط المركب وقد تصلب جسدها، وشدت قبضتها على المجدافين، وبدأت تلطم الماء، لطمة بعد لطمة في سرعة وفي قوة، بكل قوتها، وبكل كيانها وكأنها في سباق.. وكأنها تهرب من خطر يلاحقها.

وتعمقت ليلى في النيل بعيدًا عن الناس.

وتوقفت تستجمع أنفاسها، وحبات العرق تلتمع على وجهها وتلفتت حولها... ماء ولا شيء سوى الماء، ماء من كل جانب يحيطها ويحاصرها، يخنقها وكأنها استوعبته في كيانها وتسرب من فمها إلى رئتيها.

وارتخت قبضتاها على المجدافين.. إلى أين تذهب؟ إلى أين تهرب؟ وممن؟ من الناس! الوحدة معها وهي وحيدة، والوحدة معها وهي مع الناس، الوحدة فيها هي، في نفسها، في أعماقها، في دمها كالسرطان تنمو وتتضخم.

وانكفأت ليلى على وجهها وهي تحتضن المجدافين.

حسين هو السبب.. نعم حسين هو المسؤول، قبل أن تعرفه كانت مكتفية بنفسها ومطمئنة ومرتاحة إلى هذا الوضع، ورجته أن يتركها في حالها، أن يبتعد عن طريقها ولكنه لم يبتعد، وذهب وخلف لها وحدة تنهش في جسمها وشعورًا بأن شيئًا عزيزًا ضاع منها.. شيئًا لا تستطيع أن تعوضه.

قال حسين إنها فقدت اللمعان في عينيها والإشراق في وجهها، ولكنها في الحقيقة فقدت أكثر من هذا، أكثر من هذا بكثير، فقدت المحبة، محبة الناس والاطمئنان والاستقرار، ولم يتبق لها شيء سوى الوحدة والشعور بفداحة الخسارة.

لو لم يذهب، لو بقي إلى جانبها.. وهزت ليلى رأسها في يأس. وما الفائدة؟ كانت وحيدة وهو معها، وهو يحدثها عن حبه، مرَّة واحدة فقط اتصلت به، اندمجت معه، حين مر بيده على ذراعها وقال: «أنا مستنيك يا حبيبتي، طول عمري مستنيك».

وحتى هذا الاندماج لم يدم، وكأنه كان حلمًا. تغلب عليها الخوف، خافت من محمود ومن حسين ومن الدنيا كلها وأفاقت.

وأفاقت ليلى على المجداف يفلت من يدها اليمنى، وينزلق على جدار المركب، وانبعثت فيها كالمارد قوة جبارة، قوة لا عهد لها بها، قوة لم تكن تحلم بأن كيانها يحتويها، قوة جعلتها تتحدى النيل وكأنه ند لها، وكأنهما قوتان متساويتان تتصارعان. في لحظة واحدة كانت قد شدت بقبضتها اليسرى على المجداف، ومالت بكل جسمها إلى جانبها الأيمن لتنتشل الآخر، وانحرف المركب إثر ميلها المفاجئ وارتفع الماء تدريجيًّا يقارب حافته، وهي تحاول انتشال المجداف وتساوي سطح الماء مع جدار المركب.. واعتدلت ليلى والمجداف في يدها، وتنهدت في ارتياح وارتخت في جلستها، وأحست إذ ذاك فقط برعدة الخوف ترتجف في جسمها.

واستدارت بالمركب عائدة، وهي تجدف في بطء واتزان، والتيار يدفعها إلى الأمام، وسرح نظرها في الأفق البعيد وهي تفكر في التجربة

الأخيرة التي مرت بها.. من أين جاءتها هذه القدرة على التصرف؟ على العمل في حزم وفي قوة وفي سرعة وبلا تردد؟ من أين؟

وهزت ليلى رأسها في تعجب وهي لا تكاد تصدق أنها واجهت الموقف بهذه الشجاعة. إنها ترتبك عادة أمام أتفه الأمور وتفقد القدرة على التفكير وعلى العمل وتغطي وجهها بيدها وتستسلم لمصيرها، فكيف تصرفت والأزمة تواجهها كما يجب أن تتصرف تمامًا؟ بكل سرعة وبكل دقة وبكل قوة؟ وكأن التي تصرفت ليست هي، وكأنها إنسانة أخرى؟ إنسانة أخرى؟! إنسانة أقوى ترقد في أعماقها!

وقال محمود:

ـ جرى إيه يا ليلى؟ إحنا قلقنا عليك خالص!

كان قد سبح هو وسناء في اتجاهها حين لمحاها تتجه بالمركب إلى الشاطئ. وهزت ليلى رأسها وكأنها تصحو من حلم حين رأت نظرة اللوم تعقب نظرة القلق في عيني محمود.

وقال محمود وقد جمد وجهه والمركب تعود بهم إلى رأس البر:

ـ إنتِ مش حتبطلي التصرفات الغلط دي؟! كان ممكن تغرقي وإنت لوحدك كده!

وسرت رجفة إلى جسم ليلى، وأشاحت بوجهها بعيدًا، وقالت وهي تهمس وكأنها تخاطب نفسها:

ـ كنت فعلًا حاغرق!

١٤

التحقت ليلى وسناء وعديلة بقسم الفلسفة بكلية الآداب بجامعة القاهرة.

ومنذ اليوم الأول لافتتاح الدراسة تكتلن وظهرن كشلة متميزة لا تكاد تفترق في الكلية. تختلط مع الطلبة والطالبات في حدود مرسومة، لتبقى دائمًا شلة محدودة المعالم.

وإذا أراد طالب أن يتقرب من واحدة من الشلة فعليه أن يتقرب إلى الشلة مجتمعة، وإذا استثقلت دمه واحدة منهن فعليه أن ينسحب، وإذا رغب أن يتحدث إلى واحدة منهن فعليه أن يقول ما يريد أن يقول أمام الشلة مجتمعة وإلا فلا، إذ لا أسرار هناك بين أفراد الشلة، وإذا دعيت واحدة إلى حفل أو نشاط اجتماعي دون الأخريات فلا تذهب لأن الشلة شلة.

وعامل الطلبة والطالبات الشلة كشلة. الشلة تحب هذا وتكره ذلك، الشلة تفعل هذا ولا تفعل ذلك، وكأنهن إنسان واحد لا ثلاث بنات كبيرات، لكل منهن شخصيتها المنفردة المتميزة، ولكل منهن عالم تكشف منه ما ترتئي، وتحجب منه ما ترتئي.

* * *

وكانت عديلة أطولهن، عريضة البنيان بلا امتلاء، بيضاء ذات عينين سوداوين كبيرتين، تغطيهما أهداب سوداء سخية، قوية الشخصية، بحيث يدرك من يراها قوة شخصيتها للوهلة الأولى، متكلمة قوية الحجة، لا تترك إنسانًا دون أن تقلده تقليدًا يثير الضحك من الأعماق، ولا يفوتها ظل من ظلال الفكاهة في أي سلوك إنساني أو أي وضع اجتماعي دون أن تلتقطه وتبلوره وتجعله مصدرًا من مصادر الضحك بين الشلة لمدة سنين.

وكانت واقعية أيضًا وعملية بشكل جعل سناء تقول إنه يكفي أن تلمس عديلة أروع قصيدة شعر لتستحيل القصيدة إلى مسألة حساب. ولم تكن ترغب في الالتحاق بقسم فلسفة، كانت تريد أن تلتحق بقسم «يأكِّل عيش» كما تقول، ولكن المجموع لم يترك لها فرصة الاختيار.

وكانت هي التي تشرح ما يستحب وما لا يستحب للشلة، وما يصح ولا يصح، وهي التي تختار وتستبعد المعارف، وتحافظ على سمعة الشلة، وتجعل من حياتها في الكلية وخارج الكلية ضحكة متصلة!

ولكن ضحكة عديلة لم تكن تخلو من مرارة، واتجاهها العملي لم يكن سوى ضرورة أوجبتها عليها الظروف، وتحت هذا المظهر الصلب الصلد، العدواني أحيانًا، كان يخفق قلب يحن إلى الحب كقلب كل فتاة، ولكنها كانت تخفي هذه الحقيقة في عناد.

كانت تقول إن الحب وسيلة المترفين لتضييع الوقت، وإنه ليس لديها وقت تضيعه. كان عليها أن تساعد أمها في شؤون البيت، وأن تعمل لتتخرج سريعًا، ولتشتغل ولتكسب مالًا تسد به ديون أمها الأرملة، وتساعد به إخوتها الذين يصغرونها سنًّا.

والحياة ليست حلمًا ورديًا ولا قصة غرامية، الحياة حقيقة عارية، أفواه مفتوحة تطلب الغذاء والكساء والتعليم، ومعاش ضئيل لا يزيد على سبعة جنيهات، وأب مات فجأة بعد أن فقد وأفقد الأم كل ما كانا يملكان من مال، ومستوى اجتماعي يجب الاحتفاظ به حتى لا يشمت الأقرباء والأعداء.

* * *

وكانت سناء مختلفة عن عديلة، وكأنهما تقفان على طرفي نقيض!

كانت تحب الشعر والموسيقى والأدب والتحف الفنية الجميلة، وكل ما هو جميل.. وكانت تهتم بمقاييس جسمها، وبتجميله، وبالطريقة التي تلبس بها، وتقضي وقتًا طويلًا في اختيار كل ثوب من أثوابها، وتضفي عليه طابعًا منفردًا يميزه، بالطريقة التي تربط بها الحزام، أو بالوردة التي تحليه، أو بالإيشارب الرقيق الذي تربطه حول رقبتها، وتترك طرفيه القصيرين يتطايران على كتفيها في الهواء.. ولم تكن تبخل على نفسها بشيء، كانت تحب الأشياء الصغيرة الجميلة: كيس النقود الذهبي الصغير كشبكة الصياد، وساعة على شكل أيقونة تتدلى من عنقها، وعطر جميل تنبعث رائحته من منديلها.

وكانت متيسرة بالنسبة لعديلة وليلى، وساعدها ذلك على إحاطة نفسها بإطار من الجمال الذي تحبه، والذي أفلحت في الاحتفاظ به حتى بعد أن تغيرت حالتها المالية.

وكانت تحب الخيال أيضًا، وتستعين به إذا لم يسعفها الواقع، وتعيش فيه ساعات طويلة، وتحب الحب.

وقبل أن تحب محمود، أحبت «روبرت تايلور» وهي في الرابعة

عشرة من عمرها، وحفرت الحرف الأول من اسمه على ظهر يدها بالموسى، وتركت الدم ينبع دون أن تقربه، حتى يستقيم حرف الراء حين يجف الجرح. وكلما زال أثر الجرح، جرحت نفسها من جديد.

وكانت قليلة الكلام، تنصت أكثر مما تتكلم، ويبدو وجهها الأبيض الصغير هادئًا، ونادرًا ما يعكس الانفعالات العنيفة التي يضطرم بها جسمها الصغير الممتلئ.

وكان الناس يحسبونها خجولًا، ولكنها كانت في الحقيقة معتزة بنفسها، ولم يكن ذلك الاعتزاز كبرياء ولا تعاليًا، وإنما كان شعورًا هادئًا مطمئنًا، ينبعث من إيمان مطلق بصحة تصرفاتها. وكانت تنساق لعديلة ولليلى في الأمور الصغيرة بلا مناقشة، مما جعلهما يعتقدان أنها سهلة القيادة، ولكن هذا الانسياق لم يكن في الحقيقة ضعفًا، كان كرمًا ينبعث من رغبة أكيدة في إرضاء من تحب.

ولم تكن عديلة تظن ولا ليلى أن هذه الفتاة الصغيرة رقيقة الشفتين سهلة القياد، التي تعيش في الخيال، تنطوي ضلوعها على عزيمة جبارة وعلى قدرة عملية، لا تقل عن قدرة عديلة.

كانت تعرف ماذا تريد وكيف تصل إلى ما تريد وكيف تحتفظ به.

* * *

وعندما توطدت علاقة سناء بمحمود في رأس البر، اكتشفت أنها لا تستطيع أن تعيش من غيره، قبل أن يكتشف محمود هذه الحقيقة بشهور.

وكانت العلاقة التي قامت بينهما مختلفة عن الحب الذي تصورته دائمًا، الحب المصحوب بالحرقة واللوعة والغيرة والشك والأرق،

الحب الذي عرفته عن طريق روايات السينما وروايات الغرام. كانت شيئًا هادئًا حلوًا نما نموًّا مطَّردًا وفصلها عن الخيال، وربطها بالأرض، وجعلها تشعر لأول مرَّة في حياتها، أنها تسير على أرض صلبة وجميلة في ذات الوقت.

وعلى هذه الأرض انتوت أن تعيش طوال حياتها.

وعندما عادا إلى القاهرة كانت تراه في البيت حين تزور ليلى، وتنفرد به أحيانًا حين تتعمد ليلى تركهما معًا. ولم تقتنع سناء بهذه المقابلات العابرة، واقترحت أن يتقابلا في الخارج. وبدت الدهشة على وجه محمود لحظة، وقال شيئًا عن سمعتها، وضرورة صيانتها.

وركزت هي عينيها الصغيرتين في عينيه وقالت:

ـ إنت عايز تقابلني ولّا لأ؟

ـ طبعًا عايز.

ـ خلاص.

وكانت تعني ما تقول، فمنذ أن بدأت تحب محمود لم يعد هناك شيء له قيمة سوى محمود، وكأنها لم تعد ترى إلا من زاوية واحدة: الزاوية التي تصلها بمحمود. وأصبحت أفكار محمود أفكارها، وانفعالات محمود انفعالاتها، ومشاريع محمود مشاريعها.

وبدآ يتقابلان بانتظام في صالة فندق «المتروبوليتان»، ويجلسان في ركنهما المختار في الضوء الخافت. ويتكلم هو أغلب الوقت، وتنصت هي أغلب الوقت، وهي تحتضن بعينيها الهادئتين كلامه.

ونمت يومًا بعد يوم في كيانه حتى أدرك يومًا أنه لا غنى له عنها.

وكانت تعرف طوال الوقت أن ذلك اليوم آتٍ، ولكن حين أتى، ارتجف في أعماقها حب جديد، فوق الحب القديم، حب أشبه بذلك الذي يعمر قلب الشهيد. وقالت لمحمود:

ـ عارف يا محمود؟ أنا نفسي أعمل حاجة تثبت لك قد إيه أنا باحبك! نفسي أموِّت نفسي عشانك!

وأمسك محمود بيدها في حنان وقال:

ـ أنا عايزك تعيشي عشاني يا سناء، أنا من غيرك ما أساويش حاجة!

وكان هو يعني ما يقول.. كان يشعر وهي معه أنه قوي، وأنه قدير وممتاز ووسيم، وأن الدنيا من حوله مليئة بالحب، وبالإخلاص والتضحية والجمال، وأن القيود التي كانت تربطه بالأرض وبالخوف وبالشك وبالحيرة وبالقلق، قد انحلت فجأة، وأنه يستطيع أخيرًا أن ينطلق، وأن يطير لو اقتضى الأمر.

وتتطلع إليه سناء، وترى العينين الحائرتين وقد استقرتا، والتمعتا بالثقة الباسمة، وتحتضن بعينيها عينيه، وأحلامه والفرحة التي تضطرم في قلبه، وتطوي عليها جوانحها، وتعيش بها ولها وفيها. وفي عالم أخفته عن عديلة ولا تعرف عنه ليلى إلا القليل.

فليلى لا تعرف أنهما يتقابلان في الخارج، ولا تعرف أنهما يحلمان بمستقبل يجمعهما، ولا تعرف أنهما يناقشان فعلًا التفصيلات العملية.

وكان من المفروض أن تخبر سناء ليلى بكل هذه التفصيلات، ولكنها لم تخبرها، توقف الكلام على شفتيها في كل مرَّة همت فيها بفتح الموضوع لليلى، كانت تشعر شعورًا غامضًا أن ليلى لن تفرح لفرحتها، ولن تنفعل لانفعالاتها، ولن تحلم معها كشأنهما دائمًا.

كانت تدرك أن شيئًا ما قد فصل ليلى عنها، وجعلها أقرب إلى عديلة منها إليها، على عكس ما كان عليه الحال دائمًا.

* * *

كانت ليلى دائمًا أقرب إلى سناء منها إلى عديلة، وفي داخل نطاق الشلة كانتا تكونان وحدة حقيقية، وحدة يغذيها تقارب في المزاج وفي المشاعر وفي الذوق، وفي مفهومات الحياة.. ثم حدث تطور بعد تجربة ليلى مع عصام. نأت ليلى عن سناء، وانجذبت بكليتها إلى عديلة. وقالت:

ـ عارفة يا سناء، عديلة أعقل واحدة في الشلة بتاعتنا، لو كنت سمعت كلامها ما كانش حصل إللي حصل، كانت دايمًا تقول لي: «ما تندلقيش»، واندلقت زي الرطل!

وفي واقعية عديلة الباردة وجدت ليلى العزاء، ومع عديلة بدت لها الحياة سهلة بلا تعقيد، ولا أوهام ولا آلام، وكأنها مسألة حساب يتبع الإنسان قواعدها، فيصل إلى الحل الذي لا يختلف عليه اثنان. والمهم أن يتبع الإنسان هذه القواعد خطوة فخطوة، في دقة وفي تعقل وفي حرص، وبعد تفكير، ودون اندفاع، وإلا غشت بصيرته واختلطت عليه الأرقام، وتشابكت وتعقدت، وأصابت الإنسان حيرة لا مخرج له منها.

والقواعد مرسومة معروفة تعرفها عديلة، ويعرفها كل الناس. ومن يعرفها يعرف الفرق بين الخطأ والصواب، ومن يتبعها يسير في طريق الصواب، حيث الاستقرار والاطمئنان، وراحة البال، والاحترام، والثقة بأن الإنسان على صواب، لا صوابه هو فحسب، بل صواب الآخرين، كل الآخرين.

٢٦٥

وإذ ذاك لن يكون الإنسان وحيدًا ضعيفًا، لن يواجه الحياة وحيدًا ضعيفًا، بل مع الآخرين، يسندونه في كل خطوة يخطوها، ويؤيدونه ويحمونه، ما دام يتبع القواعد، قواعدهم.

وعلى هذه الأرض الصلبة إلى جانب عديلة وقفت ليلى بعد تجربتها مع عصام، وفي نطاق القواعد المرسومة، عاشت تتحصن ضد الحياة التي تخشاها، وتكبت منابع الاندفاع والانطلاق في طبيعتها، وتواجه الحياة بوجه بارد، وقلب بارد، وإحساس بارد، وتصرفات محسوبة معدودة، وبراحة نفسية مبنية على شعورها بأنها على صواب، وبأنها مكتفية بذاتها، وإن إنسانًا ما لا يستطيع أن يؤذيها، أو يؤلمها.

ثم مر حسين بحياتها، ومسها تيار الحياة دافقًا دافئًا فوارًا مثيرًا مليئًا بانفعالات حية، لا يكاد يحلم بها من يتمسكون بالقواعد ويجيدون الحساب.

ووقفت ليلى على الشاطئ ترقب تيار الحياة وهو يتدفق، وشيء في قلبها يثور ويتمرد، يريد أن يصل ما بينها وبين تيار الحياة، وشيء في عقلها يشدها إلى الوراء، ويطوقها، ويحبسها على الشاطئ.

بقيت على الشاطئ، ولكن تيار الحياة عمق من شعورها بالوحدة والعزلة.

واشتد ارتباط ليلى بعديلة، وكأنها تستمد من هذا الارتباط القدرة على الوقوف على قدميها.. وازداد تباعدها عن سناء.

كانت عديلة تقف على أرض تستطيع ليلى أن تلمسها وأن تطمئن إليها، وكانت سناء تحلق في أجواء تخشى ليلى من مجرد التطلع إليها.

وفي عقل ليلى ارتبط حسين بهذه الأجواء، فهو يقف هناك عاليًا

ينتظر، ينتظرها هي، وهي لا تستطيع، ولا ترغب في أن ترتفع إليه حيث ينتظر .. حيث يعيش الإنسان في حمى مستمرة، حيث لا يعرف أين يقف، حيث يرى الأشياء على غير حقيقتها، ويشعر بقوة ليست له، وبجمال ليس فيه، وبسعادة أكبر مما يتحملها كيانه، وحيث يرتبط بالسماء بخيط رفيع، ينقطع فجأة، ويسقط الإنسان على الأرض.. حطام إنسان.

واستطاعت ليلى أن تخفي حقيقة حبها لحسين حتى عن نفسها، وأن تكبت حنينها له، أولًا بأول.

وترسب الحنين طبقات فوق طبقات، وكمن في الأعماق مع رغبتها الدافقة في الحياة، وفي الانطلاق.

وعلى السطح طفت الخديعة التي عاشتها ليلى في هذه المرحلة.

* * *

نظرت ليلى إلى ساعة الجامعة، وهي تدخل من الباب الخارجي. ودقت الساعة معلنة العاشرة إلا الربع. واتجهت ليلى إلى المبنى الرئيسي بكلية الآداب، وترددت قليلًا وهي تصعد السلم إلى الدور الثاني.. ليس من اللياقة أن يراها المحاضر، وأن يدرك أنها كانت في الكلية ولم تحضر محاضرته. ولكن كيف يدرك غيابها وفي المحاضرة عدد ضخم من الطلبة والطالبات؟

وزيادة في الاحتراس توقفت ليلى على مبعدة من إحدى الحجرات، ووقفت تنتظر خروج سناء وعديلة.

وانفتح باب الحجرة، وتزاحم الطلبة والطالبات في الخروج، وضحكت فتاة صغيرة سمراء واسعة العينين، كالقطة، وقالت لزميلتها:

٢٦٧

ـ شفتي سوزي، كانت عاملة في نفسها إيه؟

ـ ما خدتش بالي.

ـ كاشفة نصف صدرها، ومغرقة نفسها برفان، ومسبلة عينيها
للأستاذ طول المحاضرة.

وقالت صديقتها، وهي مغرقة في الضحك:

ـ وأظن صاحبنا ولا هوَّ هنا، إن الجبل اتحرك يبقى يتحرك هوَّ.

ولكزتها الفتاة الصغيرة في ذراعها منبهة.

وانشق موج الطلبة المتدافع، وظهر الدكتور فؤاد رمزي خارجًا
وهو يمشي في خطوات بطيئة متزنة، تتبعه سوزي برائحتها العبقة
وفريق من الطلبة والطالبات.

ومشى الدكتور رمزي وقامته الطويلة منتصبة، ووجهه الأبيض،
شاحب البياض الوسيم، خالٍ من التعبير، وعيناه الباردتان مصوبتان
إلى الأمام، وكأن هؤلاء الطلبة والطالبات لا يتبعونه، وكأنهم
لا يحادثونه، وكأنه لا يسمع ما يقولون.

وبدا لليلى كما لو كان يمشي في طريق خالٍ ليس فيه غيره، كما
لو كان قد اختفى خلف صندوق زجاجي، يعزله عن الآخرين.

واقترب الدكتور رمزي إلى حيث تقف ليلى. ولم تدرِ كيف
رآها وعيناه مصوبتان هكذا إلى الأمام، ولكنه رآها. وطافت عيناه
حولها ثم استقرتا عليها، وكأنهما تعاينانها، وكأنهما تزنانها،
بلا رغبة وبلا فضول، وببطء وبعناية، كما يعاين الإنسان قطعة
نقود في يده ليتأكد أنها ليست مزيفة. وانزاحت العينان، وتنفست
ليلى في ارتياح.

ولكن الدكتور رمزي توقف أمامها، وقال وهو يصوب نظره إلى الأمام وكأنه لا يراها:

ـ كنتِ فين يا آنسة؟

واحمر وجه ليلى والدكتور رمزي يواجهها، والطلبة من خلفه يتطلعون إليها في سرور وفي فضول، وكأنها فأر وقع في المصيدة. وتمالكت نفسها، وقالت في صوت ضعيف:

ـ جيت متأخرة.

ـ وبعدين؟!

وأدركت ليلى أنه يسألها هذا السؤال ليحرجها، وليصل إلى مرحلة التقريع والتأنيب، ولم تقل شيئًا.

ـ تاني مرة ابقي نظمي مواعيدك! إللي عايز يتعلم ضروري ينظم مواعيده!

قال الأستاذ هذه الكلمات دون أن ينظر إليها، وبصوت بارد وكأنه يؤكد لها وللآخرين، أنه في حقيقة الأمر لا يهتم بها في كثير ولا في قليل، سواء نظمت مواعيدها أم لم تنظمها، انحرقت بنار أو لم تنحرق. وأعقبت النصيحة الغالية ضحكة من طالب، انصرف الأستاذ على إثرها، وترك ليلى والعرق يبلل جبينها.

ودارت عينا ليلى تبحثان بلا جدوى عن عديلة وسناء، والتقت عيناها بعيني الطالب الذي ضحك، عينين وقحتين جريئتين، يعمقان من شعورها بالوحدة.

وتركت ليلى المكان وهي تكاد تهرول.

* * *

وانحرفت ليلى إلى حجرة الطالبات، ودفعت الباب، وانهارت على أقرب مقعد، وألقت حقيبتها على الأرض بجانبها، واحتفظت بمذكراتها في حجرها، وبدأت تنظر إلى الموجودات بطرف عينها، وكأنها تخشى أن ترفع رأسها.

على المائدة وسط الحجرة جلست طالبة تنقل محاضرة من مذكرات مفتوحة أمامها، وإلى يمينها جلست أخرى تلمع حذاءها بقطعة من الصوف، وفي مواجهتها واحدة تشرب الشاي في قرف شديد وكأنها قد وجدت فيه عقربًا، وأمام المرآة وقفت زميلتها نوال أو «النحلة» كما يسميها طلبة سنة أولى في قسم الفلسفة.. وقفت تسوي حاجبها الرفيع بطرف المشط.

والتقت عينا ليلى بعيني نوال في المرآة، وأشاحت ليلى بوجهها بعيدًا.

كانت عديلة قد قررت أن سمعة نوال بطَّالة في الكلية، وأن الاختلاط بها يسيء إلى سمعة الشلة. ومن يومها تجنبتها ليلى، إلا في حدود تبادل التحية.

ونقلت نوال المشط إلى الحاجب الآخر وهي تسويه:

ـ صباح الخير.

ولم تستطع ليلى وهي ترد على تحية نوال، أن تتغلب على الضيق الذي كانت تشعر به إذ ذاك.

ولحظت نوال هذا الضيق، وحسبته موجهًا إليها، ورفعت حاجبيها في استنكار، ثم ابتسمت ابتسامة خفيفة، واستدارت لليلى:

ـ لك جواب في اللوحة.

وقالت ليلى في تعجب واضطراب:

- جواب! ليَّ أنا؟

واتسعت ابتسامة نوال، وضاقت عيناها في نظرة خبيثة:

- جواب.. أهو.

وأشارت بيدها إلى لوحة الخطابات، وعادت تواجه المرآة، تسوي الثوب على جسدها الصغير، وتشد الحزام على خصرها الدقيق دقة غير عادية.

ووقفت ليلى أمام اللوحة، وأدركت من الطابع الأجنبي أن الخطاب من حسين.

ومدت يدًا مرتجفة وأخذته، ودسته في مذكراتها، واندفعت تجاه الباب.

ونادتها نوال وهي تتثنى وتمط في مخارج ألفاظها:

- ليلى.

وتوقفت ليلى على عتبة الباب مسمرة، وكأن أحدًا ضبطها وهي تسرق شيئًا، ثم استدارت ببطء ورأت كوب الشاي وقد توقف عند فم صاحبته، والفتاة التي تلمع حذاءها، وقد ارتخت في جلستها، ووضعت ساقًا على ساق، وكأنها مقبلة على مشاهدة موقف مسلٍّ، ونوال وقد وضعت يدها في خصرها، وفي عينيها نفس النظرة الخبيثة.. تقول:

- شنطتك، نسيتي شنطتك.

وانحنت ليلى لتتناول حقيبتها الموضوعة على الأرض، وأطالت في انحناءتها، وهي تحاول أن تخفي اضطرابها، ثم استقامت، وخرجت من الغرفة وهي تكاد تهرول.

واستوقفتها طالبة في الممر، وقالت لها شيئًا، لم تفهم منه إلا كلمة «عديلة»، وتمتمت هي بشيء ما، لم تدرك ما هو واستمرت في اندفاعها.

* * *

لمحت ليلى حجرة دراسية خالية، ودخلتها واختارت مكانًا في آخرها، وجلست. فتحت الخطاب بيد مرتجفة.

عزيزتي ليلى،

لم أكن أريد أن أستعمل كلمة «عزيزتي»، بل أردت أن أستعمل كلمة أخرى، كلمة أقرب إلى الحقيقة وإلى شعوري نحوك، ولكني خفت أن أخيفك وأنا أعرف أن من السهل إخافتك. من السهل بشكل مؤلم، مؤلم لي على الأقل.

وهذا أيضًا هو سبب ترددي في الكتابة إليك، ولكن حنيني الجارف إلى الوطن لم يترك لي الاختيار فقد أصبحت أنت رمزًا لكل ما أحبه في وطني، وعندما أفكر في مصر أفكر فيك، وعندما أحن إلى مصر أحن إليك، وبصراحة أنا لا أنقطع عن الحنين إلى مصر.

أكاد أراك تبتسمين، فأنت لا تصدقينني. أليس كذلك؟ أنت لا تثقين بي، أنت تقيمين بيني وبينك الحواجز، أنت لا تريدين أن تنطلقي وأن تتركي نفسك على سجيتها، لأنك تخشين أن تتعلقي بي، أن تفني كيانك في كياني، أن تستمدي ثقتك في نفسك وفي الحياة مني، ثم تكتشفين كيانك مدلوقًا ـ كالقهوة ـ في غرفتي.

٢٧٢

وأنا أحبك وأريد منك أن تحبيني، ولكني لا أريد منك أن تفني كيانك في كياني، ولا في كيان أي إنسان. ولا أريد لك أن تستمدي ثقتك في نفسك وفي الحياة مني أو من أي إنسان. أريد لك كيانك الخاص المستقل، والثقة التي تنبعث من النفس لا من الآخرين.

وإذ ذاك ـ عندما يتحقق لك هذا ـ لن يستطيع أحد أن يحطمك، لا أنا ولا أي مخلوق. إذ ذاك فقط، تستطيعين أن تلطمي من يلطمك وتستأنفي المسير. وإذ ذاك فقط تستطيعين أن تربطي كيانك بكيان الآخرين، فيزدهر كيانك وينمو ويتجدد، وإذ ذاك فقط تحققين السعادة فأنت تعيسة يا حبيبتي، وقد حاولت، ولم تستطيعي، أن تخفي عني تعاستك.

لقد انحبست في الدائرة التي ينحبس فيها أغلب أفراد طبقتنا، دائرة «الأنا»، دائرة التوجس والركود، دائرة الأصول، نفس الأصول التي جعلت عصام يخونك، وجعلت محمود يشعر بالعزلة في معركة القناة، وجعلت طبقتنا، كطبقة، تقف طويلًا موقف المتفرج من الحركة الوطنية، نفس الأصول التي تكرهينها وأكرهها، ويكرهها كل من يتطلع إلى مستقبل أفضل لشعبنا ووطننا.

وفي دائرة «الأنا»، عشت تعيسة، لأنك في أعماقك تؤمنين بالتحرر، بالانطلاق، بالفناء في المجموع، بالحب، بالحياة الخصبة المتجددة.

عشت تعيسة لأن تيار الحياة فيك لم يمت، بل بقي حيًّا يصارع من أجل الانطلاق.

فلا تنحبسي في الدائرة الضيقة، إنها ستضيق عليك

حتى تخنقك أو تحولك إلى مخلوقة بليدة معدومة الحس والتفكير.

انطلقي يا حبيبتي، صِلي كيانك بالآخرين، بالملايين من الآخرين، بالأرض الطيبة، أرضنا، وبالشعب الطيب، شعبنا.

وستجدين حبًّا، أكبر مني ومنك، حبًّا كبيرًا، حبًّا جميلًا.. حبًّا لا يستطيع أحد أن يسلبك إياه، حبًّا تجدين دائمًا صداه يتردد في الأذن، وينعكس في القلب، ويكبر به الإنسان ويشتد: حب الوطن وحب الشعب.

فانطلقي يا حبيبتي، افتحي الباب عريضًا على مصراعيه، واتركيه مفتوحًا.

وفي الطريق المفتوح ستجدينني يا حبيبتي، أنتظرك، لأني أثق بك، وأثق في قدرتك على الانطلاق، ولأني لا أملك سوى الانتظار.. انتظارك.

حسين عامر

ملحوظة:

أردت أن أكتب خطابًا خفيفًا، ولكني وجدت نفسي أتفلسف بالرغم مني، (وهذه نقيصة أخرى من نقائصي يمكن أن تضيفيها إلى القائمة).

ولكن أنت أيضًا تحبين الفلسفة وتحبين.. تحبين كل الأشياء التي أحبها.

صدقيني يا ليلى لقد خُلقنا لبعضنا.

* * *

وتناوبت مشاعر من الحنان والحزن على وجه ليلى، وهي تقرأ الخطاب.. وعندما فرغت منه، مالت بنصفها الأعلى وقد حدت

النظر إلى الأمام. وأشرق وجهها وكأنها ترى رؤيا جميلة، رؤيا بعيدة التصديق.. رأت نفسها تمشي بخطى جبارة إلى باب مغلق فتدفعه، وتقف على أقدامها على عتبة الباب تتلقى أشعة النور تغمرها وتلفها، وتتلفت لفتة أخيرة إلى الغرفة المظلمة التي انحبست فيها، فإذا بالنور قد أضاء جوانبها، وتسير إلى الأمام، لا يخيفها إنسان ولا يهينها إنسان، تلطم من يلطمها وتستأنف المسير!

ودقت ساعة الجامعة، وانتصبت ليلى واقفة، وكأنها تيقظت لتوها من النوم، وطوت الخطاب، وخرجت من الغرفة، ونزلت من على السلم الخلفي، بخطى متباطئة.

وفي نهاية السلم كادت تصطدم بعديلة.

١٥

واجهت عديلة ليلى بوجه جامد، وبشفتين مطبقتين. وجرتها من
يدها حتى انتحتا ركنًا خاليًا تحت السلم، وقالت:

ـ جواب إيه إللي جالك؟

ونظرت إليها ليلى في دهشة، ولم تقل شيئًا.

واستأنفت عديلة كلامها:

ـ أنا كنت حاضرب البت أم حواجب دي. أدخل أودة البنات،
أسأل عليك، تقول لي، قدام عشرين بنت: «صاحبتك جالها
جواب أزرق».. وخرجت ملبوخة!

وأشاحت ليلى بوجهها، وتنهدت، وكأنها قد تلقت صفعة على
وجهها.. ولمحت سناء تعبر الحديقة وهي تسير في اتجاههما،
وقالت:

ـ مفيش داعي تهولي المسألة يا عديلة!

ـ لو كنت شفت الضحك والغمز، كنت عرفت إني ما باهولش.

وقالت سناء وقد انضمت إليهما دون أن تشعر بها عديلة:

ـ مالكم مبلمين ليه؟

ولم يرد عليها أحد. وأعادت السؤال:

ـ والنبي مبلمين ليه؟

وقالت ليلى في صوت ضعيف، وقد تهدلت كتفاها:

ـ جالي جواب.

كما لو كانت قد قالت: «جات لي مصيبة».

وانفجرت سناء ضاحكة، ورمتها عديلة بنظرة قاسية، وقالت وهي
تؤكد خطورة هذا الخطاب بالذات:

ـ جواب أزرق يا ستي!

ولمعت عينا سناء وقالت وهي تضحك:

ـ لأ يا شيخة؟!

ومدت يدها إلى ليلى تصافحها وهي تقول:

ـ طيب إيدك على كده بَقه.

وبقيت يدها معلقة في الهواء، نظرت إليها عديلة شزرًا ولكزتها
ليلى في جنبها محذرة.

وقالت سناء:

ـ إيه الحكاية؟ ما تفهموني، كل المحزنة دي، على جواب أزرق؟!

وقالت ليلى موجهة الكلام إلى عديلة:

ـ على فكرة، كل الجوابات إللي بتيجي من ألمانيا زرقة، مش
ده بس!

وتهلل وجه سناء، وأحاطت ليلى بذراعيها، وقالت:

ـ من حسين؟ من حسين يا ليلى؟

٢٧٧

وبدت في عينيها فرحة حقيقية، وكأنها هي التي تلقت خطابًا من حبيبها:

ـ بيقول إيه؟ بيقول إيه يا ليلى؟

وتطلعت عديلة إلى ليلى، تنتظر إجابتها على سؤال سناء، وقد أنساها الفضول مؤقتًا، الفضيحة التي تصورتها.

واحمر وجه ليلى.. لا، لن تطلع عديلة على خطاب حسين، ولا سناء، ولا أي مخلوق. إن ما في الخطاب سر بينها وبين حسين، سر لا يعرفه غيرها وغيره، ولن يعرفه غيرهما أحد. لو قرأت سناء الخطاب أو عديلة لخجلت منهما، لشعرت كما لو كانت قد وقفت أمامهما عارية.

وأطبقت ليلى شفتيها، وأدركت عديلة أنها لن تتكلم، وقالت:

ـ حيقول إيه يعني؟ الكلام إياه المحفوظ، باحبك وباموت فيك ولا ليش غيرك. وتلاقيه ما بيفوقش من البنات الألمان.

وابيضت شفتا ليلى.

وقالت سناء:

ـ يا شيخة حرام عليك، هيَّ الدنيا يعني خلاص، مفيهاش إخلاص؟

وضحكت عديلة في سخرية:

ـ فيها يا ست سناء، في الروايات إللي بتقريها! تقدري تقولي لي لما سي حسين بيحب ليلى، ما طلبهاش من أهلها ليه؟

وقالت ليلى في صوت مكبوت:

ـ كفاية يا جماعة، أنا مش عايزة السيرة دي خالص!

ولكن المعركة كانت قد تطورت بين سناء وعديلة إلى حد لا يمكن السيطرة عليه.

وقالت سناء:

ـ يتجوزها إزاي؟ هيَّ شروة؟! إذا كانت دي واحدة كاشة وخايفة! يقول لها «باحبك» تقول له «ما باحبكش».. يعمل إيه؟ يشتريها؟! الراجل منتظر!

وكادت ليلى تصرخ وهي تقول:

ـ كفاية!

آلمها أن تناقش عديلة وسناء موضوعًا خاصًا بها هكذا، وكأنها غير موجودة، وكأنها غائبة، وكأنها قطعة من حجر لا قيمة لها.

ولكن عديلة لم تهتم باحتجاج ليلى، وردت على سناء في سخرية لاذعة:

ـ مسكين حسين؟ صايم، مش كده؟ ومنتظر لما المدفع يضرب.. على العموم الشعر الأصفر والعينين الزرق ما تفطرش.

وقالت ليلى وشفتاها ترتجفان:

ـ على العموم أنا ما يهمنيش، شعر أصفر، زفت، قطران، موضوع حسين دا كله ما يهمنيش! ومش عايزة حد يتكلم فيه!

ونظرت سناء إلى ليلى نظرة جانبية فيها حسرة، ثم هزت كتفها في يأس، واستأنفت المسير.

أما عديلة فلم يكن من السهل تثبيط همتها، كان عقلها يستجمع الخطوط، ويصل إلى قرارات سريعة، بشأن الخطوات العملية التي ينبغي أن تتخذها ليلى لمواجهة الموقف.

* * *

وفي عصر ذلك اليوم زارت عديلة ليلى في البيت، وقابلتها ليلى

بجفاء ملحوظ، كانت تدرك أنها ستضيق عليها الخناق، وتجبرها على اتخاذ خطوة عملية، وكانت تكره في هذه المرحلة اتخاذ أي خطوة عملية.

وركزت عديلة نظرها على ليلى، وقالت:

ـ حتعملي إيه؟

وأشاحت ليلى بوجهها بعيدًا ولم تجب.

وتكلمت عديلة، قالت إن واجبها كصديقة يحتم عليها أن تنبه ليلى إلى خطورة الموقف، وإن هناك حلًّا واحدًا لا بديل له، وهذا الحل هو أن تكتب ليلى لحسين خطابًا، ترجوه فيه أن ينقطع عن الكتابة إليها لأن تسلمها لخطاباته يسيء إلى سمعتها في الكلية.

وقفزت ليلى واقفة كالملدوغة.

واستأنفت عديلة كلامها بنفس الهدوء.. بل إن من المستحسن أن تكتب هي (أي عديلة) الخطاب بخط يدها، وتمضيه باسم ليلى، حتى لا يستخدم كسلاح يهدد استقرار ليلى في المستقبل، حين تخطب أو تتزوج «وياما بيوت خربت بالشكل ده».

واكتسى وجه ليلى بالرعب والاستنكار، وقالت في صوت ضعيف:

ـ مستحيل! مستحيل يا عديلة! إنت ما تعرفيش حسين!

وأشاحت عديلة بيدها، تستبعد كلام ليلى، وقالت إن كل الرجال سواء، وإن حسين ليس أفضل ولا أسوأ من غيره، وإن الاحتراس لم يضر أبدًا أحدًا.

وانهارت ليلى على مقعدها.

واستأنفت عديلة كلامها وهي تتساءل:

ـ هل هناك حل آخر؟

واستبعدت أن تكون ليلى راغبة في إيجاد علاقة بينها وبين حسين، وفي تبادل الخطابات معه بصورة منتظمة، لأنها ليست من هذا الطراز الرخيص من الفتيات اللاتي يستهن بالأصول، فلا يفزن في النهاية إلا باحتقار الرجل. فما الحل إذن؟ ليس هناك إلا الحل الذي تقدمه، الحل الذي يحسم الموقف حسمًا سريعًا وفعالًا.. وإذا لم ترد ليلى على حسين فسيعتبر هذا تشجيعًا له على الكتابة، وسيكتب بدل المرَّة مرَّات وتتسع الفضيحة في الكلية، يومًا بعد يوم، حتى تصبح سمعة ليلى مضغة في الأفواه. فهل هي مستعدة للتضحية بسمعتها؟ بأغلى ما تملك كل فتاة؟

وسكتت عديلة لحظة بعد أن انتهت من عرض الموقف ثم قالت وهي ترقب ليلى:

ـ إيه رأيك؟

واستندت ليلى برأسها على مسند المقعد وأغمضت عينيها، وقالت:

ـ ما أقدرش! ما أقدرش يا عديلة!

وقالت عديلة بقسوة:

ـ ليه؟ بتحبيه؟!

وهزت ليلى رأسها في يأس، وقالت:

ـ مش كده! مش كده!

ـ أمال إيه؟

وفتحت ليلى عينيها، ومالت بنصفها الأعلى في اتجاه عديلة،

ثم قلبت يديها، وكأنها عجزت عن تفسير الموقف لعديلة، وقالت بصوت يختلط بنبرة البكاء:

ـ حاقول إيه؟ مش حتفهمي!

وقامت عديلة واقفة، وقالت:

ـ أصلي حمارة! على العموم، أنا إللي عليَّ عملته، وأنت حرة في حياتك!

وخرجت غاضبة.

* * *

ولمدة أسبوع ظلت الحيرة تستبد بليلى، والدموع تسيل من عينيها، وهي تفكر، في الترام وفي الشارع وفي البيت وفي كل مكان تنفرد فيه، والتفكير يسلمها إلى مزيد من التفكير، وهي لا تستطيع أن تنزل على رأي عديلة.

وكانت ما تزال تفكر وهي تجلس بين عديلة وسناء، في محاضرة الدكتور رمزي، وصوت الأستاذ يصلها من بعيد.. حجج عديلة واضحة ومقنعة، ولكنها لا تستطيع أن تقذف في وجه حسين بحبه لها، لا تستطيع أن تطعنه بسكين وقلبه وكيانه متفتح لها، لا تستطيع أن تضرب اليد التي امتدت إليها، لا تستطيع أن تقطع خط النور الوحيد الذي يلتمع في حياتها.

إن هذا يعني نهايتها، يعني أن تبقى دائمًا في الدائرة المغلقة في الحجرة المظلمة.

الدائرة المغلقة؟! الحجرة المظلمة؟! كلام فارغ، أوهام. الدائرة المغلقة هي التي حبسها فيها عصام، وسيحبسها فيها حسين يومًا ما، وهي الابتسامة الساخرة التي تواجهها بها نوال، حين تصادفها

في الممر، وهي جفاف عديلة، والاستنكار المرتسم على وجهها.
هذه هي الدائرة المغلقة التي يجب أن تخرج منها.

ولكنها لا تستطيع، لا تستطيع أن تؤلم حسين.. ويخفق كيان ليلى بالحنان، وهي ترى ملامح حسين القوية تلين في ابتسامته الجميلة فيصبح وجهه كوجه طفل رضيع.. أبدًا لم يعاملها إنسان بالرقة التي عاملها بها حسين، ولم يعرفها إنسان على حقيقتها، كما عرفها حسين، وكأن الحجاب قد زال بينهما، وكأنه يستطيع أن يرى ما بداخل أعماقها.. «صدقيني يا حبيبتي لقد خُلقنا لبعضنا».. لا إنها لا تستطيع أن تؤلمه وأن...

وأفاقت ليلى على سناء تلمس ذراعها، والدكتور رمزي يردد اسمها «الآنسة ليلى سليمان».

وأدركت أنه قد وجه إليها سؤالًا لم تسمعه، وقفزت واقفة وقالت في صوت حاولت أن تكسبه هدوءًا:

ـ أرجو إعادة السؤال.

وأعاد الدكتور رمزي السؤال، ووقف ينتظر وعيناه تضيقان عليها الخناق، لتعترف. وقالت ليلى بصوت خافت:

ـ آسفة.. ما تتبعتش المحاضرة!

وقال الأستاذ:

ـ طبعًا.. كنت سرحانة!

وتعالت الضحكات في الفصل، ووجه الأستاذ نفس السؤال لطالب في الجانب الآخر من المدرج.

ومالت نوال على سوزي وقالت شيئًا، وضحكت سوزي ثم استدارت لتواجه ليلى التي جلست خلفها، وقالت هامسة وهي تبتسم:

ـ إللي واخد عقلك يتهنى به.

ولكن ابتسامة سوزي ماتت على شفتيها، حين نظرت إليها عديلة وقالت في صوت مكتوم:

ـ اتعدلي أحسن لك، وبلاش الكلام الفارغ ده!

واعتدلت سوزي.

ونظرت ليلى من طرف عينيها إلى عديلة، ولكن عديلة أشاحت بوجهها عنها في غضب.

وبعد أيام كانت ليلى تمر بالبهو الخارجي مع عديلة وسناء حين استوقفتهن نوال وقالت في خبث وسخرية:

ـ ليلى.. لك جواب في أودة البنات.

وابتسمت عديلة في مرارة وانتصار، وكأنها تقول لليلى: «جالك كلامي»!

وعندما ذهبت ليلى لتأخذ خطاب حسين، وجدت الحجرة مليئة بالطالبات، ومشت إلى اللوحة في اضطراب، ومدت إلى الخطاب يدًا مرتجفة، وخيل إليها أن كل العيون مسلطة عليها، وشعرت بالخطاب يحرق يدها ودسته في الحقيبة واستدارت وهي تتحاشى أن يلتقي نظرها بأحد.

وفي الطريق إلى الباب اصطدمت بالمائدة وفقدت توازنها، وخرت على الأرض راكعة، وسمعت ضحكات عالية، وضحكات مكتومة، وغشي بصرها وهي تجمع ما تناثر من حقيبتها فتحسست الأرض بيديها كالعمياء.

* * *

وفي عصر ذلك اليوم، زارت ليلى عديلة دون سابق اتفاق،
وجلست في الصالون تنتظر وقد تصلب جسمها، وجمد وجهها.
وبعد أن صافحت عديلة دست في يدها ورقة بيضاء مطوية.
وقالت عديلة:
ـ إيه دي؟
وأجابت ليلى في اختصار:
ـ عنوان حسين.
وفهمت عديلة أن ليلى قد قبلت الحل الذي عرضته عليها، وأن
هذا القبول يكلفها ألمًا نفسيًّا عميقًا، وبدا الحزن في عينيها وهي
تقول، وقد تهدج صوتها:
ـ أنا باعمل كده عشان مصلحتك يا ليلى!
ـ أنا عارفة.
ـ تحبي تكتبيه إنت يا ليلى في البيت لوحدك؟
وهزت ليلى رأسها بالنفي. فقد حاولت أن تفعل ذلك ولم تستطع.
واقترحت عديلة أن تكتب هي الخطاب، في وقت آخر.. في
غيبة ليلى.
وقالت ليلى بصوت مكتوم:
ـ دلوقت.
ولم تفهم عديلة إصرار ليلى على مواجهة هذا الموقف المؤلم
إلا بعد أن بدأت عملية الكتابة. لم توافق ليلى على النسخة الأولى
التي كتبتها عديلة، ولا النسخة الثانية.. وقالت:
ـ حاجة أرق! حاجة رقيقة يا عديلة!

وأرادت عديلة أن تقول لليلى في سخرية: «إنت مش حتنبسطي إلا إذا كتبت أنا جواب غرامي لحسين»، ولكن الكلمات توقفت على شفتيها، كانت ليلى مشدودة بحيث يكفي أن يشكها الإنسان بطرف إبرة لتنفجر.

وقالت عديلة:

ـ رقيقة إزاي؟

ـ اشكريه.

ـ أنا؟

ـ إنت مش بتكتبي الجواب باسمي، أنا إللي باشكره.

ـ على إيه؟

ـ على كل حاجة، على كل شيء.. اكتبي كده.

وأملت ليلى عديلة الخطاب. وتحجرت الدموع في عينيها وهي تقول:

ـ «وأنا أشكرك من كل قلبي على ما فعلته من أجلي، على كل شيء».

ولم تعجب هذه الصيغة عديلة، ولكنها خشيت أن تحتج. أدركت أن أقل معارضة قد تجعل ليلى تعدل عن قرارها، وتلغي فكرة الخطاب نهائيًّا.

وشكرت عديلة حسين.

وخرجت ليلى، وعندما وصلت إلى الشارع تنهدت بارتياح، وكأنها خرجت لتوها من معركة أنهكت قواها، وشعرت بشعور من انتظر البلاء حين يحل به البلاء، ويدرك أن الأسوأ قد حدث.

١٦

تكررت مضايقات الدكتور رمزي لليلى في الفصل وخارج الفصل
إلى درجة جعلتها تصيح في يأس:

ـ الراجل ده عايز مني إيه؟ عايز مني إيه بس؟

وفي نهاية كل فصل دراسي، كانت تتمنى من قلبها لو لم يحاضرها
في الفصل الدراسي التالي، ولكن أمنيتها لم تتحقق قط. حاضرها
باستمرار طيلة دراستها الجامعية، في مادة أو أخرى.

كانت تشعر وكأنه يشرب من دمها بالتدريج قطرة فقطرة، وينتظر
الوقت الذي يجف فيه دمها، كل دمها.

بدأ بتركيز اهتمامه عليها في الفصل، واختصها بالأسئلة الصعبة
وكأن ليس في الفصل غيرها.

يسأل السؤال ويقف ينتظر ليسفه إجاباتها، ينتظر ووجهه الشاحب
الوسيم خالٍ من التعبير، يكلمها وكأنه لا يكلمها، ويستمع إليها وكأنه
لا يستمع إليها، موجود في الفصل يربض بوجوده على أنفاسها وكأنه
غير موجود، وكأنه يقف وحده في صندوق زجاجي، يميزه ويفصله
ويعزله عن بقية الموجودين.

وتجيب هي ويسفه هو إجابتها، ولم تكن تغضب لأنه يسفه إجاباتها.. فغالبًا ما يسفه إجابات بقية الطلبة والطالبات. كانت تغضب لأنه يجد لذة خاصة في تسفيه إجاباتها هي دون إجابات الآخرين.

فعندما يبدأ في تسفيه إجاباتها تلتمع بسمة ساخرة على الشفتين الرقيقتين الشاحبتين وتومض العينان الباردتان بالانتصار، وكأنه وجه لعدوه ضربة قاضية. وينزاح الصندوق الزجاجي، ويشعر الطلبة أن الحياة قد دبت في الأستاذ، ويسري التيار بينه وبينهم، وترتفع الضحكات وتعلو التعليقات، ويتحول الإله إلى إنسان ينكت، على حسابها طبعًا، ويقول: «لا.. لسه بدري عليك! حضرتك بتتفلسفي، الفلسفة مش حلة ملوخية يا آنسة».. «إنت عارفة إنت محتاجة لإيه؟ محتاجة لفرامل، فرامل لخيالك، الفلسفة مش خيال.. الفلسفة قواعد صارمة، وقوانين صارمة».. «قسم الفلسفة مش مكانك، كان حقك تروحي قسم من أقسام الآداب، يمكن خيالك كان ينفعك هناك».

وبدأ صراع صامت، أُملي على ليلى إملاء، صراع شعرت أنه يهد كيانها، ويمتص الدم من عروقها.

وفي بادئ الأمر لم تفهم ما الذي يريده الدكتور رمزي منها. وبعد فترة فهمت.. فهمت أن مفهومه للحياة يختلف عن مفهومها لها اختلافًا بينًا، لسبب بسيط، وهو أن طبيعته تختلف عن طبيعتها اختلافًا بينًا. وأدركت أنه يريد أن يذلها هي بالذات، وأن يُخضعها، وأن يَسمعها تُردد آراءه.

ولم يكن يعتقد في رأي غير رأيه، ولم يكن يعجب بإجابة، أو بالأحرى يقر إجابة (فالإعجاب وفقًا له إحساس سوقي لا يليق بالشخص المثقف

الذي ينبغي أن يفرض على مشاعره نظامًا حديديًّا)، لم يكن يقر إجابة إلا إذا كانت الإجابة تتمشى مع رأيه الخاص، إلا إذا رددت إليه بضاعته!

ولم تكن ليلى عنيدة في هذه المرحلة من مراحل حياتها، كانت تسلم بالكثير وتستسلم دون مناقشة، ولكن شيئًا ما جعلها تتحمل التسفيه والتعليقات والنكات، ولا تستسلم هذه المرَّة، وكأن خطرًا ما ينتظرها إذا ما استسلمت.

قالت عديلة:

ـ ما تقولي إللي هوَّ عايزه وتخلصي.

ـ هوَّ عايزني أبقى زي البغبغان؟!

ـ بغبغان، بغبغان، مش أحسن ما هو مستقصدك؟ حيجرى إيه يعني لما تريحيه؟

ولم تجد ليلى ردًّا مقنعًا. لو قالت لعديلة إن شيئًا ما في أعماقها يحذرها من الاستسلام، ويمنعها من الاستسلام، لضحكت منها عديلة. لو قالت لها إن خطرًا ما يهددها من ناحية الدكتور رمزي، خطرًا لا تستطيع أن تعرف كنهه، لحسبتها عديلة مجنونة.

ولم تستسلم ليلى. وظل الدكتور رمزي يشرب من دمها، وكلماته كالمطرقة في يد العامل تهدم يومًا بعد يوم من مقاومتها، ووجوده يملأها بخوف يشل حواسها، ويجذبها في ذات الوقت، فلا تستطيع أن ترخي عنه عينيها.

* * *

وقفت ليلى تجيب على سؤال وجَّهه إليها الدكتور رمزي.

وضاقت عينا الدكتور رمزي وهو يخفي ابتسامته، ولم يبدُ على

وجهه شيء من التعجب، وكأنه كان يعرف أنها ستستسلم، وأن المسألة مسألة وقت، وصبر، ومثابرة لا أكثر ولا أقل.

ولكن ليلى بالغت في إجابتها، كانت ذكية، وكانت مهتمة بكل ما يدور حولها، واستطاعت أن تفهم ما يريد، وأن ترد له رأيه بكلمات تكاد تكون كلماته، وبطريقة حاولت أن تجعلها شبيهة بطريقته.

ولم يغب هذا التطابق على الأستاذ وقال:

ـ إنت مقتنعة بالكلام إللي بتقوليه؟

وأطبقت ليلى شفتيها في غضب ولم تجب.

وبدأت عملية أخرى أشبه بعملية النحات وهو يعمل بمعوله في رقة أحيانًا، وفي عنف أحيانًا أخرى، وفي دراية وتصميم دائمًا. هنا لمسة خفيفة، وهنا انحناءة عميقة، وهنا جزء يجب استئصاله كلية، وهنا جزء يصقل ويهذب.

والتمثال تبرز معالمه تدريجيًا، ويتشكل ضربة بعد ضربة، وفقًا لإرادة الفنان.

ولم تدرك ليلى شيئًا من هذا، أدركت فقط أن الدكتور رمزي قد غير أسلوب معاملته لها، وأنه أصبح يعتبرها من مدرسته، ومن بين أتباعه في الرأي، وأنه أصبح أكثر صبرًا عليها، وتحملًا لهفواتها. وإن كان ما زال ينتقدها انتقادًا مرًّا في بعض الأحيان، فإنما يفعل ذلك لكي تتعلم من أخطائها.

وبدأت ليلى تنضم إلى عديلة في الدفاع عن الدكتور رمزي، عندما تهاجمه سناء.

* * *

وفي السنة الثانية امتدت سطوة الدكتور رمزي إلى ما اعتقدت ليلى من قبل أنه من خصائص أمورها.

كانت تسلم إليه مرَّة بحثًا في حجرته، ومدت يدها بالبحث ووضعته على المكتب وهمت بالخروج، وقال هو:

ـ إيه ده؟

وأدركت ليلى أن نظرته مصوبة إلى وجهها وإلى شفتيها بالذات.

وكانت جميلة قد دعتها في الليلة السابقة إلى حفل ساهر، وأصرت على أن تصبغ لها شفتيها، وفي الصباح تبقى أثر الروج فأضافت إليه لمسة خفيفة قبل أن تخرج إلى الكلية.

واحمر وجه ليلى وقالت متهربة:

ـ هوَّ إيه؟

ـ إللي في شفايفك؟

وقالت ليلى بصوت خافت وكأنها تجلس على كرسي الاعتراف:

ـ روج.

وكتم هو ابتسامته وقال:

ـ أنا عارف إنه روج، ولكن حاطاه ليه؟ إنت عمرك ما حطيتي روج قبل كده!

وقالت ليلى مبررة فعلتها:

ـ كل البنات بيحطوا.

ـ دا تفكير سوقي.. هل معنى إن البلد اجتاحتها موجة فساد، إن إحنا كلنا نبقى فاسدين؟!

وأثارت الإشارة إلى الفساد ليلى، وقالت في غضب:

ـ أنا مش فاسدة!

وقال هو في برود دون أن يهتز لغضبها:

ـ أنا باقول عكس كده، باقول إنك أحسن من البنات إللي بيعملوا كده.

وقالت ليلى في عناد طفولي:

ـ أنا مش أحسن من حد!

ـ إنت قطعًا أحسن!

ونظرت إليه ليلى للمرَّة الأولى منذ أن دخلت الغرفة، وقالت:

ـ أحسن ليه؟

وابتسم في وجهها، وفي عينيه نظرته الباردة الواثقة، وقال ببساطة:

ـ لأني أنا أعتقد كده.

* * *

ولم يقف الأمر عند هذا الحد، تتبعتها عيناه في كل مكان تذهب إليه. كان يظهر فجأة وكأن الأرض انشقت عنه، وتطوف عيناه بها، وتتركزان عليها، وكأنهما تعاينانها، وكأنهما تزنانها، بلا رغبة، بلا عاطفة، ببطء وعناية، كما يعاين الإنسان قطعة من النقود في يده ليتأكد أنها ليست مزيفة.

وكانت ليلى تنتفض تحت نظرة الدكتور رمزي، ويشل حواسها خوف غامض، وتتنهد في ارتياح حين تنزاح عيناه عنها.

ولكنه كان يملي وجوده عليها حتى وهو غير موجود.

فإذا وقفت تضحك هي وعديلة وسناء مع واحد من الطلبة، شكرت الله لأن الدكتور رمزي لم يرها، وإذا ألقت في محاضرة بحثًا

حاز إعجاب أحد الأساتذة، تمنت لو سمعها وهي تلقي البحث حتى يدرك تفوقها، وإذا ما انهمكت في القراءة في المكتبة لمدة ساعات تساءلت: لمَ لا يراها وهي تخلص للعمل هكذا؟ لمَ لا يراها إلا وهي ضاحكة أو متلطعة تدردش في أركان الكلية؟ لمَ لا يراها إلا وهي تفعل ما لا يجب أن تفعله؟ ولكنها كانت تنسى وجوده أحيانًا، كما نسيته ذلك الصباح.

* * *

كانت ليلى تجلس في صالة القراءة بالمكتبة، حين اقترب منها زميل لها في السنة الثانية، وطلب منها إعارته المرجع الذي تقرأ فيه حين تفرغ من قراءته.

ورفعت ليلى رأسها إلى زميلها، وتذكرت حسين فجأة.

ذكرها شيء في العينين السوداوين الكبيرتين بحسين وهو يبتسم، نعم عينا حسين تبدوان هكذا حين يبتسم، تذوب فيهما الجرأة والقوة والصلابة، وتصبحان ناعمتين كهاتين العينين، حالمتين حنونتين مثلهما.

ووعدت ليلى زميلها بإعارته المرجع وهي تبتسم، وجر الزميل المقعد الذي يجاورها، وجلس، وقال إنه معجب بمناقشاتها في الفصل، واستطرد فذكر أنه يكتب الشعر، ويود لو قرأت بعض قصائده، وبدأ يتكلم عن المستقبل، عن الشعر الذي يريد أن يكتبه، والتجديد الذي يريد أن يدخله عليه، حتى يتجنب الانفصال القائم بين القالب الشعري والمضمون...

وجلست ليلى تنصت إليه وقد ارتخت في جلستها، وأسدلت

جفنيها على عينيها، ومالت برأسها إلى جانب، ولمعت على فمها ابتسامة خفيفة.

تخيلت أنها تستمع إلى حسين، فحسين حين يتكلم عن المستقبل يرن صوته هكذا، وتتسلل إليه نبرة حالمة، وحسين حين يتكلم، تفيض كلماته هكذا، وكأنها تفيض بحياة خاصة بها، حياة تسري إلى من يستمع إليه، وتجعله يحلق معه حيث يحلق عاليًا.

وقال صوت بارد قاسٍ:

ـ شفتم الكتاب ده؟

واندفع كتاب على المائدة تجاههما.

وفتحت ليلى عينيها، ورأت الدكتور رمزي يواجهها. ووقف زميلها، ولم تستطع هي أن تقف، لم تعد ترى شيئًا، أصيبت بدوار أشبه بالدوار الذي يصاب به من يسقط من مكان عالٍ.

وتصفح زميلها الكتاب واستأذن الدكتور رمزي في استعارته. وقال الدكتور إنه وضع نسخة من الكتاب في المكتبة، وإن لم تكن قد قيدت بعد.

واعتذر بأنه لا يستطيع أن يعيره هذه النسخة لأنها نسخته الخاصة:

ـ وأنا أحب كتبي تبقى نضيفة، ما أحبش حد يمسها، لو حد مس الكتاب، ما أقدرش أطالع فيه بعد كده، ما أشعرش إنه كتابي!

وقال الدكتور رمزي هذه الكلمات وهو يركز عينيه على ليلى ليؤكد كلماته، وكأنه يحملها أكثر من معنى.

ولكن ليلى لم تكن في حالة تسمح لها بفهم ما يدور حولها، شل الخوف حواسها وكأنها ضبطت متلبسة بجريمة خطيرة.

وحاول الدكتور رمزي أن تتقابل عيناه مع عيني ليلى، وقال موجهًا الخطاب لها:

ـ شفت الكتاب ده يا آنسة؟

ولم ترفع ليلى عينيها إليه، مدت يدين مرتجفتين إلى الكتاب وسحبته في بطء إلى حيث تجلس، وركزت عينيها على غلافه الخارجي.

وترك الدكتور رمزي الكتاب راقدًا بين يديها، واتجه إلى صفوف الكتب المتراصة في مكتبات الحائط.

واعتذر زميلها وانصرف.

وودت هي لو استطاعت أن تنصرف، ولكنها لم تستطع، كان عليها أن تنتظر حتى يسترد الدكتور رمزي كتابه.

وأطال هو وقفته بين الكتب، واتجه بخطواته البطيئة المتئدة إلى حيث يجلس أمين المكتبة.

وخيل لليلى أنه يسير بخطواته البطيئة الرتيبة على أعصابها، وأنه يطيل وقفته مع الأمين ليطيل من تعذيبها.

وحين عاد اكتشف أنها لم تمس الكتاب، وقال:

ـ يعني ما فتحتيش الكتاب! مكسوفة ولَّا إيه؟

وفي هذه المرَّة فهمت ليلى الإشارة المزدوجة، فهمت المعنى المقصود واحمر وجهها.

* * *

وتغير أسلوب الدكتور رمزي في معاملة ليلى تغيرًا بينًا.

كان يشيح ببطء عنها إذا ما قابلها في الممر، بلا معاينة، وكأنه

٢٩٥

قد اكتشف أن قطعة النقود مغشوشة، ولا تستحق المعاينة. وفي الفصل انقلب عليها، واشتدت قسوته بشكل واضح أثار تعليقات الطلبة والطالبات.

وقالت سناء:

ـ الراجل ده حكايته إيه؟ هوَّ مش حيتلم بَقه؟

وقالت ليلى:

ـ أنا ما أقدرش أستحمل أكتر من كده، كفاية بهدلة بَقه! ثم أنا نفسي أفهم هوَّ عايز مني إيه؟!

وتوقفت عديلة عن المشي، وقالت وكأن فكرة عبقرية قد طرأت لها:

ـ يكونش بيحبك يا ليلى؟!

ـ اتلهي.. حنخرف بَقه؟

وضحكت سناء:

ـ وحب إيه المنيل ده؟ دا كره مش حب!

وسحرت الفكرة عديلة، وقالت وهي تقلد أحد أساتذة الفلسفة:

ـ ولمَ لا؟ ألم يقل الفيلسوف المشهور «شوبنهاور» إن الحب في أعماقه كره، والكره في أعماقه حب؟

وانفجرت ليلى وسناء ضاحكتين.

وقالت سناء وهي تشرق بدموعها:

ـ على طريقة البرميل إللي الواحد يفتحه من ناحية يطلع عسل ومن الناحية التانية يطلع زفت.. مش كده؟

وقالت ليلى:

ـ كفاية هزار بَقه، وتعالوا نقعد في حتة، نشوف لنا حل في الموضوع ده!

واتجهت الصديقات إلى ركنهن المختار على العشب خلف المكتبة.

وتربعت عديلة، وبدت الجدية على وجهها، وقالت موجهة الخطاب إلى سناء:

ـ ما هو أنا كمان ما أعطيش عقلي لغيري، تقدري تقولي لي الراجل ده ملاحقها في كل حتة ليه؟ وغاوي بهدلتها ليه؟

وقالت سناء:

ـ ليه يا ست الشيخة؟

وكتمت عديلة ابتسامتها وقالت:

ـ والنبي بيحبها.

والتفتت إلى ليلى وعيناها تلتمعان:

ـ حَقَّة يا ليلى لو اتجوزك تبقى حتة جوازة!

وقالت سناء في حركة مسرحية:

ـ يا حفيظ!

وأمالت عديلة رأسها إلى جانب وقالت لسناء في حماس، وكأن الدكتور رمزي قد عرض فعلًا الزواج على ليلى:

ـ إيه؟ ماله؟ وحش! أستاذ قد الدنيا، وشكل وعربية وعز واسم، عريس تتمناه كل بنت في الكلية!

وقالت ليلى:

ـ دي مصيبة إيه دي يا إخوانا؟! إحنا في إيه ولَّا في إيه؟ خلينا في

الموضوع، أنا ضروري أشوف لي حل مع الراجل ده!

وقالت سناء في جدية:

ـ بسيطة، مفيش إلا حل واحد.

ونظرت إليها ليلى متسائلة في اهتمام.

وقالت سناء:

ـ اتجوزيه.

وانفجرت ليلى ضاحكة، ولم يعجب الحال عديلة:

ـ مالك؟ إيه إللي مسيب مفاصلك كده؟ بَقه الجوازة دي مش...

وقاطعتها ليلى وهي تشرق بالدموع من أثر ضحكها:

ـ بس يا عديلة إيه إللي جاب سيرة الجواز والهباب دلوقت، إحنا في إيه ولَّا إيه؟

ولكن عديلة كانت في واد آخر، كانت الفكرة التي طرأت عليها قد تحولت إلى عقيدة، وأصبحت تدافع عنها كأنها حقيقة واقعة:

ـ طيب بشرفك يا ستي سناء مش تتمنيه؟

ـ فشر.

ـ تتجوزي أحسن منه؟

ـ طبعًا.

وانبعثت صورة محمود أمام ليلى، وبدا لها بجانب الدكتور رمزي كالقزم إلى جانب العملاق، ولم ترتح في أعماقها إلى هذا التشبيه.

ومالت سناء على عديلة وقالت بصوت هادئ:

ـ عارفة يا عديلة إللي تتجوز الدكتور رمزي حتعيش إزاي؟

وبدا الاهتمام في عيني ليلى وهي تصغى إلى سناء وهي تستأنف كلامها:

ـ حتتحط في تلاجة وينقفل عليها، في علبة سردين وتتختم عليها.

وسرت رجفة إلى جسم ليلى، ووضعت عديلة يدها على خدها وقالت في استخفاف:

ـ عجايب!

واستأنفت سناء الكلام:

ـ وأنا شخصيًّا مش عايزة أعيش في تلاجة، أنا عايزة أطير.

وقالت عديلة:

ـ تطيري؟ كده؟!

ومدت ذراعيها وهزتهما كالجناحين حولها.

وقالت سناء وهي تكتم بسمتها:

ـ أيوه.

ـ طيب يا بت، ما هو ده يطيرك.. عيبه إيه؟

وقالت سناء في استنكار:

ـ يطير.. دا يكتم على نفس الواحدة لغاية ما يخنقها!

وقالت عديلة:

ـ طيب تعرفي تتلهي، والله دا بكرة الكلية كلها حتحسد ليلى.

وقالت ليلى لعديلة وهي تضحك:

ـ تعرفي تتلهي إنت عشان نشوف لنا حل في الموضوع ده!

وقالت سناء:

ـ أنا عندي اقتراح: عديلة تكلمه وهيَّ داخلة تاخد البحث بتاعها.

وقالت ليلى:

ـ تقول له إيه؟

ـ تقول له: «ليه الأسية يا حبة عينيا؟ اعتقها لوجه الله ولوجه المحبة».

وانفجرت عديلة ضاحكة وهي تتصور نفسها تقف أمام الدكتور رمزي بوجهه المتجهم، وتقول هذا الكلام.

وقالت ليلى في غضب وهي تهم بالوقوف:

ـ أنا حاروَّح.

وجذبتها سناء من ذراعها:

ـ خلاص.. أنا حاتكلم جد.. عديلة تقول له: «ليلى بتعتذر إذا كان بدر منها أي حاجة غلط، وبترجو إنك تسامحها».

وقالت ليلى:

ـ معقول. بس بلاش حكاية يسامحها دي.

وقاطعتها عديلة:

ـ ومين قال إني حاكلمه في الموضوع ده؟

وانقبض وجه ليلى، وقالت سناء:

ـ ولا تزعلي.. أنا عندي اقتراح تاني.

ـ إيه؟

ـ عديلة تتجوزه.

وقالت ليلى لسناء في مرارة:

ـ إنت فايقة النهارده أوي!

وقالت عديلة وهي تفكر:

ـ بصراحة ما ينفعش.

وقالت ليلى:

ـ هوَّ إيه إللي ما ينفعش؟

ـ حكاية جوازي بالدكتور رمزي.. لأنه إما يكسر دماغي من أول
أسبوع، أو أكسر أنا دماغه! أصلنا زي بعض.. راس وراس.

وضحكت سناء وقالت:

ـ فولة وانقسمت نصين.

وقالت عديلة وهي ما تزال تفكر:

ـ لأ. أنا قطعًا ما انفعهوش! هوَّ عايز واحدة زي ليلى، ناعمة،
ورقيقة، وهادية، ولطيفة.

وأكملت سناء كلام عديلة:

ـ ومطيعة، ومغمضة، ومن الإيد دي للإيد دي، زي الخاتم في
صباعه!

وقالت ليلى بغضب:

ـ هوَّ أنا ما أخدش منكم إلا التريقة؟ على العموم دي مشكلتي
وأنا إللي حاحلها!

وقالت سناء:

ـ حتقولي له إيه يا ليلى؟

ـ حاقول إللي أقوله، المهم إني ما أتبهدلش في الفصل بالشكل ده!

* * *

وعندما اتجهت ليلى إلى حجرة الدكتور رمزي بحجة استرداد
بحثها كانت قد أعدت العدة لكل كلمة ستقولها.

ولكن عندما رفع إليها وجهه الشاحب وهو يجلس إلى مكتبه تبخر من عقلها كل شيء أعدته. وتقدمت حتى حاذت المكتب، وقالت وقد خالطت نبرتها ثورة على ضعفها:

ـ البحث من فضلك!

وفتح درجًا من أدراج المكتب في بطء وهو ينظر إليها، وأخرج البحث بلا تردد، وكأنه كان يتوقع قدومها، وقذف به على المكتب أمامها، وهو ما يزال ينظر إليها. واحمر وجه ليلى وهي تمسك بالبحث في يدها، وتهم بالاستدارة خارجة.

وجاءها صوت الدكتور رمزي باردًا:

ـ انتظري.

وتسمرت في مكانها دون أن تنظر إليه.

وقال:

ـ افتحي البحث، وشوفي التقدير.

وكانت الدرجة «جيد جدًّا»، وكانت واثقة أنه يعرف أنها «جيد جدًّا» ومع ذلك سألها:

ـ التقدير إيه؟

ـ جيد جدًّا.

ـ كان ممكن تاخدي «ممتاز». عارفة ما أخدتيش ممتاز ليه؟

ولم تجب.

وتسرب الغضب إلى صوته البارد وهو يقول:

ـ ما ترديِ.

ولم ترد. وانفجر غضبه:

ـ عشان بتضيعي وقتك، عشان بتستخدمي المكتبة في أغراض ما اتعملتش المكتبة عشانها!

وانقبضت يدا ليلى على حافة المكتب، وودت لو استطاعت أن تضربه، ولكن الخوف شلها، وظلت مكانها لا تتحرك، ولا تتكلم، ولا ترفع نظرها إلى أعلى، ولفتها موجة كراهية عميقة انقبض لها وجهها.

وقال الدكتور رمزي وقد استعاد صوته هدوءه:

ـ إنت بتكرهيني.. مش كده؟

ولم تتكلم، رفعت إليه عينيها وركزتهما في عينيه.

واختلجت عينا رمزي، وتطرق إلى قلبه خوف مبهم، كما لو كان، لأول مرَّة في حياته، قد نسي أن يعد العدة لشيء.. أو أسقط من حسابه شيئًا، ما كان ينبغي له أن يسقطه.

عكست عينا ليلى قوة جبارة، مزيجًا من الثورة والعنف والاعتداد والكراهية، قوة لم يخيل إليه قَطُّ أن من الممكن أن يحتويها كيان هذه الطفلة الرقيقة الوديعة.

وأدرك الدكتور رمزي أن اللحظة التي يمر بها لحظة حاسمة، وأنه يقف وهذه الفتاة التي تواجهه على مفترق الطريق. وتغلب على دهشته المفاجئة، وعادت عيناه تتركزان عليها وهو يعكس فيهما أقوى ما يحتويه كيانه من قوة ومن سطوة وعنف. ودخلت عيناه مع عينيها في صراع صامت طويل. وهما الآن تتصديان لها في برود متربص، وهما الآن تقتحمانها وتهدانها هدًّا، وهما ترقان وهو يخضعها ويروضها، وهما تعمقان بعمق من عمقها، وكأنه يسلبها منابع القوة قطرة بعد قطرة.

وشعرت ليلى أن الدم قد هرب من جسمها وأسدلت جفنيها على عينيها.

وقال الدكتور رمزي وهو يبتسم ابتسامة خفيفة:

ـ بتزعلي مني ليه؟ عشان عايزك تمشي صح؟! عشان عايزك تبقي أحسن بنت في الكلية؟

وأبقت ليلى جفنيها مسدلين على عينيها، ولم تتكلم. وقال هو:

ـ أنا عايزك تجاوبي على سؤال واحد بس، إللي عملتيه ده.. صح ولَّا غلط؟

ولم تجب، وأعاد سؤاله بنفس الهدوء وسكت.

وملأ الانتظار كل لحظة، كل ذرة من هواء الغرفة، وكأن العالم كله قد توقف متربصًا، ينتظر منها أن تتكلم.

وسالت الدموع بلا صوت من عيني ليلى، وارتخت قبضتها على حافة المكتب.

ومد هو يده على المكتب ومس بإصبعه يدها وقال بصوت رقيق:

ـ مفيش داعي للعياط!

وفتحت هي عينيها فجأة، وتطلعت إليه في دهشة وكأنها ترى أمام عينيها ظاهرة طبيعية غريبة. ووجدت يده على المكتب، ووجهه جامدًا خاليًا من التعبير، مغلقًا في وجهها وكأنه لا يراها، وكأنه لم يمس يدها، وكأنه لم يتحدث إليها في حنان.

واستدارت ليلى لتخرج، ومسحت دموعها بكفها في الطريق، ووضعت يدها على مقبض الباب. وتذكرت فجأة كلمات من خطاب

حسين: «انطلقي يا حبيبتي، افتحي الباب واسعًا على مصراعيه واتركيه مفتوحًا».

وقال الدكتور رمزي:

ـ لحظة واحدة من فضلك، فيه حاجة صغيرة عايز أقول لك عليها قبل ما تخرجي.

وواجهته ليلى وهي ما تزال على مقربة من الباب. وقام من مكانه ووقف يطل عليها لحظة ثم قال:

ـ فيه ناس كتير من إللي بيسموا نفسهم مثقفين بيستهينوا بالأصول وبالتقاليد بتاعتنا، ولكن ضروري تعرفي إن الأصول دي، هي إللي بتربطنا بالأرض، ومن غيرها نبقى زي الشجرة إللي من غير جذور، شوية هوا تجرفها، وتوقعها كمان.

ووقفت ليلى متسمرة تصغى إليه وهو يتكلم. واستمرت واقفة بعد أن فرغ من كلامه، تنظر إليه وكأنها مشدودة إليه بخيوط غير مرئية لا تستطيع أن ترخي عينيها عنه ولا تستطيع أن تنصرف.

وهو يقف أمامها طويلًا رافع الرأس، شاحب البياض، قريبًا. ولكنه بعيد، تغلف وجهه الوسيم سحابة من غموض، ينظر إليها وكأنه إله يطل عليها.. إله؟

نعم إله من آلهة الإغريق، لا يضعف أبدًا، يقف في الصواب، ويؤمن أنه على صواب، ويريد لها هي أن تكون في الصواب، في ظله. إنه لا يخطئ أبدًا، ولا يضعف أبدًا، ولا يلين أبدًا، لو لان؟! لو لان الحجر؟!

وصرخ قلبها: «أرجوك، أرجوك لا تؤذني، سأمشي في ظلك، سأتبعكَ ولكن لا تؤذني».

وعكست عيناها عمق جرحها، ويأسها ورجائها.

ولان وجه الدكتور رمزي في ابتسامة، وقال في رقة:

ـ خلاص يا ليلى، تقدري تنصرفي.

وأدركت ليلى أنه ناداها باسمها لأول مرَّة، لم يقل لها «يا آنسة»
كعادته، بل ناداها باسمها الخاص، باسمها الشخصي.

١٧

ومنذ ذلك اليوم تدخل عامل خاص شخصي في العلاقة التي تربط بين ليلى والدكتور رمزي، كان يبتسم لها ابتسامة خاصة كلما قابلها في الممر، ابتسامة خاصة بها هي، تميزها عن الآخرين، وتجعلها تشعر أنها أفضل منهم.

وفي نهاية العام الدراسي أعارها بعض كتبه الخاصة لتقرأها في الإجازة الصيفية، وفي بداية سنتها الثالثة في الجامعة حرص على أن يطلب منها ما كتبته، وناقشها مناقشة خاصة في بعض الآراء التي وردت في نقدها.

وكان حازمًا في معاملته معها داخل الفصل وخارجه، ولكن شيئًا ما كان يترقرق تحت حزمه، شيئًا يميزها هي به عن الآخرين، ويجعلها تشعر أنه طالما يميزها عن الآخرين فهي أفضل منهم.

وكانت ليلى وحيدة وممزقة ومرهقة، ولمحت جدارًا كبيرًا امتد لها ظله، وجلست في ظل الجدار، لا تفكر، وارتكنت عليه وارتاحت، وشعرت أنها بخير طالما ارتكنت على الجدار، وطالما امتد لها ظله،

وكأن الظل يمدها بضخامة من ضخامة الجدار، وبقوة من قوته، وبصلابة من صلابته.

وتشبثت ليلى بظل الجدار يحميها ويقويها، وحصرت تصرفاتها، بل أفكارها، في النطاق الذي يرضى عنه الدكتور رمزي، وأصبح الصواب بالنسبة إليها ما يرتئيه هو صوابًا، والخطأ بالنسبة إليها ما يعتبره هو خطأ. ولم يصعب عليها قَطُّ أن تتبين خطأه من صوابه، فالخطأ واضح محدد المعالم، والصواب واضح محدد المعالم، والأسود أسود والأبيض أبيض، ولا ظلال ألوان بينهما، والخطأ يعرفه هو وتعرفه هي وأمها وعديلة وكل الناس.

ولكنه هو، الدكتور رمزي، أفضل من كل الناس، فهو حين يلتزم الصواب لا يلتزمه لأن الناس يلتزمونه، بل لأنه يؤمن به.. وحين يتحاشى الخطأ لا يتحاشاه لأنه يخاف الناس، بل لأنه أكبر من أن يخطئ، وأقوى من أن يخطئ، ولأنه إنسان غير عادي، إنسان مثقف، والمثقف حقًّا هو الذي يفرض على عواطفه ومشاعره وأفعاله وكلماته نظامًا حديديًّا يحول بينه وبين الاندفاع، وبالتالي بينه وبين الخطأ، وهذا النظام الحديدي هو الذي يميز الإنسان المتحضر عن السوقة الذين يندفعون عادة إلى الخطأ، نتيجة للاندفاع وراء المشاعر الرخيصة.

وتبنت ليلى آراء الدكتور رمزي وانحصرت في نطاقها. ولحظ هو هذا التطور، وحرص على إبداء تأييده له، وقال مرَّة تعليقًا على بحث ألقته في المحاضرة:

ـ البحث جيد، وقد كدت تتخلصين من شوائب الذاتية التي كانت

تحول بينك وبين الموضوعية، أي بينك وبين الأسلوب العلمي، والطريق ما زال أمامك طويلًا، ولكنك تتقدمين فيه.

* * *

وقالت عديلة وقد انفردت بسناء بعد المحاضرة:

ـ جالك كلامي؟ عمال يسلفها كتب، ويهيأها في المحاضرة، والحالة معدن.. مش قلت لك مبسوط منها؟

وقالت سناء في سخرية:

ـ ما ينبسطش منها ليه؟ دا ربنا فوق وهوَّ تحت بالنسبة لها.

وقالت عديلة وهي تحاول استفزاز سناء:

ـ غيرانة؟!

ـ يا شيخة بلا قرف، عاجباكِ الكتمة السودة إللي هيَّ فيها؟ دا ما أكلموش، ودا ما أعملوش، والوقفة دي ما تصحش، والفستان أبو كُم طويل، والأصول، والشجرة إللي بجدور، والحيوان، والسوبرمان؟! بشرفك عاجباكِ الهفة دي؟!

ـ عايزة الحقيقة؟ هيَّ زودتها حبتين!

وقالت سناء:

ـ حبتين بس؟ دي بقت حاجة تطفش!

وكانت سناء تعتقد أن ليلى تغيرت تغيرًا يدعو إلى الأسف، وأنها أصبحت لا تطاق ولا تحتمل، فقد ازدادت انطواء على نفسها واستشيخت، وأصبحت جامدة متحجرة بليدة الحس، وكأنها فقدت القدرة على الإحساس بالآخرين، والتجاوب معهم. كما أصبحت محدودة الأفق لا ترى أبعد من كفها، وكأنها قصيرة النظر. وما تراه

يثير الاشمئزاز، فهي لا ترى إلا أخطاء الناس وهفواتهم، ولا تتكلم إلا لتصدر أحكامًا قاسية تدين بها الناس، في ثقة وفي وقاحة، وكأنها تمسك بيدها ميزانًا لا يتسرب إليه الخلل. ولو صدق الإنسان كلامها لذهب وانتحر، فالجذور قد تخلخلت، والانحلال عم كل بيت، والفساد اجتاح البلد، ولا بد للمثقفين، أنصاف الآلهة، من أن يقفوا في وجه الفساد.. وطبعًا ليس هناك مثقفون، سوى الدكتور رمزي، وسواها هي بالتبعية!

وكانت سناء تتساءل في ألم: ماذا حدث؟ ماذا حدث لهذه الفتاة التي كانت المحبة تترقرق في وجهها وفي كيانها بأجمعه؟ ولماذا أصبحت هكذا مليئة بالحقد وبالمرارة وبالجمود وبالتحجر والبرود؟ من يصدق أنها أخت محمود الذي تلمع عيناه بحب الناس وبحب الحياة؟

وكانت سناء تدرك أنها ستصطدم قريبًا بليلى، فمحمود قد تخرج وأوشك على أن ينتهي من سنة الامتياز، وهما في انتظار صدور قرار تعيينه في أحد المستشفيات ليعلنا لعائلتيهما قرارهما. وهي ومحمود لن يتركا أحدًا يقف في طريق زواجهما. ولم يتبق إلا شهر وتصطدم بليلى.

وكانت سناء تخشى هذا الاصطدام أكثر حتى مما تخشى الاصطدام بأبيها وبأمها، عز عليها أن تدخل في صدام مكشوف مع ليلى، صدام تفقد فيه الصداقة التي كانت يومًا أعز شيء في حياتها. ولكن ماذا تستطيع أن تفعل، وليلى لن تفهم، وقد أصبحت بهذا الجمود، وهذا البرود والتحجر؟!

ولكن حدث في تلك الفترة ما قرب بين ليلى وسناء وكاد يعيد علاقتهما الوطيدة إلى ما كانت عليه.

* * *

على السبورة في مدخل الكلية أعلن فتح باب التطوع للطالبات في الحرس الوطني، وبقي الإعلان أسبوعًا ثم أزيل ليحل محله دعوة لطالبات الكلية للاجتماع بمدرج ٧١ مع قائد فرقة الحرس الوطني.

وفي الموعد المحدد ظل باب المدرج الزجاجي يندفع ثم يرتد ليمتلئ المدرج بمئات من الطالبات، طالبات جئن ليسجلن أسماءهن في الحرس الوطني، وطالبات جئن مدفوعات بحب الاستطلاع، وطالبات جئن ليعرضن على المجموعة مجتمعة آخر مبتكرات الأزياء.

وقالت عديلة وهي تجلس بين ليلى وسناء في انتظار حضور الضابط:

ـ يعني مش كنت زماني روَّحت وغسلت شعري و...

ولم تكمل. دخل الضابط المدرج ووقف يواجه ثلاثمائة فتاة.. وساد الصمت لحظة، والعيون ترقب الضابط الشاب الذي تسربت حمرة الخجل إلى وجهه حين بدأ يتكلم بصوت خافت.

وعاد الهمس من جديد، واستكملت الحكايات التي انقطعت، ووضعت فتاة ضيقة العينين شبيهة بالصينيات ساقًا على ساق، وقالت لمن حولها إنها قبلت خطوبة الشاب الذي خطبها لتتخلص من إلحاحه. واشتكت فتاة ممتلئة لزميلتها من أن شعرها قد جف فجأة

وأصبح أشبه بخيوط المقشة، ونصحتها زميلتها بعمل حمَّام من الزيت والبخار.

وامتدت يد الضابط إلىَ ياقة قميصه في ارتباك، وصاحت شلة في آخر المدرج في إيقاع منتظم:

ـ مش سامعين.. مش سامعين.

وضرب الضابط بيده على المائدة وصاح في صرامة:

ـ سكون.

وساد الصمت لا يقطعه إلا تردد الأنفاس في رتابة.

وأدرك الضابط أنه أمسك بزمام الموقف، وعلا صوته وهو يتكلم واكتسب عمقًا، وتقدم بين الصفوف يتكلم كلامًا عاديًّا بلا فصاحة ولا بلاغة، كلامًا ينبعث من إحساس جديد على هؤلاء الفتيات، إحساس بقيمة المرأة وبالمساواة الحقيقية التي تتاح لها لأول مرَّة، إذ يتاح لها حق الدفاع عن الوطن.

وتحجرت الدموع في عيون، وتطلعت عيون في عجب ودهشة وكأن باب عالم غريب قد تفتح أمامها.

وارتفعت عيون في ملل إلى ساعة الحائط.

والسكون سائد لا يقطعه سوى تردد الأنفاس في رتابة.

ومرت أمام ليلى صور من حياتها، صورتها وهي طفلة تقفز قفزات رتيبة وترفع يدها اليمنى وتخفضها، وتقول منغمة، كما يفعل المتظاهرون: «السلاح، السلاح.. نريد السلاح». وصورتها وهي شابة ترتفع على أكتاف المتظاهرات، وتهتف بصوت غير صوتها، صوت الآلاف.

وبدت هذه الذكريات لليلى بعيدة باهتة، وكأنها لم تحدث لها هي، وكأنها حدثت لإنسان آخر.

وأخرجت سناء من حقيبتها قلمًا، وكتبت على ورقة:

ـ سأتطوع.

واستدارت شفتا ليلى لتبتسما ابتسامة ساخرة، ولكن الابتسامة ماتت على شفتيها.

مالت سناء على الورقة، وبشفتين مطبقتين وعينين تتألقان أجرت تحت الكلمة التي كتبتها خطوطًا متتالية، خطوطًا عميقة تمزقت لها الورقة.

وسرت الرعدة في جسد ليلى وتركزت في رأسها.

وكانت ليلى ما تزال مضطربة وهي تقف أمام الضابط تسجل اسمها كمتطوعة في الحرس الوطني. وانتظر الضابط منها أن تتكلم، ولكنها استمرت ترسم خطوطًا بيدها على طرف المائدة.

وقالت أخيرًا:

ـ ليلى سليمان.. تالتة فلسفة.

وجرت متوردة الخدين لتلحق بسناء.

* * *

وفي البداية بدأ الأمر كلعبة مسلية، الطوابير، والحركات العسكرية، والتعبيرات العسكرية، والشاويش وأوامره ونواهيه، وهواء الصباح المبكر يلفح الوجوه ويثير الشعور، وروح الجماعة من جديد. وكان الفريق شلة واحدة تدبر مؤامرة، تمامًا كما كان الحال في الدراسة الثانوية.

وتمتعت ليلى بكل لحظة من لحظات التدريب، وهي تستعيد الإحساس الذي فقدته في الجامعة، الإحساس بأنها جزء من كل.

ثم بدأت تشعر بالعزلة حين نبهها الشاويش إلى ضرورة رفع رأسها، وحاولت أن ترفعها ولم تستطع، كانت كتفاها ترتفعان كلما همت برفع رأسها، وشعرت أنها تحتاج لمجهود لتحقق الشيء الذي يأتي للأخريات سهلًا طبيعيًّا، وكأنهن ولدن برؤوس مرفوعة.

وفي كل مرَّة ينبهها الشاويش، وفي كل مرَّة تحاول، وفي كل مرَّة تفشل وتهم بالانسحاب ثم تعود من جديد.

وقالت لسناء:

ـ مش قادرة! مش قادرة يا سناء!

ـ بس عشان اتعودت تمشي وراسك محنية!

ـ وأعمل إيه؟

ـ ارفعي راسك وارخي جسمك، وقولي في سرك طول ما أنت ماشية: «أنا جميلة، أنا ذكية».

وضحكت ليلى.

وقالت سناء:

ـ أنا مش باهزر، ضروري الواحد يشعر بالكبرياء جوَّه، في نفسه.

وابتسمت ليلى ابتسامة شاحبة.

وحاولت من جديد ونجحت، ولاحظ كل من حولها أن قامتها قد اعتدلت وأن مشيتها قد استقامت.

ولكن ليلى واجهت صعوبة جديدة، قال الشاويش إنها تمسك بالبندقية كما لو كانت تمسك بالمقشة. وأثار هذا التعليق سيلًا من

السخرية. ولكن ليلى أوقفت السخرية حين بدأ التصويب، وأثارت دهشة الجميع بمن فيهم الشاويش.

بعد الطلقة الأولى ارتخى جسدها الذي كان متصلبًا، وتركز كيانها في عينيها، وبيد ثابتة ضغطت على الزناد، وأصابت الهدف، وانتشت وصوبت وأصابت، مرَّة بعد مرَّة، ويومًا بعد يوم.

وعاودها الإحساس الذي تخلى عنها.. الإحساس بأنها قادرة، وأنها قوية.

ولم تكن كلمات التشجيع والإعجاب هي التي ملأتها بهذا الإحساس، وإنما كان هو الإدراك أنها أرادت، ونجحت في تحقيق إرادتها، وأنها تستطيع دائمًا أن تريد وأن تنجح في تحقيق ما تريد.

وعمق من الشعور بالنجاح انعدام الفاصل الزمني بين الإرادة والفعل.

وأوشكت ليلى أن تنتهي من تدريبها العسكري، والشعور الجديد يلازمها، والانتعاش يدب في جسمها ويتألق في عينيها.

✳ ✳ ✳

رفعت ليلى إلى الدكتور رمزي وجهًا باسمًا متوردًا وقالت وملابس التدريب تتأرجح في يدها:

ـ صباح الخير يا دكتور.

كانت عائدة من ساحة التدريب لتوها، وصادفت الدكتور رمزي عند الباب الرئيسي للكلية.

وبدت الدهشة على وجه الدكتور رمزي. كانت هذه هي المرَّة الأولى التي ترفع ليلى وجهها إليه، وتركز عينيها في عينيه وتبدأه بالتحية.

ولمح ملابس التدريب تتأرجح في يدها وقال:

ـ إنت جاية منين؟

ـ من التدريب.

ـ تدريب إيه؟

ـ الحرس الوطني.

وسحب هو نفسًا من سيجارته وهو يحدجها بنظرة فاحصة، ثم قال:

ـ بلاش كلام فارغ، التفتي لمذاكرتك أحسن!

ونظرت ليلى إليه وهي تبتسم ابتسامة خفيفة، كابتسامة من يأخذ طفلًا على قدر عقله.

وأغاظت ابتسامة ليلى الدكتور رمزي وقال:

ـ أظن حضرتك فاكرة نفسك مهمة أوي؟ حتحاربي، مش كده؟

واتسعت ابتسامة ليلى.

واستطرد الدكتور رمزي:

ـ إمتى حنكبر على الأفكار الطفولية دي؟! إمتى حنفهم إن كل إنسان له مجاله؟!

ونظرت إليه ليلى في تساؤل، واستأنف كلامه:

ـ المثقفين فئة مختارة، فئة ما تحاربش، كل بلد ينقسم إلى قسمين، قسم يفكر وقسم يحارب. والدفاع عن البلد يجب أن يقتصر على غير المثقفين.

وشحبت الابتسامة على وجه ليلى، وارتجفت شفتاها وهي تقول:

ـ الدفاع عن البلد واجب على كل إنسان، سواء كان مثقفًا أو غير مثقف.

٣١٦

ودمدمت معتذرة، واستدارت، ومضت تهرول وكأن خطرًا ما
يلاحقها.

* * *

وبعد أسبوع من هذه المقابلة العابرة، أرسل الدكتور رمزي
يستدعي ليلى إلى غرفته.

وعندما مدت يدها تفتح باب الغرفة تخلت عنها الشجاعة
والصلابة اللتان تواجه بهما الآخرين.

كانت ما تزال تعاني كلما واجهت الدكتور رمزي، نفس الشعور
الذي عانته يوم دخلت حجرته لأول مرَّة، مزيجًا من الخوف والرهبة
والانجذاب.

كان يقف وقد أعطى ظهره لمكتبه يبحث عن كتاب في مكتبته
الخاصة، واستدار برأسه حين فتحت الباب، ولمحها، والتقط في
نفس اللحظة كتابًا، وقال دون أن ينظر إليها:

ـ اتفضلي استريحي.

وجلست هي على طرف المقعد المجاور للمكتب، وشدت ذيل
ثوبها على ساقيها. وتركها تنتظر دقائق، وهو يتصفح الكتاب، ثم
استدار وجلس على المكتب، وقال:

ـ أنا عايز أقابل والدك، ممكن تحددي ميعاد وياه؟

وارتسمت على وجه ليلى الدهشة، وقالت:

ـ حضرتك تحب تقابله إمتى؟

وفي بطء أخرج الدكتور رمزي مذكرته من أحد أدراج المكتب
وفتحها، وانكب عليها يتصفحها.

وبدأ عقل ليلى يدور في سرعة، لماذا يريد مقابلة والدها؟ إنه لا يعرفه، وليس بينهما أي صلة! هذه العبارة يقولها الرجل للمرأة حين...

وتطلعت ليلى إلى الدكتور رمزي من طرف عينها، وبدا لها بعيدًا معزولًا كعادته في صندوقه الزجاجي.

لا، لا يمكن، لا يمكن، لا بد أن له مصلحة في وزارة المالية وسمع أن والدها موظف فيها!

لا، لا يمكن، الناس لا تتزوج هكذا!

ورفع إليها الدكتور رمزي رأسه وقال:

ـ الاتنين كويس يا ليلى؟

ـ حاضر يا دكتور.

وقامت واقفة.

وقال وهو يبتسم:

ـ حتردي عليَّ إمتى؟

ـ بكرة إن شاء الله.

ووقفت ليلى لحظة مترددة، ولكنها لم تجرؤ على سؤاله عن سبب رغبته في مقابلة والدها.

وعلى غير العادة وقف الدكتور رمزي، وصافحها قبل أن تنصرف.

* * *

قالت أم ليلى وهي جالسة على مائدة الغداء:

ـ والنبي أنا قلبي حاسس إنه عايز يتجوزك يا ليلى.

وصرخت فيها ليلى في حدة:

ـ هوَّ إنت مفيش في عقلك إلا الجواز يا ماما؟! هيَّ الناس بتتجوز من الباب للطاق كده؟!

وركز أبوها عينيه فيها، وقال في برود:

ـ يعني إيه من الباب للطاق؟

وارتج على ليلى.

والتفت أبوها إلى أمها وقال:

ـ على العموم، مفيش داعي تطلعي في عقل البنت كلام فارغ زي ده، دا راجل له اسمه ومركزه، ولما حيتجوز حيبص لفوق.

وقالت الأم محتجة:

ـ يوه! هيَّ ليلى وحشة؟! دا سي محمود الأتربي بيقول...

واستطردت تقص حكاية رددتها مائة مرَّة، مؤداها أن لو كان في كلية الآداب ثلاثة مثل ليلى لانصلح أمر الكلية.

وبعد أن قام الأب عن المائدة، مالت ليلى على أمها، وقالت في صوت مكتوم:

ـ مفيش داعي تعدي وتحسبي، لو كان موضوع جواز كان على الأقل لمح لي بكده، الموضوع مش موضوع جواز، وأنا باقول لك أهو.

وقامت من على المائدة غاضبة.

* * *

وكان الموضوع موضوع زواج، وبعد أن خرج الدكتور رمزي من البيت، أحاط أبوها كتفيها بذراعيه وقال وهو يكاد يطير بها من الفرح:

ـ مبروك يا ليلى، قرينا الفاتحة على بركة الله.

وكان أول خاطر خطر لليلى، أن أحدًا لم يستشرها، لا أبوها
ولا الدكتور رمزي، وكأن أحدًا غيرها هو الذي سيتزوج، ولكنها
نسيت هذا الخاطر في غمرة اعتدادها.

وازداد هذا الاعتداد، حين عُرف الخبر في الكلية، وتمتعت بنظرات
الحسد والفضول، وهي تشعر طوال الوقت أن الأيدي تشير إليها، وأن
من لم يعرفها عرفها، لأنها أصبحت خطيبة الدكتور رمزي.

واحتضنتها عديلة حين رأتها، وقالت:

ـ يا بنت الإيه! أما حتة جوازة؟ دا إنت هزيت الكلية!

وقبَّلتها سناء وقالت:

ـ مبروك.

وقالت عديلة لسناء، بعد أن انصرفت ليلى:

ـ جالك كلامي، أنا أفهمها وهيَّ طايرة.

وقالت سناء في حزن وهي ساهمة:

ـ مين كان يصدق؟

وقالت عديلة دون أن تفهم مقصد سناء:

ـ فعلًا، مين كان يصدق إن ليلى تجيب الراجل الجهم ده على
ملا وشه؟! لكن صدق إللي قال: «تحت السواهي دواهي».

وقالت سناء في قرف:

ـ بلا خيبة، والله هوَّ إللي جابها على ملا وشها مش هيَّ!

١٨

بدأ الاصطدام بين الدكتور رمزي وبين أم ليلى مبكرًا، وإن لم يكن اصطدامًا بالمعنى المفهوم، فلم تكن أم ليلى تجرؤ حتى على الحديث أمام خطيب ابنتها.

وعندما نوقش موضوع الخطوبة قال الدكتور رمزي رأيه ببساطة واختصار، فهو يرى أن تكون الخطوبة «على الضيق»، وأن يقام الاحتفال «بكتب الكتاب» والزواج في يوم واحد في الإجازة الصيفية التي تعقب تخرج ليلى.

ووافق أبو ليلى، وفتحت أمها فمها لتقول شيئًا ثم أطبقته ولم تتكلم، ولكنها تكلمت بعد أن خرج رمزي، وانصب لومها كالعادة على ليلى:

ـ قاعدة ساكتة كده ليه ولا كأن حد داس لك على طرف؟ هوَّ إنت عازبة ولَّا إيه؟ على الضيق! الكلام ده كان يبقى معقول لو كان الجواز قريب، لكن دا لسه سنة ونص، ويا هنا من يعيش!

ـ بس إنت عايزة إيه يا ماما؟

ـ يوه! عايزة أفرح، هوَّ أنا مليش نصيب في الفرح؟!

كانت فرحة، وجدت أخيرًا عريسًا لابنتها، عريسًا تستطيع أن تتفاخر به أمام أختها، فكيف تترك مثل هذه المناسبة تفوت هكذا «فطيس»؟

إن حظ أختها كان دائمًا أحسن من حظها، تزوجت أختها قاضيًا وتزوجت هي موظفًا بسيطًا في وزارة المالية. وتزوجت جميلة قبل ليلى بسنوات، وأي زواج؟! زواج ولا كل زواج، زواج معتبر، جعلها تلبس أحسن لبس، وتختلط بأحسن الناس. فأولاد سامية هانم ودولت هانم معها باستمرار، تدخل معهم وتخرج معهم. وصدقي ابن سامية هانم، وأخته شوشيت، عندها باستمرار. وعصام معهم طبعًا، وأي نصفة أصابت عصام؟!

تخرج قبل محمود بسنة، لأنه عاقل وناصح ولم يضيع سنة بحالها في الحرب والكلام الفارغ. وهو الآن نائب في القصر العيني ومحمود عاطل بعد أن انتهى من سنة الامتياز ينتظر التعيين، وقد يعين أو لا يعين، وحتى لو عين سيعين حكيم صحة لا نائبًا كعصام، ولن يعين في القاهرة بل في الأقاليم، وسيعيش بعيدًا عنها في الغربة بينما يعيش عصام في حضن أمه.

وعصام يختلط بأحسن الناس. وقلبها يحدثها أن وراء اختلاط جميلة بأولاد سامية هانم حكاية. ولا بد أن أختها عينها من شوشيت لعصام، وأختها حين تضرب، تضرب لفوق، وهي تعرفها جيدًا.

وقد طلبت هي من محمود أن يلاطف شوشيت فلم يهتم، وقال إنها كالذكر، لأنه عبيط ولا يفهم ما فيه مصلحته، ومسيره يقع في زواج متعوس، بينما عصام واع وناصح، ولا بد أنه الآن يلف على البنت،

وإلا فما معنى اختلاطهم الزائد؟ ولماذا يتردد صدقي وشوشيت على بيت جميلة باستمرار؟ لا بد أن وراء ذلك سرًّا، وإذا تم زواج عصام بشوشيت يكون حظ أختها من السماء.

وهي؟ هي لا يريدون لها أن تفرح ببنتها، وكأن الفرح ليس من نصيبها!

واستمر النكد في البيت أيامًا حول هذا الموضوع، واشتكت أم ليلى لأختها ولبنت أختها ولعصام ولمحمود ولزوجها، ورددت الشكوى حتى ثار والد ليلى غاضبًا في وجهها:

ـ خلاص، قلنا كده يعني كده.

وسالت دموع الأم دون أن تتكلم.

واستجمعت ليلى شجاعتها، وبدأت تفتح الموضوع في حذر للدكتور رمزي، ولكنه قطع عليها الطريق:

ـ خلاص يا ليلى، هو إحنا إللي حنتجوز ولَّا هي؟ إحنا ما بنحبش الدوشة والناس الكتير!

واقترحت جميلة اقتراحًا ارتضته أم ليلى، وهو أن تقام الخطوبة على الضيق في البيت، إرضاء للدكتور رمزي، على أن تحتفل هي بالمناسبة في حفل تقيمه في بيتها، وتدعو له الأقارب والأصدقاء.

وكان على ليلى أن تقنع الدكتور رمزي بهذا الحل.

ولفت ليلى حول الموضوع ودارت، ثم رجت الدكتور رمزي أن يقبل هذا الاقتراح، ونظر إليها مليًّا وقال:

ـ المهم عندي رأيك إنت، إنت مقتنعة برأيي، ولَّا لأ؟

ـ طبعًا مقتنعة، بس عشان خاطر ماما.

وعكست عيناها رجاء ملحًّا، كالرجاء الذي يلمع في عيني طفلة وهي تنتظر أن يجيب لها أبوها طلبًا.

وقال وهو يبتسم:

ـ طيب يا ليلى.

وأضاف، وكأنه لام نفسه على التنازل في وقت ينبغي فيه أن يرسي قواعد العلاقة بينه وبينها:

ـ بس ضروري تفهمي يا ليلى، إني تنازلت عشان خاطر والدتك، وإني ما أنتظرش أبدًا إني أضطر للتنازل مرَّة تانية، وفي المستقبل ضروري يكون رأيي ورأيك حاجة واحدة.

وقالت إنها تفهم موقفه تمامًا وتقدره، وتنفست في ارتياح.

كانت تريد أن تخلص من هذه الشكليات، من الخطوبة، ومن حفلة جميلة، ومن كل شيء، وتفرغ إليه، تنفرد به، تفتح له قلبها ويفتح لها قلبه، وتشعر به ويشعر بها، ويزول الحاجز الذي يفصل بينهما.

لم تعد العلاقة التي كانت تجمعه بها كأستاذ بطالبته ترضيها، كانت تريد أن تشعر أنها خطيبته وحبيبته.

نعم حبيبته، وإلا فلماذا خطبها؟ فهي ليست جميلة ولا غنية، ولا من أسرة ذات مركز اجتماعي خطير ولا شيء، لا شيء على الإطلاق.. فما الذي يجعل رجلًا مثله يتزوج فتاة مثلها سوى الحب؟

كانت قد عاشت حتى الآن في ظل قوته، وكانت تريد الآن أن تعيش في ظل دفئه، كانت تحلم باليوم الذي ينزاح فيه القناع الذي يغلف به عاطفته تجاهها، وتتفجر فيه هذه العاطفة دافقة رقراقة

تلفها وإياه، وتمسح على رهبتها منه، وعلى شعورها بالخوف في حضرته.

كانت تريد أن تشعر أنها ليست مقبولة كإنسانة فحسب، بل محبوبة أيضًا كامرأة، ومرغوبة.

وكانت هذه الرغبة تؤرقها، غير أنها انشغلت عنها في الأيام السابقة لإعلان الخطوبة.

* * *

كان البيت يشغي بالناس، وكانت ليلى تتلفت حولها فتجد وجوهًا حبيبة إلى قلبها، أمها وخالتها وجميلة ومحمود أحيانًا.

كانت مدة إقامته في المستشفى كطالب امتياز قد انتهت، وأصبح يقيم في البيت في انتظار قرار تعيينه، ولكنه كان يقضي معظم وقته في الخارج، وحين يأتي من الخارج تدب الحياة في البيت بأجمعه وكأنه قد أتى معه بنسمة منعشة، وكأنه كان يفيض بسعادته على الآخرين.

كان سعيدًا للغاية، لا يكاد يستقر على الأرض من فرط سعادته.

وفي فورة كفورة الفقاقيع على سطح المياه الغازية يقبل ليلى، ويحتضن أمه، ويربت على كتف خالته، ويطري ذوق جميلة في اختيار ثوبها.. وتزول الفورة وتعمق العينان وترق الشفتان حين ينظر إلى سناء نظرة طويلة عميقة تثقلها عاطفته الجياشة.. ثم يتخفف من حمله وتعود الفورة من جديد، وتسدل سناء جفنيها على عينيها وكأنها مخدرة.

وكانت ليلى تتساءل: ألا تخشى سناء أن يلحظها الناس؟ ثم كيف تعرف المواعيد التي يبقى فيها محمود في البيت؟ لا بد أن محمود

يتصل بها في التلفون، ولا بد أنهما يتقابلان في الخارج! ولكن كيف؟ إن الرقابة على سناء صارمة، فكيف تفلت من هذه الرقابة؟ إن سناء تلعب بالنار، والنار ستحرقها وتحرق محمود.

ولكن من الواضح أنهما يستعذبان هذه النار، محمود سعيد وكأنه قد ولد من جديد، قوي وأكثر رجولة ووسامة، وأكثر ثقة في نفسه وفي المستقبل. وسناء لا تعيش على الأرض، إنها تطير. وهما قد ازدادا جرأة واعتدادًا هذه الأيام وكأنهما متفقان على خطوة ما، خطوة تتطلب كل جرأتهما. وهذه حقيقة ثابتة لم تغب عن عيني جميلة الفاحصتين ولم يكن من الممكن أن تفوتهما الآن.

* * *

كان التغير الذي طرأ على جميلة في مدة السنوات الثلاث الأخيرة تغيرًا غريبًا يصعب تصديقه، تحولت الفتاة الغريرة الطفلة إلى امرأة ناضجة ماهرة عملية محنكة.

امتلأ جسدها، واستدار، واستقامت مشيتها، واستقر الوجه الجميل فوق العنق الطويل الشاهق البياض، بعد أن كان يدور في فورة أشبه بفورة محمود، وكللت الجدائل السوداء الحالكة، الجبين الأبيض المنبسط في كبرياء، شعرة فوق شعرة وكأنها مرسومة بريشة فنان، واحتلت العينين العسليتين اللتين كانتا تترقرقان كالنبع الصافي، نظرةٌ جريئة قاسية باردة، وأصبحت البسمة الخجول بسمة مرسومة مدروسة.

وبدت جميلة أشبه بتمثال مرمري رائع الجمال، وتحت السطح الخامد نار، والنار المستترة تلهب رغبة الرجال، والسطح الخامد

٣٢٦

يستفز رجولتهم، ويدعوهم إلى النضال، إلى امتحان قوتهم إزاء هذه المرأة الجميلة المعتدة بجمالها.

وكانت جميلة تمضي مرتفعة الرأس منتصرة، تشعر أنها تستطيع أن تجتذب أي رجل ترغب أقل رغبة في اجتذابه، وكانت تتمتع بكل دقيقة تقضيها في كل حفلة من الحفلات.

ولكن عندما تعود إلى البيت من سهرتها، تلفها الكآبة، وهي تمر بحجرة زوجها المغلقة، وغطيطه يصل إلى مسامعها. وتتمدد في سريرها وتحلم أنها عادت إلى سن السابعة عشرة، وأنها صغيرة ولم تتزوج، وأنها تحب.. تحب من؟ إنسانًا آخر غير كل هؤلاء الذين تقابلهم في الحفلات، فهؤلاء يمضون وقتًا لطيفًا، كما تمضي هي هذا الوقت، لا أكثر ولا أقل. وهي ترغب لا في الغزل ولكن في حب عميق، حب صامت أصيل، يلفها لا في معركة حامية، ولكن في استرخاءة حنان.

* * *

وعندما عرفت جميلة أن ليلى على وشك أن تخطب، احتل القلق عينيها، وعندما انفردت بها في الغرفة قالت:

ـ إنت بتحبي رمزي يا ليلى مش كده؟

وهزت ليلى رأسها بالإيجاب.

وانزاح القلق عن وجه جميلة، وارتخت في جلستها، وضحكت ضحكة عصبية قصيرة، وقالت:

ـ أنا عارفة كده برضه، إنت طول عمرك أعقل مني، انتظرت لغاية ما جالك إللي يحبك وتحبيه!

٣٢٧

ومالت ليلى على جميلة وأمسكت بيدها:

ـ وإنت كمان مبسوطة في جوازتك، مش كده يا جميلة؟

وبدت في عيني جميلة نظرة حزينة ما لبثت أن اختفت، وقامت واقفة، وعندما وصلت إلى النافذة استدارت بجانب من وجهها وقالت وفي عينيها نظرتها الباردة القاسية:

ـ اسألي ماما تقول لك.. تقول لك على السعادة إللي أنا فيها!

ثم استدارت تواجه ليلى وتقول:

ـ على العموم إحنا فيك دلوقت، ضروري نفكر حنعمل إيه في الحفلة.

كانت مهتمة بموضوع خطوبة ليلى، وبالحفلة وبكل التفصيلات.

وكانت تتردد على ليلى في هذه الفترة كل يوم تقريبًا، تدخل البيت برائحتها العبقة وبثيابها الرائعة في بساطة وبذخ وانسجام، ويتنهد الجميع في ارتياح، وكأنهم يلقون بكل المسؤوليات عليها، فهي التي تعرف كل شيء، وهي التي تقترح، وهي التي تدبر الأمور في بساطة وفي دراية، وكأنها ظلت طول حياتها تدبر أمور الخطوبة والزواج.

وفي أول الأمر كانت تأتي مع زوجها ثم أسقطته وأصبحت تأتي وحيدة.

وقالت أمها:

ـ أمال فين علي بك؟

وهزت جميلة كتفيها وقالت:

ـ حاجيبه يعمل إيه؟ ينام زي ما عمل إمبارح؟!

وكتمت ليلى ضحكتها. تصورت علي بك وقد افترش الأريكة فكاد يملأها، ومال برأسه على كتفه وانفتح فمه وعلا تنفسه وهو يغط

في نومه، وسلسلة الساعة الذهبية تتدلى على كرشه، ضخمة كبيرة، وكأنها السلسلة التي يوثق بها المساجين.

وقالت أم جميلة:

ـ لا، ملكيش حق يا جميلة. مش قرايبه؟!

وهزت جميلة كتفها في استخفاف، وقالت لليلى:

ـ على فكرة عصام بيعتذر لك، وجاي بكرة يهنيك.

وكانت ليلى قلقة لأن عصام لم يهنئها.. كانت تريد أن تراه، وأن تشعر أنه لا يحمل لها أي مرارة، وأن تشعره أنها لا تحمل له أي مرارة. وكأنما أرادت أن تصفي كل شيء قبل أن تخطب.

* * *

وجاء عصام مع صدقي، وكانا قد أصبحا صديقين متلازمين، وحين رأتهما ليلى معًا، ابتسمت.

تذكرت ليلى خطوبة جميلة، حين أراد عصام أن يخنقها لمجرد أن صدقي حادثها.

ولمح عصام ابتسامتها وفهم سرها، وحين خلا مكان، جلس إلى جانبها، وقال وهو يبتسم:

ـ كنت بتضحكي على إيه؟

ـ يعني بقيتوا أصحاب إنت وصدقي!

وضحك عصام وقال:

ـ فاكرة؟

وقالت ليلى:

ـ كان لعب عيال.. مش كده؟

ولم يجب عصام.

ولمحت ليلى صدقي يهمس في أذن جميلة بكلمة، وجميلة تنفث دخان سيجارتها في وجهه وتضحك ضحكات قصيرة متقطعة.

ورفع عصام وجهه إلى ليلى وقال، وهو يبتسم ابتسامته الخجول:

ـ عارفة يا ليلى أنا ناوي أعمل إيه لما أتجوز؟

ونظرت إليه ليلى متسائلة، وقال:

ـ أول بنت لي حاسميها ليلى، على اسمك.

وشعرت ليلى بخجل، شعرت أنها تافهة وحقيرة، وأن عصام الذي احتقرته يومًا أفضل وأشجع منها.

عصام لا يريد أن يتنكر لعاطفة أصيلة ملأت قلبه يومًا، لقد انقضت هذه العاطفة بالنسبة إليه، ومع ذلك ما زال يدخرها في قلبه كشيء جميل يعتز به. وهي تتنكر لهذه العاطفة التي ملأتها بالسعادة يومًا وتسميها في قسوة وجفاف «لعب عيال».

تتنكر لنفسها لترضي من؟ نفسها؟ رمزي؟!

ولم تنسق ليلى في تفكيرها، قطعت عليها جميلة هذا التفكير حين صفقت بيديها وقالت:

ـ يلَّا.. الرجالة يتفضلوا، إحنا يا ستات عندنا شغل.

ووقف عصام، وجلس صدقي مكانه لا يتحرك وسيمًا جذابًا أنيقًا جريئًا يقتحم بنظرته جميلة وهي تجلس إلى جانبه.

وتدلل صدقي قبل أن ينصرف، وقال إنه يموت في شغل الستات، ولكن عصام سحبه من يده وهو يضحك.

* * *

وبدأت جميلة تناقش تفاصيل الحفلة التي ستقيمها، وانحصر النقاش في اختيار الثوب الذي ستحضر به ليلى حفلة الخطوبة. وبدأت ليلى تناقش نوع القماش، واعترضت جميلة. قالت إن «الموديل» هو الذي يحدد نوع القماش. وأعلنت أمام الجميع أن الثوب سيكون هديتها إلى ليلى بمناسبة خطوبتها.

وفي اليوم التالي أخذت جميلة ليلى إلى حائكتها، وقالت للحائكة:

ـ أنا عايزة أحسن حاجة عندك يا مدام.

ـ حاجة «سبيشيال» يا مدام.

قالت الحائكة وهي تشير إلى غلاء «الموديل» الذي ستعرضه عليهما. وقالت جميلة في عناد:

ـ قلت لك أحسن حاجة.

وأرتها «موديل» من الشاش وقالت إنه من تصميم «كريستيان ديور». ووقفت ليلى وجميلة مبهوتتين أمام «الموديل»، وقالت الحائكة بالفرنسية:

ـ دا موش «موديل»، دا حلم.

ولم تخالف الحقيقة فيما قالت. لم تر ليلى في حياتها شيئًا أجمل من ذلك ولا حتى في السينما، وكادت ترى نفسها وهي ترتدي هذا الثوب في «شيفون» أبيض، لا بد أنه سيجعلها أجمل مما هي عليه عشرات المرَّات، ولا بد أن رمزي سيراها جميلة إذ ذاك.

وانقبض وجه ليلى وقالت:

ـ فيه حاجة تانية من فضلك يا مدام؟

وقالت جميلة في استغراب:

ـ إنت مجنونة يا ليلى؟! هوَّ فيه أحلى من كده؟

وقالت ليلى:

ـ أنا عايزة حاجة مقفولة.

وهزت الحائكة كتفها وقالت في استخفاف:

ـ كوكتيل مقفول؟!

وصمتت ليلى، ورجت جميلة الحائكة، ورفضت الحائكة في عناد وقالت بالفرنسية في احتقار:

ـ أنا فنانة مش خياطة! وما أفصلش فستان كوكتيل مقفول!

وجلست جميلة في سيارتها، وقد تصلب جسمها، ولمعت الدموع في عينيها من الغيظ، ولمست ليلى فخذها برقة وقالت:

ـ أنا آسفة يا جميلة!

ولم ترد جميلة.

ومالت ليلى وقبَّلتها في خدها، والتفتت إليها جميلة وقالت في احتداد:

ـ أنا عايزة أفهم بس، إنت ليه عايزة تكتمي نفسك الكتمة السودة دي؟ طول عمرك بتلبسي المفتوح!

وقالت ليلى:

ـ أصل.. أصل رمزي ما يحبش الحاجات المفتوحة.

ـ ما يتفلق يا ستي! هوَّ الرجالة حتتدخل في هدوم الستات كمان؟!

ـ ما أقدرش يا جميلة.

ومالت جميلة على ليلى وقالت في بطء:

ـ هاوديني يا ليلى، أنا جربت الدنيا أكتر منك، الست لما تنخ
للراجل من أول يوم يركبها ويدلدل رجليه.

وشعرت ليلى بوخزة في قلبها، وأدركت فجأة أن ذلك الشيء
الذي تحذرها منه جميلة قد حدث بالفعل. حدث أو لم يحدث، لا بد
أن يكون الثوب مقفولًا. ولن يرضى عنه رمزي إلا إذا كان مقفولًا.
وخاطت لها خالتها ثوب الخطوبة مقفولًا.

∗ ∗ ∗

وعندما وقفت ليلى أمام المرآة، قالت خالتها بعد أن أجرت
اللمسات الأخيرة في الثوب:

ـ جنان يا حبوبة، جنان!

وتراجعت إلى الوراء، وضاقت عيناها وهي تفحص الثوب من
بعيد، ثم ضحكت فجأة وقالت:

ـ عارفة يا ليلى فستانك طلع زي إيه؟

وأدارت ليلى رأسها:

ـ زي إيه يا خالتي؟

ـ زي فستان جواز جميلة، بس ده مقفول والتاني مكشوف. تمام
تمام، نفس الكسم والرسم والقماش.

وغامت عينا ليلى.. رأت جميلة تقف في السطح يوم حريق القاهرة
مولية ظهرها إلى السماء، مسمرة كالتمثال في ثوبها الأبيض، وكتل
الدخان الكثيفة الكريهة تحيط بها كالإطار.

٣٣٣

وتردد في أذن ليلى صوت حسين وهو يقول:

ـ دي مش النهاية يا ليلى، صدقيني، دي مش النهاية.

والتفتت ليلى إلى خالتها وقالت بصوت ضعيف:

ـ خلاص يا خالتي؟

١٩

جلست ليلى في السيارة بين أبيها وخطيبها في الطريق إلى بيت
جميلة. كان أبوها يجلس إلى جانبها جامدًا متصلبًا، ورمزي قد
انكمش في جلسته وكأنه يخشى أن يمس جسده جسدها.

وشعرت ليلى برجفة باردة تمسها رغم أن الأمسية كانت من
أمسيات شهر يوليو، وحاولت أن تتكلم لتزيل الحرج الذي يسود
ثلاثتهم، وأدارت رأسها إلى رمزي وقالت:

ـ الفستان كويس؟

ونظر إليها أبوها في استنكار.

وقال رمزي وهو يكتم ابتسامته، وكأنه يأخذ طفلة صغيرة على
قدر عقلها:

ـ عال.

ولم ترضِ الابتسامة ولا التعليق ليلى، ولكنها عزت تحفظ رمزي
إلى وجود أبيها معهما. وربض الصمت على ثلاثتهم من جديد.
وبدأت ليلى تعبث بخاتم الخطوبة وهي تطيل النظر إليه.

كان رمزي قد جاء بأمه إلى بيت ليلى في اليوم السابق، وألبسها الخاتم مع دبلة ذهبية.

وأحبت ليلى أمه للوهلة الأولى، شعرت كأن شيئًا ما يقربها من هذه المرأة، ويجذبها إليها، كما لو كان بينهما شيء مشترك، وظلت تتطلع إلى وجهها، كان في وجهها حلاوة لم تمحها السنون، ورقة ووداعة وانكسار، وفي عينيها حزن دفين، يغيب فجأة حين تتطلع في اعتداد إلى ابنها.

ولاحظ رمزي أن ليلى تعبث بالخاتم، وقطع الصمت الذي ساد ثلاثتهم وقال:

ـ والخاتم عجبك؟

ورفعت إليه ليلى وجهها مبتسمة:

ـ في منتهى الجمال.

وقال رمزي:

ـ الحاجة الثمينة دايمًا تبقى جميلة.

ولم ترتح ليلى إلى هذه الإشارة إلى ثمن الخاتم، وقال أبوها:

ـ فعلًا الغالي تمنه فيه.

وربض الصمت على الثلاثة حتى توقفت العربة أمام بيت جميلة، وانفتح الباب، ولفت ليلى موجة من الدفء.

* * *

اندفع محمود من بين صفوف المنتظرين تجاه ليلى، كان ينوي أن يصافحها فقط ولكنه عندما اقترب منها ووضع يدها بين يديه جذبها إلى صدره واحتضنها.

وتشبثت ليلى به وشعرت أنه قريب منها، أقرب مما كان طيلة السنين الماضية.

وعندما انفصل الأخ عن الأخت كانت الدموع تلمع في عيني ليلى، وكانت أمها تقف بعيدًا وشفتاها ترتجفان.

وصرخت جميلة في حماس وهي تمسك بكتفي ليلى:

ـ إنت جنان يا حبيبتي النهارده، جنان!

وقالت خالتها:

ـ يا روحي عليك، ربنا يحميك، عروسة ولا كل العرايس.

وصافحها عصام وهو يبتسم ابتسامته الخجول وقال:

ـ في الحقيقة، حاجة تخلي الواحد يقرر إنه يتجوز.

وصافحها علي بك زوج جميلة، وقال وكرشه يتهدج:

ـ ما شاء الله يا ست هانم، حاجة عظيمة خالص يا ست هانم.

ووقف الدكتور رمزي متباعدًا، ينتظر انتهاء المظاهرة، ثم تحول إليه المستقبلون يصافحونه ويهنئونه.

وتقدمت ليلى إلى حيث تقف أمها، ومالت عليها وقبلتها، ولمعت الدموع في عينيها من جديد.

وعزفت الموسيقى، وأمسك رمزي بذراع ليلى وسار بها إلى داخل الحديقة.

وشعرت ليلى بشيء من الحرج وهي تمر بين الموائد المتناثرة في الحديقة المزدحمة بالناس، ثم زال الحرج.

وقف الرجال ليتملوا منها وهي تمر، وشعرت بعيونهم تطوف بوجهها في حنان وكأنها تربت على خدها، وزغردت

سيدة وأفسحت بزغرودتها المجال للتعليقات، وارتفع صوت نسائي يقول:
- يا روحي عليها زي القمر!
وقال صوت رجل:
- زي الخوخة، الخوخة الحلوة.

وشدت ليلى قامتها، وارتفع رأسها، وتورد خداها، وتكور فمها الدقيق، وترقرقت عيناها بلمعان وهاج. شعرت أنها جميلة، وأنها محبوبة ومرغوبة، وانتشت.

وعندما اقتربت من المائدة الرئيسية خلعت قفازها وهي تحني رأسها إلى جانب في دلال، ومدت يدها تقطع التورتة الكبيرة. وابتدأ حفل الشاي.

وعندما مرت السكين في التورتة، تذكرت ليلى فجأة أن رمزي بجانبها، وتطلعت إليه وهي تضحك، وقدمت له قطعة من التورتة وهي تنظر إليه في شقاوة.

الليلة.. الليلة سيقول لها شيئًا جميلًا، الليلة. شيئًا يهزها، ويلفهما معًا، ويجعلهما يحلقان عاليًا بعيدًا عن الناس. الليلة هي جميلة في ثوبها الأبيض وهو جميل في بذلته الكحلية. والليلة ليلتها التي سيتذكرانها دائمًا، حين ينفردان في بيتهما، يحكي لها وتحكي له.

الليلة سيمد يده إلى يدها من تحت المائدة، ويمسك بها ويهمس بشيء في أذنها، شيء يجري الدماء ساخنة في عروقها. الليلة ستطوف نظرته بها كأنها تتحسسها، وكأنها تربت عليها، وكأنها تضمها، ثم

تنزاح عنها في ألم، حين يدرك هو أن النظرة لا تكفي، لا تشبع الرغبة في أن يحتويها في كيانه.

والليلة ستتوقف الكلمات على لسانه قاصرة مبتورة عاجزة عن تحمل الحب الذي يطويه لها هذا الرجل الكبير في جوانحه.

* * *

ومالت ليلى برأسها إلى جانب، وقالت في خفة وهي تحاول أن تصل برمزي إلى اللحظة التي تنتظرها:

ـ يعني ما قلتش الفستان عاجبك ولَّا لأ؟

ـ ما قلت.

وتكور فم ليلى وهي تمضغ قطعة من التورتة:

ـ يعني عاجبك؟

وابتسم رمزي وقال:

ـ أنا عارف إنت عايزاني أقول إيه، لكن أظن الكلام ده اتقال كفاية الليلة، بعدين تطلعي فيها.

وقالت في دلال وعيناها تتوهجان:

ـ عايزاك تقول إيه؟

وضحك رمزي:

ـ إنك حلوة.

واحمر وجه ليلى، وأطرقت في حياء، وقالت في صوت هامس:

ـ يعني أنا حلوة صحيح النهارده؟

ووجف قلبها، وهي في انتظار الإجابة. وقال رمزي:

ـ ودي عايزة كلام!

ولكن كان في رده نغمة من الاستخفاف لم ترتح إليها ليلى، وانقبضت يدها على طرف المائدة وكأنها تتشبث بها.

وقالت وهي تهز رأسها كطفلة عنيدة:

ـ على كل حال، أنا ضروري أكون حلوة، بالنسبة لك إنت على الأقل، وإلا ما كنتش خطبتني.

وقال رمزي:

ـ أنا على العموم ما باختارش مراتي على أساس سوقي!

وسقطت الشوكة من يد ليلى في الطبق.

وأضاف رمزي:

ـ المظهر الخارجي ما يهمنيش في كتير، إللي يهمني الاستقامة.

ولم تعاود ليلى الأكل، أبعدت الطبق عنها، وانقبض وجهها وعيناها تطوفان بالحديقة.

ولاحظت ليلى أن جميلة قد نظمت كل شيء بنفس الطريقة التي نُظم بها ليلة الاحتفال بزواجها: الموائد متناثرة في الحديقة حول الممر، والأنوار الملونة تتلألأ بين الأشجار، والأوركسترا في نفس المكان عند مدخل الحديقة، ونفس الوجوه تتطلع إليها، والمائدة الرئيسية بالقرب من مدخل البيت.. مع فارق واحد، أنها هي تجلس حول المائدة الرئيسية بدلًا من جميلة، ورمزي يجلس مكان علي بك.

* * *

مالت جميلة على ليلى ورمزي وقالت:

ـ إيه رأيكم؟ كل حاجة كويسة؟

وأشارت ليلى إلى البذخ الذي تبدى في كل شيء، وقالت في صوت ضعيف:

ـ كل ده عشاني؟ عشاني أنا يا جميلة؟

وكأنها تستكثر على نفسها هذا الحفل الباذخ.

وضحكت جميلة وقالت:

ـ يا سلام يا ستي، هوَّ إحنا عندنا كام ليلى؟

واعتدلت في وقفتها، وقالت وهي تضحك في استفزاز:

ـ وعشان كمان الدكتور رمزي، على الله يكون مبسوط. إحنا عارفين إنه ما يحبش الحفلات والكلام الفارغ ده، ولكن حنعمل إيه بَقه؟ ضروري ياخدنا على قد عقلنا.

ولم تفت نبرة السخرية على الدكتور رمزي، ونظر إلى جميلة في غضب، وصمدت جميلة لنظرته وهي تكتم ابتسامتها.

وذاب غضبه في ابتسامة وقال:

ـ على العموم يا ستي إحنا متشكرين.

وهمت جميلة بالانصراف، ثم توقفت، وكأنها تذكرت شيئًا، وقالت لليلى وهي تشير بيدها إلى الحديقة:

ـ خدت بالك يا ليلى؟ أنا عملت كل حاجة زي يوم جوازي تمام.

وتلفتت ليلى حولها ساهمة.

وقالت جميلة وهي تستدير لتنصرف:

ـ تمام يا ليلى، تمام.

وبدت نظرة حزينة في عيني ليلى وهي تقول:

ـ فعلًا زي يوم جوازك تمام.

ولكن جميلة لم تسمعها، كانت قد أولتهم ظهرها وهي تتجه إلى موائد المدعوين.

وتركز نظر رمزي على ظهر جميلة وهي تسير في ثوبها الضيق. كانت في ثوب أسود حالك السواد يضم في عنف جسدها الفائر، يكشف عن جانب من الظهر، وينفرج ليبرز دقة الخصر، ثم ينحبس عند الردفين، وكأنه انحبس منها فجأة في هذا الموضع وهي تلبس، وسدلت بقيته في صعوبة على ساقيها البيضاوين الممتلئتين في امتشاق وانسجام.

وارتفعت عينا الدكتور رمزي من أسفل إلى أعلى، حيث ينفرج الثوب الأسود عن كتفين مستديرتين كالتفاحتين، ويمتد ليكشف عن عنق طويل من مرمر.

وغرق رمزي في السواد من جديد، سواد شعرها الحالك القصير المقصوص في استدارة.

وراقبت ليلى جميلة وهي تقترب من المائدة التي يجلس عليها صدقي وعصام وشوشيت.

كان صدقي يجلس مسترخيًا في مقعده وهو يلعب بسلسلة ذهبية في يده، ولكن وجهه لم يكن مسترخيًا كجسده، كان يتحفز لجميلة وهي تقترب إلى حيث يجلس.

وعصام لم يشعر باقتراب جميلة، كان منصرفًا إلى شوشيت أخت صدقي، ينظر إليها نظرته الخجول، ويبتسم في وجهها ابتسامته غير المكتملة، ويحاول، بلا فائدة، أن يصل إليها. وهي تجلس غائبة عنه، غارقة في دخان سيجارتها، نحيلة رهيفة ليس في وجهها جمال سوى

جمال عينيها الكبيرتين الحالمتين اللتين تنظران بعيدًا، إلى حيث يتطاير الدخان.

وعصام يحاول، المسكين يحاول، أن يقوم بالدور الذي أسند إليه، دور المغازل، وهي قريبة منه وبعيدة، كما لو كانت محبوسة في دخان سيجارتها.

وجميلة تميل على صدقي، وتقدم له قطعة من الجاتوه، وصدقي يعتدل في جلسته، ويهمس في أذنها بشيء، وتهز جميلة رأسها بالنفي.

جميلة تقول لا، وتتجه إلى المائدة التي يجلس عليها زوجها بكرشه المنتفخة ثم تطوف ببقية الموائد.

وانتقلت ليلى بنظرتها إلى المائدة التي تجلس عليها أمها.. أمها قلقة، تجلس وقد تهدلت كتفاها، وترفع عينيها في حذر وفي خوف وكأنها تريد أن تنظر إلى شيء، وتخشى أن تتحقق مخاوفها. ولكن مِمَّ تخاف أمها؟ أتخاف ألا تكون هي سعيدة؟ لا إنها لا تنظر في اتجاهها، إنها تنظر في اتجاه اليمين، في اتجاه محمود وسناء.

سناء تجلس مع محمود وحدهما، يا للجرأة! سناء وقد تورد وجهها تهمس في أذن محمود بشيء، وعينا محمود تلمعان كفصين من الفيروز.

ومالت ليلى إلى الأمام ولم تستطع أن ترخي عينيها عن سناء ومحمود وكأنها مربوطة إليهما بخيوط سحرية.

❋ ❋ ❋

ولمس رمزي ذراع ليلى، ورأت صدقي يقف خلفها يهنئها.

٣٤٣

وقال رمزي وهو يرقب صدقي يتخذ الاتجاه المضاد، ويعبر الباب متجهًا إلى داخل الفيلا:

ـ أخو جميلة؟

وضحكت ليلى في سخرية، وكأنها قد وجدت منفذًا لغيظها:

ـ صدقي، أخو جميلة؟! طبعًا لأ. إللي ما فيه شبه بينهم!

ـ في المظهر الخارجي جايز، ولكن نفس الشخصية.

ـ أبدًا مفيش نسبة، جميلة بنت طيبة وبسيطة، وصدقي...

وقاطعها رمزي:

ـ يعني عايزة تقولي إن جميلة شخصيتها زي شخصيتك مثلًا؟

ـ تقريبًا، إحنا متربيين سوا في بيت واحد.

وهز رمزي رأسه، وهو ما يزال يحد النظر إلى جميلة:

ـ لأ، هيَّ حاجة تانية خالص.. وعمرك ما حتبقي زيها.

ونظرت إليه ليلى في دهشة، وضحكت في ارتباك.

وقال رمزي:

ـ بتضحكي على إيه؟

ـ أصل إنت قلت الجملة دي بطريقة غريبة، زي ما تكون زعلان إني مش زي جميلة.

ونظر رمزي إلى ليلى طويلًا، وهو يسحب نفسًا من سيجارته، وقال:

ـ لو كنت زيها ما كنتش اتجوزتك!

ـ ليه؟ جميلة مالها؟

ـ أنا ما قلتش حاجة، جايز هيَّ أحسن بنت، بس مش الطراز إللي ينفعني، قصدي كزوجة.

ـ قصدك الطريقة إللي بتلبس وبتتزوق بها؟

ـ لأ، حاجة أعمق من كده، شخصيتها، شخصيتها ما تتمشاش مع شخصيتي.

وترددت ليلى لحظة، ثم قذفت بالسؤال الذي يعذبها:

ـ وإنت عايز تتجوزني عشان شخصيتي بتتماشى مع شخصيتك؟

ونظرت إليه، تنتظر أن يلين وجهه، أن يخبرها أنه يحبها، وأنه أحبها دائمًا.

وقال رمزي في بساطة، ودون أن تختلج عضلة واحدة من عضلات وجهه:

ـ طبعًا، عشان مطيعة وهادية وبتسمعي الكلام.

وتشبثت ليلى ببقية من أمل، وقالت:

ـ بس؟!

وتوقف تنفسها وهي تنتظر الجواب. وقال رمزي:

ـ أمال يعني عشان إيه؟

* * *

وخفضت ليلى رأسها، وانحنت ترقب المائدة بعينين زائغتين، وفي قدح نصف ممتلئ من الشاي لمحت ذبابة غارقة تحاول في يأس واستماتة أن تخلص نفسها.

وبحركة لا إرادية ارتفع رأس ليلى، وتركز كيانها بأجمعه في مراقبة محمود وسناء. وتسلل إلى قلبها ألم مفاجئ، وكأن يدًا تعتصره، وكلما ازداد الألم ازدادت انكبابًا على مراقبة سناء ومحمود، وكأنها تستعذب الألم وتسعى إلى مزيد منه، وعيناها مفتوحتان ورأسها

يدور بين سناء ومحمود، وكيانها تستوعبه المراقبة.. محمود قد رقت شفتاه حتى كادتا تختفيان، وسناء احمر وجهها وأشاحت برأسها في دلال.. محمود يميل عبر المائدة ويهمس بشيء، وسناء تكز على شفتها حتى لا تنفجر ضاحكة. نظرة محمود تتحسس سناء وكأنها يد إنسان أعمى، وسناء تسدل جفنيها على عينيها، وتتحسس بيدها يد محمود من تحت المائدة.. محمود يضع كلتا يديه على المائدة وهو يضحك في شقاوة، سناء تنظر إليه في دهشة وهي لا تدرك مرماه.. محمود يقول لها شيئًا، ويشير إليها بيده، عينا سناء تتوهجان وشفتاها الرقيقتان تنطبقان في تحفز.

سناء تضع يدها على المائدة ومحمود يمسك بيدها بين يديه أمام الناس، أمام كل الناس، في النور، ليعرف من لا يعرف أن سناء تحب محمود وأن محمود يحب سناء.

ومس رمزي ذراع ليلى وقال:

ـ جرى إيه؟ باقول لك سرحانة في إيه؟

ونظرت إليه ليلى نظرة غريبة وكأنها أفاقت لتوها من حلم، وكأنها نسيت أنه موجود إلى جوارها. ولكنه موجود، موجود في كل ذرة من الهواء، موجود وكأنه وحده هو الموجود.

وسرت رجفة باردة في جسم ليلى.. «في تلاجة، وينقفل عليها».. سناء قالت «إللي تتجوزه تتحط في تلاجة وينقفل عليها».

ومالت ليلى على رمزي وهي تضحك وكأنها ستحكي له حكاية تستخف بها، حكاية مضحكة لا يصدقها عقل:

ـ تصور؟! سناء ومحمود بيحبوا بعض! تصور؟!

وانكفأ رمزي يراقب سناء ومحمود، وقالت ليلى في صوت حاد متقطع وكأنها فقدت القدرة على التنفس الطويل:

ـ لعب عيال! مش كده، لعب، لعب عيال، عيال.

وانتابت صوتها في المقطع الأخير بحة أشبه ببحة البكاء، ولم يعرها رمزي أي اهتمام، كان اهتمامه منصبًّا على مراقبة سناء ومحمود وكأنه يجد في هذه المراقبة لذة.

كان من الواضح أن سناء ومحمود قد قررا أن يتحديا كل الموجودين، وأن يعلنا عزمهما على الزواج بطريقة لا تحتمل الشك.

واعتدل رمزي في جلسته وقال في استنكار:

ـ فيه خطوبة رسمي؟!

وضحكت ليلى ضحكات قصيرة محمومة وكأنه ألقى بنكتة، ومالت عليه وكأنها ستفضي له بسر غريب، وقالت هامسة وقد اتسعت عيناها:

ـ فيه حب! تصور؟!

وضحكت ضحكة أشبه ما تكون بالنشيج.

واعتدلت في جلستها، وعادت من جديد تراقب سناء ومحمود وكأنها مشدودة إليهما بخيوط سحرية، ولكنها لم تستطع أن تركز، كان صوت رمزي يصل إليها من بعيد وكأنه يتكلم من داخل حجرة زجاجية مقفلة.

ـ مفيش حاجة اسمها حب، دي الكلمة إللي الإنسان المتحضر بيقنع بها الغريزة! وإللي إنت شايفاه قدامك، اندفاع، زي اندفاع الحيوان وراء غريزته!

ولكن من حسن الحظ أن الصوت قد توقف، وأنها تستطيع الآن أن تركز، أن ترقب، والألم يعصر قلبها، سناء وقد تورد وجهها وهي تهمس في أذن محمود بشيء يجعل عينيه تلمعان كفصين من الفيروز.

* * *

كادت ليلى تقفز واقفة، عندما شعرت بيدين تستقران على كتفيها، وتنبهت حواسها وهي ترى جميلة تقف خلفها مستندة إلى المقعد.

وقالت جميلة:

ـ جرى إيه يا ستي ليلى، هوَّ إنت حتقعدي كاشة كده؟! مش تيجي تحيي ضيوفك!

واستدارت جميلة تواجه رمزي، ومالت برأسها إلى جانب، وترقرقت عيناها وتثنى صوتها وهي تقول في دلال واستفزاز:

ـ هوَّ الدكتور رمزي من الرجالة إللي بيخوفوا ولَّا إيه؟

ووجف قلب ليلى والكلمات تخرج من شفتي جميلة. خشيت أن يرد عليها رمزي ردًّا وقحًا أو جامدًا بعد كل هذا الذي فعلته من أجلها. ولدهشتها رأت وجه رمزي يحمر، ولكن ارتباكه لم يدم إلا لحظة نفث فيها دخان سيجارته ثم ارتخى في جلسته، ولمعت عيناه بنظرة جريئة متحدية، ودبت الحياة في وجهه وهو يميل تجاه جميلة ويبتسم ويقول:

ـ وإنت، ما بتخافيش؟!

وهزت جميلة رأسها بالنفي.

وضحكت ضحكات قصيرة متقطعة اهتز لها جسدها. وطافت عينا الدكتور رمزي بالجسم الفائر الناضج تزنه في لهفة وفي ظمأ،

وكأنه يدير بين يديه كوبًا من الماء المثلج بعد طول ظمأ، ثم استند بظهره إلى مسند مقعده، وضاقت عيناه واهتزت ساقاه هزات رتيبة وهو يقول:

ـ أبدًا؟! أبدًا؟!

وخرجت كلماته سميكة وكأن شيئًا ما يثقلها.

ومالت جميلة بنصفها الأعلى إلى الأمام، وأسندت يديها إلى فخذيها وقالت وقد توهج وجهها:

ـ أنا ما أخافش! أنا أخوف بس يا دكتور رمزي!

ورأت ليلى عيني رمزي تستقران في نهم على الخط الذي يفصل بين نهدي جميلة، وشفتاه تتكوران في ابتسامة كريهة أشبه بتكشيرة حيوان مفترس.

ووصلت إلى آذانها أصوات الموسيقى وهي تتوالى في ضربات سريعة متلاحقة مجنونة.

وقال رمزي وهو يمسح بلسانه شفتيه وكأنه يتلمظ:

ـ بيتهيألك!

وكأنه يقول: «إستني عليَّ، الزمن بيني وبينك طويل!».

ورأت جميلة نظرة رمزي ترتجف على نهديها، ولحظت أنه لا يستطيع بحال أن يستقر في جلسته، وانتشت.

واعتدلت قامتها، وضحكت في انتصار وهي تقول:

ـ على العموم، كفاية عليك ليلى تخوفها!

واستدارت ومضت. نسيت ما جاءت من أجله، ومضت وردفاها يهتزان أكثر مما يهتزان عادة حين تمشى، وكأنهما انفصلا عن جسدها،

وكأنما أصبح لهما كيان منفصل، كيان رجراج جياش فوار لا يمكن التحكم فيه.

وتوقفت جميلة أمام باب الفيلا مترددة.

وتحركت شفتا ليلى وهي تناديها، ولكن لم يخرج من حلقها صوت، وكأنها فقدت القدرة على النطق.

ولم يدم تردد جميلة طويلًا، سارت إلى الفيلا وردفاها يرتجفان، وعبرت الباب، واختفت في المبنى.

ولمحت ليلى الذبابة وقد طفت على قدح الشاي، ماتت وطفت على السطح، وجعلت ترقبها وهي لا تفكر في شيء ولا تشعر بشيء، وفي عقلها خواء وفي كيانها خواء.

وارتفعت ضجة من المدعوين كالعاصفة المكبوتة، واندفعت إلى الحلقة راقصة متشحة بوشاح أحمر طويل، وازدادت ضربات الموسيقى جنونًا وعنفًا، وتتالى التصفيق متتابعًا متلاحقًا، وعلت الصرخات المجنونة، ونشرت الراقصة وشاحها الأحمر، وبدأت تدور حول نفسها دورات سريعة.

وفقدت الأشياء توازنها، وبدأت الموائد تهتز أمام عيني ليلى والناس والأشجار، وبدأ الجدار من خلفها يتمايل ويهدد بالانهيار.

ورفعت ليلى يديها إلى رأسها وكأنها تحجب عنها لطمة متوقعة.

وقال رمزي وهو يهز كتفها:

ـ مالك؟ مالك يا ليلى؟

واستقامت الأشياء أمام عيني ليلى، وبدأت تستعيد حواسها، وشلها خوف قاتل حين تعرفت على صوت رمزي وهو يقول:

ـ إنت ضروري تعبت من الدوشة، في الواقع حاجة تدوش!

وانقبض وجه ليلى وهي تحاول أن تزيح عن خدها ذبابة حطت عليه، ولكنها لم تجرؤ على تحريك ذراعها، بقيت مدلاة إلى جانبها كطن من الحديد إلى أن أمسك محمود بيدها.

* * *

تشبثت ليلى بيد محمود في جنون، وأطبقت عليها بكل قوتها، وكاد محمود يصرخ وهو يقول:

ـ إيه يا ليلى؟ فيه إيه؟

ـ خدني جوَّه!

وقال رمزي:

ـ ليه؟

وقالت ليلى في صوت ضعيف وكأنها تعتذر:

ـ شوية! شوية!

وظلت تردد هذه الكلمات في سرها ومحمود يسحبها إلى داخل الفيلا، ولحقت بهما سناء في البهو ووجهها يتوهج، وأمسكت بوسط ليلى وهي تقول:

ـ هنيني يا ليلى، هنيني! دي اللحظة إللي كنت طول عمري باستناها!

وحركت ليلى شفتيها وهي تحاول أن تبتسم، ولكن جاءت حركتها أشبه بالحركة التي تسبق البكاء.. ورأت صورة حسين وهو يلمس ذراعها ويقول:

ـ أنا مستنيك يا حبيبتي، طول عمري مستنيك.

واندفعت تجري على السلم وكأن إنسانًا يطاردها، وهمت سناء باللحاق بها ولكن محمود قال لها وهو يمسك بيدها:

ـ سيبيها يا سناء، أصلها متضايقة شوية!

* * *

وفتحت ليلى أول باب صادفها في الدور الثاني، وانهارت على أول مقعد قابلها وهي تلهث، ووجدت نفسها في دورة المياه الملحقة بغرفة نوم جميلة، وجلست وصدرها يتهدج وهي تحاول أن تستجمع أفكارها.

ولكن صوتًا ما كان يصم أذنيها ويفتت أعصابها ويحول بينها وبين التركيز، وتلفتت ليلى حولها وأدركت أن الصوت صوت ماء مكتوم ينتفض في الماسورة، وحاولت أن تنصرف إلى التفكير من جديد، ولكن الماء المكتوم كان يتحشرج بشكل كريه، يتحشرج كحشرجة مريض يحتضر. وتحاملت ليلى على نفسها وسارت إلى الحوض ومالت على الصنبور وفتحته، وانفجر الماء المكتوم وهو يغلي في حشرجة ضخمة.. حشرجة كريهة مخيفة، ثم سكن وهو ينساب في هدوء.

وشعرت ليلى بهدوء يتسلل إلى جسدها المنهك، ورفعت قامتها وصفا عقلها، وأدركت فجأة الموقف كاملًا بكل تفاصيله، وكأن الغشاء قد انزاح فجأة عن عقلها وعن عينيها، وهمست في يأس: «أعمل إيه؟ أعمل إيه يا رب؟!».

ووصلتها أنغام الموسيقى من الحديقة ممتزجة بأريج الياسمين، ولمحت وجهها في المرآة، وجه ميت، ومسحت بيدها على وجهها.

أمامها العمر كله لتفكر، أما الآن فيجب أن تخفي ذلك الوجه الميت عن الناس، وأن تنزل لتواجه رمزي، ولتواجه الناس، لتواجه المصير الذي اختارته لنفسها. الأمر بسيط، بسيط للغاية.. مزيد من البودرة ومن الأحمر ثم لا يعرف أحد، لا يدرك أحد أن تحت المساحيق وجهًا ميتًا.

وسارت ليلى إلى باب دورة المياه المؤدي إلى مخدع جميلة، وشعرت بقدميها تضعفان تحت ثقل جسمها وكأنها مريضة منذ شهور، ودفعت الباب ودخلت إلى الحجرة.

* * *

كانت جميلة متمددة على الشيزلونج وجفناها مسدلان على عينيها وكأنها نائمة، وعلى الأرض يركع صدقي، ظهره إلى ليلى، ونصفه الأعلى ممتد فوق جسد جميلة، ووجهه مدفون بين نهديها، وكأنه نائم بدوره. ورأت جميلة ليلى أولًا حين ارتد باب الحمام إلى مكانه محدثًا أزيزًا.. رأتها واتقدت عيناها كراهية وغضبًا. وربتت على كتف صدقي ليقوم، ولكن ذراعيه التفتا حولها في تشبث. وامتدت كراهيتها إليه، مدت يديها وانتزعت ذراعيه في عنف عن كتفها وهي تصرخ في صوت مكتوم:

ـ قوم.

واستدار صدقي وهو ما زال في جلسته، وبدا عليه الارتباك حين رأى ليلى، ثم قام، وشبه ابتسامة تحوم حول شفتيه وكأنه قد وجد شيئًا مسليًا يدعوه إلى الابتسام، ولكنه لا يبتسم تأدبًا ومجاراة للآخرين.

٣٥٣

وسارت جميلة إلى مائدة الزينة وهي تعطي ظهرها لليلى، ووقف صدقي في وسط الحجرة وهو يسوي شعره بيده.

وقالت جميلة بنفس الصوت المكتوم دون أن تستدير:

ـ اخرج.

وهز صدقي كتفه، وسار إلى باب حجرة النوم، وأدار المفتاح في الباب وخرج، كان باب الحجرة موصدًا، ولم يخطر ببال جميلة أن أحدًا سيدخل حجرتها عن طريق دورة المياه.

وفتحت جميلة صندوقًا خشبيًّا موضوعًا على مائدة الزينة، وأخذت منه سيجارة وأشعلتها بيد مرتجفة وسحبت منها نفسًا، واستدارت تواجه ليلى:

ـ اتفضلي، اشتمي، حاضريني عن الفضيلة، عن الخيانة والانحطاط!

ولم تتكلم ليلى، نظرت إلى جميلة وكأنها لا تراها، وكأنها تنظر خلالها، وبدأت جميلة تتمشى في الحجرة كالنمر الحبيس، تخطو عدة خطوات قصار ثم تستدير وتخطو نفس الخطوات لتستدير من جديد.

وتوقفت فجأة وقالت:

ـ ما تتكلمي! ما بتنطقيش ليه؟! ولّا ما يصحش؟ ما يلقش إنك تكلمي واحدة زيي؟!

وربعت يديها على صدرها:

ـ معلوم! واحدة زيك محترمة، مرات الأستاذ.. الأستاذ المحترم إللي...

ولم تستطع جميلة أن تكمل. انفجرت تضحك ضحكات خالية

من المرح، ضحكات عصبية قصيرة متلاحقة متتالية كادت تحول بينها وبين التنفس، وانطوى الجزء الأعلى من جسمها إلى الأمام وهي تسند يدها إلى بطنها تهدئ من ضحكاتها، واستطالت الضحكات وأصبحت أكثر حدة وكأنها أنات، ثم هدأت.

واعتدلت جميلة وهي تقول في فرح وحشي:

ـ الأستاذ بتاعك إللي زي الكلب، ريقه يجري على كل عضمة!

وشدت قامتها وهي تتقدم من ليلى، وأشارت بيدها وهي تقول:

ـ عارفة صدقي إللي خرج ده، أشرف منه، على الأقل مش عامل إله، على الأقل ما بيخبيش حقيقته.

ورفعت جميلة السيجارة إلى فمها وأخذت نفسًا عميقًا، وأخذت تتطلع إلى حلقات الدخان وهي تلتف بعضها فوق البعض، ثم قالت بصوت عميق هامس:

ـ تفهمي إيه إنت في الدنيا؟! تفهمي إيه؟!؟ تفهمي إيه إللي تقاسيه الست لما تعيش مع راجل بتكرهه؟ علموك دي في الكتب؟ فهموك دي؟!

وانهار صوت جميلة وهي تنطق الجملتين الأخيرتين، وامتلأت عيناها بالدموع، وازداد صوتها ارتجافًا وهي تستطرد:

ـ تعرفي إيه إللي تحس بيه الست لما تشعر إنها بقت زي الخرقة القديمة؟ نشفت.. جسمها نشف وقلبها نشف.. لأن ما حدش بيبص لها وعنيه بتلمع، ما حدش بيقول لها: «أحبك»؟

وتوقفت جميلة لحظة عن الكلام ثم دوى صوتها مرتجفًا متحشرجًا يائسًا:

ـ أعمل إيه؟ قولي لي أعمل إيه؟!

وتشنج وجه ليلى وهي تحاول أن تتكلم، ولكن فمها استدار دون أن يخرج منه صوت.

وقالت جميلة وهي تبتسم في مرارة:

ـ الطلاق؟ مش كده؟ بسيطة!

وأشارت بيد ترتجف إلى السرير وهي تقول:

ـ على السرير إللي قدامك ده نمت تلات أيام بين الموت والحياة، بلعت أنبوبة الأسبرين، وأمي قالت مش عايزة فضايح! كانت فاهمة إيه معنى إني أستنى مع راجل ما بيحبنيش وما باحبوش، ومع كده صممت!

وسكتت جميلة، ثم بدأت تضحك ضحكاتها الهستيرية المتلاحقة.

ـ أمي.. أمي أنا.. مش عايزة فضايح، أمي، أمي مش عايزة فضايح!

وسكتت عن الضحك فجأة وضاقت عيناها وقالت:

ـ وإنت؟ وإنت يا ست يا محترمة، يا بتاعة المبادئ، لو كنت مطرحي تعملي إيه؟ حتعملي إيه؟

وبدأ صوت جميلة وهي تسأل هذا السؤال مرتفعًا مليئًا بالتحدي، ثم انخفض، واختفت نبرة التحدي وكأنها تسأل ليلى سؤالًا، مجرد سؤال:

ـ حتعملي إيه؟

وكأنها أدركت بحاستها أن ليلى تقف نفس الموقف الذي تقفه، وأنه لا بد لها أن تنتهي إلى نفس النهاية.

واهتز كيان ليلى بصرخة مدوية، وتقدمت إلى جميلة وهي لا ترى شيئًا، تتحسس طريقها كالعمياء، وعند قدميها سقطت مغمى عليها.

* * *

وبعد فترة عبرت ليلى وجميلة باب الفيلا إلى الحديقة، وعادت ليلى إلى مكانها، وانخرطت جميلة وسط المدعوين. ولم يلحظ أحد شيئًا. كانت جميلة قد أخفت وجهها خلف المساحيق وكذلك فعلت ليلى.

ولكن لو دقق الإنسان لوجد شيئًا لم تستطع المساحيق أن تخفيه، النظرة الحزينة المستسلمة في عيني جميلة، والنظرة الخائفة القلقة التي تبحث عن مخرج في عيني ليلى. ولكن لم يدقق أحد، لم يهتم أحد الاهتمام الذي يدفع إلى التدقيق.

* * *

وبعد أيام تلقت ليلى خطابًا من حسين يقول فيه:

عزيزتي ليلى،

تلقيت خطابًا من محمود يخبرني فيه أن خطبتك قد أعلنت لأحد أساتذتك.. وبالأمس كتبت لك خطابًا مجنونًا ثم مزقته. أتصدقين أني ما زلت أحبك؟! واليوم أشعر أني في حالة أفضل تمكنني من التفكير السليم، ولذلك أكتب إليك لأهنئك. وبالرغم من كل شيء فأنا سعيد من أجلك أنت يا عزيزتي، سعيد لأنك استطعت أخيرًا أن تدفعي الباب وأن تنطلقي. لقد استطاع هو أن يفعل ما فشلت أنا فيه، استطاع أن يحررك من قيودك، وأن يعيد إليك ثقتك بنفسك وبالناس..

٣٥٧

أليس كذلك؟ ولا بد أنك تمضين الآن في الطريق المفتوح باللمعة في عينيك وبالإشراقة في وجهك، الإشراقة التي كادت تجعلني أصرخ في المصعد.

لا تقلقي بشأني، فأنا بخير، لم أنهر حين أرسلت إليَّ خطابك الجاف، ولم أنهر حين سمعت خبر خطوبتك.. فأنا أعمل وأحيا من أجل حب أكبر من حبي لك، حبي لمصر ولشعب مصر. وما دام ذلك الحب يعمر قلبي فلن أنهار ولن أكف عن العمل. ومنشأ الصعوبة أن حبي لوطني كان قد اختلط بحبي لك، حتى أصبحت أنت رمزًا لكل ما أحبه في الوطن. وعليَّ الآن أن أحاول أن أنتزعك من فكري ومن خيالي ومن دمي.

لا تتألمي من أجلي، ولا تلومي نفسك، فأنت لم تشجعيني، بل بالعكس فعلت كل ما يمكن أن تفعله إنسانة رقيقة حساسة مثلك لتثبيط همتي.. ولكن ماذا أفعل؟ ماذا أفعل في الفكرة المجنونة التي سيطرت عليَّ، فكرة أنك لي وأني لك مهما طال الزمن؟! إن الخطأ الوحيد الذي ارتكبتِه هو أنك جعلتني أراك، وأنك جميلة، وأنك رقيقة، وأنك.. وأنك.. أنت.

فإذا أردت أن تكفري عن خطئك، دعيني أراك مرَّة واحدة حين أعود إلى الوطن، وأملأ عيني منك مرَّة أخيرة وأنت تمضين في الطريق المفتوح والإشراقة في وجهك واللمعة في عينيك.

حسين عامر

٢٠

عين محمود طبيبًا في المستشفى الأميري ببور سعيد، وبعد أسابيع من استلامه العمل جاء في زيارة إلى القاهرة، وكان يجلس على مائدة الغداء يوم الجمعة مع أسرته حين رفع رأسه عن الطبق وقال:

ـ على فكرة.. أنا حاتجوز.

ووجف قلب ليلى وهي ترقب وجه أبيها والانفعالات تتوالى عليه.. بدا وجهه أول الأمر جامدًا وكأنه لم يفهم كلام محمود ثم انهار، تدلى طرفا فمه، وغزا عينيه حزن عميق، وأطبق جفنيه على عينيه، وامتدت يده إلى الفوطة يخفي وجهه خلفها وهو يتظاهر بمسح فمه، وحين رمى بالفوطة جانبًا كان وجهه قد ارتد جامدًا كما كان وإن عراه بعض الاحتقان.

وترك الأب ثواني من الصمت تربض على الموجودين قبل أن يقول في هدوء مصطنع:

ـ بتقول إيه؟

ونظرت ليلى إلى أخيها وشفتاها ترتجفان، تنتظر منه أن يتكلم

وكأن مصيرها معلق على الكلمات التي ستخرج من شفتيه. وتكلم محمود:

ـ باقول حاتجوز.

وارتخت ليلى في جلستها، والتمعت عيناها بالدموع، انتشت، وكأنها هي التي واجهت أباها بهذه الجسارة وبهذه البساطة.. إن الأمر بسيط للغاية، ما عليها إلا أن تهز كتفها كما هزها محمود وتسلط عينيها في عيني أبيها وتقول.. ماذا تقول؟

ودوى صوت أبيها مرسلًا الرجفة إلى جسدها:

ـ حضرتك موضب كل شيء وجاي تقول لي؟ وعلى إيه؟ على إيه تتعب نفسك؟! ما هو أنا طرطور.. مش كده؟!

ـ أرجوك يا بابا! أرجوك تفهمني!

ـ أنا لا أبوك ولا أعرفك! أنا بريء منك!

وأطبق محمود عينيه يائسًا، وهو يدق بيده اليسرى على المائدة. وقال أبوه ونغمة العتاب تتسلل إلى صوته:

ـ طول عمري باربيك وأصرف عليك دم قلبي، علشان لما تكبر تقف على رجليك وتساعد أمك وأختك إللي على وش جواز..

وتو ما بقيت بني آدم عايز ترفسنا، عايز تتجوز!

واحمر وجه الأب حين أدرك أن الضعف قد تسلل إلى صوته، وانقلبت نبرة العتاب إلى نبرة سخرية:

ـ بدل ما تساعدني دلوقت عايزني أساعدك عشان تتجوز، مش كده؟

وواجه محمود أباه في اعتزاز:

ـ أنا مش عايز مساعدة من حد!

وثار الأب لهذه الجملة كما لم يثر من قبل، وكأن استغناء ابنه عن مساعدته أمر لا يطاق ولا يحتمل، واتسم كلامه من ذلك الحين بسخرية مُرة:

ـ وحتتجوز مين يا حضرة الدكتور؟

وتجاهل محمود سخرية أبيه وقال وهو يحاول أن يصل إلى قلبه:

ـ يا بابا البنت إللي حاتجوزها ممتازة وطيبة، ومتعلمة، وبنت عيلة حتى اسأل ليلى عنها.

وانكمشت ليلى في مقعدها حين تركزت عليها نظرة أبيها قاسية متسائلة، وكأنه يحملها مسؤولية هذه المصيبة التي نزلت بهم.

وضربت الأم كفًّا بكف وقالت:

ـ صاحبتها يا سيدي.. أمال؟ الست ليلى جلابة الهنا، طول عمري أقول الاختلاط ما يجيبش إلا المصايب وآدي آخرتها!

وانزاحت نظرة الأب عن ليلى واستقرت باردة على محمود:

ـ والعيلة دي حتاخدك على إيه؟ حتدفع مهر كام وشبكة كام؟

وقال محمود بصوت مكتوم:

ـ أنا حاتجوز البنت مش حاتجوز العيلة!

واسترخى الأب في جلسته وقال:

ـ بَقه كده؟ هيَّ بَقه من إياهم؟! من إللي ماشيين على حل شعرهم!

وغطى محمود وجهه بكفيه وهو يحاول أن يسيطر على نفسه.. لقد توقع كل ذلك وأكثر، ويجب أن يحول بين سيل الكلمات الجارحة التي تتكون في عقله وبين الانطلاق.

ودوى صوت الأب:

ـ والله والله لو كانت دي بنتي لكنت قتلتها، قتلتها قتل!

واستقرت نظرته على ليلى حامية مهددة، وسرت الرجفة في جسدها تحت وقع نظرته.. هل خمن شيئًا؟ مستحيل. كيف يستطيع أن يخمن؟ إحساسه الأبوي؟ إحساسه الأبوي حقًّا «أي إحساس؟» إن حائطًا ضخمًا وقف دائمًا بينه وبينها وكأنهما لا يتكلمان نفس اللغة وكأنهما...

وأزاح محمود يديه عن وجهه، وقال بصوت مؤدب يعلن به انتهاء المناقشة:

ـ أنا آسف يا بابا، ولكن يظهر حضرتك مش حتقدر تفهمني!

ولكن محمود لم يستطع أن يفلت بهذه البساطة. تعمد الأب أن يمد في المناقشة:

ـ مين يقدر يفهمك؟ مين يقدر يفهم إن إنسان مفلس زيك، متخرج أول إمبارح، عايز يتجوز ويفتح بيت ويربي عيال ويتحمل مسؤوليات؟

وارتخت ليلى في جلستها.. لا لم يخمن، لا هو يستطيع أن يخمن ما يدور في فكرها ولا أي إنسان. ولا هي حتى تستطيع أن تصف شعور الاشمئزاز الذي سيطر عليها في كلمات تبدو للناس مقبولة ومعقولة.

ماذا تقول؟ إن القناع قد سقط وتحت القناع طين؟ إن نظرة رمزي زحفت كالثعبان على صدر...؟

وقالت الأم بصوت مرتجف:

ـ يا ابني كل حاجة لها أصولها وإللي يمشي على الأصول
ما يتعبش.

وأغمضت ليلى عينيها.. ماذا تقول؟ لو قالت لأمها عن الطريقة
التي زحفت بها نظرة رمزي على نهدي جميلة لضحكت أمها وقالت
ببساطة:

ـ كل الرجالة كده.. أمال إنت فاكرة إيه؟

ماذا تقول؟ ومن يستطيع أن يفهمها حين تقول إن نظرة رمزي التي
زحفت كالثعبان كشفت لها عن فساده وعن كل الفساد: فسادها هي
التي ارتضت هذه الزيجة، وفساد جميلة، وفساد عصام الذي ارتضى
أن يلعب دور البهلوان، وفساد صدقي الذي يبحث لنفسه كل يوم
عن فريسة ليثبت لنفسه أنه رجل، وليثبت للعالم الخارجي أنه بطل
مغوار، وفساد أم جميلة، وفساد أمها هي التي قبلت أن تعيش على
الخوف خوفًا من كلام الناس، وفساد أبيها الذي يؤمن دائمًا أنه على
صواب، وفساد كل أصولهم، كل أصولهم.

وقال محمود:

ـ يا ماما الأصول اتغيرت، الزمن بيتغير والأفكار بتتغير، حاولوا
إنكم تفهموا!

وكان من المستحيل أن يفهماه، واعتصم الأب بغرفته بعد أن هدد
بقطع كل علاقة بينه وبين محمود، ولجأت الأم إلى الدموع.

وسافر محمود إلى بور سعيد، وفي يوم الخميس التالي حضر إلى
القاهرة ولم يزر عائلته، ولكنه زارها يوم الخميس الذي يليه، ووجد
الدكتور رمزي في انتظاره.

كانت الأم قد طلبت منه أن يتدخل ليعيد محمود إلى صوابه.

وانفرد رمزي بمحمود في حجرة الاستقبال، والأب ما زال يعتصم في حجرته، والأم مع ابنتها في الصالة ينتظران.

* * *

وراحت ليلى تذرع الصالة جيئة وذهابًا وعيناها تتطلعان في قلق إلى الباب المغلق، وخوف غامض يعصر قلبها، خوف من أن يستسلم أخوها لقوة هذا الرجل الذي انفرد به. واستولت عليها رغبة جامحة في أن تسمع كل كلمة يقولها أخوها، وكأن مصيرها هي معلق على هذه الكلمات. وانحرفت إلى باب غرفة محمود، وقالت أمها وهي تستوقفها:

ـ رايحة فين؟

ـ حاجيب كتاب من مكتبة محمود.

ودخلت الغرفة، وتسللت إلى الباب الزجاجي الذي يفصل غرفة محمود عن غرفة الاستقبال، والتصقت بالحائط تتبين الحديث الدائر بين الرجلين، واعتراها خجل طارئ من تلصصها، زال حين تبينت نبرات صوت رمزي. لم تسمعه قَطُّ يتكلم بهذه الطريقة، صوته مرتخ معسول منخفض، صوت صديق يحكي لصديقه، ولا بد أن ملامحه مرتخية الآن والصندوق الزجاجي الذي يغلف وجهه قد زال. كم وجهًا لهذا الرجل؟! معها هي إله، ومع جميلة طفل يسيل لعابه، ومع محمود صديق قديم يحكي.

ـ أنا حاحكي لك حكاية يا محمود ما قلتهاش لحد قبل كده، ولكن إنت أخويا الصغير ومش ممكن أبخل عليك بتجربة من تجاربي.. لما كنت طالب في الجامعة حبيت بنت ساكنة في

الدور إللي تحتي، وبقيت أقعد بالليل في الضلمة أسمع أم كلثوم وأعيط، وأسهر للصبح وأنا باكتب قصيدة شعر لحبيبتي، وأنزل ألتقيها مستنياني على السلم بمريلة المدرسة، أعطيها القصيدة وكل حتة في جسمي بترتعش، وفاتت الأيام وابتديت أخرج معاها وحبي لها بيزيد يوم عن يوم، والدنيا جميلة في عيني، ونويت إني أتجوزها بمجرد ما أتخرج، ما كانش ممكن أتصور نفسي عايش يوم واحد من غيرها.

واتسعت حدقتا ليلى في دهشة وابتلعت ريقها.

واستأنف رمزي كلامه:

- وفي ليلة كان أهلها مسافرين وفتحت لي الباب...

وقمت من على الكنبة، وبصيت لها وهي لسه متمددة، وعرفت فجأة إن حبي لها خلص.. خلص في اللحظة دي، وتاني ليلة لقيت الباب مردود قفلته بإيدي، ونزلت سكرت، وجيت وش الصبح لميت عفشي وعزلت من الحتة كلها.

وكتمت ليلى صرخة كادت تنطلق من فمها، وشعرت برغبة في أن تهرب من الغرفة ومن البيت بأكمله، ولكنها بقيت مسمرة في مكانها مشدودة إلى الباب الزجاجي المغلق، وكأنها مشدودة إلى هوة بقوة لا تملك لها دفعًا.

واستمر رمزي يتكلم:

- ومن يومها عرفت إن مفيش حاجة اسمها حب.. فيه اشتهاء، والاشتهاء بينتهي لما الإنسان ياخد إللي عايزه... والاشتهاء حاجة والجواز حاجة تانية.

وترددت في رأس ليلى فكرة واحدة، فكرة ثابتة تنخر فيه كالمسمار:
والبنت؟ البنت؟ إيه إللي حصل للبنت؟

وقال محمود في برود:

ـ أنا مش فاهم إنت بتحكي الحكاية دي ليه؟

وغطت ليلى وجهها بيديها.. لم يردد محمود تساؤلها، لم يخطر
مصير البنت ببال أحد، حتى محمود، وكأن بين هذين الرجلين سابق
اتفاق على أن البنت التي تخرق الأصول لا تستحق مجرد التفكير.

وقال رمزي في تردد وهو يحمل كلامه أكثر من معنى:

ـ يعني ضروري الجواز يا محمود؟ مفيش طريقة تانية؟ مش يمكن
تكون نزوة وتفوت وتدفع تمنها غالي!

وكزت ليلى على شفتها السفلى بأسنانها.. السافل.. السافل،
وتمنت أن يصفعه محمود، لا أقل من أن يصفعه محمود ردًّا على
اقتراحه المسموم.

ولكن محمود لم يصفعه، فاته المعنى المقصود، وقال في جمود:

ـ أنا مش عيل يا دكتور رمزي! أنا عندي قدرة على الاختيار وعلى
الثبات على اختياري!

وقال رمزي:

ـ واضح إن مناقشتنا انتهت، بس قبل ما أقوم من هنا عايز أحكي
لك حكاية افتكرتها دلوقت وإنت بتتكلم.

وقال محمود في تأدب:

ـ تفضل.

ولكن كان من الواضح أنه لم يعد يهتم أدنى اهتمام بما يقوله

رمزي، على العكس من ليلى، تنبهت حواسها كالفأر الذي تطبق عليه المصيدة، وتصلب جسمها وجمد وجهها، وكأنها هي وحدها مع رمزي.. وهو يتكلم وهي تنفعل بكل كلمة، وتثير في خيالها كل كلمة حشدًا من الصور والعبارات، من الماضي ومن المستقبل، ومن هنا وهناك.. صور وعبارات تتزاحم وتتراكم وتختلط حتى تصبح بلا معنى، وحزن موجع يربض على صدرها وكأن كلمات رمزي أصابع تطبق في بطء على عنقها لحظة بعد لحظة.

ـ الحكاية دي عن زميل لي اتجوز من خمس سنين، كان متحمس كده زيك، واتجوز على حب واحدة زيه متحمسة وثايرة، وتحدوا كل العقبات إللي قابلتهم، وكل المجتمع من حواليهم، واتجوزوا، وعاشوا في شقة مفيهاش إلا طرابيزة وسرير ملة، وطبعًا الحب والقيم الجديدة! وتحققت كل نظرياتهم، كل نظرياتك: الزوج والزوجة حاجة واحدة، مفيش بينهم أسرار، وعلاقتهم قايمة على المحبة وعلى الصدق والصراحة...

«على الخوف مع رمزي حاعيش.. على الخوف.. ويوم بعد يوم دمي حينشف من الخوف.. الخوف إللي راح والخوف إللي جاي».

ـ وحتى نظرياتك عن الجنس تحققت: الجنس والزواج حاجة واحدة، والجسد والروح حاجة واحدة. وكل ما يطول بهم الزمن يحبها أكتر ويدرك أكتر أنها جزء منه، وأنه جزء منها، وأنهم حاجة واحدة.. والفرحة كانت بتلمع في عنين صاحبي وهو قاعد وسطنا، وبمناسبة ومن غير مناسبة يجيب سيرة مراته: «مراتي قالت كده، مراتي رأيها كده».

كان سعيد والناس عرفوا إنه سعيد، وقالوا: «الغربال الجديد له شدة»، ولكن سنة فاتت وهو عنيه لسه بتلمع، ولسه بيقول: «مراتي».

الناس ابتدوا يشعروا بحاجة غريبة، حاجة غير متمشية مع قواعد المجتمع إللي همَّ عايشين فيه، حاجة مضحكة، وابتدوا يكتموا ابتسامتهم قدامه ويضحكوا عليه من وراه...

«فضايح! مش عايزة فضايح! أمي مش عايزة فضايح!».

ـ وصاحبنا ولا هوَّ هنا، أخد مراته وسافر أوروبا، كان عايز يقتسم معاها كل تجربة مرت عليه قبل كده، وبعد ما رجع كنت أنا وهوَّ بنتعشى في مطعم ومعانا بعض الأصدقاء، وبعد ما شبعنا ابتدينا نتكلم، طبعًا عن الستات، واحد يحكي والباقي يسمع، والحكاية إللي بيحكيها كان يمكن تحصل لهم أو يمكن لسه حتحصل لهم، أو حصلت لهم فعلًا حكاية مشابهة...

«في المطبخ.. الضلمة.. الكنبة».

ـ وحكاية تجر حكاية، والمتحدث بيتغير، والكل منسجم زي ما نكون أعضاء في جمعية متفاهمين على أدق أسرارها، أو تروس في ساعة ماشية على نمط واحد، في اتجاه واحد ما بيتغيرش، اتجاه واحد مفهوم وواضح ومنطقي ومتسلسل...

«وإللي يعرف الأصول ما يتعبش».

ـ وجه الدور على صاحبنا، وابتدت عينيه تنعم، وملامحه تنعم، وهو بيحكي عن تجربة انفعل بها في غابة من غابات إنجلترا الجميلة.. مع مراته! وبعد تلات سنين من جوازهم. وبلمنا...

«فضايح! مش عايزة فضايح! أمي مش عايزة فضايح!».

ـ كلنا بلمنا. فيه حاجة وقفت في تروس الساعة، حاجة عطلت، حاجة قلبت الاتجاه العام المنطقي المفهوم. وواحد منا لخص الموقف وقال: «بعد تلات سنين من الجواز؟ مستحيل!».

والتاني فضل يضحك لغاية الدموع ما نزلت من عينيه.

وكملنا كُلامنا وشعر صاحبنا إنه غريب، إنه معزول عن دايرتنا وقام...

«لا تنحبسي في الدائرة الضيقة يا حبيبتي، إنها ستضيق عليك حتى تخنقك».

ـ ومن يومها صاحبنا بطل يتكلم عن مراته، وابتدا يشعر بالحرج في مجلسنا، وفي كل المجالس.. ابتدا يشعر إنه غير متجانس، وإنه معزول عن الدايرة الكبيرة، وابتدا يحتار...

«خلاص يا ليلى أنا لقيت حل.. لقيت حل يا حبيبتي».. «البت الخدامة؟ أصلها واخدة على عصام، صاحبته يا ستي!».

ـ وبعد مدة لما ابتدا يتكلم عن مراته تاني لقى إللي يسمع له وإللي يجد كلامه مفهوم. كان بيتكلم عن الزوجات ومتاعب الزوجات، وهيَّ الست عايزة إيه أكتر من بيت وأولاد وزوج يقوم بواجباته الزوجية؟! الست عايزة إيه؟!

«تموت زي صفاء أو... تعمل زي جميلة».

ـ ومن كام يوم لقيت صاحبنا متصدر مجلس، وبيتكلم بثقة، وعينيه بتلمع، والكل بيسمع له. شديت كرسي وقعدت.. كان بيحكي على آخر مغامرة من مغامراته.

ووقفت ليلى في وسط الحجرة ترتجف بعجزها وبكراهيتها وبثورتها، وقال رمزي وقد تسلل إلى صوته الحزن:

ـ مفيش مخرج! صدقني يا محمود مفيش مخرج!

ولم تستطع ليلى أن تكتم صرختها هذه المرَّة، وكالمجنونة دفعت باب الحجرة وخرجت مندفعة.

وأكمل رمزي حديثه بعد أن تغلب على نبرة الحزن التي تسللت إلى صوته:

ـ كلنا تروس في عجلة كبيرة، والعجلة بتمشي، وإللي يحاول يعطلها بيتحطم، والشاطر إللي يفهم الموقف وإللي يستفيد منه.

وبدت في عيني محمود نظرة حزينة كالنظرة التي تبدو في عيون الناس وهم يرقبون غروب الشمس، ولكنه ما لبث أن ابتسم وقال وهو يقف:

ـ أؤكد لك يا دكتور رمزي إني مش حانهزم زي صاحبك!

* * *

وكالمجنونة اقتحمت ليلى غرفة نوم أبيها وهي تصيح في صوت متحشرج:

ـ بابا!

وهب الأب من سريره مذعورًا والكلمات ترتجف على شفتيه:

ـ فيه إيه؟ فيه إيه؟

وشل القلق قواه، ووقف يرتجف وهو ينظر إلى سحنتها المنقلبة وإلى عينيها اللتين تتأججان في وجهها.. وقف ينتظر منها أن تتكلم، أن تخبره أن كارثة ما قد حلت بهم.

وأشارت ليلى بيدها إشارة هستيرية تستبعد بها هذا الاحتمال وقالت:

ـ مفيش! مفيش حاجة!

وغُشي على الأب لحظة، والدم يعود إلى الجريان في عروقه بعد أن توقف. وعندما بدأت رؤيته إلى الأشياء تستقيم قال:

ـ ولما مفيش حاجة إزاي تتهجمي عليَّ بالشكل ده؟! إزاي تدخلي عليَّ من غير استئذان؟!

وقذفت ليلى بالجملة التي تكونت في عقلها دفعة واحدة وكأنها تخشى ألا تخرج أبدًا إن لم تقذف بها هكذا:

ـ عايزة أكلمك في موضوع جوازي.

وسمعت ليلى كلماتها وهي تتكلم، كلمة كلمة، وكأن إنسانًا آخر هو الذي يتكلم.

وعصر الخوف قلب الأب، وأدرك أنه على شفا كارثة أفدح من كل الكوارث التي مرت به، وأن عليه أن يستجمع كل قواه ليواجهها، وضاقت عيناه الرماديتان ولمعتا بلمعان رهيب وهو يرقب ابنته ويقول:

ـ عايزة إيه؟

ولم يكن في صوته غضب ولا رائحة الغضب.. كان صوتًا ثلجيًّا معدنيًّا وكأنه يصدر من آلة مشروخة.

ـ عايزة...

ولم تستطع ليلى أن تكمل، كان يقترب منها بخطوات قصيرة آلية، وبوجه جامد، وبجسم متصلب، وكأنه آلة مسلطة عليها، آلة تقترب منها في بطء لتسحقها:

ـ عايزة إيه إنت كمان؟

وعكس صوته يأسًا أعمق من يأسها.. يأسًا تخطى مرحلة الغضب، يأس رجل فقد كل شيء ولم يعد له ما يفقده، رجل لا يتورع عن شيء.

وفي عينيه رأت ليلى نظرة قاتلة، قاتلة بلا غضب، قاتلة وباردة.

وقالت بصوت مخنوق وهي تمد يدها إلى رقبتها وكأنها تحميها منه:

ـ ولا حاجة! ولا حاجة!

وأرادت أن تتراجع إلى الوراء بظهرها، ولم تستطع أن تتحرك.. شلها الخوف، واستمرت تتمتم:

ـ ولا حاجة! ولا حاجة يا بابا يا بابا!

وعند ذلك النداء انحسرت النظرة القاتلة عن وجهها، واستدار الأب وهو يهز رأسه وكأنه يفيق من كابوس مرعب.

وتراجعت ليلى بظهرها إلى الباب وهي تمسح وجهها بيديها وتتمتم بصوت مرتجف:

ـ ولا حاجة! ولا حاجة!

وقال رمزي وهو يسد الباب مخاطبًا الأب:

ـ مفيش فايدة!

وارتجفت ليلى من قمة رأسها إلى أطراف أصابعها، واستندت إلى مقعد بجوارها حتى لا تنهار على الأرض. واستدار الأب يواجه رمزي وعلى شفته ابتسامة واهنة، وقال بصوت متداعٍ:

ـ أنا كنت عارف، كنت عارف إن مفيش فايدة، ربنا يعوضنا فيه خير.

واحتدت عينا الأب وهو يسلط نظرته على ليلى ويقول:

ـ ربنا كريم، ربنا عوضنا فعلًا، خسرنا عيل وكسبنا راجل.

واستقرت نظرته على رمزي.

ـ كسبناك يا ابني.

٢١

وفي تلك الليلة تمنت ليلى وهي نائمة على السرير أن تموت..
تمنت أن تغمض عينيها وتنام ويصبح الصبح ولا تفتحهما، تمر،
تهرب في سلام، بلا مشاكل ولا عنف ولا شجار.

ولكن الناس لا يموتون هكذا، لا يغمضون عيونهم ويموتون،
لا بد من شيء يسبب الموت.. المرض؟ التيفود مثلًا؟ نعم، التيفود
مرض سهل، مرض لطيف يخدر الإنسان.. تنام على السرير وتغيب
عن الوعي يومًا بعد يوم وكأنها تنزلق في هدوء وفي سكون، وحول
سريرها وجوه تحجرت فيها الدموع تتشبث بها كأنها سدود تحول
بينها وبين الانزلاق، بينها وبين الأحلام، ثم تنأى الوجوه وتلفها
سحابة تتكاثف حينًا بعد حين وتزول السدود.

وانزلقت ليلى إلى النوم، إلى الأحلام، وفي أول الليل نامت نومًا هادئًا
مليئًا بالأحلام الهادئة. وهي الآن ممددة على ظهر باخرة في وسط البحر
لا تدري إلى أين هي ذاهبة ومن أين هي آتية.. لا تدري من هي، لا ماضي
لها، ولا مستقبل.. لا تدري شيئًا سوى أنها مستلقية على ظهرها، وسكينة

٣٧٤

حلوة في قلبها، وبحر أزرق كاللانهائية يحيطها، وأشعة الشمس تتراقص على سطح المياه الزرقاء فتلتمع كفصوص من الماس وتتراقص على جسدها الممدد فتدغدغه وتسلمه إلى خدر لذيذ.

وهي الآن تدفع بابًا أمامها وتدخل حديقة، حديقة لم تَرَ مثلها طوال حياتها، حديقة بيضاء، الزهور فيها بيضاء، والأشجار متوجة بالبياض، بحر ممتد من الزهور البيضاء، زهور غريبة طويلة طول قامة الإنسان، طويلة وبيضاء وشامخة وجميلة، والزهرة تميل على الزهرة في حنو ورقة تربت عليها وتكاد تهمس، وكأنها إنسان.

وليلى تمر بين الزهور، والزهور تتمايل عليها وتربت على خدها وتسكرها بعبيرها، فتجري وهي تضحك ضحكات قصيرة متقطعة، وتصل إلى نهاية الحديقة منتشية مليئة بسعادة فوارة لا تكاد تتحملها، وتجلس على مقعد تحيطه شجرة ياسمين تتساقط زهورها على رأسها، وتمد يدها لتلمسه فإذا بالياسمين قد انتظم في تاج يحلي شعرها، وترتخي ليلى في جلستها وهي ترقب بحر الزهور.

وتنفرج الزهور عن طفل يجري في اتجاهها ـ طفلها ـ وتحتضن ليلى ابنها في شغف، وتجلسه في حجرها، وتهدأ الفورة في جسمها وتستحيل إلى سكينة حلوة. وفي عبادة صامتة تتحسس ذراع طفلها، ذراعه البيضاء بياضًا شفافًا وكأن النور يتسلل منها، وتود لو استطاعت أن تجلس العمر هكذا، تنظر في عبادة صامتة إلى ابنها وهو في حجرها، ولكن الطفل لا يريد أن يستقر، يريد أن يلعب وأن يجري وأن ينطلق، أن يستكشف الدنيا الجميلة من حوله، وتقبله في فمه الرقيق اللين قبلة أخيرة وتطلقه.

ويقف الابن تجاهها، ويحدث شيء عجيب، شيء عجيب يحدث أمام عينيها، يكبر ابنها وينمو ويطول ويتحول إلى رجل.. رجل أسمر طويل يشع منه النور كما كان يشع من جسد ابنها.

من هو؟ من هو هذا الرجل الذي يطالعها بابتسامة لا تقاوم؟ إنها قطعًا تعرفه، ولكن من هو؟ إنها تعرفهما.. تعرف هاتين العينين السوداوين، تعرفهما وهما مفعمتان بالقوة والصلابة والاعتداد، وتعرفهما حين تذوب فيهما الجرأة والصلابة والاعتداد وتصبحان ناعمتين هكذا، حانيتين هكذا. لمن؟ لو عرفت من يكون هذا الرجل الذي يطالعها بابتسامة لا تقاوم!

وتكد ليلى عقلها وهي تتعرف عليه وكأن حياتها كلها تتوقف على هذه المعرفة، ويصل إلى مسمعها صوت كالهزيم، هزيم العاصفة، وتسري رجفة إلى يديها، وترى الظلام قد ساد الحديقة، وابنها وقد اختفى، ابتلعه الظلام، ولم يعد يبدو منه إلا شعاع من نور يلمع في الأفق البعيد.

وتجلس ليلى على المقعد يعذبها شعور مبهم بالإثم، شعور لا يلبث أن يتجمع ويتبلور ويطفو على السطح.. لو عرفت ذلك الرجل لما ضاع ابنها، ولما هبت العاصفة، ولما ساد الظلام.

واشتدت الريح هبة بعد هبة، وكأنها سوط مسلط على الحديقة، على الزهور البيضاء الجميلة. ولكن الزهور البيضاء تمايلت تفسح له الطريق وتعود أطول مما كانت وأجمل وأكثر اعتدادًا، حتى الظلمة لم تستطع أن تغرقها، شقتها الأغصان المتوجة بالبياض وكأنها تباشير الصبح تبدد الظلام. واندحرت العاصفة وساد السكون.

ثم اندفع الباب ودخل الحديقة جمع كبير من الرجال والنساء

يتقدمهم رجل في بدلة سوداء. وفي خطوات بطيئة متزنة تقدموا، رؤوسهم مرفوعة وأجسادهم متحفزة وكأنهم جاءوا في مهمة.

وتسللت ليلى هاربة، واختفت خلف امتداد شجرة الياسمين بحيث لا تراهم ولا يرونها.

ومن بعيد رأت الرجل ذا البدلة السوداء يشير للجمع الذي يتبعه إشارات متعددة دون أن ينطق، ورأت الجمع يتفرق بنفس الخطوات المتزنة الثابتة لينتظم على شكل حلقة تحيط بالورود البيضاء، وفي وسط الزهور وقف الرجل ذو البدلة السوداء وأشار بيده إشارة البدء.

وفجأة أومضت في الظلمة مناجل جديدة لامعة تهتز في الأيدي. من أين جاءوا بها؟ لم يكن في أيديهم شيء.

وبدأ الرجال والنساء يجتثون الزهور الجميلة في نظام وروية وبالتدريج، وضربة بعد ضربة، وصفًّا بعد صف تتهاوى السيقان الشامخة على الأرض هامدة، والرجال والنساء يتقدمون صفًّا بعد صف وضربة بعد ضربة، يتقدمون بوجوه جادة وعيون حزينة، وكأنهم يؤدون مهمة ثقيلة على أنفسهم ولكن لا بد لهم من أن يؤدوها.

والرجل ذو البدلة السوداء يشير إليهم كلما تباطأوا، ويبتسم ابتسامة كريهة شبيهة بتكشيرة الحيوان المفترس كلما سقط صف من الزهور، وكأنه لا يستريح إلا إذا سقطت كل الأزهار الشامخة تحت قدميه جثة هامدة.

وناح طائر من بعيد، واعتدلت امرأة والمنجل يلمع في يدها اليمنى، ومسحت بيدها اليسرى دمعة انفرطت من عينها، وانحنت تجتث الزهور من جديد.

وكتمت ليلى صرخة كادت أن تفلت منها.. هذه المرأة إنها تعرفها! إنها تعرفها! أم صفاء، دولت هانم، أم صفاء...

وانزاح الغشاء عن عيني ليلى، وهي الآن ترى كل الوجوه بوضوح، وجوه رجال ونساء، وجوه الرجال نظيفة محلوقة ووجوه النساء لامعة من أثر المساحيق. وبين الوجوه الكثيرة المتشابهة تستطيع الآن أن تتبين وجوهًا تعرفها.. فهذا هو أبوها، وهذه هي خالتها أم جميلة، وهذا الرجل الذي يلبس البدلة السوداء والذي يوليها ظهره.. لا بد أنه هو، لا بد.. واستدار رمزي بوجهه في اتجاه ليلى وكأنه يؤكد لها أنه هو.

وأطبقت ليلى فمها حتى لا تصرخ، وازدادت تشبثًا بشجرة الياسمين التي تختفي خلفها.

وعندما اندحر بحر الزهر الأبيض كالبساط على الأرض نحى الرجال والنساء مناجلهم جانبًا، وبدأ الرجال يرصون الطوب على شكل حلقة واسعة، وانحنت النساء على الزهور يجمعنها حزمًا، واحتضنت كل امرأة حزمة في صدرها كما تحتضن وليدها، وسارت بها إلى الحلقة التي بناها الرجال، وفي حنو أنزلت كل واحدة حزمتها وسجتها على الأرض وتراجعت.

وأشعل الرجل ذو البدلة السوداء النار في حزم الزهور، ووقف الرجال والنساء جنبًا إلى جنب في حلقة واسعة متراصة يرقبون الزهور وهي تحترق.

وفي وهج النار بدت وجوههم متشنجة بالألم، والعرق يلتمع فوق جباههم وكأن جزءًا منهم يحترق في النار، ولكن أحدًا منهم

لم يتحرك، تمتموا بالدعوات وبقوا متسمرين في أماكنهم يتساند بعضهم على بعض، وبدأت الأغصان تجف وتتكسر وتحدث صوتًا أشبه بصوت النواح.

ومن المؤخرة شقت الصفوف امرأة مسدلة الشعر، واندفعت تريد أن تلقي بنفسها في النار.

وعلت غمغمة غضب من الجميع، وأعاد بعض الرجال المرأة إلى الحلقة، وساد الاطمئنان الجميع من جديد، وكأن من الضروري لسلامتهم ألا يتحرك أحد، وأن يقفوا هكذا، مثبتين بالأرض، جنبًا إلى جنب يتساند بعضهم إلى بعض.

وتحولت الزهور إلى رماد، وتأججت النار مزغردة ثم بدأت تخبو، ولم تعد تظهر إلا في جهات متفرقة ضعيفة مائلة إلى الزوال. ولكن الدخان كان يجثم في كتل ضخمة بشعة كريهة على وجه السماء وعلى وجه الأرض وعلى الصدر يكاد يسحقه.

واستيقظت ليلى مذعورة وهي تعاني شعورًا بالاختناق.

٢٢

ومضى الزمن، الزمن الذي ما يزال يومًا بعد يوم ينكسر من حدة الأحداث ويمط في خيوطها ويكرر، حتى تصبح ككل شيء متشابه مكرر، جزءًا لا يتجزأ من الحياة اليومية، جزءًا يحاول الإنسان أن يتقبله بدلًا من أن يدفعه.

ولم تنتحر ليلى كما أرادت، ولم تهرب كما انتوت، ولم تنفجر رغمًا عنها في وجه رمزي كما خشيت، ولم تعد حتى تبكي في فراشها كل ليلة، ولم تعد تتصور معارك وهمية مع أمها وأبيها ورمزي في أحلام اليقظة.

تبلدت حواسها وكأنها تحت تأثير مخدر دائم، ولم تعد تنفعل بشيء، حتى رمزي لم يعد يثير في نفسها هذه الكراهية العنيفة المتأججة. انكسرت مع الأيام حدة كراهيتها له، وأصبحت تحتمله بنفس الطريقة التي تحتمل بها أوامر أبيها وتأنيب أمها.

ولم يبق لها شيء سوى مرارة دائمة في حلقها، مرارة تصبح عليها وتمسي عليها، وانسحابة في الصدر تغشاها كلما انفردت بنفسها

٣٨٠

في مكان ضيق، انسحابة كالانسحابة التي يشعر بها الإنسان عندما يكتشف فجأة أنه فقد ـ بلا رجعة ـ شيئًا ثمينًا لا يعوض. وكانت ليلى تتنبه لهذه اللحظات حين تجد نفسها تتمتم بلا وعي: «قويني يا رب.. قويني».

من أين يأتي هذا النداء؟ من أي أعماق يطفو فجأة هكذا؟ دائمًا نفس النداء. ولِمَ تطلب العون من الله؟ ليقويها على احتمال مصيرها أم ليقويها على تغييره؟

ولم تكن ليلى تتوقف لتسأل نفسها هذه الأسئلة أو لتفكر. كان من الأساسي لها في هذه الفترة ألا تتوقف وألا تفكر. وبلا وعي راحت تحتمي من الألم وكأنها تخشى أن تمس جرحًا غائرًا فينفجر منه القيح محدثًا ألمًا لا تقوى طاقتها البشرية على احتماله. وبلا وعي نظمت حياتها بحيث لا تتوقف ولا تفكر.

كانت تذهب إلى الكلية وتعود محملة بكتب استعارتها من المكتبة وأغلبها مجموعات قصص قصيرة، لا لأنها تفضل القصة القصيرة على غيرها من ألوان الأدب، بل لأن القصص القصيرة تتطلب في القراءة تركيزًا أقل مما تتطلبه الرواية مثلًا. وما إن تنتهي من الاستذكار حتى تفتح الكتاب وتقرأ.

وكأي مدمن للقراءة تظل تقرأ وهي لا تستمد أي لذة ولا تنفعل أقل انفعال بالعمل الفني، ومع ذلك تقرأ، صفحة بعد صفحة، وقصة بعد قصة. وتنسى القصة حين تبدأ التالية، ولا تتذكر أحداثها مهما كدت ذهنها إلا إذا أعادت تقليب الصفحات. وكالآلة تقرأ وعيناها

مكدودتان ورأسها يدور وشيء ما يثقل صدرها وهي تقرأ في سرعة وفي نهم وبأنفاس متقطعة وكأن إنسانًا ما يقودها بسوط.

ويسقط الكتاب من يدها، وتطفئ النور وتنام، وتستيقظ كالمخدرة لتواجه الحياة من جديد.

ويومًا بعد يوم يتكاثر الأثاث في البيت، أثاث بيتها.

ويومًا بعد يوم تلف وتدور في المحلات خلف جميلة وأمها، ولا تتدخل إلا للحد من إسرافهما. كانت تشعر بشعور من الإثم وكأنها تسرق كل قرش يدفعه أبوها في تأثيث البيت الجديد.

وتقف جميلة مبهورة أمام سلعة من السلع وتقول:

ـ إيه رأيك يا ليلى؟

وتهز ليلى كتفها بلامبالاة وتقول:

ـ أي حاجة!

وتحتد جميلة:

ـ هوَّ إنت ملكيش رأي في حاجة أبدًا؟!

في الماضي كان لها رأيها، كانت عندها فكرة واضحة عن البيت الذي تريده لنفسها، وكانت حتى تستطيع أن تراه بعينيها.. بيت حجراته قليلة ولكنها واسعة، وحجرة الجلوس مفروشة ببساط لا سجاد، بساط من اللون الرمادي يمتد من الحائط للحائط، ومقاعد وأرائك مريحة مكسوة، ووسائد متناثرة على الأرائك، وسائد زاهية ومتعددة الألوان، وأثاث متناثر في الأركان يترك رحابة يتنفس فيها الإنسان.. أما الآن فكل شيء يستوي لديها.

٣٨٢

كل شيء يستوي لديها الآن، سواء اشتغلت عقب تخرجها بالصحافة كما أرادت دائمًا أو اشتغلت بالتدريس كما يريد رمزي. لم يعد اشتغالها بالصحافة يبدو أمرًا هامًّا كما كان يبدو من قبل.

لقد أرادت دائمًا أن تتخذ من الكتابة مهنة، وأن تعبر عن نفسها وعن الناس من حولها، وكتبت فعلًا، وقيل لها إنها تستطيع أن تكتب. وحتى وهي تتكلم كان الناس يلاحظون قدرتها على التعبير عن أدق أفكارها، وكان زميل لها يتحمس كلما سمعها تتكلم ويقول: «ضروري تكتبي، إنت خلقت عشان تبقي كاتبة». وكانت تكتب، وتحلم باليوم الذي تصبح فيه كاتبة.

ولكن كل ذلك كان زمان، وما من شيء يهمها الآن، ثم إنها لا تستطيع أن تكتب الآن، بل إنها لا تستطيع حتى أن تتكلم بوضوح، فالكلمات تتوقف على شفتيها وتتلعثم ولا تستطيع أن تكمل جملتها. وأحيانًا ترد على الأسئلة التي توجه إليها بردود غريبة لا تتنبه إلى غرابتها إلا عندما ترى الدهشة في عيون من حولها. ثم إن مهنة التدريس مهنة سهلة لا تتطلب تفكيرًا عميقًا ولا قدرة خاصة.. تحضر المُدرسة الدرس وتلقيه وتنتهي مهمتها وكل شيء يستوي لديها.

يستوي لديها أن تتزوج بعد استلامها لعملها كمدرسة في سبتمبر ١٩٥٦ كما يريد رمزي أو في يوليو بعد تخرجها مباشرة كما يريد أبوها. إن أباها يستعجل زواجها برمزي، منذ ذلك اليوم وهو يستعجله، منذ ذلك اليوم وهو يعيش في قلق.

* * *

وبعد زواج محمود بأيام لمح الأب لرمزي برغبته في عقد القران وتجاهل رمزي تلميحه، وعاد الأب وصرح برغبته، وقال رمزي إنه يفضل أن يكون عقد القران والزفاف في يوم واحد، وأن التفكير في تحديد ذلك اليوم قبل تخرج ليلى سابق لأوانه.

وسكت الأب على مضض، وراح يوجه إلى ليلى بين الحين والحين نظرات فاحصة كأنه يقيس مدى قوتها، وترتد نظراته عنها راضية. ولكنه لم ينسَ أبدًا اليوم الذي دخلت عليه فيه ـ كالمجنونة ـ صارخة وكمن القلق في نفسه.

ولكن هذا القلق كان يطفو على السطح حين يجيء محمود من بور سعيد لزيارتهم زياراته القصيرة المتقطعة.

كان شيء ما قد تقطع بين هذين الرجلين.. شيء كان رقراقًا وجميلًا ومؤثرًا، ذلك الشيء النادر الذي كان يجعل الكلمات على شفتي الابن تثير الدموع في عيني الأب، والذي كان يجعل الابن يفهم في لمحة، ودون حاجة إلى كلام، كلمات الأب.

تقطع ذلك الشيء، وأصبحا الآن رجلين غريبين مؤدبين. يسأل الأب عن صحة ابنه وعن عمله ويجيب محمود في أدب، ثم لا يجد الأب ما يقوله لابنه ولا يجد الابن ما يقوله لأبيه، وتنقطع أسباب الحديث بينهما كما تنقطع بين الأغراب، ويحاول الأب جاهدًا أن يمد حباله ويفعل محمود نفس الشيء.

وفي عقل الأب وفي عقل الابن طوال الوقت نفس الشيء، الشيء الذي لا يتناوله الحديث، والذي لا يمكن أن يكون أصيلًا نابعًا من القلب دون أن يتناوله.

كان الأب قد حرم على من في البيت طرق موضوع زواج محمود بسناء وكأن هذا الزواج لم يكن.

* * *

وكان هذا الإحساس يؤلم محمود، فقد أحب أباه ربما أكثر مما أحب أي إنسان آخر.

وفي يوم زواجه عندما ناداه أبوه إلى حجرته ساعة عقد القران ودس في جيبه مائتي جنيه بكى كالطفل وهو يهم باحتضانه، ولكن أباه أبعده عنه في برود، طعنه وقلبه وكيانه بأجمعه متفتح له، وكان أحوج في هذه اللحظة إلى حب أبيه منه إلى نقوده ورفض أبوه أن يهبه الحب رغم أن الحب لا يكلفه شيئًا ورغم أن المال قد كلفه الكثير، علم الله كم كلفه!

وفي اليوم الذي كان عليه فيه أن يسافر إلى بور سعيد مع زوجته، في الوقت الذي عليه فيه أن يبدأ حياة جديدة، وقف أمام حجرة أبيه يقرع الباب ليودعه، ولكن أباه ترك الباب مقفولًا يفصل بينهما، وما زال إلى الآن مقفولًا.

وفي كل مرَّة كان يسأله:

ـ عايز فلوس يا ابني؟!

وفي كل مرَّة كان يجيب:

ـ متشكر يا بابا.

وبوده دائمًا أن يقول: «مش عايز حاجة إلا إنك ترجع تحبني زي ما كنت بتحبني».

ولكن مثل هذه الكلمات لا تقال، ثم إن الحب لا يُستجدى،

وهو إما موجود أو غير موجود. حب أمه له مثلًا لم يتغير أبدًا، هي دائمًا كما هي بوجهها الصبوح، وبحبها الكبير الذي تخجل من إبدائه، وبلمساتها الخجلى، وبعينيها الصغيرتين اللتين يتغلب عليهما القلق والحنان. وأخته.. أخته ليلى تحبه، بل إن حبها له قد تضاعف في الأيام الأخيرة، ولكنها قد تغيرت، تغيرت وكأن ماء الحياة قد جف منها. هل حدث تطور في علاقتها برمزي؟ إن سناء تقول إنها تحبه، وإنها تقدره، وإن «ربنا فوق وهو تحت» بالنسبة إليها، ولكن لماذا تتجنب الحديث عنه هكذا؟ ولماذا تغيرت؟ هل اكتشفت أن رمزي لا يحبها؟ هل اكتشفت أنه غير قادر على الحب؟

منذ ذلك الحديث مع رمزي وهو غير مطمئن، وقد أراد أن يتدخل ولكن سناء منعته.. قالت إن أي تحطيم لرمزي هو تحطيم مباشر لليلى لأنها تؤمن به إيمانًا راسخًا.. ولكن ماذا حدث؟ هل تزعزع إيمانها؟ هل تحطم الإله أمام عينيها؟! هل عرفت فيه الإنسان الذي يخفي احتقاره لنفسه تحت مظهر من القوة، والذي يبرر ضعفه بنظريات عقيمة؟ الإنسان الذي ينمو على حساب الآخرين ـ كالنباتات المتسلقة ـ والذي لا يشعر بالثقة إلا إذا سحق كل إرادة تتصدى لإرادته؟ الإنسان الانتهازي الذي يكرس ذكاءه وآدمية مَن حوله من الناس ليحقق أغراضه الشخصية والنفعية؟ هل زالت الغمامة ورأته على حقيقته؟

ولكن لماذا هي راضخة؟ لماذا هي مستسلمة لا تتكلم؟ لقد حاول جاهدًا أن يجعلها تتحدث عن نفسها وعن زواجها المقبل

وحياتها المستقبلية، ولكنها كانت تهرب منه دائمًا، وتجعله هو يتكلم عن نفسه وعن سناء، وحين يفعل تحيره بتصرفاتها، تمسك بيده بين يديها وتشرق دموعها وابتسامتها في نفس الوقت، وتنظر إليه في عبادة صامتة وكأنه بطل من أبطال الأساطير. وفي مرَّة شحبت ابتسامتها فجأة وارتسم الخوف في عينيها ومالت عليه هامسة وهي تقول:

ـ حاسب على سناء يا محمود، حاسب على سناء!

وسألها في حيرة:

ـ خايفة من إيه؟ خايفة من إيه بس يا ليلى؟!

واعتدلت في جلستها وقالت في مرارة وهي تنظر بعيدًا:

ـ مش كفاية إنك تبني حاجة جميلة يا محمود.. المهم إنك تحافظ على جمالها.

ومالت عليه وهي تقول في كلمات متقطعة:

ـ دايمًا يا محمود، دايمًا!

وهي تكاد تختنق بعاطفتها، وكأن حياتها تتوقف على سعادته هو وسناء، وكأن سعادتها هي لا تهمها شخصيًّا ولا تهم أحدًا.

وهي تعزو هذا التغير الذي طرأ على صحتها لآلام في معدتها:

ـ ما باهضمش يا محمود! ما باهضمش!

ـ يعني إيه ما بتهضميش؟

ـ تو ما آكل أحس بنار في صدري وصداع في راسي!

ـ أصناف معينة إللي بتتعبك؟ البيض مثلًا واللبن؟

ـ كل حاجة، حتى العيش الحاف.

وفحصها أكثر من مرَّة، ولم يستطع أن يرجع الآلام التي تشعر بها إلى سبب عضوي واحد: المرارة سليمة، والكبد غير متضخمة، وليست هناك تقلصات في القولون تدل على وجود مصران مزمن، وليس هناك... ومع ذلك فهي تتأوه متوجعة كلما مس جدار بطنها مسًّا سطحيًّا.

ونزع محمود السماعة من على أذنيه، وقال وهو يحد النظر إلى ليلى:

ـ الأعصاب يا ليلى، أعصاب المعدة تعبانة.

وأفصحت نظرته عن عشرات من الأسئلة.

وارتجفت شفتا ليلى، ثم أشاحت بوجهها بعيدًا عنه، وجلست في السرير وقالت متضاحكة وهي تعدل ثيابها:

ـ الأعصاب؟! هوَّ الدكاترة ما عادش حيلتهم إلا حكاية الأعصاب ولَّا دي الكلمة إللي بتقولوها يا محمود لما ما تعرفوش تشخصوا المرض؟!

ولكنه لم يضحك. انتوى ألا يتركها تفلت منه هذه المرَّة:

ـ مالك يا ليلى؟ فيه إيه؟ قولي لي، أنا أخوك!

وأغمضت ليلى عينيها وتقلص وجهها وكأنما تلقت صفعة.

ودخلت أمها الحجرة.

وألقى محمود السماعة في الحقيبة في غضب.. إن أمه تدخل دائمًا في اللحظة غير المناسبة، وكأنها مكلفة بذلك.. ربما كان أبوه يخشى من انفراده بليلى.

وقالت الأم:

ـ إيه يا ابني؟ لقيت إيه؟

وقال محمود وهو ما زال غاضبًا:

ـ الأعصاب يا ستي، أعصابها تلفانة خالص!

وقالت الأم غير مصدقة:

ـ أعصاب؟! أعصاب إيه يا ابني؟!

واستبعد الأب هذا الاحتمال في استخفاف حين قال:

ـ كلام فارغ!

* * *

ولكن قلق الأب تزايد، وصمم على مفاتحة رمزي في موضوع تحديد موعد الزواج، إن ليلى مقبلة على امتحاناتها النهائية ولم يعد هناك أي داع للتسويف.

وجلس الأب ينصت إلى رمزي وينتظر ثغرة يتسلل منها إلى الموضوع.

ولم يكن من السهل إيجاد هذه الثغرة.

كان لرمزي قدرة على تركيز الحديث حول نفسه، حول المؤامرات التي دبرت ضده وأحبطها، والخطط التي رسمها ونجحت، والكتب التي كتبها والتي ينتوي كتابتها، والانتصارات التي أحرزها والانتصارات التي سيحرزها.

وكان لرمزي أيضًا القدرة على إحاطة حديثه بأهمية تبلغ مستوى القداسة وكأن مصير العالم كله يتوقف على النقطة التالية من الحديث، على الخطوة التالية التي سيتخذها ليسحق أعداءه سحقًا نهائيًا.

وكان من المستحيل والأمر كذلك أن يقاطعه الأب، لو فعل لكان

٣٨٩

هذا قطعًا أمرًا خارجًا على حدود اللياقة. واستطرد رمزي في كلامه والأب يتململ، وتوقف رمزي ليستجمع أفكاره، ولم يطق الأب صبرًا، اندفع يتكلم.

لا، لا داعي للاستعجال، كل شيء يجب أن تعد له عدته ويجب أن يحسب حسابه بمنتهى الدقة. اختيار المسكن مثلًا عملية هامة، عملية يجب أن تتم على أسس سليمة، ولا يمكن أن تتم قبل أن تلتحق ليلى بعملها الجديد.. فالمسكن يجب أن يكون أقرب ما يمكن إلى مكان عملها حتى تستطيع أن ترعى شؤون البيت.. والنظام أساس الحياة الزوجية، وهو لا يتساهل أبدًا في موضوع النظام هذا، فهو يريد لبيته أن يسير كالآلة، كل شيء في مكانه، وكل شيء بميعاد.. فكيف يتأتى لليلى أن تقوم بكل هذه المهام ومقر عملها بعيد عن البيت؟!

لا.. الزواج في يوليو أمر سابق لأوانه، والمسألة ليست سلق بيض.. المسألة يجب أن تكون مدروسة من كل النواحي.

وماذا يقترح؟! إنه يقترح أن تتم كل الاستعدادات اللازمة ويترك تحديد موعد الزواج لحين تعيين ليلى.

ولكن الأب لم يرضخ هذه المرَّة، فهو يرغب في تحديد موعد ولو بعد شهور، المهم هو تحديد الموعد، فهو لم يعد يطيق هذا الموقف المعلق.

وتحدد أول أكتوبر سنة ١٩٥٦ موعدًا لزواج ليلى ورمزي.

ولم يسترح الأب إلى هذا التأجيل الذي ليس له ما يبرره.. إن التأجيل يعني الانتظار ثلاثة شهور وأكثر، ومن يدري ماذا يحدث

في ثلاثة شهور؟ إن ليلى فتاة طيبة ولكنها تحت تأثير سيئ، تأثير محمود والمرأة الأخرى.

ولو علم الأب أن ليلى تقابل سناء يوميًّا وتقضي معها أطول ما يمكن من وقت لتزايد قلقه.

٢٣

كانت سناء قد استقرت في القاهرة لتأدية امتحاناتها النهائية،
وبعد كل امتحان كانت تتجه هي وليلى إلى ركنهما القديم خلف
المكتبة، وعلى العشب تحت ظل الشجرة الكبيرة تجلسان.. وفجأة
يعود كل شيء كما كان زمان.. رائعًا. وتعود ليلى فتاة لاهية تضحك
من أعماقها حتى تنفرط الدموع من عينيها.
وتقول سناء فجأة:
ـ وإزي رمزي؟
وتقول ليلى وهي ما تزال تضحك:
ـ سحق نص العالم ولسه قدامه النص التاني!
وسرح نظر سناء بعيدًا، وراحت تقتلع العشب من الأرض حزمة
بعد حزمة، ثم قالت دون أن تنظر إلى ليلى:
ـ ما تسيبيه يا ليلى.
وتنهدت ليلى وقالت في هدوء:
ـ كل واحد بياخد نصيبه يا سناء!

واعتدلت سناء تواجهها:

ـ مفيش حاجة اسمها نصيب! إحنا إللي بنصنع نصيبنا!

وقالت ليلى:

ـ وأنا إللي صنعت نصيبي بإيدي!

ـ مفهوم، ولكن دا ما يبررش إنك تنتحري!

ومالت عليها ليلى وقالت بصوت هامس وكأنها تفضي لها بسر:

ـ صدقيني يا سناء.. أنا ما أستاهلش أحسن من كده!

ـ إنت غلطانة، إنت بنت...

ومدت ليلى يدها تسد فم سناء وهي تقول بصوت فاصل:

ـ ما تتعبيش نفسك يا سناء.. أنا عارفة نفسي كويس!

وأزاحت سناء يد ليلى عن فمها في رقة، وأمسكت بها بين يديها وقالت:

ـ ومحمود؟ محمود ما يقدرش يساعدك يا ليلى؟

وانتزعت ليلى يدها من بين يدي سناء، وقالت وهي تضحك ضحكة مُرة:

ـ محمود؟! يقدر يحيي الموتى وهي رميم؟

وأمسكت سناء بركبتي ليلى وكادت تصرخ وهي تقول:

ـ ليه؟ ليه يا ليلى؟ ليه بتكرهي نفسك بالشكل ده؟

ـ لأن دي هيَّ الحقيقة!

وسارت سناء وليلى في اتجاه باب الجامعة الخارجي وقد علا وجهيهما الوجوم، وعندما مرتا بحذاء الموائد المتناثرة في الحديقة

توقفت سناء فجأة واستدارت تواجه ليلى، ونعم صوتها ولمعت عيناها وهي تقول منغمة:

ـ عارفة يا ليلى؟ عارفة مين زارنا في بور سعيد؟

وسرت رجفة في قلب ليلى ثم تركزت في رأسها، وكأن سلكًا كهربائيًّا مكشوفًا قد مسها، وقالت بصوت هامس:

ـ مين؟

ولم تكن في حاجة إلى أن تسأل، فقد عرفته، عرفه دمها الذي تدفق إلى قلبها ثم تركز في رأسها.

وقالت سناء في انتصار:

ـ حسين.

ودون حاجة إلى اتفاق سابق انحرفت الصديقتان إلى مائدة من الموائد المتناثرة وجلستا حولها.

وطلبت سناء زجاجتين من الكوكاكولا، وانتقلت من موضوع حسين إلى موضوعات أخرى وكأنها تتعمد تعذيب ليلى. ويد ليلى ترتجف على الكوب، وعشرات من الأسئلة تتوارد على ذهنها، ولكنها لا تسأل وتنتظر واجفة القلب أن تعود سناء إلى موضوع حسين.

وعادت سناء إلى موضوع حسين، وأجابت عن كل الأسئلة التي أرادت أن تسألها ليلى ولم تسألها، كل الأسئلة إلا سؤال واحد، أهم من كل الأسئلة.

نعم. عاد حسين من ألمانيا منذ شهرين وهو رائع كعادته. تغير قليلًا، ازداد رجولة وجاذبية، واكتسب شيئًا من الصعب تحديده، شيئًا يتبدى في مشيته وفي صوته وفي عينيه، فرحة جديدة، كما لو كان قد

مر بمحنة ثم اكتشف أنه أقوى مما كان يتوقع. والواقع أنه لطيف، وقد قضى معهما يومين في بور سعيد كانا من أسعد الأيام بالنسبة لمحمود. محمود يحبه بصورة مذهلة إلى درجة جعلت سناء تغار. ولحسين تأثير عجيب على محمود، ولكن سناء لا تعترض على هذا التأثير بل بالعكس ترحب به، فحسين يجعل محمود يشعر أن الدنيا بخير، وأن الناس طيبون، وأن كل شيء سهل، وأن الأحلام ممكن أن تتحول إلى حقائق.

وقد التحق بالجيش، ويعمل حاليًّا بالمصانع الحربية، وما زال يحلم ـ طبعًا كعادته. لقد قضى ثلاث ساعات يرسم رسومات ويشرحها لمحمود ومحمود مبهور، وهي تكاد تصرخ من الضيق.

ـ وعارفة كان بيرسم إيه؟ السد العالي يا ستي.

وضحكت سناء.

ـ والطريقة التي كان يتكلم بها عن السد العالي! تقوليش بيتكلم عن حبيبته!

وابتسمت ليلى ابتسامة خفيفة.

والتفتت سناء إلى ليلى وقالت في شقاوة:

ـ تصدقي يا ليلى؟

وتوقف تنفس ليلى، وأكملت سناء كلامها:

ـ تصدقي إن حسين لسه بيحبك؟

وطفرت الدموع إلى عيني ليلى، واحمر وجهها، ومالت على المائدة وأرادت أن تقول: «مش معقول».

ووجدت نفسها تقول:

ـ وعرفت إزاي؟!

وانفجرت سناء ضاحكة.

وبدا الذهول على وجه ليلى.. ذهلت مما أصابها.. لقد مضى عليها زمن طويل ولا شيء يحركها ولا شيء يهزها، وها هي ترتجف الآن وكأنها فتاة مراهقة، كل شيء بأعماقها يرتجف. وسناء تضحك منها.

وقالت ليلى في غضب، وغضبها موجه إلى نفسها أكثر مما هو موجه إلى سناء:

ـ بتضحكي على إيه؟

ومضت سناء تضحك، ثم اعتدلت وهي تكتم ضحكتها، ومدت يديها إلى الأمام في حركة مسرحية، وقالت وهي تقلد ليلى، في صوت مسرحي مؤثر:

ـ يقدر يحيي الموتى وهي رميم؟

ولم تستطع ليلى أن تكتم ضحكتها:

ـ إنت مصيبة!

وقالت سناء:

ـ والله ما مصيبة غيرك! مستموتة كده على الفاضي! إنت؟ إنت ميتة؟ دا إنت فيك حياة تكفي عشرة!

وعادت تضحك من جديد.

وساد الصمت الصديقتين لحظة بدت فيها سناء واجمة وكأنها تفكر، ثم مالت بنصفها الأعلى على المائدة وواجهت ليلى بوجه هادئ وهي تقول:

- روحي يا ليلى اتجوزي رمزي زي ما إنت عايزة! بس واجهي الحقيقة الأول، الحقيقة إللي إنت طول عمرك بتهربي منها!

وتوقفت سناء عن الكلام، رأت يد ليلى تزحف نحوها عبر المائدة، تزحف مرتجفة وكأنها حيوان جريح. وفي عيني ليلى رأت نظرة مبتهلة، نظرة تتوسل إليها ألا تتكلم، ألا تواجهها بالحقيقة العارية.

وكأن الحقيقة لن تصبح حقيقة إلا إذا تكلمت، إلا إذا تشكلت في كلمات حية نابضة!

وترددت سناء لحظة، ثم قذفت بكلماتها في عنف، كمن يوجه صفعة لشخص أصيب بالإغماء ليفيق:

- الحقيقة يا ليلى إنك بتحبي حسين، طول عمرك بتحبيه، وطول عمرك حتحبيه.

وشعرت ليلى بدوار وكأن شيئًا ما ينزف بداخلها، وغطت وجهها بيديها، ودون أن تنظر إلى سناء، ودون أن تنطق بكلمة، سحبت حقيبتها من فوق المائدة وانصرفت. ونادتها سناء ولم تتوقف. سارت بخطى واسعة وكأن إنسانًا يطاردها، وألقت بنفسها في أول أتوبيس توقف أمام باب الجامعة دون أن تهتم بمعرفة وجهته.

وجلست منكمشة مطرقة تحتضن حقيبتها.

وكلمات حسين تتردد في أذنيها: «في يوم الصبح حتصحي وتكتشفي إنك بتحبيني».

وتتقاطع الكلمات وتتشابك وتتراكم، دائمًا نفس الكلمات: «الصبح، حتصحي، الصبح».

ولكن الصبح قد تأخر، تأخر بحيث كان من الأفضل ألا تصحو أبدًا، وألا يأتي الصبح أبدًا.

وكل شيء واضح الآن، واضح وحاد وعنيف، ولا شيء يستوي لديها: حبها لحسين حاد وعنيف، وكرهها لرمزي حاد وعنيف، وكرهها لعجزها ولضعفها أحد وأعنف.

والحقائق حقائق، وعارية. وليلى تواجهها بعينين مفتوحتين ولا تملك من أمر نفسها شيئًا.

٢٤

جلست ليلى إلى مكتبها وأسندت رأسها إلى كفيها، وعيناها تلمعان وهما تتطلعان بعيدًا، وفي صدرها ذلك الشعور العجيب المتوهج الذي ظنت، من طيلة غيبته، أنه لن يعود أبدًا، ولكنه عاد، دافقًا متوهجًا وثابًا لا تكاد ضلوعها تحتويه.

وكانت قد فرغت لتوها من ذرع الحجرة عشرات المرَّات جيئة وذهابًا والشعور المتوهج ما يزال يتأجج وما يزال يتطلب منها أن تبكي، أن تضحك، أن تصرخ، أن تقفز، أن تقبل أحدًا، أن تتكلم مع أحد من الناس، مع الكثير من الناس.

وسمعت ليلى همهمة، اشتدت حتى أصبحت كهدير البحر، وجرت إلى النافذة وفتحتها على مصراعيها، وودت لو استطاعت أن تندفع مع موجة من هذه الموجات الآدمية التي تمر مهللة منتصرة في الطريق الواسع العريض.

وعادت تذرع الغرفة من جديد وهي لا تعرف ماذا تفعل بهذه الفورة التي تتأجج في صدرها.

وانحرفت إلى المكتب وسحبت ورقة وقلمًا، وبدون أن تفكر سطرت الكلمات التالية إلى أخيها:

عزيزي محمود،

منذ زمن طويل، طويل جدًا، لم أشعر بما شعرت به الليلة وأنا أستمع إلى خطاب جمال عبد الناصر.

شعرت أني قوية، وأني قادرة على كل شيء، كل شيء، أتفهمني؟! والشعور بالكبرياء الذي نسيني عاد إليَّ من جديد، والانتماء يا محمود! لم أعد وحيدة!

شعرت تلك اللحظة أني كنت هناك، مع الآلاف التي تهلل في الإسكندرية، ومعك ومع سناء ومع...

حتى أبي لم يعد غريبًا، لقد كاد يحتضنني ونحن نستمع إلى الخطاب! تصور؟! وكلنا - حتى أبي - كلنا أممنا القناة. والشعور بالكبرياء الذي نسيني عاد إليَّ، والشعور بالعجب لأن القوة ما زالت تنتفض في أعماقي حية.. وإن كانت حبيسة.

وتوقفت ليلى لحظة وقد غشت الدموع عينيها، ثم واصلت الكتابة:

أهذه هي المعجزة التي وعدتني بها؟ المعجزة التي ستهزنا وتجعلنا ننفض أكفاننا وننبعث أحرارًا أقوياء من جديد؟ قل لي إنها المعجزة! أرجوك يا محمود قل لي إنها المعجزة!

* * *

- لا ليست هذه هي المعجزة.

قال محمود:

- إن المعجزة ستحدث حين نستطيع أن نحمي القناة، وأن نحمي

جميع مكاسبنا الوطنية، حين نتخلى عن سلبيتنا، ونصمد جميعًا حتى الموت للاستعمار.

وقال رمزي إن هذا مستحيل، فتأميم القناة ألب علينا جميع القوى الاستعمارية ونحن أضعف من أن نواجهها، وميزان القوى ليس في صالحنا، وكنا نستطيع أن ننتظر، أن نتدبر الأمور ولا نتعجل، والشجاعة والحماقة لا يفصلهما إلا خط رفيع.

وقالت ليلى:

ـ إننا لا نقف وحدنا، بل يقف إلى جانبنا كل الأحرار في العالم وميزان القوى...

وقاطعها رمزي في عنف.

كان قد مضى عليها وقت طويل لم تفتح فمها برأي معارض لرأيه، وها هي ذي الآن تتكلم بثقة وبوقاحة كما لو كانت تفهم من أمور الدنيا أكثر مما يفهم.

وكزت ليلى بأسنانها على شفتها السفلى وسكتت، ورمزي يتبادل الحديث مع أبيها، ثم انتهزت فترة السكون الذي ساد لحظة ومالت في اتجاه رمزي وقالت:

ـ الإنسان لو كان عاش طول عمره خايف يحسب حساب كل خطوة ما كانش بنى حضارة، ولا اخترع حاجة، ولا انتزع حريته.. ما كانش حقق أي حاجة جميلة!

وانقبض وجه رمزي لحظة ثم عاد إلى جموده، وقال في سخرية بعد أن ارتخى في جلسته:

ـ ولما إنت فصيحة كده، ما نجحتيش بتفوق ليه؟!

وأُخذت ليلى على غرة، واحمر وجهها غضبًا. لم تتوقع أن يلجأ رمزي إلى هذه الطريقة الخسيسة ليهرب من المناقشة، ولكنه لجأ إليها لينتصر.. ما من طريق لا يلجأ إليه لينتصر! حتى في المناقشة!

إنه مغتاظ، لا لأنها نجحت بدرجة مقبول، بل لأن سناء نجحت بدرجة جيد جدًّا، سناء التي تنبأ بفشلها وأقسم أغلظ الأيمان على أنها لن تفلح.

ونظر رمزي إلى ليلى في غيظ.. لقد منحها كل شيء يمكن أن يمنحه رجل لامرأة.. منحها اسمه ومركزه وماله، وأضفى عليها الاحترام، وبعد أن كانت نكرة أصبح الكل يحترمها على أساس أنها زوجته المقبلة، وأعطاها الحياة المنتظمة المطمئنة الخالية من القلق، وكتبه ونصائحه وتوجيهاته، وكل شيء، كل شيء يمكن أن يمنحه رجل لامرأة، وأستاذ لطالبة، ومع ذلك تركت فتاة قذرة كسناء تتفوق عليها!

وقال رمزي في حقد:

ـ أنا مش فاهم إيه إللي كان ناقصك؟ كل التسهيلات كانت عندك! كل التسهيلات!

ومالت ليلى في اتجاهه ووجهها يتورد وعيناها ترقصان، وكأنها على وشك القفز من ارتفاع إلى الماء، والمغامرة تسحرها وتخيفها في نفس الأوان:

ـ تحب تعرف إيه إللي كان ناقصني؟

ولكن الأب تدخل في الحديث وأفسد على ليلى نشوتها المفاجئة. أراد أن يعرف أثر تقدير النجاح في التعيين، وهل سيترتب عليه صعوبة في إيجاد مكان لليلى في مدارس القاهرة الثانوية؟

نعم، الصعوبة موجودة، بل إن أمر تعيين ليلى في القاهرة يكاد يكون مستحيلًا لولا أن لرمزي ـ والحمد لله ـ نفوذًا في وزارة التربية والتعليم، فهو يعرف جميع وكلاء الوزارة معرفة شخصية، وهم جميعًا يتمنون أن تسنح لهم الفرصة لتقديم خدمة إليه، وهو يستطيع أن يقابل الوزير في أي وقت من الأوقات.

وهو حقًّا لا يحب أن يستخدم نفوذه، فقد شق طريقه دائمًا بذراعه، وأملى نفسه على الآخرين بتفوقه، ولكن ما باليد حيلة.

* * *

أخذ رمزي ليلى لمقابلة المفتشة العامة للمواد الاجتماعية، ووجدت ليلى نفسها في غرفة فسيحة يتوسطها مكتب كبير، تجلس خلفه امرأة في الخمسين من عمرها، يكشف شعرها الفضي المشدود إلى الخلف عن جبين شامخ تشوب نصاعة بياضه تجاعيد الشيخوخة.

وجلست ليلى على طرف الأريكة، بينما ارتخى رمزي في جلسته ووضع ساقًا على ساق وهو يبين الغرض من الزيارة.

واستمعت المفتشة إلى الكلام دون أن تنظر إلى رمزي، وعلى وجهها الوسيم ارتسمت ابتسامة خفيفة وكأنها تفكر في شيء آخر، شيء لا علاقة له بالموضوع الذي يثيره ذلك الرجل الذي جلس وقد وضع ساقًا على ساق وكأنه في بيته.

ودون أن تنطق بكلمة نظرت إلى ليلى، ومدت يدها بورقة مطوية. وقفزت ليلى من مكانها مضطربة، وسارت في اتجاه المفتشة وحين حاذتها توقفت.

وابتسمت المفتشة في وجه ليلى وكأنها تعرفت عليها لتوها،
وقالت بصوت ناعم والحنان يترقرق في عينيها:
ـ اكتبي الطلب دا يا ليلى.

وأشارت بيدها إلى مائدة في الطرف الآخر من الحجرة وهي
ما تزال تبتسم.

وبيد ثابتة أخذت ليلى الطلب، وكأن ابتسامة المرأة الهادئة الواثقة
المطمئنة قد أضفت عليها هي الهدوء والثقة والاطمئنان. وبخطوات
ثابتة سارت إلى المائدة، وجلست تكتب البيانات المطلوبة بعيدًا عن
رمزي.

الاسم، العنوان، الشهادة، تقدير النجاح، الوظيفة المطلوب التعيين
فيها، مكان التعيين.

ورمزي لا يكف عن الكلام.. القاهرة، لا بد أن تعين ليلى في
القاهرة.. لا، إنه لا يكتفي بمجرد المحاولة. يجب أن يأخذ وعدًا صريحًا
من المفتشة، وإلا سيضطر إلى استخدام نفوذه، إن وكلاء الوزارة يتمنون
خدمته، والوزير شخصيًا لا يتأخر عنه في طلب مثل هذا و...

وتوقفت ليلى عند مكان التعيين، الاختيار الأول، والاختيار
الثاني. ورمزي يتكلم...

القاهرة، لا بد من القاهرة، إن القاهرة هي مكان عمله وبالتالي
لا بد أن تكون مكان عمل زوجته المقبلة، يجب أن تعده المفتشة
بتعيين ليلى في القاهرة، لا مفر من القاهرة.

والمفتشة تبتسم ابتسامتها الخفيفة وتنظر إلى لا شيء، وكأنها تفكر
في شيء آخر لا علاقة له بهذا الرجل الذي يهدد ويتوعد، شيء جميل.

وانحنت ليلى على الطلب، وتحت مكان الاختيار الأول كتبت بور سعيد، وتحت مكان الاختيار الثاني كتبت بور سعيد. وطبقت الورقة وقفزت واقفة، وفي نفس اللحظة قام رمزي واقفًا.

وتقدمت ليلى بخطوات واسعة إلى مكتب المفتشة، وقابلها رمزي في منتصف الطريق أمام المكتب. واجتاحت رجفة الخوف جسد ليلى، وكادت تستسلم، ولكنها رأت الابتسامة الواثقة المطمئنة، وشعرت وكأن الابتسامة تلفها، وتجاهلت يد رمزي الممتدة إليها واستدارت وأعطت الطلب للمفتشة وتنهدت في ارتياح.

وقال رمزي للمفتشة في ضيق مكتوم:

ـ تسمحي أشوف الطلب مستوفي ولَّا لأ.

ووجف قلب ليلى من جديد وأغمضت عينيها، وحين فتحتهما كانت المفتشة تبتسم بسمتها الخفيفة وهي تنظر إلى بعيد، وتدق المكتب والطلب تحت يدها دقات رتيبة.

والتفتت المفتشة إلى ليلى وقالت بصوت هادئ:

ـ الطلب مستوفي يا ليلى؟

ولم تستطع ليلى أن تجيب، أشارت برأسها بالإيجاب دون أن تنطق بكلمة.

وفتحت المفتشة درج مكتبها وألقت بالطلب فيه، ثم ردت الدرج إلى مكانه في هدوء، وقامت واقفة وهي تقول:

ـ خلاص يا ليلى.. إن شاء الله حنحاول نجيب رغبتك، مع السلامة، مع السلامة يا دكتور.

٤٠٥

وعندما وصلت ليلى إلى الباب استدارت وهي تبتسم، وسبحت عيناها في الدموع حين التقتا للمرَّة الأخيرة بعيني المفتشة.

* * *

ولكن رمزي كان ناقمًا على المفتشة، لم يغب عنه تجاهلها المتعمد له، وتحول عدم رضائه إلى ثورة عندما تلقت ليلى خطاب التعيين من وزارة التربية والتعليم.

ووضع رمزي الخطاب في جيبه، وهدأ من روع الأب الثائر ووعد بوضع الأمور في نصابها:

ـ في أربعة وعشرين ساعة، حتكون ليلى متعينة في القاهرة، وحضرة المفتشة إياها حييجي لها الأمر من فوق.. أصل فيه ناس كده زي الكلاب، ضروري ييجي لهم الأمر من فوق!

وصرخ الأب عقب خروج رمزي إلى الوزارة:

ـ بور سعيد؟! مستحيل! بور سعيد بالذات مستحيل!

ثم ضاقت عيناه وهو يرقب ليلى:

ـ إنت، إنت إللي طلبت بور سعيد.

وقلبت ليلى يديها في براءة:

ـ أنا طلبت مصر، حتى حضرتك اسأل رمزي لما يرجع.

ولم يرجع رمزي في الظهر كما وعد، ولكنه جاء بعد العصر، وقال إنه سوى المسألة، وإنه أخذ وعدًا صريحًا من وكيل الوزارة بنقل ليلى إلى القاهرة بعد استلامها للعمل في بور سعيد بأسبوعين، وإن المسألة مسألة شكلية، ولا بأس في بعض الأحيان من الخضوع للشكليات.

٤٠٦

ولكن الأب أظهر استياءه من هذه التسوية، وقال إنه يفضل أن ترفض ابنته التعيين على أن تسافر وحيدة إلى بور سعيد.

ـ ثم مين أدرانا إنها حتتنقل صحيح بعد أسبوعين؟

واحتد رمزي وهو يصف للأب مدى نفوذه في وزارة التربية والتعليم، وكيف ثار وكيل الوزارة حين علم بخطأ المفتشة، وكيف وعد بتلقينها درسًا لن تنساه، وكيف أن نقل ليلى من بور سعيد بعد أسبوعين من تسلمها العمل أمر مضمون مائة في المائة.

وهدأ رمزي وهو يشرح للأب كيف أن رفض ليلى للتعيين يعني انتظارها للدفعة التي تلي دفعتها، أي ضياع سنة بأكملها، وكيف أن التسوية التي ارتضاها لا تتعارض مطلقًا مع خطتهم، فليلى ستستلم عملها في أول سبتمبر، وستكون في القاهرة في نصف سبتمبر، أي قبل الموعد المحدد للزواج بأسبوعين.

وأشار رمزي إلى أن إقامة ليلى في بور سعيد ميسرة، فمن حسن الحظ أن المدرسة الثانوية تضم قسمًا داخليًّا مخصصًا لإقامة المدرِّسات المغتربات، وأن المسألة والأمر كذلك، تدعو إلى الاطمئنان من كل الوجوه.

وبعد أن انتهى رمزي من عرض الموضوع قال للأب:

ـ إيه رأيك؟

ـ حافكر.

وترك الأب الموقف معلقًا.. وأول سبتمبر يقترب والأب ما يزال يفكر.

وعندما نادى ليلى وانفرد بها في غرفته عرفت أنه سيفتح الموضوع، وتأهبت بكل حواسها لملاقاته.

وقال الأب:

ـ إنت عايزة الشغلانة دي؟

وأرادت ليلى أن تصرخ من أعماقها وتقول: «أيوه، أرجوك، أرجوك يا بابا».

ولكنها تمالكت نفسها وقالت وهي تهز كتفها وكأن الأمر لا يعنيها في شيء:

ـ زي ما حضرتك عايز.

وقال وهو يدير ظهره لها:

ـ والناس إللي هناك دول حتختلطي بيهم؟

ولم تدر ليلى كيف ينبغي أن تجيب على هذا السؤال، وقالت في بلاهة:

ـ زي ما حضرتك عايز.

واستدار يواجهها وقد شحب لونه، وقال في هدوء قاتل:

ـ إنت عارفة أنا عايز إيه! عارفة كويس أوي!

ولم تتكلم ليلى. وبدأ أبوها يذرع الحجرة ثم توقف وقال:

ـ السكن في المدرسة، محمود يزورك معلهش، التانية لأ! زيارات عندهم في البيت مفيش! خروج من المدرسة مفيش!

وركز الأب عينيه في عيني ليلى وقال في حدة:

ـ فاهمة؟

ـ حاضر.

وضاقت عينا الأب الرماديتان وارتجفت شفتاه وهو يقول متوعدًا:

ـ عارفة حيحصل إيه لو بلغني إنك دخلت بيتهم أو اختلطت بيهم؟

وأغمضت ليلى عينيها وهزت رأسها علامة الفهم دون أن تتكلم.

وقال الأب:

ـ خلاص.

ووقفت ليلى مسمرة في مكانها، وقال الأب في ضيق:

ـ خلاص، انتهينا، روحي حضري نفسك!

وخرجت ليلى من الغرفة وهي لا تكاد تصدق أن أباها قد سمح لها بالسفر إلى بور سعيد.

* * *

وأعدت ليلى حقائبها وهي ترتجف رجفة المباغتة كلما سمعت خطوات أبيها تدب في الصالة.. تملكها الخوف من أن يحدث شيء في آخر لحظة يحول بينها وبين السفر.

ولم يزايلها هذا الخوف حتى وهي تقف في نافذة القطار ورمزي يقف على الرصيف، واختلست ليلى نظرات سريعة إلى ساعة يدها، الساعة لا تتحرك وكأنها قد فسدت.

وبوجه متوتر راحت تتطلع حولها وكأنها تبحث عن شيء ضاع منها، وتنهدت حين وقعت عيناها على ساعة المحطة.. الحمد لله.. الساعة الثانية عشرة.

الساعة الثانية عشرة والجرس لا يدق والقطار لا يتحرك.

وقال رمزي:

ـ ما تخافيش يا ليلى، كلها أسبوعين وحترجعي على طول.

والجرس يدق والقطار لا يتحرك، ربما أصابه عطب ولن يتحرك..
لن يتحرك أبدًا.

وتحرك القطار، وتهلل وجه ليلى، وصاحت في نشوة دون أن تنظر
إلى أحد، أو توجه الخطاب إلى أحد، صاحت وكأنها تتغنى بأغنية:

ـ أنا مش خايفة! مش خايفة!

وجلست وهي ما زالت تدمدم:

ـ أنا مش خايفة! مش خايفة!

ثم هبت واقفة وكأنها نسيت شيئًا، وأقفلت النافذة، وغاب عنها
رمزي والرصيف بأكمله، وتقدم القطار في بطء، ثم انطلق.

* * *

ولم يكن أمر نقل ليلى من بور سعيد بالسهولة التي تصورها رمزي،
وبدلًا من الأسبوعين بقيت ليلى في بور سعيد شهورًا.

وفي ٢٩ أكتوبر سنة ١٩٥٦ بدأ الهجوم الإسرائيلي على صحراء
سيناء، وفي ٣١ أكتوبر اشتركت بريطانيا وفرنسا في العدوان على
مصر، وبدأت العمليات الحربية ضد المواقع المصرية.

٢٥

وتدفق شلال هادر، واعترضت المستنقعات مجرى الشلال في الطريق، تريد أن تمتصه، وأن تفنيه فيها، وأن تحيله بركودها إلى ركود. والشلال عاتٍ جبار جياش عميق.

والمستنقعات عتيقة ترسبت على مر السنين، تجثم على أرض مصر في اطمئنان وهدوء، وصفحتها تلتمع تحت أشعة الشمس. وتحت الصفحة اللامعة طين.

واكتسح الشلال المستنقعات في الطريق، وأفنى ماءها في مائه، وأحال ركودها إلى فورة فتية وثابة مائجة فوارة. وفي أغوار الشلال ذاب الطين.

وتقدم الشلال عاتيًا جبارًا جياشًا عميقًا إلى آخر الطريق، وفي آخر الطريق سد، سد من صخور.

وتحت أقدام الشلال انهار السد، وتفتتت الصخور.

* * *

ظل جرس التلفون يدق في شقة محمود طيلة الصباح، ولا أحد يجيب النداء.

كانت ليلى في المدرسة، وسناء في مركز تمريض، ومحمود في مركز تدريب عسكري.

وعندما عادت ليلى إلى الشقة عقب إعلان تعطيل الدراسة كان جرس التلفون ما زال يدق.

وارتجفت يد ليلى بالمفتاح وهي تفتح الباب، وصل إلى سمعها رنين الجرس متصلًا لا متقطعًا، وأدركت أن الاتصال من أبيها أو من رمزي.

ووضعت ليلى حقيبة ملابسها بالقرب من الباب، واتجهت إلى التلفون بخطى بطيئة، ووضعت يدها على السماعة، وهمت برفعها.

وسمعت نفسها تقول: «حاضر يا بابا، زي ما إنت عايز يا بابا».

وانحرفت عن التلفون، واندفعت إلى الحجرة التي خصصتها سناء لها، وأغلقت الباب خلفها، وجلست على طرف السرير، ورنين التلفون يخترق الباب المغلق.

* * *

لا، إنها لا تريد أن تسمع الصوت يأمرها أن تعود، ويجرها جرًّا إلى القاهرة من جديد، إنها لا تريد أن تترك حياتها لرمزي ولأبيها يكيفانها كما يشاءان، وكأنها قطعة من الحجارة يقذف بها الإنسان بطرف حذائه أينما أراد، وكيفما شاء.. إنها لا تريد أن تعود إلى القاهرة، ولن تعود إلى القاهرة.. يجب أن تواجه أباها وأن تواجه رمزي، يجب أن تقول لا.

وقامت ليلى واقفة لترد على التلفون، وسارت إلى باب الحجرة

المغلق، ووضعت يدها على مقبض الباب، وسرت رجفة باردة في جسمها.

رأت أباها يقترب منها في خطوات قصيرة آلية، بوجه جامد وبجسم متصلب وكأنه آلة مسلطة عليها، آلة تقترب منها في بطء لتسحقها.. ورأت رمزي يهز وجهه الجامد المغلق ويقول: «مفيش فايدة».

والتلفون يرن، ولا يكف عن الرنين، حتى صوت الإنذار بالغارة أخف وطأة من ذلك الرنين، إنه لا يستمر هكذا ثقيلًا ملحًا خانقًا بلا نهاية، إنه يستمر لحظات قصيرة ثم يأتي الرد حاسمًا عارمًا.

ويهتز البيت والقلب، والمدافع المصرية المضادة للطائرات تنطلق من كل جانب، وكأن الأرض تفجرت حممًا.

ويتطلع الإنسان من النافذة إلى الأفق البعيد، وهو يتنقل ببصره في السماء، ومع كل طلقة يكتم أنفاسه وينتظر.

ويتفجر الدم في عروقه وهو يسمع الناس يهللون، ويلمح طائرة تتحول إلى شعلة من نار وهي تهوي إلى الأرض أو إلى البحر.

ويكتم أنفاسه لينتظر من جديد.

والتلفون يرن ولا يكف عن الرنين، والرنين يتضخم لحظة بعد لحظة.

وتشبثت ليلى بمقبض الباب، وجسمها يرتجف بعجزها، وبكراهيتها، وبثورتها.

والرنين يلهب أعصابها وينخر في رأسها، يحفر فيه ثقبًا يتسع لحظة بعد لحظة، ثقبًا يكاد يودي بها إلى الجنون.

وانفجرت ليلى صارخة، ودفعت الباب أمامها، وخرجت من البيت لاهثة وكأن خطرًا يداهمها.

وعندما وصلت إلى الشارع، ولم يعد الرنين يتردد في مسامعها تنهدت في ارتياح وهي تغطي وجهها بيديها.

* * *

وعاد محمود إلى البيت متأخرًا تلك الليلة، وكانت سناء في المطبخ، تطهو بعض «السباجتي» للعشاء، وكانت ليلى تنتظره في الصالة.

وجلس محمود يخلع حذاءه العسكري وهو يتوجع من طيلة وقوفه على قدميه.

وقالت ليلى:

ـ إيه الأخبار؟

وتألقت الفرحة في عيني محمود، وفتح فمه ليتكلم، ولم يتكلم، قلب يديه وهو يعلن عن عجزه عن التعبير عما يعتمل في نفسه من مشاعر.

ثم تنهد في ارتياح وهو يقول:

ـ الدنيا بخير يا ليلى.

وارتخى محمود في جلسته وهو يحكي لليلى:

ـ ولد عنده ١٢ سنة، جه في مركز التدريب وعايز يدرب، قلت له: «إنت صغير»، بص لي وقال: «أنا كبرت اليومين إللي فاتوا».

ودق محمود بيده على مسند المقعد وهو يستطرد في كلامه:

ـ وأدركت إنه مش هوَّ بس إللي كبر، كلنا كبرنا اليومين إللي فاتوا، كلنا من غير استثناء.

وغلى الماء في الوعاء، وأسقطت سناء «السباجتي»، وضاعفت الشعلة تحت الوعاء.

والتفتت ليلى بحركة لا إرادية إلى التلفون، وغزاها شعور من الخجل لأنها لم تواجه أباها ولم تواجه رمزي.

واستأنف محمود كلامه:

ـ البلد بقت معسكر كبير، معسكر بيغلي، والقطر بيوصل كل ساعة، وبيوصل مليان متطوعين.

وتهلل وجه ليلى.

وانحنى محمود، وأمسك بحذائه، وقام واقفًا وهو يقول:

ـ عارفة مين وصل النهارده؟

واحمر وجه ليلى وقالت:

ـ حسين؟

ـ أبدًا، حسين في سينا.

ـ أمال مين؟

ـ خمني.

وضحكت ليلى وهي تخفي اضطرابها، وقال محمود في انتصار:

ـ عصام.

ـ مش معقول!

ـ هو إيه إللي مش معقول؟

وقالت ليلى:

ـ وخالتي؟ خالتي إزاي تسيبه؟!

وقلب محمود يديه وبهما فردتا الحذاء، ومط وجهه وهو يظهر تعجبه بطريقة مسرحية مبالغ فيها.

وانفجرت ليلى ضاحكة.

وهز محمود رأسه هزة خفيفة، وكأن شيئًا قد حدث، شيئًا عجيبًا لا يستطيع تصديقه ولا تفسيره.

وسار من جديد في اتجاه حجرته، وعندما وصل إلى الباب استدار يواجه ليلى وهو يقول في صوت ناعم:

ـ مش قلت لك يا ليلى إننا كبرنا!

وكاد محمود يهمس وهو يقول:

ـ دي المعجزة يا ليلى، المعجزة!

ودقت صفارة الإنذار من جديد.

* * *

ويومًا بعد يوم تضاءلت الفترة بين الإنذار والإنذار حتى انعدمت، وتوقفت صفارات الإنذار، وتحولت الغارات إلى غارة متصلة.

والمدافع المضادة للطائرات تتفجر تكاد تنصهر، وخلف المدافع احتشد الناس يهللون.

وصرخ رجل عجوز أبيض الشعر يقف بين الجموع خلف بطارية الجمرك:

ـ شد حيلك يا محمد.

وسقطت طائرة محترقة تهوي إلى البحر.

وانخفضت طائرة فجأة حتى كادت تلمس رؤوس الواقفين، ووجهت نيران مدفعها الرشاش إلى المدفعجي.

وطوى محمد نصفه الأعلى على بطنه متأوهًا.

وقفز جندي من خلف محمد، يريد أن يحتل مكانه.

واعتدل محمد في جلسته، وبيدين غارقتين في الدم أطلق مدفعه على الطائرة قبل أن تختفي.

وزحف إلى الخلف مخليًا مكانه لزميله، وتمدد على ظهره وعيناه عالقتان بالطائرة المحترقة.

وحين وصلت الطائرة إلى البحر، ابتسم محمد ابتسامة واهنة، وأغلق عينيه.

* * *

وبعد خمسة أيام سكتت المدافع.

وبدأت الطائرات تدك المدينة، والناس يدفنون موتاهم، ويضمدون جرحاهم وينتظرون.

وحين نزل جنود المظلات في الجميل وفي الرسوة وفي بور فؤاد، وجدوا الناس ينتظرون.

وأصبح من الواضح أن المعركة قد بدأت، وأنها قد اتخذت طابعًا جديدًا، يتحتم معه ترحيل من تبقى في بور سعيد من نساء وعجائز وأطفال.

وكانت كل الطرق المؤدية إلى خارج بور سعيد مقفولة، فيما عدا طريق واحد.

٢٦

الساعة الحادية عشرة صباحًا، واليوم يوم ٥ نوفمبر سنة ١٩٥٦، والغيوم تلبد السماء، غيوم كثيفة غبراء، والشمس تتسلل من بين الغيوم تشق لنفسها ثغرات زرقاء يخالطها البياض.

والغيوم تلف بحيرة المنزلة بوشاح أغبر رمادي، وعلى سطح البحيرة ترتجف ظلال سوداء، ظلال مراكب صغيرة وكبيرة، مراكب مليئة فوق طاقتها وأخرى لم تمتلئ بعد، وظلال ناس يعبرون المرسى إلى المراكب وهم محملون بأمتعتهم، وظلال ناس ترتمي على الشط وتدفن وجوهها في الماء تروي عطشًا لا يرتوي، وظلال ناس على الشاطئ ينتظرون.

وعلى سطح البحيرة انطبع ظل فتاة طويلة ممشوقة وهي تعبر المرسى بخطوات متثاقلة، تتقدم إلى البحيرة ويداها تلتفان في حنان حول لفة سُويت في عناية، وتوقفت الفتاة بغتة ثم استدارت وعادت تجري إلى البر وهي تصيح:

ـ عادل، عادل.

وصاحت أم الفتاة تناديها من المركب:

ـ فايزة، فايزة.

ولكن فايزة لم تستجب لنداء أمها، شقت لنفسها بصعوبة طريقًا وسط مئات من الأطفال والنساء والعجائز الذين يصطفون على الشاطئ، وكادت تصطدم بطفل يفتح عينيه على اتساعهما وكأنهما تحرقانه.

ونظر إليها الطفل نظرة واعية مستنكرة وكأنه يقول: «مستعجلة على إيه؟ فيه إيه الواحد يستعجل عليه؟».

وكأنه شيخ هرم، وكأنه كبر فجأة ولم يعد طفلًا، كبر من الهول الذي رآه، خلال خمسة أيام بلياليها.

وربتت فايزة على كتف الطفل في ارتباك، ومضت تجري تشق طريقها بين الجموع وهي تصيح لاهثة:

ـ عادل، عادل.

واستدار شاب في ثياب المقاومة الشعبية، كان قد أعطى ظهره للمسافرين، وعاد وهو يجري في اتجاه فايزة.

ووضع يديه على كتفيها، ووقف تجاهها ينظر في عينيها دون أن يتكلم، واستجمعت هي أنفاسها ثم أخذت تلوك فمها بلسانها وهي عاجزة عن التعبير عما في نفسها، وكزت بأسنانها على شفتها السفلى وقالت بصوت هامس:

ـ إنت حتيجي، مش كده يا عادل؟ حتيجي!

وعكست عيناها أعماقًا من الحزن، وكأن حزن هؤلاء النساء اللاتي يعبرن المرسى إلى البحيرة وقد تركن على البر أبناء وأزواجًا،

وجثث أبناء وأزواج، قد تجمع في عيني هذه الفتاة التي لم تتجاوز السابعة عشرة من عمرها.

وابتسم عادل:

ـ مش أنا إللي حاجي، إنت إللي حتيجي يا فايزة، إحنا حنتجوز هنا في بور سعيد، بلدنا!

وتطلعت فايزة إليه في خوف، والتقت عيناها بعينيه في نظرة طويلة، ثم أشرق وجهها المليح بابتسامة حلوة استقرت لها غمازتان في خديها، ولمعت عيناها بأمل حلو، وكأن يدًا مسحت الرؤيا المخيفة التي عاشتها خمسة أيام، وكأنها لم تعد ترى إلا نفسها وعادل يمرحان كالأطفال على شاطئ بور سعيد الذهبي، وهي تجري وعادل يلحق بها ويقبل مؤخرة عنقها، والشمس تدغدغ جسمها، وتتراقص كقطع الماس على صفحة البحر الزرقاء.

البحر؟! الشاطئ؟! أين هما؟! وكأنها لم ترهما منذ مائة سنة، وكأنها عاشت دائمًا بين الحرائق والأشلاء.

وغامت عينا فايزة، واشتدت قبضتها على اللفة التي تحملها وكأنها تحميها من عدو يتربص بها:

ـ إمتى؟ إمتى يا عادل؟

ـ حالًا يا فايزة، حالًا يا حبيبتي، إن دخل العدو حيدخل على جتتنا، وإن قعد يوم مش حيقعد التاني.

واحتضنت فايزة اللفة في صدرها، وقالت بصوت مكتوم:

ـ عادل، إنت ضروري تعيش، ضروري يا عادل.

وقال عادل وهو يخفي انفعاله تحت ستار من الاستخفاف:

ـ ما تخافيش يا فايزة، عمر الشقي بقي.

ولم تضحك فايزة، قالت وهي تهمس:

ـ توعدني؟ توعدني يا عادل؟

وقال عادل في لهجة نصف مازحة:

ـ أوعدك يا حبيبتي!

واختلطت دموع فايزة بابتسامتها، ومن خلال دموعها ملأت عينيها بصورة حبيبها، وداخل الاطمئنان قلبها.

إن عادل وعدها، وعادل لم يكذب أبدًا عليها، عادل سيطرد الأعداء، عادل والآلاف من المصريين الذين رأت شجاعتهم بعينيها.. ألم يبيدوا رجال المظلات في بور فؤاد والجميل؟

ستعود، ستعود حتمًا إلى بلدها وإلى بيتها، إلى البحر وإلى الشاطئ، ستعود إلى عادل ومع عادل ستعيش، ستحيا ويحيا عادل إن هذا حقها وحق عادل، ولا يمكن أن يسمح الله لأحد أن يسلبهما حقهما في الحب، وحقهما في الحياة.

وقال عادل في صوت هامس:

ـ أوعدك يا فايزة إنك حترجعي بور سعيد، وإن الناس دول كلهم حيرجعوا بور سعيد.

وطافت عينا عادل بالشاطئ، كانت المراكب التي امتلأت بالركاب تفرد قلوعها، واللنشات تدير آلاتها استعدادًا للرحيل، وأمام المرسى لنش أبيض صغير خالٍ من الركاب إلا من امرأة ذات ضفيرتين تلبس السواد، وتحتضن بين ذراعيها طفلًا نائمًا لا ترفع عينيها الخائفتين عنه، وكأنها تستمد قدرتها على الحياة

من وجوده هكذا نائمًا على صدرها، وكأنها لا تشعر بوجودها إلا من خلال وجوده.

وحزن يسود المكان، حزن رقيق كالماء الرقراق يخفف من لوعته أمل في الخلاص وفي اللقاء. وفي سرعة وبلا صوت إلا صوت القبلات وعبارات مع السلامة تتردد من الأعماق، يمتلئ المزيد من المراكب واللنشات، وعلى المرسى أم تنتزع في ألم ابنها الذي تعلق بعنق أبيه، وابن يحمل أمه العجوز، وجريح مربوط الساق يتكئ على كتف امرأة.

وعلى الشاطئ لم يتبق إلا عدد قليل من الناس، يقفون جماعات، ورجل عجوز يفترش الأرض ويضع يده على خده وينتظر في استسلام، وفي استسلام تنساب الدموع من عيني فتاة حلوة ممتلئة الجسم وهي تقف مع فتاة رهيفة مطبقة الشفتين ومع شابين في ملابس المقاومة الشعبية، وقد ساد الصمت الأربعة.

وليلى لا تستطيع أن تمنع دموعها من الانسياب، كانت تشعر بالهزيمة، وكأن أحدًا قد ضربها علقة حامية، ولم تستطع حتى أن تصرخ في احتجاج.

وقالت ليلى ودموعها تتجمع في ركني فمها:

ـ ضروري نسافر يا محمود؟ ما نقدرش نعمل حاجة؟ نساعد في حاجة؟

وانحنى محمود يقرب الحقائب بعضها إلى بعض، ثم اعتدل وقال في صوت مكتوم:

ـ إحنا حنرجع للمناقشة دي تاني! قلت لكم حتعطلونا، حتزحمونا، البنت إللي عايزة تخدم صحيح تسيب البلد للرجالة.

وسعت عينا ليلى للالتقاء بعيني عصام، ورأى عصام الرجاء الصامت المُلح، وأشاح بوجهه بعيدًا.

وأطبقت سناء شفتيها في غيظ.

وارتفعت صيحة نسائية تنادي من جديد:

ـ فايزة، فايزة.

وقالت فايزة:

ـ ماما بتنادي.

وقرب عادل فايزة منه، وأخذها بين ذراعيه، وقبَّلها في عينيها الواحدة بعد الأخرى، ومسح على خدها بشفتين مرتجفتين، ثم أطلقها وهو يقول:

ـ مع السلامة، مع السلامة يا حبيبتي.

وتشبثت به فايزة في جنون.

وقال عادل في حزم متكلف:

ـ مع السلامة.

وهمست فايزة:

ـ مش عايزة أسيبك يا عادل! مش عايزة أسيبك لوحدك!

وقالت سناء وصوتها يرتجف:

ـ وإشمعنى إنت إللي حتفضل هنا لوحدك؟

ورد محمود في عنف أشد مما يستدعيه الموقف:

ـ أنا راجل!

ثم أضاف في لهجة أرق:

ـ أظن إحنا انتهينا من مسألة السفر دي يا سناء.

ونظرت إليه سناء في عتاب والدموع تلمع في عينيها.. منذ أن تزوجا قاسمته كل دقيقة من حياته، كل انفعالة وكل تجربة، فلماذا يريد أن ينفيها، أن يعزلها؟

وفتحت سناء فمها لتتكلم ومدت يدها لتؤكد كلامها، ولكن الكلمات جمدت على شفتيها وبقيت يدها معلقة في الهواء.

وارتفع صوت نسائي يئن بالرعب والهلع:

ـ فايزة، بنتي، بنتي.

ومن علو شاهق انخفض سرب من الطائرات المعادية وعلا أزيزها وهي تقترب من البحيرة.

وهمست ليلى وكأنها تصلي:

ـ مش ممكن، مش ممكن يا ربي، مش ممكن.

وجاء جواب تساؤلها في نظرة محمود القلقة التي ارتفعت إلى السماء.

وارتعدت يدا عادل على جسد فايزة، وقال والقلق يتسلل إلى صوته:

ـ اجري، اجري يا فايزة.

وابتسمت فايزة في اطمئنان وهي في حضنه وقالت:

ـ ولا يهمك، أهم طول النهار بينبحوا زي الكلاب المسعورة!

وارتفع صوت أم فايزة من جديد هالعًا مسعورًا.

وقبلت فايزة عادل من جديد وهي تقول:

ـ استناني يا عادل! استناني!

واستدارت تجري في اتجاه البحيرة وعادل يرقبها، وهي تتلفت ما

بين الحين والحين، ووجهها يشرق بابتسامة جميلة، ويدها اليسرى تلوح لعادل، ويدها اليمنى تنطوي في احتراس على اللفة التي تحملها.

وبدأت فايزة تعبر المرسى، واستدارت هذه المرَّة استدارة كاملة وهي تلوح لعادل التلويحة الأخيرة.

وانكفأت فايزة على وجهها، وانحلت اللفة التي تحملها.

ورفعت المرأة ذات الضفيرتين عينيها الخائفتين عن الطفل الذي تحمله، وتطلعت إلى السماء، وصرخت صرخة مدوية ملتاعة مجنونة وهي تلوح بيديها.

واضطرب سطح البحيرة بدوائر واسعة تتخللها الفقاقيع، وبصرخات، صرخة بعد صرخة، وصرخة فوق صرخة، وكأن جبلًا من الصرخات ينتفض من الأرض إلى السماء، والصرخة قصيرة لا تستغرق ثواني، ولكنها مشحونة بالعمر كله، بالرعب، بالرغبة الجارفة في الحياة، باليأس الموجع من الحياة، بالثورة، بالحب، بالكراهية، بالاستسلام، بكل أطياف الماضي وبوارق ما كان يمكن أن يكون مستقبلًا.

ولم يعد أحد يرى شيئًا.. تفجرت الأرض، وهبت منها عاصفة كثيفة من ذرات التراب حجبت الرؤية.

وانسحبت الطائرة خفيفة بعد أن ألقت حمولتها على ناس كانوا في البحيرة وناس كانوا على شاطئ البحيرة.

وانقشع التراب ليحل محله دخان أسود لزج مختلط برائحة الشواء، دخان ينبعث من نار تتأجج على سطح البحيرة في مساحات كانت تشغلها مراكب مليئة بالناس ومراكب خالية من الناس.

ثم هدأت الصرخات واتضحت الرؤية، وشيئًا فشيئًا ضاقت الدوائر التي خلفها الغرقى على سطح البحيرة حتى استوت، وعاد الماء كعادته يتموج في سكون، وعلى سطح الماء بقايا أخشاب محترقة، ودمية من مطاط خلفتها صبية، دمية مقفلة العينين تهتز في رتابة وتبتسم.

* * *

ولم تشعر ليلى بشيء سوى أن الأرض اهتزت هزة عنيفة وكأن بركانًا قد تفجر تحت قدميها، وأن شيئًا ما قد ألقاها أرضًا. وفقدت ليلى الوعي وهي مدفونة تحت كوم من التراب.

وعندما بدأت تفيق، وقبل أن تستجمع كل وعيها خيل إليها أنها ماتت وأنها مدفونة وأن هذا التراب الذي يملأ خياشيمها ويثقل جسدها هو قبرها. وامتلأ كيانها برغبة في الاسترخاء، في الضياع والاستسلام.

ولكن شيئًا ما كان يحول بينها وبين الاستسلام، أنين متقطع يصدر من هنا ومن هناك ومن كل مكان وكأن الكون كله يئن من حولها يهزها المرَّة بعد المرَّة، ويحول بينها وبين الضياع.

والآن لم يعد الأنين فقط هو الذي يهزها، فهي تستطيع أن تتبين أصواتًا فزعة تنادي أسماء، ومن بين الأسماء اسمها، اسمها مختلطًا بعشرات الأسماء.

والآن لم يعد صوت واحد هو الذي يناديها، الكل يهزها، الكل يحول بينها وبين الضياع.

وفتحت ليلى فمها لتصرخ، ولكن التراب انهال في فمها، وكاد يحول بينها وبين التنفس، وأطبقت فمها وأدركت أن عليها هي أن

تنفض أكوام التراب التي تراكمت عليها، وأن تشق طريقها وحدها إلى الحياة.

واستندت على يديها، وبدأت تزحف، خطوة بعد خطوة، وكأنها تحمل أطنانًا من الحديد، والتراب في فمها وفي أنفها، وتنفسها يضيق أكثر وأكثر، وصدرها يحترق، وأطرافها تتثلج وشيء ما يشدها إلى الأرض، شيء غير ثقل التراب، شيء لين هين لزج يدعوها إلى الاسترخاء.. دقيقة واحدة وينتهي كل شيء.. دقيقة واحدة ولا تشعر بشيء.. تنام.

ولكن الأصوات عادت تناديها وتلح في النداء، كل الأصوات، الكل يناديها، الكل يستنهضها ويحول بينها وبين الاستسلام، وشيء ما بداخلها يستجيب للنداء، شيء ينتفض في داخلها كالعملاق، شيء جديد مثير لا يتخلى عنها أبدًا، شيء أقوى من النار التي تحترق في صدرها، ومن الثلج الذي يرتجف في أطرافها، أقوى من الاسترخاء، من التراب، من الموت.

وانتفضت ليلى واقفة، وغشي النور عينيها فأغمضتهما ويداها تتحسسان جسدها، وأدركت أنها خرجت من المذبحة سليمة.

وفتحت عينيها وقد اعتادتا النور، ثم أطبقتهما في الحال، وجرت بعيدًا وهي تترنح وكأن أحدًا قد طعنها من الخلف بسكين.

وكفت عن الجري ووقفت لحظة مترددة، ثم استدارت تواجه المكان، والتقطت عيناها الصورة كاملة، ثم بدأتا تتركزان على كل تفصيل، في بطء وفي تمعن وكأنها تخشى أن يفوتها شيء.

في اضطراب وذهول يجري الأحياء، يخوضون الدم ويصطدمون

بالأشلاء، أذرع وسيقان وأمعاء ممزقة وجماجم متفجرة، والأحياء يدوسونها ويجرون، يقلبون جثث الموتى ويطلون في وجوه الجرحى.

ولم يعد أحد ينادي الآن.. الموتى لا يجيبون، والجرحى أضعف من أن يجيبوا سوى بالأنين.

وبعض الأحياء كفوا عن البحث، جاءهم رد النداء.

هذا الرجل الذي ينكفئ على جثة زوجته وولديه جاءه الرد.

وهذا الرجل العجوز الذي يجلس على حافة الشاطئ يبني كومًا من التراب بوجه جامد ويداه لا تكفان عن تسوية التراب، وكأن كيانه كله رهين ببقاء هذا الكوم سليمًا لا ينهار، هذا الرجل العجوز جاءه رد النداء.

وهذا الشاب الوسيم الذي يلبس ثياب المقاومة الشعبية، ويطوي في عناية ثوب زفاف أبيض ملطخًا بالدم والتراب، جاءه الرد.

ماذا كانت تسميه هذه الفتاة الحلوة ذات الغمازتين؟ ماذا كانت تسمي ذلك الشاب الذي تحترق عيناه بلا دموع، وكأنهما امتلأتا فجأة بالحصى؟ عادل. هكذا كانت تسميه الفتاة الحلوة المشرقة، ذات الشعر المرسل والغمازتين.. كانت تتراقص بفرحة الحياة، والموت يحلق فوق رأسها، لم يدر الموت أبدًا بخيالها، لم يتسع خيالها سوى للحب، حب عادل وحب الحياة. وراحت أشلاء، ولم يتبق لعادل سوى ثوب زفاف أبيض ملطخ بالدم والتراب، ثوب زفاف يطويه عادل في حنو، وكأنه يربت على شعر حبيبته، وكأنه يهمس في أذنها بشيء ويعدها بشيء، وينتفض واقفًا.

وهذه الأم ذات الضفيرتين التي تقف متشحة بالسواد والماء يقطر

من ثوبها، أين ابنها؟ كان يرقد على صدرها، وكانت تحميه بذراعها فماذا حدث؟ ولماذا لا تنادي ابنها؟ ولماذا يقبض هذا الرجل على ذراعها ويحول بينها وبين الحركة؟

جواب ندائها في البحيرة، في أعماق البحيرة، ولا خوف في عينيها ولا انتظار، لم تعد تخشى شيئًا ولا تأمل في شيء.. ماتت وهي تقف بجانب هذا الرجل الذي يحول بينها وبين الانطلاق إلى البحيرة.

وانطلقت صيحة فرح من محمود وهو يتحسس جسد ليلى، وتمتمت سناء بشيء وانفرطت دموعها، وقال عصام:

ـ الحمد لله، الحمد لله.

وبقي وجه ليلى جامدًا، وخطر ببالها أنها لم تحاول من قبل أن تتحقق من سلامتهم، وكأنها نسيت وجودهم في غمرة الآلام من حولها، آلام الكل.

وانضمت ليلى إلى بقية الأحياء في مساعدة رجال الإسعاف على نقل الجرحى.

في سكون وبلا صوت انتقل مزيد من الجرحى من المحفات إلى عربات الإسعاف.

ولم يعد أحد ينوح، حتى المرأة العجوز ذات الشعر الأبيض لم تعد تنوح، كانت دموعها تسيل بلا صوت، وكأن ما حدث قد استنزف قدرتها على النطق.

ولم يعد أحد يبحث بين الأشلاء، يقلب جثث الموتى، ويطل في وجوه الجرحى، سوى طفلة سمراء في السابعة من عمرها، ما زالت تجري والأمل يحبس دموعها.

ومرت ليلى بمحمود وهو يضمد جرح طفل يسيل الدم من صدره في غزارة، وركزت عينيها عليه، وحاولت أن تشعر بشيء من العزاء لأن أخاها أفلت من الموت، وهمست وهي تردد:

ـ محمود حي! حي!

ومسحت ليلى حبات من العرق تجمعت على جبينها، وانحنت تسند إلى صدرها امرأة شابة فقدت ساقيها، ورفعتها إلى المحفة بمساعدة رجل من رجال الإسعاف، ثم مالت عليها تغطيها بملاءة بيضاء، والتقت عيونهما لحظة.

واعتدلت ليلى وفي كيانها ألم، ألم يستعصي على العزاء، ألم لا تخفف منه نجاة محمود شيئًا، ولا يضيف إليه موت محمود شيئًا، ألم الشابة التي فقدت ساقيها، والأم التي تتحرق شوقًا إلى مياه البحيرة، والرجل العجوز الذي يبني قصرًا من الرمال على الشاطئ.

وسارت ليلى وهي تحمل طرفًا من المحفة في اتجاه عربة الإسعاف، وحين مرت بعادل كان يلقي برأسه إلى الخلف وهو يهوي بفأس على الأرض يحفر قبرًا لخطيبته.

ووقفت ليلى لحظة تنظر إليه مبهوتة.. كان الضوء الذي انحبس في الحفرة ينعكس في عينيه، وفي هاتين العينين رأت ليلى نظرة أرسلت الرعدة إلى جسدها، نظرة لن تنساها ولو عاشت مائة سنة.

وتقدمت ليلى إلى الأمام، وأقفل رجل الإسعاف الباب خلف الشابة الجريحة، وتحركت العربة تاركة خلفها المكان، وعادت ليلى تخوض الدم، وتصطدم بالأشلاء، وتحمل الجرحى.

وأدركت فجأة أنها قد تجاوزت مرحلة الألم.. لم تعد تتألم، لم تعد تعيش في الحاضر إلا بجسدها الذي ينحني ويعتدل ثم يتقدم ويعود لينحني من جديد. ومع ذلك يبدو ذلك الحاضر الذي تعيش فيه بجسدها طويلًا وكأنه العمر بأكمله، طويلًا لا ينتهي، وهي تريد له أن ينتهي، تريد أن تفرغ من كل هذا، وأن تعمل شيئًا.

واستدارت عربات الإسعاف مليئة بحمولتها الواحدة بعد الأخرى ولم يتبق إلا عربة واحدة.

وانحنى عادل، وسجى حبيبته في الحفرة، وبقي منحنيًا عليها لحظة ثم استقام وبدأ ـ في بطء ـ يهيل عليها التراب.

وأسرعت يد الرجل العجوز تسوي في رتابة وحرص كوم الرمال الذي بناه.

وتململت المرأة ذات الضفيرتين في جلستها، ولكن رفيقة لها ثبتتها في الأرض وهي تهمس في أذنها بشيء.

وعلى سطح البحيرة تموجت دمية مغلقة العينين تبتسم.

ولهثت الصبية السمراء وهي تجري بين الجثث والأشلاء، وتكشف عن وجوه الجرحى على المحفات، وبدأت نظراتها القلقة تتوزع بين الجرحى وبين عربة الإسعاف، وكأنها أدركت أن أملها مرتبط ببقاء العربة في هذا المكان.

ودخل آخر جريح عربة الإسعاف، ووقفت الطفلة السمراء متسمرة بلا حراك، وعيناها على العربة.

* * *

وانضمت ليلى إلى سناء وعصام، وقال محمود:

ـ أنا رايح المستشفى، وإنت وصلهم البيت يا عصام، بعدين نبقى
نشوف طريقة تانية، يقدروا يسافروا مع الجرحى.

وبخطوات ثابتة اقتربت منه ليلى حتى حاذته وقالت:

ـ أنا مش مسافرة يا محمود.

ونظر إليها محمود في استغراب، عندما تكلمت بدا له صوتها
غريبًا وكأنه ليس صوتها، وكأن إنسانًا آخر هو الذي تكلم. والطريقة
التي تكلمت بها طريقة غريبة هي الأخرى.. نبرة صوتها ليس فيها
استعطاف ولا تهديد ولا غضب ولا ثورة، إنها نبرة غريبة على ليلى،
نبرة لم يسمعها قطُّ منها، إنها نبرة تقرير.

وقابلت ليلى نظرته لحظة ثم أشاحت بوجهها عنه بلا اهتمام،
وركزت نظرها على الأفق البعيد.

وشعر محمود بالألم، لقد نظرت إليه وكأنها لا تعرفه، وكأنها
لا تنتمي إليه، وكأنه ليس أخاها.

نظرت إليه وكأن شيئًا لم يعد يربطها به، لا رباط الأخوة ولا العائلة،
ولا شيء، لا شيء على الإطلاق.

وانزاحت نظرة محمود عن ليلى في ألم واستقرت على سناء،
وأشاحت سناء بوجهها عنه، ثم قالت وكأنها خشيت إغضابه:

ـ على العموم أنا جاية دلوقت المستشفى، وبعدين نبقى نفكر.

ثم أضافت في سخرية مُرة:

ـ أظن حتحتاجوا لممرضات.

وطافت نظرة محمود بمرسى البحيرة، وعادت تستقر على ليلى،
وأدرك إذ ذاك فقط أن نفس الشيء الذي حدث له أثناء معركة الفدائيين

في القناة، قد حدث لها.. لقد خرجت من دائرة العائلة، من دائرة «الأنا»، إلى دائرة الكل، وما من أحد يستطيع أن يوقفها الآن.

وبدت له ليلى وهي تقف هكذا متباعدة، أطول مما هي وأقوى.

وقبل أن يستدير ليركب عربة الإسعاف، مد يده ليربت على كتفها.. وبدلًا من أن يفعل ذلك، وجد نفسه يصافحها، مصافحة الند للند.

وعندما همت سناء باللحاق بمحمود، توقف وأفسح لها الطريق، وأغلقت سناء خلفها باب عربة الإسعاف في رفق ومضت العربة في طريقها.

وشقت السكون صرخة مدوية مجلجلة، وراحت الطفلة السمراء تجري بلا هدى وهي تنادي:

ـ أمي، أمي، أمي.

والنداء اليائس المفجع يتكرر وكأن الكون بأجمعه يردده.

وانتفضت المرأة ذات الضفيرتين وكأنها أفاقت من كابوس، وخلصت نفسها من قبضة المرأة المكلفة بحراستها وانطلقت تجري. وعند شاطئ البحيرة لحق بها رجلان، واستماتت في وحشية وهي تخلص نفسها من قبضتيهما.

وعندما وطأت البحيرة بدأت تنادي ابنها، وتوغلت في الماء وصوتها يردد النداء، وعندما وصل الماء إلى عنقها كانت ما تزال تناديه بصوت رقيق وكأنها تغني، وكأنها تهنن ابنها على صدرها.

ولم يعد الكون يردد سوى صوت الطفلة تنادي أمها، والأم تنادي ابنها.

وانهارت الطفلة مكومة على الأرض.

وغابت الأم في البحيرة وهي تصرخ صرخة مزغردة، فرحة، منتصرة، مجلوة.

وانهار الرجل العجوز فوق كوم الرمال وهو ينشج والدموع تتجمع في ذقنه البيضاء.

وعاد سطح البحيرة ساكنًا، وعلى السطح دمية مغلقة العينين تهتز في رتابة وتبتسم.

وعندما استدارت ليلى لتلقي نظرة أخيرة على المكان، كان عادل قد سوى التراب على قبر حبيبته.

٢٧

ومن خلف القبور ارتفعت الرؤوس، واستقرت الأيدي في تحفز على المدافع الرشاشة والبنادق.

ولكن إشارة البدء لم تأتِ بعد.

والطائرات تلقي بمزيد من جنود المظلات خلف سور المطار، والمظلات تتكور، مظلة بعد مظلة، بيضاء كالخراج المليء بالقيح.

والقوات المعسكرة بالموقع الدفاعي في منطقة الجبانة تتململ، والأيدي ترتجف على البنادق والمدافع في غيظ، وإشارة البدء لم تأتِ بعد.

ومئات الأعين القلقة تنتقل بين القائد وبين المظلات التي تنفرج من الجو، والقائد يشعر بوطأة القلق من حوله، ويكاد يسمع السؤال الصامت الذي يختنق به الجو.. السؤال الذي يردده أفراد المقاومة الشعبية، وحتى جنود الجيش المدربون الذين اعتادوا إطاعة الأوامر دون سؤال: «ماذا ننتظر؟».

وينتظر القائد دون أن تتحرك خلجة في وجهه.

ومسحت ليلى بيدها حبات من العرق تجمعت على جبينها،
وقالت لعصام في همس:

ـ إحنا منتظرين إيه؟

ومد عصام يدًا مرتجفة وربت على يدها وهو يبتسم لها ابتسامته
الخجول غير المكتملة.

وشعر كل منهما أنه قريب من الآخر، وكأن الانتظار الذي يرتجف
في أعماق كل منهما قد أزال الجفوة التي قامت بينهما، حين فرضت
ليلى نفسها فرضًا على عصام وتبعته إلى نقطة حراسته، وأحرجته
أمام قائده.

وتململت ليلى في قلق، والخوف يدب إليها.

لم يكن الموت هو الذي يخيفها، لم يعد الموت يخيفها.. من
هي؟ قطرة في بحر، والبحر مواج بها ومن غيرها، وإن ماتت فهي
واحدة من الآلاف الذين ماتوا، وإن عاشت فهي واحدة من الملايين
الذين اغتصبوا حقهم في الحياة. لا، ليس هو الموت الذي يخيفها،
ولا العدو الذي يستتر خلف سور المطار.. إن عدوها الرئيسي يرقد
هنا، في أعماقها: ضعفها. وأغمضت عينيها، وأحكمت إقفال فمها
حتى لا تتسلل إليه الرعدة.

وشعرت ليلى برغبة جارفة في أن ترقب مرَّة أخرى الناس من
حولها، وأن تشعر من جديد أنها جزء منهم، واعتدلت في جلستها
خلف القبر الذي تحتمي به، ورفعت رأسها في احتراس وأمام عينيها
امتدت رؤوس مغطاة بالخوذات، ورؤوس عارية.. رؤوس يختلط
سوادها بالبياض، ورؤوس شابة.

وارتخى جسدها وهي ترقب هذه الكتلة الضخمة المتراصة الممتدة من الرؤوس، واستدارت وخلفها امتدت وجوه جامدة، ووجوه هادئة، صفوف متراصة متكتلة من الوجوه.

وتوقف تنفس ليلى عندما استقرت عيناها على وجه من الوجوه.

وانبعثت في خيالها صورة عادل وهو يحفر قبر حبيبته، يلقي برأسه إلى الخلف، وفي عينيه النظرة التي لن تنساها أبدًا، نفس النظرة التي تراها في عيني هذا الرجل الذي حسبته عادل، نفس المزيج من الحب، من الكراهية، من التحدي، من الإصرار، من الاعتداد الواثق المطمئن.

وتنهدت ليلى في ارتياح، وعادت عيناها تطوفان بالوجوه، وجهًا بعد وجه، وفي مختلف الوجوه رأت شيئًا فاتتها رؤيته من قبل، نفس النظرة التي رأتها في عيني عادل.

واستدارت ليلى تنظر إلى الأمام وهي منتشية، وشعرت أنها قوية.. لم تعد وحيدة، إنها معهم الآن.

معهم، ومعها الحب الذي يضطرم في قلوبهم والكراهية، وشيء ما من ذلك الاعتداد الواثق المطمئن.

وانبعثت أمام ليلى صورتها وهي تنحني لتنتشل المجداف الغارق في النيل.. نعم، في اللحظة المناسبة ستدفع الإنسانة الأقوى الكامنة في أعماقها الباب، وتخرج لتتصرف في هدوء وبرود وحكمة، كما يجب أن تتصرف تمامًا. نعم، في اللحظة المناسبة ستحدث المعجزة.

واغرورقت عينا ليلى بالدموع وكأنها ترقب رؤيا جميلة.

ورأى عصام الدموع في عينيها وأرجعها إلى الخوف وقال:

ـ ارجعي يا ليلى، الباب قريب، ازحفي لغاية الباب.

وازداد صوته نعومة وهو يهمس:

ـ إنت ست ما حدش حيلومك، ودا مش مكانك!

وشعرت ليلى بالدوار الذي يشعر به من يتطلع إلى أسفل من مكان شاهق الارتفاع، وفي أعماقها ارتجف العجز من جديد.

هل تستطيع؟ هل تصمد وهي امرأة، امرأة لا غير؟ ومن أين لها القوة؟ من أين؟

وبدأت طائرات العدو تنزل فوجًا جديدًا من رجال المظلات داخل أرض المطار، في متناول نيران قوات الدفاع المعسكرة في منطقة الجبانة.

وفي نفس الوقت بدأت الريح تعوي وتصفر وتهب هبات عنيفة غاضبة وتنشر في الجو ستارًا أصفر من ذرات الرمال، والطائرات تنزل حمولتها داخل المطار.

وحملت الريح جانبًا من المظلات بعيدًا عن المطار، بعيدًا في اتجاه منطقة مجاورة من المساكن الشعبية.

وأعطى القائد إشارة البدء.

* * *

ـ اضربي.. اديله.

ارتجف صوت امرأة عجوز مقعدة وهي تنحني تحد النظر إلى الأمام، وعلا عويل الطفل الذي تحمله بين يديها.

وارتفعت يدا امرأة فتية بقطعة ثقيلة من الحجارة، وهوت بها على رأس جندي من جنود المظلات وهو يهم بالاستواء، فسقط على الأرض مهشم الرأس.

ورفعت المرأة الفتية قامتها، ومدت يدها اليسرى تمسح حبات من العرق تجمعت على جبينها، وقبل أن تبلغ يدها جبينها اندفعت تجري إلى الأمام وهي تصرخ صرخة عالية مجلجلة.

لمحت مزيدًا من المظلات تتساقط في الفضاء كالخفافيش.

ووصلت الصرخة للنساء وهن داخل أكواخهن يعددن الطعام للأطفال، ولأزواج ولأبناء قد يعودون، وقد لا يعودون. مع الصرخة إدراك أن الخطر الذي خرج له الأبناء والأزواج قد جاء يدق الباب.

وانفتحت أبواب الأكواخ الخشبية المتداعية في عجلة، وخرجت النساء مسلحات بالسلاح الذي أُعد من قبل، لمواجهة هذا الموقف: أعناق الزجاجات المكسورة والسكاكين والمطاوي وأيدي الهون.

ووصلت الصرخة العالية المجلجلة إلى الأطفال وهم ينتظرون في رهبة وفضول أمام كوخ يقف في معزل، بعيدًا في أقصى اليمين.

وتفرق الأطفال مذعورين.

وفي داخل الكوخ قفزت امرأة جالسة وقد ارتسم الرعب على وجهها، وانحنت بنصفها الأعلى على نصفها الأسفل حين داهمها من جديد، الألم الذي ما يزال يداهمها منذ الصباح.

وتوقفت يدا القابلة على طرفي صفيحة مليئة بالماء المغلي، كانت تهم برفعها من فوق موقد الغاز.

واعتدلت القابلة وجرت إلى الباب ووقفت لحظة تتطلع حولها.

وأتت المرأة التي تلد في رعب، والعرق يتساقط من جبينها على عينيها وقالت في صوت مخنوق:

ـ فيه إيه؟

وعادت القابلة إلى داخل الكوخ بوجه جامد، وأمسكت بخرقتين، ورفعت صفيحة الماء المغلي بين يديها، وسارت في اتجاه الباب من جديد في خطوات سريعة ثابتة.

وصرخت المرأة الشابة صرخة يأس موجعة، وزحفت خلف القابلة، والعرق يكاد يعميها، وجسدها يتقلص تقلصات سريعة متتالية.

وعند عتبة الباب لحقت بالقابلة، وتشبثت بساقها في جنون وهي تتمتم:

ـ ما تسيبينيش لوحدي! ما تسيبينيش...

ولم تستطع الشابة أن تكمل كلامها.. داهمها الألم من جديد، أقسى وأعنف وأحد، ألم لا يطاق. وشعرت بشيء صلب مستدير يكاد يطل من جسدها، ودمدمت:

ـ أنا خلاص! خلاص!

وأدارت القابلة رأسها وهي تقف على عتبة الباب، ونظرت إلى الشابة الممددة خلفها، والتقت العيون لحظة.

وفي عيني القابلة رأت المرأة الشابة ما يحدث في خارج الكوخ، رأت الموت الذي يهددها، ويهدد الحياة التي تنتفض في أحشائها.

وارتخت يدا الشابة عن ساق القابلة، وتكومت على الأرض، وانفجرت باكية.

وخرجت القابلة من الكوخ، والبخار يتصاعد من الماء المغلي. ورفعت المرأة الشابة رأسها، وتوقفت الدموع في عينيها، وبدأت تزحف، وفي احتراس تمددت على فراشها، وسحبت ملاءة بيضاء، وغطت جسمها.

إنها لم تلد من قبل، ولكنها ستلد، ستلد وحدها، رغم كل شيء.. الطفل في بطنها، وهو يريد الخروج، وما عليها إلا أن تساعده.. يجب أن ترتخي لتساعده.

ولكنها لا تستطيع أن ترتخي.

صرخة رعب يصطك لها جسمها، وعويل طفل، وتهليل مكتوم، وانتظار.. وخطوات تتدافع، ونداءات مختلطة، ودبيب أقدام على الأسطح وكأن خيولًا تجري، وصوت المرأة المقعدة يرتجف في الفضاء:

ـ اضربي.. اديله.

وأنين، وعواء كلب، ودخان أسود يتسلل إلى الكوخ، وماء يطش على النار، وصرخات موجعة، وسكون أقسى من الضجة.

وجموع تتدافع وتصطك بالجدران الخشبية، وطلقات نار، وصوت المرأة العجوز المقعدة يرتجف في الفضاء، وانفجار ضخم يهتز له الكوخ حتى يكاد يسقط على رأسها.. وانتظار أقسى من الانفجار.

ووجه الشابة الممددة على الفراش يتقلص، وجسمها يتقلص، وهي تعض على جانب من الملاءة البيضاء مكوم في فمها... يجب، يجب أن ترتخي وإلا سيموت الطفل في بطنها.

وأخرجت المرأة الملاءة التي تكومت في فمها، ومسحت بها العرق الذي يبلل وجهها. وحاولت ـ بطاقة لا تستطيعها إلا أم ـ أن تركز انتباهها في الطفل الذي يهدده الموت في بطنها.

وشيئًا بعد شيء، تلاشى العويل والأنين والنار والدخان والخطوات المذعورة، وأصوات الرعب المستطيلة، وأصوات

الانتصار المكتومة، تلاشى العالم الخارجي، ولم يعد في وعي الأم سوى الطفل الذي يريد الخروج إلى الحياة.

وبينما كان الأطفال يخرجون من مخابئهم، والأطفال الكبار يجمعون المُدى والسكاكين والحبال التي استخدمت لاصطياد جنود المظلات، وبينما كانت النساء يجففن عرقهن وبرؤوسهن دوار، وكأنما استيقظن فجأة بعد حلم مخيف، وقبل أن يحسبن خسارتهن ومكاسبهن، وقبل أن يدركن تمام الإدراك ما قمن به، دوت في الفضاء صرخة ضعيفة متقطعة.

وما لبثت الصرخة أن اتصلت واستطالت، قوية، مجلوة، مزهوة، مزغردة.. صرخة الحياة.

* * *

وصرخت ليلى صرخة مجلوة مزهوة مزغردة، والكتل الآدمية تدفعها إلى أرض المطار.

كان الفوج الثاني من جنود المظلات قد أبيد على أرض المطار، وفلول الفوج الأول تتراجع أمام القوات المصرية.

والطائرات الإنجليزية تحوم حول المكان حيث تلتحم القوتان، ولا تستطيع أن تقربه، فتنحسر عنه عاجزة.

وتتتالى الانفجارات في أماكن متفرقة من المدينة، وتندلع الحرائق في مستودعات البترول، وفي البيوت، وفي الشوارع.

والقوات الإنجليزية تحاول الإفلات من الحصار والعودة إلى مخابئها خلف سور المطار، والقوات المصرية تواصل الضغط، تحول بينها وبين الإفلات.

والأرض تتفجر، وعواصف من رمال، ونار تتأجج من المدافع، وطلقات كالسيل تترك دوائر واسعة في الرمال، ودخان أبيض، ونقط خضراء تلتمع أمام العيون.

وجثث تتساقط، وجرحى وقتلى يسحبون إلى الخلف، وناس تتدافع تحل محل الجرحى والقتلى.

وبين القتلى عصام، وبين الجرحى ليلى.

والحلقة تضيق على القوات الإنجليزية، وحلقة النار تضيق على المدينة.

والشمس توشك على المغيب، والعتمة تتسلل إلى المكان.

ونار كالنور تتأجج، تحول بين الظلمة وبين الاستقرار، وتكشف من بعيد عن العدو وهو يتقهقر.

٢٨

ولم يكن جرح ليلى جرحًا خطيرًا، كان جرحًا ظاهريًّا، وبعد أن استخرجت الشظايا التي استقرت في كتفها اليمنى بدأت تتحسن.

وفي البداية استغرق الألم كل حواس ليلى.. ألم لا عنف فيه، ولا قسوة، ولكنه ممض متواصل، يملي وجوده عليها بحيث لا تشعر بسواه، ولا تفكر في سواه. وحاول طبيب المستشفى أن يحقنها بمخدر ليجنبها الألم، ولكنها رفضت، وكأن من الضروري لها أن تمر بهذه المرحلة من الألم.

وعندما بدأ الجرح يلتئم توقف الألم.

وكفيض طال كبته، انسالت أفكار ليلى والصور تتتالى عليها وتتراكم: وهي في المعركة وطلقة تمر إلى جانب أذنها اليسرى، وأخرى تصطدم بالأرض، وسيل من الطلقات ينهمر، ويترك في الرمال دائرة واسعة، والدائرة تضيق حولها، وكأن يدًا غير مرئية تحكم الدائرة على رقبتها.. وهي الآن تتراجع أمام أبيها وقد حمت عنقها بيديها، ورمزي يسد الطريق ويقول: «مفيش فايدة»..

وهي على السطح في بيتهم تتطلع إلى كتل الدخان الكريهة يوم حريق القاهرة، وحسين يقول: «دي مش النهاية يا ليلى».. وهي تتمشى على البحر في رأس البر، وحسين يمر بإصبعه على ذراعها ويهمس في أذنها: «أنا مستنيك يا حبيبتي، طول عمري مستنيك».. وهي في حجرتها في رأس البر، وقبضتها متشنجة على الباب المغلق، ومحمود يصيح: «مع السلامة يا حسين».. وهي الآن تتدلى على السور وخيوط المصعد تجذبها إلى أسفل.. وإلى أسفل يجذبها ثقل التراب وهي مدفونة في مرسى البحيرة، وتحت التراب تزحف.. على البلاط بعد أن ضربها أبوها.. وهي الآن تنتفض واقفة تنفض عن نفسها التراب، وحسين يقول: «عارفة حتلاقي إيه؟ حتلاقي نفسك، ليلى الحقيقية».. وهي تنحني تعبئ بندقيتها بيدين ترتجفان، وترفع رأسها في احتراس، وترى العدو الذي يحكم دائرة النار عليها، تراه بوجهه المليء بالنمش وبشاربه الأصفر الكريه، وتنتفض واقفة، وتصوب، وينطرح العدو على مدفعه الرشاش، وتنكسر الدائرة.

كم عدوًّا قتلت؟

في البداية، عندما كان الفوج الثاني ينزل بمظلاته على أرض المطار، كان من الصعب أن تقرر إذا كانت رميتها قد أصابت أو لم تصب.. كان الجندي ينطرح على الأرض والثقوب تملأ جسده، وكأن الكل قد قتله.. وبعد ذلك...

وقفزت ليلى جالسة في سريرها وهي ترى العدو يتراجع أمامها، أمامها هي.. ومدت يديها تحتضن كتفيها وهي تسكن فورة الحب

٤٤٥

والاعتزاز والاعتداد التي اجتاحت جسمها.. وكل شيء حدث كما يجب أن يحدث تمامًا، لم تخطئ في شيء، لم يفتها شيء، قامت بما يجب أن تقوم به تمامًا.

وتمددت ليلى على السرير من جديد عندما بدأ الجرح يؤلمها.. ستعيش لترى العدو يتراجع نهائيًّا من بور سعيد، ستكرس العمر كله ـ لو اقتضى الأمر ـ لتراه وهو يتراجع أمامها، أمامها هي.

وتنهدت ليلى في ارتياح، واستدارت شفتاها في ابتسامة عندما لمحت محمود يدخل الحجرة.

وقال محمود وهو يزيح الستار عن النافذة:

ـ هيه؟ إزاي الحال النهارده؟

وتدفق النور إلى الحجرة، وتمطت ليلى في سريرها وهي تقول:

ـ عال.

ـ والألم؟

ـ راح.

وجلس محمود على طرف السرير، وأمسكت ليلى بيده وقالت:

ـ محمود، أنا عايزة أخرج من المستشفى.

ـ مستعجلة على إيه؟

وتطلعت ليلى إلى الأمام، وتألقت عيناها ببريق وهاج وهي تقول:

ـ ضروري يا محمود.. ضروري.

ـ إنت متأكدة إن حالتك تسمح لك بالخروج؟

ومالت عليه ليلى وهي تقول بصوت متهدج:

ـ أنا عمري ما كنت أحسن من كده يا محمود، عمري!

وتغلب محمود على دهشته وهو يقول:

ـ على العموم لما نشوف رأي الطبيب المعالج.

* * *

وبعد أن خرج محمود حاولت ليلى أن تستعيد صورة أبيها وهو يتقدم نحوها بخطوات قصيرة كآلة مسلطة لسحقها، وأن تسمعه وهو يصرخ بصوت مشروخ ويقول: «عايزة إيه إنت كمان؟».

وفي أذنيها تردد صوته وهو يبكي كالطفل الخائف يوم بلوغها، وفي خيالها انبعثت صورته وهو يميل على المائدة والدموع تلمع في عينيه ووجهه وقد لان في ابتسامة حنان.

وحاولت ليلى أن تستعيد صورة رمزي وهو ينظر إلى صدر جميلة وعلى فمه تكشيرة كتكشيرة الحيوان المفترس، ورأت وجهه وهو يحمر تحت نظرة جميلة كوجه صبي مراهق، وحاولت أن تتصوره كما كان يبدو لها دائمًا في الفصل جبارًا عتيًّا، ورأته وهو يمد يده يجفف عرقه في عز البرد.

وهي الآن تقف أمام مكتبه، تواجهه في تحدٍّ، ويده ترتجف على حافة المكتب، وشفته ترتجف وهي تميل تجاهه في حجرة الجلوس وتقول: «تحب أقول لك إيه إللي كان ناقص لي؟».. وملابس التدريب العسكري تتأرجح في يدها وهي تقف تجاهه على عتبة الكلية وتبتسم في وجهه ابتسامة من يأخذ طفلًا صغيرًا على قدر عقله.

ونفرت العروق في جبين ليلى، ولم تستطع أن تتخيل صورة رمزي وهو يسد الباب ويقول: «مفيش فايدة».

وفيما بعد، حاولت أن تستعيد صورته في مخيلتها في أي وضع من الأوضاع، ولكنها فشلت في محاولتها.

واكتشفت ليلى أن صورة رمزي قد انطمست في خيالها وكأنها لم تكن.

وهزت ليلى رأسها في تعجب.. ممَّ كانت تخاف؟! من أبيها؟! من رمزي؟! وابتسمت وهي لا تكاد تصدق أن كل ذلك حدث لها، لها هي.

وأمام عينيها انبعثت صورتها وهي تندفع إلى أرض المعركة، والعدو يتراجع أمامها.. لا بد، لا بد أن ترى العدو وهو يتراجع من بور سعيد، وهي تستطيع.. كل شيء تستطيعه، لا شيء أصبح الآن مستحيلًا.

وقفزت ليلى من سريرها في انفعال، وعيناها تتألقان ببريق وهاج، وبدأت تدور حول نفسها وهي تحاول أن تجمع حاجياتها، وكأنها لا تعرف من أين تبدأ، واصطدمت يدها بملابسها المعلقة على الشماعة ولم ترها، وعادت تدور حول نفسها وهي تبحث عن حاجياتها.

وتوقفت ليلى في وسط الحجرة وعيناها تتطلعان إلى الأمام وتتوهجان وكأنها ترى رؤيا رائعة الجمال، وسمعت صوتًا يناديها واستدارت وهي تمد ذراعيها إلى الأمام وتصيح: «حسين!».

وأفاقت ليلى حين لم تجد في الحجرة أحدًا، وبيدين ثابتتين، وبشفتين مطبقتين، بدأت تجمع حاجياتها.

ولكن حسين كان معها كما لم يكن قَطُّ من قبل، وكأنه أصبح حقيقة

تستطيع أن تمد يديها وتحتويها.. وعيناه تذوبان في نظرة حنان وهو يميل بوجهه نحو وجهها، وأنفاسه تثير شعرات على خدها الأيمن فتعيد تسويتها. وتستأنف جمع حاجياتها بيدين ثابتتين، وبشفتين مطبقتين.

٢٩

بدأت حركة المقاومة مع بدء احتلال القوات الإنجليزية والفرنسية لبور سعيد، وفي كل يوم كانت حركة المقاومة تتضخم، وهي تضم إليها مزيدًا من الرجال والنساء.

وتحت قيادة منظمة تفرقت وحدات المقاومة، متخفية في البيوت، وفي عيادات الأطباء، وفي المحلات التجارية، وفي كل ركن من أركان بور سعيد.

وفي بيت قديم في شارع عبادي، وفي شقة مواطن مصري، وقف خمسة شبان يدرسون مواقع تجمعات العدو، والطرق المؤدية إلى هذه المواقع على خريطة كبيرة لمدينة بور سعيد.

وكان هؤلاء الشبان ينتمون إلى سلاح المهندسين بالكتيبة الرابعة المشاة التي حمت انسحاب القوات المسلحة في طريق أبو عجيلة-الإسماعيلية، ثم تحركت إلى بور سعيد لتعزيز الدفاع عن المدينة.

ومن بين هؤلاء الشبان الخمسة، كان حسين عامر، الذي عاش

المعركة في كل مراحلها منذ أن بدأت في سينا حتى انتهت بانسحاب العدو من بور سعيد.

* * *

وبعد بدء حركة المقاومة بأسبوع قابل حسين محمود.

كان حسين قد كلف بتوصيل بعض التعليمات إلى وحدة من وحدات المقاومة، وعندما دخل الحجرة التي يجتمع فيها أفراد الوحدة، اكتشف أن من بينهم محمود.

وارتجفت يدا حسين وهو يعانق محمود، وفي صعوبة تمالك نفسه وبدأ العمل الذي جاء من أجله.

ولخص محمود نشاط وحدته، وبدأ حسين يخبر الموجودين بالنجاح الذي حققته بقية الوحدات في ميدان المقاومة، وسادت المجتمعين فرحة معتدة والمستقبل يتفتح أمام أعينهم.

وارتجف الرجاء في قلب حسين.

وحين انفرد حسين بمحمود بعد الاجتماع سأل عن ليلى. وعندما علم بالدور الذي قامت به في المعركة طلب مقابلتها، وحدد له محمود موعدًا.

وقبل الموعد المحدد خرجت سناء، وتركت ليلى تنتظر حسين في البيت.

* * *

وعلى عتبة الباب المفتوح وقفت ليلى تواجه حسين.

ورفعت رأسها إليه وهي تتلقى نظرته التي انصبت على وجهها، ووقفا هكذا، بلا كلام، وعيناها في عينيه.

٤٥١

وفي عينيها تفجرت العاطفة التي طال كبتها، والفرحة المزهوة بهذه العاطفة، وفي شفتيها، وفي وجنتيها، وفي أطراف أصابعها، وفي كل ذرة من جسدها، وكأنها نور شفاف ينساب مع الدم الذي جرى في عروقها.

وفي نظرته تتالت الدهشة، ففرحة غامرة، لقد جاء ليراها ربما للمرَّة الأخيرة، واكتشف فجأة أنه سيصبح كل يوم على وجهها.. جاء وهو يحسب أنها فتاة رجل آخر، وحبيبة رجل آخر، واكتشف وهو يقف على عتبة الباب المفتوح، أنها فتاته هو، وحبيبته هو، إنها له هو.

وفي عينيه تدفق حنان سنين، وشوق سنين، وحرمان سنين، وفرحة كادت تفقده توازنه.

وبصوت يرتجف ناداها، وبيدين ترتجفان قربها منه.

وعلى صدره العريض أراحت رأسها، وودت لو توقف الزمن وظلت هكذا تريح على صدره العريض رأسها، وقلبها ينتفض فوق قلبه. مع قلبه.

ويداه تنتفضان على شعرها، وتنسحبان إلى كتفيها تتحسسانها من جديد، والفرحة تعتصر قلبه، والحلم لم يعد حلمًا، والسراب الجميل أصبح حقيقة في أحضانه.

وشعر حسين برغبة جارفة في أن يتأمل وجه ليلى، وفي رقة متناهية مسح بظهر إصبعه على أسفل ذقنها، ورفعت إليه وجهها، وبعينين تترقرقان نادته، وبشفتين منفرجتين، وبإشراقة لفتهما معًا.

وأمال حسين وجهه إلى وجهها، وفي بطء سعت شفتاه إلى شفتيها وكأنه يريد أن يستوعب اللحظة، وكأنه يضن بها، ويخشى أن تنقضي.

وارتجفت شفتا حسين على شفتي ليلى، ولفتهما نشوة أشبه بالغفوة.

ووصلت إلى سمعيهما خطوات تدب في الشارع، خطوات ثقيلة رتيبة.

وتبددت الغفوة.

وجمد وجه ليلى، وارتسمت الكراهية في عينيها، واعتدل حسين وهز رأسه وكأنه يفيق من حلم على حقيقة كئيبة.

واستدارت ليلى وسارت إلى النافذة، وأقفل حسين باب الشقة ولحق بها.

* * *

وفي حرص أزاحت ليلى طرفًا من الستار الذي يغطي النافذة، ورأت دورية إنجليزية تمر بالشارع الخالي، وشعرت بانسحابة في قلبها وكأن نصلًا قد اخترقه.

وارتطمت يد ليلى بالنافذة وهي تعيد الستار إلى مكانه، واحتك الخاتم الذهبي بالزجاج محدثًا رنينًا، وبسطت ليلى يدها، وهي تنظر في استغراب إلى خاتم الخطوبة، وكأنها كانت قد نسيت أنه يحتل إصبعها.

وعادت ليلى تزيح الستار، وعاد النصل يخترق قلبها من جديد، وقالت في صوت هامس وهي تتابع الدورية التي كادت تختفي من الشارع:

ـ دي مش النهاية يا حسين.

وقال حسين في شيء من الاستنكار:

٤٥٣

ـ دي مش أول مرَّة تسأليني السؤال ده يا ليلى.

وابتسمت ليلى ابتسامة خفيفة، واستدارت تواجهه وهي تقول:

ـ دا مش سؤال يا حسين، أنا باقرر حقيقة.

وسارت في خطوات هادئة إلى مقعد مواجه لحسين وجلست.

وتركزت نظرة حسين على وجه ليلى، وجذب انتباهه شيء لم يره قَطُّ في عينيها حتى وهي في أوجها.. مزيج من الاعتداد المطمئن، ذلك المزيج العجيب النادر الذي لا ينعكس إلا في عيني إنسان وجد طريقه، وعرف بتجربته أنه من القوة بحيث يستطيع دائمًا أن يقف إلى جانب ما يعتقد أنه الصواب.

وقال في رقة وهو يقترب منها:

ـ إنت اتغيرت يا ليلى.

وهزت ليلى كتفها هزة خفيفة وقالت:

ـ ومين ما اتغيرش يا حسين؟

واستقرت نظرتها على حسين لحظة، وتهدج صوتها وهي تقول:

ـ ودلوقت حنعمل إيه؟

وكادت الكلمات تتدفق جياشة من فم حسين.. ظن لأول وهلة أنها تشير بسؤالها إلى مستقبلهما معًا، ثم توقفت الكلمات على لسانه، أدرك بقدرته العجيبة على فهمها أنها تعني بسؤالها شيئًا آخر، أهم وأشمل.

وقال بعد فترة توقف:

ـ القيادة عاملة حساب كل شيء، وحركة المقاومة بدأت فعلًا.

ـ وإنت؟ مشترك؟

وهز حسين رأسه بالإيجاب دون أن يتكلم.

ومالت ليلى برأسها إلى الأمام، وقالت:

ـ وأنا؟ أقدر أساعد في حاجة؟

واستقرت نظرة حسين على الخاتم الذهبي الذي يطوق إصبع ليلى وقال في استفزاز:

ـ تقدري؟

ـ عندك شك؟

ولانت ملامح حسين في ابتسامة، وهز رأسه وهو يستبعد الشك في قدرتها، وقال في صوت هامس ينبض بالحنان:

ـ أنا طول عمري وأنا مؤمن بك.

ولمعت عينا ليلى بالدموع وهي تقول:

ـ حتى لما كنت مش مؤمنة بنفسي يا حسين؟

ولكن شيئًا ما كان يشد نظر حسين إلى الخاتم الذهبي ويجعله يقول في صوت غاضب:

ـ ودلوقت حتعملي إيه؟

وقامت ليلى واقفة وهي تقول:

ـ جاية وياك.

وحين رأت الدهشة التي ارتسمت في وجهه ابتسمت وهي تقول:

ـ عايزة أنضم للمقاومة، مش تقدر ترشحني؟

وابتسم حسين وهو يهز رأسه في تعجب، وقال في خفة:

ـ كفاية مفاجآت النهارده، أحسن أعصابي ما عادتش مستحملة!

وضحكت ليلى ضحكة قصيرة، وقالت في عناد طفولي:

ـ حترشحني ولَّا لأ؟

وقال حسين وهو يختبر مدى صلابتها:

ـ المسألة مش سهلة يا ليلى، مش مسألة يوم ولَّا اتنين، المقاومة
جايز تطول، وجايز تقتضي إنك تختفي شهور.

واستدارت ليلى وهي تقول:

ـ حاجيب البالطو.

ووضع حسين يده على كتفها يستوقفها، وأدارها برفق إليه، وقال
وهو يركز عينيه في عينيها:

ـ وأهلك يا ليلى؟

ـ محمود يبقى يطمنهم عليَّ.

وتنهد حسين في ارتياح، واستدارت ليلى ومضت إلى حجرتها.

وحين اختفت علا الوجوم وجهه وهو يفكر، وكأن شيئًا ما يحول
بين سعادته وبين الاكتمال.

وخرجت ليلى من حجرتها وقد لبست معطفًا أبيض فوق ثوبها
الصوف الأبيض.

وأشرق وجه حسين حين رآها، وكأن كل مخاوفه قد زالت، وكأن
كل أحلامه قد تحققت.

وقالت ليلى:

ـ يلَّا بينا.

وسبقت حسين إلى الباب المفتوح.

٣٠

كانت شوارع بور سعيد تزدحم بالناس، أمواج متلاطمة من الناس وكأن البيوت قد خلت من سكانها، وقذفت بهم إلى الشارع موجة إثر موجة، لتختلط ببحر مائج من الناس.

ناس يضحكون، وناس يبكون بالدموع وهم لا يعرفون أي دموع هذه، أهي دموع الفرح بالخلاص؟ أهي دموع الذكريات الأليمة التي طغت فجأة على السطح في يوم الجلاء؟ أم هي دموع التطلع إلى مستقبل أفضل؟

وناس يحملون لافتات النصر، وناس يهتفون، وناس يرقصون على الوحدة، وناس يصفقون وملء قلوبهم نشوة النصر، وملء عيونهم الغد.

وفي أعماقهم إدراك أن ما حدث كان لا بد أن يحدث، أن ما حدث كان ثمن النصر.

وناس خرجوا يحملون الزهور إلى موتاهم، ولم تصل الزهور إلى موتاهم، في الطريق نثروا الزهور على موكب النصر، موكب الغد.

فمن أجل الغد مات موتاهم.

* * *

وعند نقطة التقاء القناة بالبحر، وعلى مبعدة من تمثال «ديليسبس»، وقفت جموع من الناس تنتظر في سكون، وشاب في ثياب المقاومة الشعبية يقف على آخر درجات سلم مرتفع ويحفر بمثقاب حفرة في جسد التمثال.

وفي هذه اللحظة لم يكن التمثال تمثالًا بالنسبة للشاب الذي يحشو الحفرة بالمفرقعات، ولا بالنسبة للناس الذين ينتظرون الانفجار واجفي الأنفاس.. كان رمزًا لكل ما توارثوه عن عصور من العبودية والاستعمار، رمزًا يشدهم إلى ماضٍ بغيض، ويحول بينهم وبين الاندفاع إلى مستقبل أفضل.

وكان لا بد أن يتحطم الرمز.

ومال الشاب على قاعدة التمثال، وأشعل الفتيل، وتراجع إلى الخلف منضمًّا إلى الجماهير.

ومادت الأرض من أثر الانفجار، وعلت موجة من الدخان والتراب حجبت الرؤية.

ثم علت همهمة استنكار.

وصاحت ليلى في انفعال:

ـ الراس، الراس بس إللي انهدت.

لم يتحطم سوى رأس التمثال والطلاء، وبقي رابضًا مكانه كما لو كانت جذوره ممتدة في الأرض.

وأمسك حسين بيد ليلى، وتململ محمود في وقفته، رأى نفسه وهو يدفن وجهه في كفيه ويقول بعد حريق القاهرة: «هدر، دم وراح هدر».

وغامت عينا سناء، وهي تتذكر فجأة أباها وأمها اللذين قاطعاها من يوم زواجها بمحمود.

وارتجفت يد ليلى في يد حسين، ورأت جميلة ممددة على الشيزلونج وصدقي يركع إلى جانبها، وسمعت رمزي يقول: «دي قوانين طبيعة، الطبيعة عايزة كده».

وصرخت ليلى في انفعال:

ـ الأصول، ضروري الأصول.

وعادت تصحح جملتها:

ـ الأساس، المهم الأساس.

وتدافعت الجماهير في إصرار في اتجاه التمثال، وضاقت الحلقة حوله من جديد، وارتفع الشاب على السلم، وبدأ يحفر التمثال بالمثقاب.

واستغرقت العملية مدة أطول هذه المرَّة، كان عليه أن يصل إلى الأعماق، إلى أعماق الأعماق.

وحين فرغ من عمله وأشعل النار في الفتيل، ردد الفضاء صدى انفجار كبير.

وتناثر التمثال وقاعدته إلى أشلاء.

وتنهدت ليلى في ارتياح.

وتردد في أذنيها صوت انفجار آخر في المعركة، انفجار يعلن موت عصام وموت أعدائه، ورأته يقفز كالنسر من فوق السور والدماء تنزف من جراحه، ويده اليمنى مطوية على قنبلة، ووجهه الشاحب يتألق بشفافية أثيرية، وعيناه تلمعان ببريق وهاج، وكأنه يرى رؤيا رائعة الجمال.

وارتفع صوت الناس كالهدير، وانطلقوا في موجة جارفة إلى الأمام، وملأوا المسالك المتفرقة من المكان.

* * *

أمسك حسين بيد ليلى حتى لا يفقدها في الزحمة التي ابتلعت محمود وسناء.

ودفعت الجماهير ليلى وحسين، وانفجرا يضحكان وهما يندفعان وكأن موجة عاتية تحملهما إلى الأمام.

وخف الضغط، ولم تتوقف ليلى، استمرت تجري ويدها في يد حسين، وهي تضحك ضحكاتها القصيرة المتقطعة كوقع الأجراس الموسيقية.

كان لا بد لها أن تندفع، أن تجري، أن تضحك، أن تفعل شيئًا بهذه الفورة من السعادة التي ترفرف كجناحي الطائر، في صدرها وفي شفتيها وتحت بشرتها وفي أطراف أصابعها.

ونظر حسين إلى شعر ليلى الذي تناثر على جبينها، وإلى الوهج الذي يتألق في عينيها، وأدرك أنها قد استعادت الإشراقة التي انتظر طويلًا ليراها من جديد.

لقد قابل ليلى مرَّتين أثناء فترة المقاومة، ولم يكن في عينيها هذا البريق، ولكنه عاد، ومعه الإشراقة التي كادت تجعله يصرخ حين رآها في المصعد لأول مرَّة.

وخفق قلب حسين بالفرحة، وضغط على يد ليلى التي رقدت في استسلام في يده.

وصاحت ليلى في انفعال:

ـ حسين!

ولم يكن بها حاجة إلى أن تصيح، كان حسين قريبًا منها، تكاد كتفه تلمس كتفها، ومع ذلك صاحت من جديد بصوت يتهدج:

ـ حسين.. أنا عايزة أوريك حاجة.

وتوقفت ليلى، وسحبت يدها من يد حسين، وبسطتها إلى الأمام في انتصار.

وأدرك حسين أن ليلى قد رمت خاتم الخطوبة.

وأمسك بكتفها وصاح وصوته يرتجف بالانتشاء:

ـ أنت حرة، حرة يا حبيبتي.

وأرخت ليلى ذراعيها، وشعرت بسكينة حلوة تتسلل إلى جسمها، سكينة أجمل وأعمق من الفورة التي كانت تختلج فيه، ونظرت إلى حسين وابتسمت.

وتقدمت إلى الأمام وحسين لا يرخي عينيه عنها.. لا ليست نفس الإشراقة القديمة، إنها إشراقة جديدة، الأولى كانت فورة، لمعة تبرق لتنطفئ، كالشمس في يوم مليء بالغيوم. أما هذه فنور هادئ دافئ متصل، نور ينبع من الداخل.

وتنهد حسين في ارتياح وهو يقول:

ـ أخيرًا.. وصلنا.

وتألق وجه ليلى وهي تنظر إلى الأمام وكأنها ترى رؤيا رائعة الجمال.

وقال حسين:

ـ كام سنة وإحنا منتظرين اليوم ده؟

وطافت عينا ليلى بالناس وهم يهللون في انتصار، وقالت:

ـ العمر كله.

وركز حسين عينيه في عينيها، ومر بإصبعه على ذراعها، ورق صوته حتى كاد يهمس وهو يقول:

ـ أنا وأنت يا ليلى.

ولمعت الدموع في عيني ليلى:

ـ العمر كله برضه يا حسين.

وبطؤت خطوات ليلى وحسين، وران الصمت بينهما لحظة والانفعال يثقلهما.

وأرادت ليلى أن تتخفف من حملها، وأمالت رأسها إلى كتف حسين، ولمعت عيناها بنظرة فيها شقاوة، وقالت وكأنها تلعب لعبة مسلية:

ـ دي النهاية يا حسين؟

وأشرق وجه حسين وكتم ضحكته وهو يجاريها في لعبتها:

ـ دي مش أول مرَّة تسأليني السؤال ده يا ليلى.

وانفجرا ضاحكين كطفلين يلهوان.

وساد الصمت بينهما من جديد، وهما يتطلعان إلى الجماهير المتدفقة أمامهما وخلفهما، وكأنها موجة عاتية منتصرة جارفة تندفع إلى الأمام.

وقال حسين وعيناه تزدحمان بعمق عاطفته:

ـ دي البداية يا حبيبتي.

مختارات الكرمة